MEU AMOR ABSOLUTO

GABRIEL TALLENT

MEU AMOR ABSOLUTO

Tradução
Cecília Camargo Bartalotti

1ª edição
Rio de Janeiro-RJ / Campinas-SP, 2021

VERUS
EDITORA

Editora
Raïssa Castro

Coordenadora editorial
Ana Paula Gomes

Copidesque
Lígia Alves

Revisão
Ana Paula Gomes
Cleide Salme

Diagramação
Juliana Brandt

Título original
My Absolute Darling

ISBN: 978-85-7686-815-6

Copyright © Gabriel Tallent, 2017
Publicado mediante acordo com o autor.
Todos os direitos reservados.

Tradução © Verus Editora, 2021
Direitos reservados em língua portuguesa, no Brasil, por Verus Editora. Nenhuma parte desta obra pode ser reproduzida ou transmitida por qualquer forma e/ou quaisquer meios (eletrônico ou mecânico, incluindo fotocópia e gravação) ou arquivada em qualquer sistema ou banco de dados sem permissão escrita da editora.

Verus Editora Ltda.
Rua Benedicto Aristides Ribeiro, 41, Jd. Santa Genebra II, Campinas/SP, 13084-753
Fone/Fax: (19) 3249-0001 | www.veruseditora.com.br

CIP-BRASIL. CATALOGAÇÃO NA FONTE
SINDICATO NACIONAL DOS EDITORES DE LIVROS, RJ

T151m

Tallent, Gabriel, 1987-
  Meu amor absoluto / Gabriel Tallent ; tradução Cecília Camargo Bartalotti. - 1. ed. - Campinas [SP] : Verus, 2021.
  ; 23 cm.

  Tradução de: My Absolute Darling
  ISBN 978-85-7686-815-6

  1. Ficção americana. I. Bartalotti, Cecília Camargo. II. Título.

20-62948
CDD: 813
CDU: 82-3(73)

Meri Gleice Rodrigues de Souza - Bibliotecária CRB-7/6439

Revisado conforme o novo acordo ortográfico.

Seja um leitor preferencial Record.
Cadastre-se no site www.record.com.br e receba informações sobre nossos lançamentos e nossas promoções.

Atendimento e venda direta ao leitor:
sac@record.com.br

para Gloria e Elizabeth

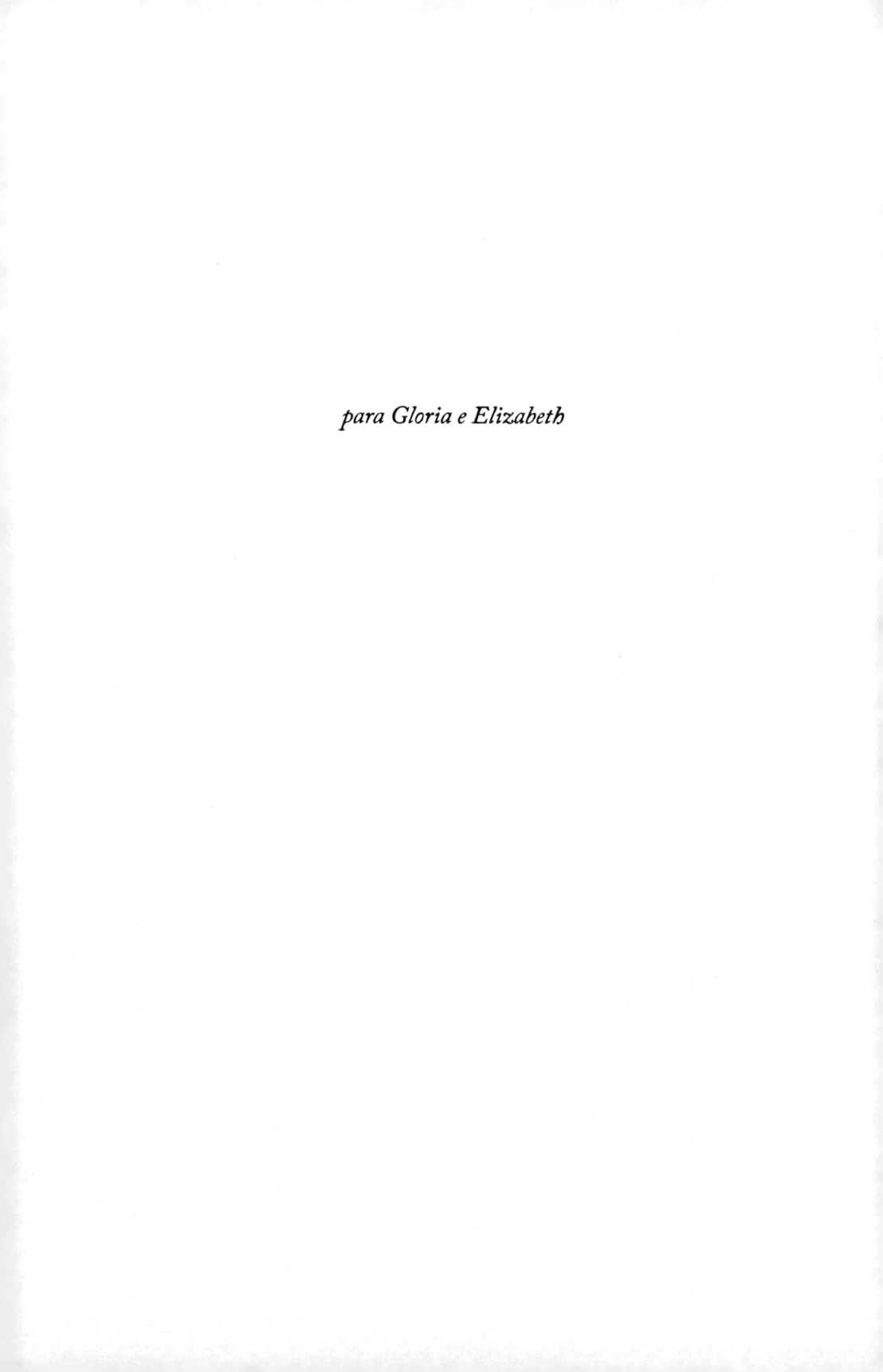

1

A velha casa se assenta sobre a colina, com a pintura branca descascada, as janelas salientes e os balaústres de madeira da varanda tomados por rosas trepadeiras e heras-venenosas. Ramos de roseira arrancaram pedaços do revestimento da madeira, que agora pendem enroscados nos talos. A entrada de cascalhos está pontilhada de embalagens vazias incrustadas de azinhavre. Martin Alveston sai da picape sem olhar para Turtle, que continua sentada na cabine, e sobe até a varanda, as botas militares fazem um som oco sobre as tábuas, um homem grandalhão de camisa xadrez e calça jeans abrindo as portas corrediças de vidro. Turtle espera, ouvindo o ruído do motor, depois vai atrás dele.

Na sala de estar, uma janela está tampada com uma chapa de metal e um centímetro de compensado pregados à moldura e cobertos de alvos de carabina. A concentração de balas é tão densa que parece que alguém encostou um calibre 10 ali e estourou o centro; os projéteis reluzem dentro de cada buraco irregular como água no fundo do poço.

O pai abre uma lata de feijões, coloca-a no velho fogão e risca um fósforo no polegar para acender o queimador, que hesita e ganha vida lentamente, o brilho laranja contra as paredes escuras de sequoia-vermelha, os armários gastos, as ratoeiras manchadas de gordura.

A porta nos fundos da cozinha não tem tranca, apenas buracos para a maçaneta e a fechadura, e Martin a abre com um chute e sai para a varanda inacabada, as vigas expostas vivas com o movimento dos lagartos e entrelaçadas de amoras silvestres, entre as quais se erguem cavalinhas e hortelã, amolecidas com sua estranha penugem de pêssego e seu fedor azedo. Parado com as pernas abertas sobre as vigas, Martin pega a frigideira que havia pendurado nas tábuas rachadas para que os guaxinins limpassem com suas lambidas. Abre a torneira com uma chave-inglesa enferrujada e deixa a água irromper no utensílio de ferro fundido, arrancando um punhado de cavalinhas para esfregar os pontos problemáticos. Depois entra e a coloca sobre o queimador, e a água chia e espirra. Ele abre a geladeira verde-oliva sem luz e pega dois bifes embrulhados em papel pardo, então tira sua faca Daniel Winkler do cinto, limpa-a no jeans, espeta cada bife com a ponta e joga um por vez na frigideira.

Turtle sobe no balcão da cozinha: tábuas granulosas de sequoia-vermelha, pregos rodeados de marcas de velhas marteladas. Ela pega a pistola Sig Sauer entre as latas descartadas e desliza o ferrolho para observar o cartucho de munição alojado na câmara. Faz mira com a arma e vira para ver como ele reage, e ele está parado com a mão grande apoiada no armário e sorri de um jeito cansado, sem levantar os olhos.

Quando ela tinha seis anos, ele a vestiu com um colete salva-vidas para amortecer, mandou que ela não encostasse nas cápsulas quentes ejetadas e a iniciou com uma carabina Ruger .22 de ação por ferrolho, sentada à mesa da cozinha, apoiando a arma em uma toalha enrolada. O avô deve ter ouvido os tiros quando voltava da loja de bebidas, porque apareceu de jeans, roupão de banho felpudo e chinelos com franja de couro, parou à porta e disse: "Que porra é essa, Marty?" O pai, que estava sentado em uma cadeira ao lado de Turtle, lendo *Uma investigação sobre os princípios da moral*, de Hume, acomodou o livro virado para baixo sobre a coxa para não perder a página e falou: "Vá para o seu quarto, piolha", e Turtle subiu rangendo pela escada, sem corrimão e sem espelho nos degraus, pranchas cortadas de um pedaço de sequoia-vermelha, as vigas laterais de madeira velha rachadas e torcidas pelo tratamento inadequado, a torção forçando os pregos das pranchas, expostos e tensionados quase a ponto de se deformarem, os homens silenciosos lá embaixo, o avô a observando, Martin tocando as letras douradas na lombada do livro com a ponta do indicador. Mesmo do andar de cima, deitada em sua cama de compensado com o saco de dormir do exército puxado sobre ela, podia ouvi-los, o avô dizendo: "Porra, Martin, isso não é jeito de criar uma garota", e o pai sem dizer nada por um longo tempo, depois respondendo: "Esta é a minha casa, não se esqueça disso, Daniel".

Eles comem os bifes quase em silêncio, os copos altos de água depositando camadas de areia no fundo. Há um baralho na mesa entre eles e a caixa tem a figura do coringa. Um lado de seu rosto se retorce em um sorriso desvairado, o outro pende com um olhar severo. Quando termina, ela empurra o prato para a frente e o pai a observa.

Ela é alta para catorze anos, um pouco desengonçada, com pernas e braços compridos, quadris e ombros largos mas esguios, pescoço longo e forte. Seus olhos são o traço mais marcante, azuis, amendoados, em um rosto que é magro demais, com maçãs protuberantes e boca arqueada e dentuça. Um rosto feio, ela sabe, e incomum. O cabelo é espesso e loiro, com mechas clareadas pelo sol. A pele é pontilhada de sardas acobreadas. As palmas, a parte interna dos braços e das coxas exibem emaranhados de veias azuis.

— Vá buscar a lista de vocabulário, piolha — diz Martin.

Ela pega o caderno azul na mochila e abre na página dos exercícios de vocabulário da semana, cuidadosamente copiados da lousa. Ele põe a mão sobre o caderno e o puxa sobre a mesa em sua direção. Começa a ler a lista.

— Flagrante — diz e olha para ela. — Expiar. — E vai descendo pela lista. Então diz: — Aqui. Número um. "O *espaço* gostava de trabalhar com crianças." — Vira o caderno e o desliza pela mesa. Ela lê:

1. O _____ gostava de trabalhar com crianças.

Ela lê a lista de palavras, estalando os dedos dos pés contra as tábuas do chão. O pai a observa, mas ela não sabe a resposta.

— "Suspeito" — diz ela —, pode ser "suspeito". — O pai levanta as sobrancelhas e ela preenche com o lápis:

1. O <u>suspeito</u> gostava de trabalhar com crianças.

Ele puxa o caderno sobre a mesa e olha.

— Hum — diz —, agora veja o número dois. — Ele desliza o caderno de volta para ela. Turtle olha para o número dois.

2. Eu _____ de que vamos chegar tarde à festa.

Ela o escuta respirar pelo nariz quebrado e cada respiração dele é insuportável para ela, porque ela o *ama*. Presta atenção no rosto dele, cada detalhe, enquanto pensa, sua burra, você consegue, sua burra.

— Olhe — diz ele —, olhe. — E pega o lápis da mão dela e, com dois traços hábeis, risca *suspeito* e escreve *pediatra*. Depois desliza o caderno de novo para ela. — Piolha, o que é no número dois? Nós acabamos de ver isso. Está aí na sua cara.

Ela olha para a página, que é a coisa que realmente menos importa naquela sala, sua mente cheia da impaciência dele. Ele quebra o lápis no meio e coloca os dois pedaços na frente do caderno. Ela se inclina sobre a página, pensando, burra, burra, burra, sua bosta imprestável. Ele passa as unhas pela barba curta.

— Tudo bem. — Arcado de exaustão e limpando com o dedo o resto de sangue no prato. — Tudo bem, certo — diz ele e arremessa o caderno para o outro lado da sala. — Tudo bem, certo, chega por hoje, já chega... Qual é o problema com você? — Depois, sacudindo a cabeça: — Não, tudo bem, não, já chega.

Turtle fica sentada em silêncio, o cabelo espalhado em volta do rosto, e ele abre a boca e desloca o maxilar para a esquerda, como se estivesse testando a articulação.

Ele estende o braço para a Sig Sauer e a coloca na frente dela. Depois puxa a caixa do baralho sobre a mesa e a derruba na outra mão. Caminha até a janela pregada, para na frente dos alvos cobertos de balas, sacode a caixa para tirar o baralho de dentro, separa o valete de espadas e o segura ao lado do olho, mostrando para ela a frente, o verso, a carta em perfil. Turtle fica sentada com as mãos abertas sobre a mesa, olhando para a pistola. Ele diz:

— Sem amarelar, piolha. — Ele está imóvel. — Você está amarelando. Por acaso está pensando em amarelar, piolha?

Turtle se levanta, ajeita a postura, alinha a massa de mira com o olho direito. Ela sabe que está alinhada quando a borda aparece fina como uma lâmina — se a arma se deslocar um pouco para cima, perceberá um brilho vindo da superfície superior da mira. Confere que a borda é uma linha fina e nítida, pensando, cuidado, cuidado, garota. De perfil, a carta representa um alvo da espessura de uma unha. Ela tira a folga do gatilho de dois quilos, inspira, expira para relaxar a respiração e pressiona esses dois quilos. Atira. A metade de cima da carta flutua em espiral, como uma semente de bordo. Turtle permanece imóvel, exceto pelos tremores que se sucedem em seus braços. Ele sacode a cabeça, com um leve sorriso que tenta esconder, tocando os lábios secamente com o polegar. Em seguida, puxa outra carta e a levanta para ela.

— Não vai amarelar, piolha — diz ele e espera. Quando ela não se mexe, ele diz: — Porra, piolha.

Ela verifica o cão com o polegar. Existe uma sensação de estar segurando a pistola do jeito certo, e Turtle examina minuciosamente essa sensação para detectar qualquer coisa errada, com a borda da alça de mira cobrindo o rosto dele, a cápsula de trítio verde brilhante da mira do tamanho do olho dele. Por um momento suspenso, em que a pontaria segue sua atenção, o olho azul de Martin aparece no topo do horizonte fino e plano da massa de mira. O estômago de Turtle dá um pulo e cai como um peixe fisgado no anzol e ela não se move, tira toda a folga do gatilho, pensando, merda, merda, pensando, não olhe para ele, não olhe para ele. Se ele a vê através das miras, não dá nenhum sinal. Com determinação, ela faz as miras coincidirem com a carta trêmula e desfocada. Solta o ar para relaxar a respiração e atira. A carta não se mexe. Ela errou. Vê a marca na tábua do alvo, a um palmo dele. Desarma o cão e baixa a arma. O suor é como uma teia brilhante em seus cílios.

— Tente mirar — diz ele.

Ela permanece imóvel.

— Vai tentar de novo ou o quê?

Turtle arma o cão outra vez e leva a pistola do quadril para o olho dominante, as miras se alinham, fendas de luz coincidentes entre a alça e a massa de mira, a ponta tão firme que seria possível equilibrar uma moeda sobre a mira dianteira. A carta, em contraste, move-se ligeiramente para cima e para baixo. Um tremor insignificante, que responde ao batimento cardíaco dele. Ela pensa, não olhe para ele, não olhe para o rosto dele. Olhe para a massa de mira, olhe para a borda superior da massa de mira. No silêncio depois do tiro, Turtle relaxa o gatilho até ouvir o clique. Martin vira a carta intacta na mão e a inspeciona de maneira ostensiva.

— Exatamente como eu pensei — diz e joga a carta no chão de madeira, volta para a mesa, senta-se na frente dela, pega o caderno que tinha deixado aberto, virado para baixo na mesa, e se inclina sobre ele. Na janela com a tábua pregada atrás dele, os buracos de bala formam um aglomerado que poderia ser coberto com uma moeda.

Ela fica parada, olhando para ele por três batimentos cardíacos. Solta o carregador, ejeta o cartucho da câmara e o pega na mão, trava o ferrolho e coloca pistola, carregador e cartucho sobre a mesa, ao lado de seu prato sujo. O cartucho rola em um arco amplo com som de bola de gude. Ele umedece o dedo e vira a página. Ela fica de pé, esperando que ele levante os olhos, mas ele não o faz e ela pensa, acabou? Sobe para seu quarto, escuro com o revestimento de madeira sem verniz, as trepadeiras de hera-venenosa se infiltrando pelas esquadrias e pela moldura da janela a oeste.

À noite, Turtle espera em sua plataforma de compensado, sob o saco de dormir verde e os cobertores de lã, escutando os ratos roerem os pratos sujos na cozinha. Às vezes ouve o *claque claque claque* de um rato se aninhando em uma pilha de pratos e coçando o pescoço. Escuta Martin andando de um cômodo a outro. Em ganchos na parede, a Lewis Machine & Tool AR-10, a Noveske AR-15 e a espingarda Remington 870 calibre 12 de ação por bombeamento. Cada uma para uma filosofia de uso diferente. Suas roupas estão dobradas cuidadosamente nas prateleiras, as meias guardadas em um baú ao pé da cama. Uma vez, ela deixou um cobertor desdobrado e ele o queimou no pátio, dizendo: "Só animais arruínam a própria casa, piolha, só *animais* arruínam a porra da própria casa".

De manhã, Martin sai do quarto fechando o cinto do jeans e Turtle abre a geladeira e pega uma caixa de ovos e uma cerveja. Joga a cerveja para ele. Ele apoia a tampa na borda do balcão, arranca-a com uma batida, começa a beber. Sua camisa xadrez está aberta no peito. Os músculos abdominais se movem conforme ele engole. Turtle quebra os ovos no balcão e, levantando-os, despeja o conteúdo na boca, descartando as cascas no balde de compostagem de vinte litros.

— Não precisa ir comigo — diz ela, limpando a boca com a manga.
— Eu sei — diz ele.
— Não precisa.
— Eu sei que não.

Ele a acompanha até o ônibus, pai e filha seguindo os sulcos ao lado do capim-treme-treme que cresce no meio do caminho. De ambos os lados, as rosetas espinhentas e sem flor dos cardos-roxos. Martin segura a cerveja junto ao peito, abotoando a camisa com a outra mão. Eles esperam juntos no acostamento de cascalho rodeado de lírios-tocha e dos bulbos dormentes de lírios-vermelhos. Papoulas-da-califórnia se aninham em meio ao cascalho. Turtle sente o cheiro das algas que apodrecem na praia mais abaixo e o fedor fértil do estuário a vinte metros de distância. Na baía de Buckhorn, a água é verde-clara com véus brancos em torno das colunas de pedra. O oceano se torna azul-claro mais ao longe, e a cor é exatamente como a do céu, sem linha do horizonte e sem nuvens.

— Olhe só para isso, piolha — diz Martin.
— Não precisa esperar — diz ela.
— Olhar para algo assim é bom para a alma. Você olha e pensa, caramba. Contemplar isso é se aproximar da verdade. Você vive à margem do mundo e acha que isso te ensina alguma coisa sobre a vida, olhar para isso. E os anos passam, e você achando isso. Está me entendendo?
— Estou, papai.
— Os anos passam, e você achando que isto é uma espécie de exercício existencial importante: conter a escuridão pelo ato de contemplar. Então, um dia, você percebe que não sabe que porra é essa que está olhando. É definitivamente estranho e não se parece com nada, e toda aquela ruminação não passava de vaidade, cada pensamento que você teve na vida não captou a inexplicabilidade da coisa, sua vastidão e sua indiferença. Você ficou olhando para o oceano durante anos e achou que significava alguma coisa, mas não significava *nada*.
— Você não precisa vir até aqui, papai.

— Ah, eu adoro aquela sapatona — diz Martin. — E ela também gosta de mim. Dá para ver nos olhos dela. Repare. Afeto verdadeiro.

O ônibus ofega ao contornar a base do monte Buckhorn. Martin sorri indolente e ergue a cerveja em saudação à motorista, enorme em seu macacão e suas botas de lenhador. Ela o encara, séria. Turtle sobe no ônibus e desaparece pelo corredor. A motorista olha para Martin, que sorri ali na pista, com a cerveja junto ao coração, sacudindo a cabeça.

— Você é uma mulher e tanto, Margery — diz ele. — Uma mulher e tanto.

Margery fecha as portas com bordas de borracha e o ônibus parte. Olhando pela janela, Turtle vê Martin levantar a mão em despedida. Ela se joga em um banco vazio. Elise se vira para trás, põe o queixo no encosto do banco e diz:

— Seu pai é tão... tão *maneiro*.

Turtle olha pela janela.

No segundo período, Anna anda de um lado para o outro na frente da classe com o cabelo preto molhado preso em um rabo de cavalo. Há uma roupa de mergulho pendurada atrás de sua mesa, pingando no cesto de lixo plástico. Estão corrigindo os exercícios de ortografia, e Turtle se curva sobre o papel, abrindo e fechando a caneta com o indicador, praticando como apertar o gatilho sem nenhuma pressão para a esquerda ou para a direita. As meninas têm voz fina e fraca, e, quando pode, Turtle vira para trás para ler seus lábios.

— Julia — Anna diz para Turtle —, você poderia soletrar e definir "sinédoque" para a classe? Depois leia sua frase.

Embora estejam corrigindo os exercícios, e embora ela tenha o exercício de outra menina à sua frente, uma menina que Turtle admira olhando de lado e roendo os dedos, e embora a palavra *sinédoque* esteja escrita na caligrafia clara e com caneta gel brilhante da menina, Turtle não consegue. Ela começa:

— S-I-N... — E para, incapaz de se orientar naquele labirinto. Ela repete. — S-I-N...

— Essa é mesmo difícil, Julia — diz Anna, gentilmente. — É *sinédoque*, S-I-N-E-D-O-Q-U-E, *sinédoque*. Alguém pode nos dizer o que essa palavra significa?

Rilke, essa outra menina muito mais bonita, levanta a mão, formando um O entusiasmado com os lábios rosados.

— Sinédoque: figura de linguagem em que a parte representa o todo; "A coroa está insatisfeita". — Ela e Turtle trocaram os exercícios, então Rilke fala de memória, sem olhar para a página de Turtle, porque a página de Turtle está em branco, exceto pela primeira linha: *1. Suspeito. Desconfio. Eu suspeito de que vamos chegar tarde à festa.* Turtle não sabe o que isso significa, que a parte representa o todo. Não faz nenhum sentido para ela, assim como também não sabe o que quer dizer *A coroa está insatisfeita*.

— Muito bem — diz Anna. — Mais uma de nossas raízes gregas, a mesma que em...

— Ah! — E a mão de Rilke levanta na mesma hora. — "Simpático."

Turtle está sentada na cadeira de plástico azul, mastigando os nós dos dedos, cheirando a limo do riacho Slaughterhouse, usando uma camiseta rasgada e uma calça jeans com as pernas enroladas que mostram as panturrilhas pálidas e com manchas na pele seca. Sob uma unha, a sujeira castanha de óleo de motor sintético. Os dedos têm seu cheiro pré-histórico. Ela gosta de massagear o lubrificante no aço com as mãos sem luvas. Rilke está passando brilho labial, depois de ter percorrido todo o teste de Turtle, fazendo um pequeno *x* bem desenhado ao lado de cada linha vazia, e Turtle pensa, olha essa vadia. Olha só essa vadia. Lá fora, o campo varrido pelo vento cheio de poças, a vala inundada rasgada no barro cinzento e, mais além, a borda da floresta. Turtle poderia entrar no meio daquelas árvores e nunca ser encontrada. Ela prometeu a Martin que não faria mais isso, nunca.

— Julia — diz Anna. — Julia?

Turtle se vira lentamente para olhar para a professora e espera, escutando.

Anna, muito gentilmente, pede:

— Julia, você poderia prestar atenção, por favor?

Turtle concorda com a cabeça.

— Obrigada — diz Anna.

Quando o sinal toca para o almoço, todos os alunos se levantam ao mesmo tempo e Anna caminha entre as fileiras, põe dois dedos sobre a carteira de Turtle e, sorrindo, levanta um deles para indicar que ela espere um momento. Turtle fica olhando os outros saírem.

— Então —Anna começa.

Ela se senta em uma cadeira e Turtle, quieta e observadora, atenta a rostos, pode ler quase tudo nela: Anna a está examinando de cima a baixo e pensando, eu gosto dessa menina, e refletindo sobre como fazer aquilo funcionar. Isso é irracionalmente estranho para Turtle, que odeia Anna, que nunca deu a Anna nenhum motivo para gostar dela, que não gosta de si mesma. Turtle pensa, sua puta.

— Então — Anna repete —, o que você achou desse exercício? — O rosto dela se torna gentilmente questionador, mordendo o lábio, deixando as sobrancelhas se levantarem, fios de cabelo molhado escapando do rabo de cavalo. Ela diz: — Julia? — Para os ouvidos da costa norte de Turtle, Anna tem um sotaque frio e afetado. Turtle nunca esteve ao sul do rio Navarro, e nunca ao norte do Mattole.

— Hein? — diz Turtle. Ela deixou o silêncio se estender por tempo demais.

— O que você achou desse?

— Não foi muito bom.

— Hum, e você acertou alguma das definições? — pergunta Anna.

Turtle não sabe o que Anna quer dela. Não, ela não acertou, e Anna deve saber que ela não acertou. Há uma única resposta para qualquer uma das perguntas de Anna, e é que Turtle é uma inútil.

— Não — diz Turtle. — Eu não acertei nenhuma das definições. Quer dizer, eu fiz a primeira. "Eu suspeito de que vamos chegar tarde à festa."

— Por que você acha que isso acontece? — pergunta Anna.

Turtle sacode a cabeça. Ela não sabe e não vão forçá-la a inventar alguma coisa.

— E se — sugere Anna — você ficasse aqui, em algum horário durante o almoço, e a gente fizesse umas fichas de estudo juntas?

— Eu *estudo* — diz Turtle. — Não sei se isso ia ajudar.

—Tem alguma coisa que você acha que poderia ajudar? — Anna faz isso, pergunta coisas, finge criar um espaço seguro, mas não há espaço seguro.

— Não sei — diz Turtle. — Eu estudo todas as palavras com o papai...

— E, aqui, Turtle vê Anna hesitar e sabe que cometeu um erro, porque outras meninas de Mendocino não usam a palavra *papai*. Elas geralmente chamam o pai pelo primeiro nome, ou de pai. Turtle continua: — Nós estudamos as palavras, e eu acho que só preciso estudar sozinha um pouco mais.

— Dedicar um pouco mais de tempo, é isso que você está dizendo?
— É.
— Como você estuda com o seu pai? — pergunta Anna.

Turtle hesita. Ela não pode fugir da pergunta, mas pensa, cuidado, cuidado.

— Bom, nós repassamos todas as palavras juntos.
— Por quanto tempo? — diz Anna.

Turtle mexe em um dedo, estala a junta, levanta os olhos, franze a testa e diz:

— Não sei... uma hora?

Ela está mentindo. Está ali na cara de Anna, o reconhecimento.

— É verdade? — diz Anna. — Você estuda uma hora todas as noites?
— Bom — diz Turtle.

Anna a observa.

— Quase todas as noites — diz Turtle. Ela tem que proteger o jeito como limpa as armas na frente enquanto Martin espera lendo junto à lareira, com a luz escapando para o rosto deles e para a sala e sendo arrastada à força pelo chão de volta até o carvão.

— Nós vamos ter que conversar com o Martin sobre isso — diz Anna.
— Não, espera. Eu consigo soletrar "sinédoque".
— Julia, nós precisamos conversar com o seu pai.
— C-I-N — diz Turtle e para, sabendo que está errado, que ela está errada, e não consegue de jeito nenhum lembrar o que vem depois. Anna está olhando para ela de um jeito muito frio e interrogativo, e Turtle olha de volta, pensando, sua vadia. Ela sabe que, se continuar resistindo, se disser mais alguma coisa, vai acabar revelando mais do que deve. — Tá bom — diz Turtle. — Tá bom.

Depois da aula, Turtle vai para a diretoria e se senta em um banco de frente para a recepção, e atrás está a mesa da assistente administrativa, e um corredor curto até a porta verde da sala do diretor. Atrás dessa porta, Anna está dizendo:

— Que Deus a proteja, Dave, mas aquela menina precisa de ajuda, ajuda real e concreta, mais do que eu posso dar a ela. Tenho trinta alunos naquela classe, pelo amor de Deus.

Turtle espera estalando os dedos, a recepcionista lhe dá olhadas rápidas e constrangidas por cima do computador. Turtle não é boa de audição, mas Anna está falando com uma voz agitada e alta, dizendo:

— Você acha que eu quero falar com aquele homem? Escute, escute: misoginia, isolamento, estado de alerta. São três *grandes* sinais. Eu gostaria que ela falasse com um psicólogo, Dave. Ela é marginalizada e, se prosseguir para o ensino médio sem lidarmos com isso, vai ficar *cada vez mais para trás*. Nós podemos trabalhar essa lacuna agora... Sim, eu sei que estamos tentando, mas temos que *continuar* tentando. E se *houver* mesmo algo errado...

Turtle sente um frio na barriga. Puta que pariu, ela pensa.

A recepcionista bate uma pilha de papéis ruidosamente sobre a mesa e caminha pelo corredor até a porta, e o diretor Green está dizendo algo, e Anna, agitada:

— Ninguém quer isso? Por que ninguém quer isso? Há *opções*, é só o que estou dizendo... Bom. Não. Nada. Eu só...

E a recepcionista para à porta, bate e põe a cabeça dentro da sala.

— A Julia está aqui. Esperando o pai — diz ela.

Faz-se silêncio. A recepcionista volta para sua mesa. Martin abre a porta, olha uma vez para Turtle e vai até a mesa.

A recepcionista lhe lança um olhar duro.

— O senhor pode... — diz, indicando com um movimento dos papéis em sua mão que ele pode entrar direto. Turtle levanta e segue atrás dele, passando pela mesa e pelo corredor, e ele dá uma batida na porta e a abre.

— Entre, entre — diz o diretor Green. Ele é um homem enorme, de cara rosada e grandes mãos de um rosa-claro. A gordura pende e enche a calça cáqui pregueada. Martin fecha a porta e fica parado, alto como a própria porta e quase tão largo quanto. A camisa xadrez solta está meio desabotoada e mostra as clavículas. O cabelo castanho longo e espesso está preso em um rabo de cavalo. As chaves começaram a abrir caminho no fundo do bolso, deixando fragmentos de fios brancos. Mesmo se Turtle não soubesse, poderia desconfiar que Martin está com a pistola só pela maneira como ele usa a camisa, só pelo jeito como ele se senta, mas nem o diretor Green nem Anna pensam nisso; eles nem sequer imaginam que isso seja possível, e Turtle se pergunta se existem coisas para as quais ela é cega que outras pessoas podem ver, e o que seriam essas coisas.

O diretor Green pega uma vasilha de chocolates Hershey's Kisses e a estende primeiro para Martin, que levanta a mão para recusar, depois para Turtle, que não se move.

— Como está o seu dia? — ele pergunta, colocando a vasilha de volta sobre a mesa.

— Ah — diz Martin. — Já tive melhores.

Turtle pensa, isso está errado, é o jeito errado, mas como você pode saber, você é só uma vadia.

— E você, Julia, como está?

— Bem — ela responde.

— Hum, bom, imagino que isto seja um pouco estressante — diz o diretor.

— E? — Martin intervém, fazendo um gesto para ele continuar.

— Então vamos ao assunto? — diz o diretor Green. Os novos professores são tratados pelo primeiro nome, mas o diretor Green é de uma geração mais velha, talvez duas. — Desde a nossa última conversa, a Julia continua tendo dificuldades nas aulas, e nós estamos preocupados com ela. Parte do problema são as notas. A compreensão de leitura dela não está no nível esperado. Ela tem dificuldades nas lições. Mas para nós, mais que qualquer questão relacionada à capacidade dela, é a sensação que ela passa de que, bem, talvez a sensação de que a escola não é acolhedora, e nós acreditamos que ela precise de um certo grau de conforto, de um certo grau de *pertencimento* para começar a apresentar progressos na escola. Esse é o problema que nós vemos.

Anna diz:

— Eu tenho trabalhado bastante com a Julia e acho que...

Martin a interrompe, inclina-se para a frente na cadeira, junta as mãos.

— Ela vai acompanhar.

Turtle disfarça a surpresa, dando uma olhada para Martin, pensando, o que você está fazendo? O que ela quer é que Martin olhe Anna nos olhos, e sabe que ele pode fazer isso, que a olhe nos olhos e a faça se sentir bem em relação a tudo aquilo.

— A Julia parece ter dificuldade particularmente com as meninas — diz Anna. — Nós estávamos pensando... talvez ela devesse falar com a Maya, nossa psicóloga. Muitos dos nossos alunos acham que conversar com alguém ajuda muito a se centrar. Acreditamos que a Julia pode se beneficiar de ter um rosto amigo na escola, alguém com quem ela possa falar...

— Vocês não podem condicionar a formatura da Julia a ela consultar uma psicóloga — diz Martin. — O que podemos fazer para garantir que ela vai se formar? — Ele fala olhando para o diretor Green. Turtle sente uma espécie de horror crescente e o reprime, porque talvez ela não compreenda, mas talvez Martin, sim. Ela pensa, o que você está fazendo, papai?

— Martin, acho que há um mal-entendido — diz Anna. — A Julia não vai ser reprovada. Como não temos mais o orçamento para o curso de verão e qualquer curso alternativo seria muito limitado, todos os alunos vão passar para o ensino médio. Mas, se ela sair do fundamental sem amizades sólidas e com as habilidades de estudo e nível de leitura atuais, vai ter notas ruins no ensino médio, e isso, mais tarde, vai prejudicar as oportunidades de entrar em uma faculdade. Por isso é importante lidar com esses problemas *agora*, em abril, enquanto ainda temos tempo pela frente no ano letivo. É uma questão estritamente de bem-estar da Julia, e nós achamos que um encontro semanal com alguém com quem ela possa conversar deve ser parte de qualquer solução.

Martin se inclina para a frente e sua cadeira range. Ele olha nos olhos do diretor Green e abre as mãos como se perguntasse, se não há nenhuma consequência, que merda estamos fazendo aqui?

O diretor olha para Anna. Martin olha para ela também, como se não entendesse por que o diretor olhou para ela. Depois desvia o olhar depressa, voltando a atenção para o diretor. Martin acha que o diretor Green é o responsável e que é o diretor Green que ele pode dobrar. Para Martin, Anna parece muito irritante e muito sem autoridade. Turtle não sabe por que ele pensa assim. Em todas essas conversas, o diretor Green nunca pareceu se impressionar com Martin. Ela percebe agora como ele é sólido. Turtle sabe que ele tem um filho vesgo com síndrome de Down e que é diretor ali há bem mais de vinte anos, e Martin não está falando a língua dele. Nada que Martin possa dizer convencerá o diretor Green do que quer que seja. Esta reunião deveria servir para serem educados e para mostrar que Turtle está empenhada, para mostrar que Martin também está empenhado em colaborar com os professores dela, e Martin não está fazendo certo, não está dizendo as coisas certas, está tentando intimidar o diretor Green, como já tentou fazer antes.

— Martin — diz Anna —, eu estou muito empenhada em trabalhar com a Julia e em fazer *tudo* o que for necessário para prepará-la para o ensino médio, mas há limites para o que eu posso fazer se a Julia se mostra desinteressada aqui na escola, desconcentrada.

— Sr. Green — diz Martin, como se estivesse argumentando com Anna. O diretor Green franze muito a testa, balançando um pouco de um lado para outro na cadeira, as mãos unidas sobre a barriga enorme. — O sucesso da Julia não depende de atenção especial ou de intervenção terapêutica. Não é tão complicado. O que ela aprende na escola é entediante. Nós vivemos em tempos empolgantes e terríveis. O mundo está em guerra no Oriente Médio. A concentração de carbono na atmosfera está se aproximando de quatrocentas partes por milhão. Estamos no meio da sexta extinção em massa. Na próxima década, vamos ter ultrapassado o pico de Hubbert. Podemos até já ter ultrapassado, ou pode ser que continuemos no curso atual do fracking, que representa um risco diferente, mas não menos sério, para os lençóis freáticos. E, mesmo com todos os esforços que fazemos, é bem possível que os nossos filhos acreditem que a água chega na torneira por mágica. Eles não sabem que há um aquífero embaixo da cidade, ou que ele está ficando perigosamente esgotado, ou que não temos nenhum plano para abastecer a cidade de água *depois* que ele se esgotar. A maioria deles não sabe que cinco dos últimos seis anos foram os mais quentes de que se tem registro. Imagino que os seus alunos talvez estejam interessados nisso. Imagino que eles talvez estejam interessados no próprio. Em vez disso, a minha filha está fazendo exercícios de ortografia.

No *oitavo* ano. E você se espanta que os pensamentos dela estejam em outro lugar?

Turtle está olhando para ele e tentando vê-lo como o diretor Green e Anna o veem, e detesta o que vê.

O diretor parece já ter ouvido essa objeção, em termos mais incisivos, de outras pessoas.

— Bom, Marty, isso não é bem verdade. Os nossos alunos fazem a última prova de ortografia no quinto ano. No oitavo ano eles aprendem vocabulário com etimologia grega ou latina, o que é útil para prepará-los para compreender e articular os fenômenos que você descreveu.

Martin mantém os olhos fixos no homem.

O diretor Green completa:

— Embora seja verdade que eles devem saber escrever as palavras corretamente.

Martin se inclina para a frente e o Colt 1911 fica marcado sob a camisa em suas costas, e, apesar de seu rosto estar tranquilo, o movimento expressa força física e ameaça. É evidente, observando o diretor Green e Martin, um na frente do outro, que eles até podem ter o mesmo peso, mas, enquanto o diretor Green tem toda a sua flacidez esparramada pela cadeira, Martin é sólido como uma parede. Turtle sabe que essa reunião é para demonstrar disposição de lidar com as preocupações que eles expressaram. Martin não parece saber disso.

— Eu acho — diz Martin — que nós deveríamos deixar a Julia cuidar dos seus próprios relacionamentos com as colegas, e da sua relação com o trabalho escolar, da maneira que for melhor para ela. Você não pode determinar que uma menina seja extrovertida. Não pode determinar que ela consulte uma psicóloga e não pode patologizar o aborrecimento e o desinteresse dela por um currículo entediante. No lugar da Julia, você ou eu estaríamos aborrecidos e desinteressados. Por isso, eu não vou dizer a ela, nem vou permitir que ninguém diga, que precisa de atenção especial. Entendo a sua preocupação com as dificuldades do ensino médio, mas não posso deixar de pensar que essas dificuldades serão um contraste benéfico com essa tortura embotadora de exercícios de ortografia e livros infantis sem enredo. Ela vai estar à altura de qualquer desafio que o próximo ano trouxer. Mas eu estou ciente das suas preocupações e posso me comprometer agora mesmo a conseguir mais tempo para ajudar a Julia a estudar e ensinar a ela as habilidades de estudo que você acha que lhe faltam. Posso arrumar mais tempo para isso, todas as noites e nos fins de semana.

O diretor Green se vira para Turtle e diz:

— Julia, o que você acha de tudo isso? Gostaria de conversar com a Maya?

Turtle permanece imóvel, com uma das mãos presa na outra, prestes a estalar o dedo, a boca aberta, enquanto olha de seu pai para Anna. Ela quer tranquilizar Anna, mas não pode contradizer Martin. Todos a observam. Ela diz:

— A Anna se esforça muito para me ajudar e acho que não estou colaborando com essa ajuda. — Todos na sala parecem surpresos. — Eu acho — continua Turtle — que preciso me empenhar um pouco mais e deixar a Anna me ajudar um pouco mais, escutá-la mais, talvez. Só que não quero conversar com ninguém.

Quando terminam, seu pai se levanta e abre a porta para Turtle e eles caminham juntos para a picape, entram e se sentam em silêncio no banco único. Martin leva a mão à ignição e parece pensar em alguma coisa, olhando pela janela lateral. Então ele diz:

— É isto que você quer da vida? Ser uma bocetinha analfabeta?

Ele liga o motor e eles partem, saem do estacionamento, Turtle repetindo as palavras *bocetinha analfabeta*. O sentido daquilo lhe vem de repente, como algo que estava preso em uma lata e pula para fora. É só ela deixar partes de si sem nome e sem exame que ele vem e as nomeia, e ela se vê claramente nas palavras dele e acaba se odiando. Ele muda as marchas com uma raiva quieta e enérgica. Ela se odeia, odeia aquela fenda inacabada e sem recheio. Chegam pela entrada de cascalho e ele estaciona na frente da varanda e desliga o motor. Sobem os degraus da varanda juntos e seu pai vai para a cozinha, pega uma cerveja na geladeira e abre na borda do balcão. Ele se senta à mesa e raspa uma mancha com a unha do polegar. Turtle se ajoelha e pousa as mãos no tecido desbotado da calça Levi's dele.

— Desculpe, papai.

Ela desliza dois dedos entre os fios brancos esgarçados e apoia a lateral do rosto na parte interna da coxa dele. Ele continua olhando para o outro lado, segurando a cerveja entre o polegar e o indicador, e ela pensa desesperadamente no que pode fazer, uma garotinha fendida, fendida e analfabeta.

— Eu nem sei o que dizer — responde ele. — Não sei o que dizer a você. A humanidade está se matando... lentamente, ruinosamente, coletivamente *cagando na própria banheira*, cagando no mundo só porque não consegue conceber que o mundo existe. Aquele gordo e aquela vadia, eles não entendem. Eles fazem aros para as pessoas pularem e querem que você pense que *isso* é o mundo, que o mundo é feito de aros. Mas o mundo não é, e você não deve nunca, nunca pensar que é. O mundo é a baía de Buckhorn e a ravina Slaughterhouse. Esse é o mundo, e aquela escola é só... sombras, distrações. Nunca se esqueça disso. Mas você tem que ficar atenta. Se vacilar, eles vão te tirar de mim. Então, o que eu posso te dizer...? Que a escola não é nada e, mesmo assim, você tem que fazer o jogo? — Ele olha para ela, avaliando sua inteligência. Depois estende o braço e a segura pelo queixo. — O que se passa nessa cabecinha? — Vira a cabeça dela para cá e para lá, fitando-a intensamente. Por fim, diz: — Você sabe disso, piolha? Sabe o que você significa para mim? Você salva a minha vida todas as manhãs quando acorda e sai da cama. Eu ouço os seus passinhos descendo de leve a nossa escada e penso, essa é a minha garota, é para isso que estou vivendo. — Ele fica em silêncio por um momento. Ela sacode a cabeça, o coração estalando de raiva.

À noite, ela espera em silêncio, escutando, tocando no rosto a lâmina fria de seu canivete. Ela o abre e fecha sem fazer barulho, deslocando a trava com o polegar e baixando-a de novo, devagar, para que não faça clique. Escuta-o andando de um cômodo para outro. Turtle apara as bordas de suas unhas. Quando ele para, ela para. Ele agora está em silêncio na sala. Lentamente, sem ruído, ela fecha o canivete. Estala os dedos dos pés com o calcanhar do outro pé. Ele sobe a escada, levanta-a da cama, ela põe os braços em volta do pescoço dele, ele a carrega para baixo e através da sala escura até o seu quarto, onde as sombras das folhas do amieiro lançadas pelo luar entram e saem de foco na parede de gesso, as próprias folhas de um verde ceroso muito escuro contra o vidro da janela, as tábuas pretas ferruginosas do chão com rachaduras como feridas de machadinha, a fenda inacabada entre a sequoia-vermelha e o gesso como uma costura negra se abrindo para os alicerces insondáveis onde as grandes vigas de madeira virgem exalam seu perfume de chá-preto, de pedras de rio e tabaco. Ele a pousa, os dedos formando depressões em suas coxas, as costelas dela se abrindo e fechando, cada curva na penumbra, cada elevação de um branco imaculado. Ela pensa, faça, eu quero que você faça. Fica deitada na expectativa, olhando pela janela para os pequenos e recém-formados cones verdes do amieiro e pensando, isto sou eu, seus pensamentos como o tutano gelatinoso e sangrento em seus fêmures ocos e no par de ossos suavemente curvos de seus antebraços. Ele se debruça em cima dela e, em tons roucos de admiração, murmura: "Porra, piolha, porra". Passa as mãos pelos ossinhos projetados dos quadris dela, pelo ventre, pelo rosto. Ela olha para ele sem piscar. Ele diz: "Porra" e enfia os dedos marcados de cicatrizes em seus cabelos emaranhados, depois a vira, e ela fica deitada de bruços e o espera, e na espera oscila entre querer e não querer. O toque dele lhe desperta a pele e ela recolhe tudo dentro do teatro particular de sua mente, onde qualquer coisa é permitida, as duas sombras projetadas no lençol e enlaçadas. Ele sobe a mão deslizando pela perna dela, segura a nádega e diz "Porra, porra", e sobe os lábios pelas saliências da coluna, beijando cada uma, demorando-se em cada uma, sua respiração sufocada de emoção, dizendo "Porra", as pernas dela separadas para revelar a abertura que dá passagem para o escuro de suas entranhas, e ele toma isso como a verdade dela, ela sabe. Ele levanta seu cabelo em punhados e os espalha pelo travesseiro para expor a nuca e diz "Porra", sua voz um ronco, acariciando os cabelinhos rebeldes com os dedos. A garganta dela se aperta contra o travesseiro, cheia de folhas molhadas como se fossem de papel, como se ela fosse uma terra fria e absorvente no outono, a água invernal escorrendo por elas, com sabor de pimenta e pinheiro, folhas de carvalho e o gosto verde da grama. Ele acredita que o corpo dela é algo que ele entende, e, traiçoeiramente, é mesmo.

Quando ele dorme, ela se levanta e caminha pela casa sozinha, segurando a vulva intumescida para reter o calor que vai se espalhando. Agacha dentro da banheira, olhando para as torneiras de cobre, jogando em si a água fria, a textura grossa de teia de aranha da porra dele entre os dedos, pegajosa mesmo sob a água corrente e parecendo cada vez mais espessa. Fica em pé na frente da pia de porcelana, lavando as mãos, e são os olhos de seu pai que ela vê no espelho. Ela termina de se lavar, fecha a torneira de cobre, olha para aquele azul fendido e bordeado de branco, a pupila negra se dilatando e contraindo por si só.

2

Quando a neblina se ergue da grama ainda salpicada de orvalho, Turtle tira a Remington 870 do gancho na parede, libera o ferrolho e o desliza para expor o cartucho verde. Fecha a espingarda, equilibra-a sobre o ombro, desce a escada e sai pela porta dos fundos. Está começando a chover. Os pingos tamborilam nos pinheiros e tremulam nas folhas de urtiga e samambaia. Ela pisa com cuidado nas vigas da varanda dos fundos e desce pela colina fervilhante de troncos apodrecidos, tritões e salamandras, os calcanhares rompendo a crosta viscosa de folhas de murta e revirando a terra escura. Avança com cuidado em zigue-zague pelo declive até a nascente do riacho Slaughterhouse, onde as avencas têm talos pretos e folhas como lágrimas verdes, as capuchinhas pendentes em emaranhados com seu cheiro marcante e molhado, as pedras revestidas de hepáticas.

A nascente jorra de uma abertura musgosa na colina, e, bem no lugar onde ela cai, formou-se uma bacia na pedra bruta, um poço de água fria, transparente, de gosto metálico, grande como um quarto, coberto de troncos desgastados. Turtle senta nos troncos, tira todas as peças de roupa, coloca a espingarda no meio delas e desliza com os pés para dentro da piscina de pedra — porque ali ela busca seu consolo peculiar e sente que é o consolo dos lugares frios, de algo que é claro, frio e vivo. Prende a respiração e desce até o fundo e, puxando os joelhos para junto dos ombros, com o cabelo se erguendo à sua volta como ervas, abre os olhos na água, levanta a cabeça e vê na superfície pontilhada de chuva a silhueta dos tritões, com seus dedos espalhados e a barriga vermelho-dourada exposta, a cauda se agitando preguiçosamente. Estão curvos e distorcidos, do jeito que as coisas ficam sob a água, e o frio é bom para ela, a traz de volta a si. Ela rompe a superfície e se ergue sobre os troncos, sente o calor voltar e observa a floresta à sua volta.

Ela se levanta, sobe com cuidado a encosta de volta e caminha com um pé na frente do outro sobre as traves da varanda dos fundos na chuva cada vez mais forte e entra na cozinha, onde a doninha de cauda preta se assusta e olha para ela, a pata sobre um prato cheio de ossos velhos de bife.

Deixa a espingarda sobre o balcão, vai à geladeira, abre a porta e fica ali, molhada, o cabelo escorrido nas costas e desalinhado em volta do rosto, quebrando os ovos na borda do balcão, abrindo-os na boca e descartando as cascas no balde de compostagem. Ouve Martin sair do quarto e vir pelo corredor. Ele entra na cozinha e olha para a chuva pela porta aberta atrás dela. Ela não diz nada. Baixa as mãos para o balcão e as deixa pousar ali. A espingarda está salpicada de gotas, que se agarram aos cartuchos verdes ondulados na cartucheira lateral da arma.

— É, piolha — diz ele, olhando para trás dela. — É, piolha.

Ela guarda a caixa de ovos. Pega uma cerveja e joga para ele.

— Hora de levar você para o ônibus?

— Não precisa ir.

— Eu sei.

— Você não precisa, papai.

— Eu sei disso, piolha.

Turtle não diz nada. Fica parada perto do balcão.

Caminham juntos para a estrada sob a chuva forte. A água corre na pista, enchendo os sulcos de agulhas de pinheiro. Param na base da entrada de cascalho. Ao longo da borda gasta do asfalto, erva-de-cheiro e aveia-brava vergam sob o aguaceiro, com trepadeiras de rosa-do-campo se enrolando em seus talos. Ouvem o riacho Slaughterhouse ecoando abaixo da estrada costeira. No oceano cinzento, as cristas brancas das ondas lançam creme contra as colunas de pedra escuras.

— Olha que filho da puta — diz Martin, e ela olha, sem saber a que ele se refere, a enseada, o oceano, as colunas de pedra, não está claro. Ela ouve o velho ônibus mudando de marcha enquanto faz a curva. — Cuide-se, piolha — fala Martin, sombrio. O ônibus range e para e, com um ofegar exausto e o chiado das bordas de borracha, abre as portas. Martin cumprimenta a motorista, segurando a cerveja sobre o coração, solene diante do desprezo dela. Turtle sobe os degraus e caminha pelo corredor com piso de borracha ondulada e luzes no chão, as ondulações agora cheias de água da chuva, os outros rostos como manchas brancas turvas e desencontradas em seus bancos de vinil verde-escuro. O ônibus sacode e, com ele, Turtle balança para o lado e aterrissa em seu assento vazio.

Cada vez que o ônibus freia, a água corre para a frente por baixo dos bancos e pelas ondulações da borracha no corredor e os alunos levantam os pés, enojados. Turtle fica olhando a água passar por baixo dela, carregando consigo uma casca de esmalte cor-de-rosa que saiu inteira e segue virada para cima na maré. Rilke está do outro lado do corredor, os joelhos pressionados contra as costas do assento, inclinada sobre um livro, passando uma mecha de cabelo entre o polegar e o indicador até ficar apenas com um leque das pontas, seu casaco vermelho da London Fog cheio de pingos de água. Turtle imagina se Rilke o vestiu para ir à escola pensando, tudo bem, mas eu preciso ter cuidado com este casaco. A chuva é fora de época, mas ela não ouviu ninguém dizer isso. Turtle não acha que mais alguém além de seu papai se preocupe com isso. Ela se pergunta o que Rilke pensaria se pudesse ver Turtle acordada à noite, sentada sob a lâmpada sem lustre em seu quarto de sequoia-vermelha, com a janela saliente de frente para o monte Buckhorn, inclinada sobre a arma desmontada, manuseando cada peça com cuidado, e se pergunta, se Rilke visse isso, será que entenderia? Ela acha que não, claro que não. Claro que não entenderia. Ninguém entende ninguém.

Turtle está usando uma velha calça Levi's sobre uma legging preta de lã, a camiseta molhada agarrada à barriga, camisa xadrez, casaco militar verde-oliva grande demais para ela e um boné de tela. Ela pensa, eu daria qualquer coisa no mundo para ser você. Daria qualquer coisa. Mas isso não é verdade, Turtle sabe que não é verdade.

— Gostei muito do seu casaco — diz Rilke.

Turtle desvia o olhar.

— Não, sério, gostei *mesmo* — Rilke se apressa a dizer. — Não tenho nada desse tipo, sabe? Assim... legal e antigo?

— Obrigada — responde Turtle, puxando melhor o casaco sobre os ombros, enfiando as mãos dentro das mangas.

— É todo esse look, tipo militar, Kurt Cobain chique, que você tem.

— Obrigada — diz Turtle.

— Então... a Anna está, tipo, *massacrando* você com aqueles exercícios de vocabulário — continua Rilke.

— Foda-se a Anna, aquela vagabunda — diz Turtle. O casaco é enorme sobre seus ombros. Suas mãos, os nós dos dedos brancos, molhadas de chuva, estão apertadas entre as coxas. Rilke solta uma risada, surpresa, olhando para a frente do ônibus, depois na outra direção, para os fundos, seu pescoço muito longo, o cabelo descendo em mechas lisas, pretas e brilhantes. Turtle não sabe como pode ser tão brilhante, tão liso, como tem aquela luz, e então Rilke olha de volta para Turtle, os olhos acesos e a mão sobre a boca.

— Ah, meu deus — diz Rilke —, ah, meu deus.

Turtle a observa.

— Ah, meu deus — Rilke repete, inclinando-se para ela, conspiratória. — Não fale assim!

— Por quê? — pergunta Turtle.

— Porque a Anna na verdade é bem legal — diz Rilke, ainda inclinada para ela.

— É uma vaca — diz Turtle.

— Então, topa a gente fazer alguma coisa juntas qualquer hora? — pergunta Rilke.

— Não — responde Turtle.

— Bom — diz Rilke, depois de uma pausa —, foi bom falar com você. — E volta para o livro.

Turtle desvia os olhos de Rilke, para o banco à frente, depois para a janela, escorrendo água. Uma dupla de meninas prensa fumo em um cachimbo de vidro. O ônibus balança e sacode. Eu preferia, Turtle pensa, rasgar você da bunda até esse pescocinho de vadia a ser sua amiga. Ela tem uma faca Kershaw Zero Tolerance sem o clipe para prender na calça, que leva no fundo do bolso. Pensa, sua puta, sentada aí com seu esmalte, passando a mão no cabelo. Nem sabe por que Rilke faz isso — por que ela examina a ponta do cabelo, o que há ali para ver? Eu odeio tudo em você, Turtle pensa. Odeio o jeito que você fala. Odeio sua vozinha de puta. Eu mal consigo te ouvir, esse guincho agudo. Eu odeio você e odeio essa bocetinha perfeita entre as suas pernas. Turtle, observando Rilke, pensa, caramba, ela está mesmo olhando para o cabelo como se houvesse algo para ver nas pontas.

Quando o sinal toca para o almoço, Turtle desce a colina até o campo, as botas rangendo na terra molhada. Vai patinhando até o gol do futebol, com as mãos nos bolsos, e a chuva varre o campo alagado formando riozinhos. O campo é cercado por uma floresta, escura com a chuva, as árvores retorcidas e ressecadas pelo solo pobre, finas como postes. Uma cobrinha desliza pela água, gloriosamente, de um lado para outro, a cabeça para cima e para a frente, preta com longas listras verdes e cobre, o pequeno maxilar amarelo, a cara preta, os olhos pretos brilhantes. Atravessa a vala alagada e desaparece. Turtle quer ir, correr. Quer cobrir terreno. Partir, sumir no mato, abrir o cilindro de sua vida, girá-lo e então fechar. Ela prometeu a Martin, prometeu, e prometeu, e prometeu. Ele não pode se arriscar a perdê-la, mas, Turtle pensa, isso não vai acontecer. Ela não conhece tudo sobre esses bosques, mas conhece o suficiente. Fica ali parada, cercada no campo aberto, olhando para a floresta, e pensa, que merda, que merda.

O sinal toca. Turtle vira e olha para a escola acima dela na colina. Prédios baixos, passarelas cobertas, multidão de estudantes com capa de chuva, calhas entupidas jorrando água.

3

É meio de abril, quase duas semanas depois da reunião com Anna. As amoras silvestres escalaram as velhas macieiras e estão entrelaçadas em um dossel em floração descontrolada. Codornas se movimentam a passos miúdos em grupos nervosos, os topetes balançando, enquanto pardais e tentilhões revoluteiam e mergulham entre os troncos. Ela sai do pomar e atravessa o campo de framboesas até o trailer do avô. Há trilhas de bolor descendo pelos painéis de madeira. A esquadria de alumínio em volta da janela está selada com musgo. Brotos de cipreste se erguem das folhas acumuladas. Ela escuta Rosy, a velha mestiça de dachshund e beagle do avô, se levantar e ir para a porta, se sacudindo e fazendo tilintar a coleira. Então a porta é aberta e o avô aparece e a cumprimenta.

— Olá, meu docinho.

Ela sobe os degraus e apoia a AR-10 no batente da porta. Essa é a sua arma, uma espingarda Lewis Machine & Tool com mira telescópica U.S. Optics 5-25×44. Ela a adora, mas, caramba, como pesa. Rosy dá pulos, abanando as orelhas.

— Quem é a minha cachorrinha? — Turtle fala.

Rosy se sacode, toda entusiasmada, balançando o rabo.

O avô senta à mesa dobrável e se serve de dois dedos de uísque. Turtle se acomoda diante dele, pega a pistola Sig Sauer no coldre escondido no jeans, solta o carregador e deixa a arma sobre a mesa, travada e aberta, porque o avô diz que, quando um homem joga cribbage com a neta, os dois têm que estar desarmados.

— Veio jogar um pouco de cribbage com o vovô? — diz ele.
— Vim — ela responde.
— Sabe por que você gosta de cribbage, meu docinho?
— Por quê, vovô?
— Porque o cribbage, docinho, é um jogo de pura astúcia animal.

Ela o encara, sorrindo um pouco, porque não tem a menor ideia do que ele quer dizer.

— Ah, docinho — diz ele —, estou brincando.

— Ah — diz ela, e permite que o sorriso tome todo o seu rosto, virando um pouco, tocando timidamente os dentes com o polegar. É tão bom ter o avô brincando com ela, mesmo que ela não entenda.

Ele está olhando para a Sig Sauer. Estende o braço sobre a mesa, põe a mão na arma, a levanta. O ferrolho está travado, o cano exposto, e ele o inspeciona para ver se há sujeira e o toca com a ponta do dedo para detectar gordura, virando-o de um lado para outro na luz.

— O seu pai cuida desta arma para você? — ele pergunta.

Ela sacode a cabeça.

— Você cuida desta arma sozinha? — ele quer saber.

— Sim.

Ele aciona a alavanca de desmontagem e solta o retém do ferrolho. Com cuidado, remove o ferrolho da armação e inspeciona os trilhos.

— Mas você nunca atira com essa coisa — diz ele.

Turtle pega um baralho, tira-o da caixa, corta, embaralha, depois torna a embaralhar em cascata. As cartas deslizam com uma fricção acetinada. Ela bate o baralho com força na mesa.

— Você atira com ela — diz ele.

— Por que cribbage é um jogo de pura astúcia animal? — pergunta ela, cortando o baralho e examinando as metades, uma em cada mão.

— Ah, não sei — ele responde. — É o que dizem.

Toda noite ela desmonta a arma e a limpa com uma escova de cerdas metálicas e discos de algodão. O avô fica olhando para os trilhos limpos e desgastados, depois retorna o ferrolho para a armação. Seus dedos tremem enquanto segura o ferrolho no lugar, de encontro à mola recuperadora. Ele parece ter esquecido como acionar a alavanca de desmontagem, observa as travas e alavancas como se hesitasse, como se, por um momento, estivesse perdido com a arma. Turtle não sabe o que fazer. Fica sentada com as metades do baralho nas mãos. Então ele encontra a alavanca de desmontagem e tenta duas vezes antes de conseguir fazer a pecinha justa de aço girar, depois a encaixa no lugar, as mãos trêmulas, e deixa o ferrolho deslizar para a frente. Ele larga a pistola e olha para ela. Turtle embaralha, junta as cartas, bate o baralho diante dele.

— Bem — diz ele. — Com certeza você não é o seu velho.

— O quê? — pergunta Turtle, curiosa.

— Ah — diz o avô —, esquece, esquece.

Ele estende a mão trêmula e corta o baralho. Turtle o pega de volta e dá seis cartas para cada um. O avô segura as cartas em leque e suspira, fazendo pequenos ajustes com o polegar e o indicador. Turtle faz seus descartes. O avô suspira de novo, envolve o copo de uísque com a mão grande e fica ali parado, girando-o, os cubos de pedra-sabão tilintando suavemente contra o vidro.

Ele vira o drinque de um gole só, suga ar entre os dentes, serve outra dose. Turtle espera em silêncio. Ele vira o copo de novo e se serve de uma terceira dose. Fica parado, girando a bebida lentamente. Por fim, pega duas cartas e as descarta. Então corta o baralho e Turtle vira a carta inicial, a dama de copas, e a pousa na mesa com a face para cima. Ele parece prestes a comentar como a carta inicial determinou o destino de sua mão, como se, no momento mesmo de fazer a observação, tivesse ficado mudo pela complexidade da coisa.

— Os trilhos naquela arma — ele diz, depois de um minuto — estão muito bons.

— É — diz Turtle.

— É, estão muito bons — o avô repete, com ar de dúvida.

— Eu deixo eles sempre lubrificados — ela responde.

O avô olha em volta no trailer, de repente pensativo. Seus olhos percorrem o teto, o revestimento que imita madeira descascando em alguns pontos, a pequena cozinha precária. Há roupa para lavar no chão do corredor e o avô franze muito a testa, olhando para tudo aquilo.

— É a sua vez — diz Turtle.

O avô separa uma carta das outras e a joga na mesa.
— Dez — diz.
Turtle joga um cinco, marca dois pontos pelo quinze.
— Vovô?
— Vinte — ele diz, marcando dois pontos pelo par.
— Trinta — fala Turtle, jogando um valete.
— Vai.
Turtle marca um ponto pelo "vai" e joga uma dama. O avô joga um sete, em aparente exaustão. Turtle joga um três, fazendo vinte. O avô joga um seis e diz:
— Olhe aqui, docinho — e desafivela o cinto e tira sua velha faca Bowie. A bainha desgastou o couro do cinto preto reluzente, e ele a segura na palma da mão aberta, como que avaliando o peso. — Eu não uso mais.
— Guarde isso, vovô — diz ela. — Ainda temos que terminar a mão.
— Docinho — o avô insiste, estendendo a faca.
— Deixa eu ver o que tem na sua mão — diz Turtle.
O avô põe a faca na mesa na frente dela. O cabo de couro está velho e preto de gordura, o pomo cinza-escuro. Turtle estende o braço sobre a mesa, pega as cartas do avô e vira para si. Junta as quatro cartas e olha para elas: o cinco de espadas, o seis de espadas, o sete de espadas, o dez de espadas e a carta inicial, a dama de copas.
— Bom — diz Turtle. O avô não olha para as cartas, só olha para ela. A boca de Turtle se move enquanto ela conta. — Quinze dá dois pontos, mais quinze dá quatro, a sequência dá sete e o flush dá onze pontos. Faltou alguma coisa? — Ela marca onze pontos para ele.
O avô diz:
— Pegue isso, docinho.
— Não estou entendendo, vovô — diz ela.
— Você tem direito a uma ou duas coisas minhas.
Ela estala um dedo, depois outro.
— Você vai cuidar bem dela — diz ele. — É uma boa faca. Se um dia você furar um filho da puta com ela, ele vai sentir. Essa faca é um presente meu para você.

Ela a tira da bainha. O aço é de um preto embaçado pelo uso. Oxidado como aço-carbono muito velho. Ela vira a lâmina para si e vê uma única linha contínua e fosca, sem chanfros ou falhas, o gume reluzente e polido. Passa a lâmina suavemente pelo braço e os pelos dourados vão se acumulando.

— Vá pegar as pedras de amolar também, docinho.

Ela vai à cozinha, abre uma gaveta, tira um velho saquinho de couro com as três pedras de amolar e o leva para a mesa.

— Cuide bem disso — ele diz.

Turtle senta, muda, olhando para a lâmina. Ela adora cuidar de coisas.

Rosy, sentada no chão entre eles, se anima, a coleira tilintando. Turtle olha para a porta e em seguida soa uma batida forte. Ela estremece.

— Deve ser o seu pai — o avô diz.

Martin abre a porta e entra. O piso reclama. Ele para, ocupando todo o corredor.

— Porra, pai — diz. — Eu gostaria que você não bebesse na frente dela.

— Ela não se importa de eu tomar um drinque — diz o avô. — Você se importa, docinho?

— Porra, Daniel — diz Martin. — Claro que ela não se importa. Ela tem catorze anos. Não é função dela se importar, é minha. É minha função pelo visto e eu me importo. Devia ser sua função também, mas você não pensa assim.

— Bom, eu não vejo mal.

— Eu não me importo — diz Martin — se você tomar uma cerveja. Não me importo mesmo. Não me importo se você tomar um ou dois dedos de uísque. Mas não gosto quando você bebe mais que isso. Não está certo.

— Eu estou bem — diz o avô, com um aceno de mão.

— Tá bom — diz Martin, sem convicção —, tá bom. Vamos para casa, piolha.

Turtle pega a pistola, fecha o ferrolho, encaixa o carregador, guarda no coldre. Então se levanta, segurando a faca e o saquinho de pedras de amolar, e caminha para a porta, onde Martin põe um braço sobre seus ombros.

Ela pega a AR-10 pela alça e se vira para olhar para o avô. Martin hesita ali na porta, segurando-a.

— Você está bem, pai?

— Estou bem — o avô responde.

— Não quer vir jantar com a gente? — pergunta Martin.

— Ah — diz ele —, eu tenho uma pizza no freezer.

— Você é bem-vindo pra jantar. Nós gostaríamos que você viesse, pai. Não é verdade, piolha?

Turtle está em silêncio, ela não quer fazer parte daquilo, não quer que o avô vá até sua casa.

— Bom — diz Martin —, faça como quiser. Se mudar de ideia, é só ligar e eu venho com a picape buscar você.

— Ah, eu estou bem — diz o avô.

— E, pai — diz Martin —, vá com calma. Esta menina merece ter um avô. Certo?

— Certo — responde o avô, franzindo a testa.

Martin continua a hesitar na porta. O avô o observa, a cabeça ligeiramente trêmula, e Martin fica parado, como se esperasse que o avô fosse dizer algo, mas o avô não diz e Martin aperta com mais força o ombro de Turtle e eles saem juntos, seguindo o velho caminho de cascalho através do pomar. Ele é uma presença grande e silenciosa ao lado dela. Atravessam o bosque de fim de tarde, passando por onde o avô estaciona sua picape. Trepadeiras de amoras se entrelaçam pelo meio do caminho. Camomilas se esparramam pelo cascalho.

— Não me entenda mal, piolha — diz Martin —, mas o seu avô é um grande filho da puta.

Pai e filha sobem os degraus da varanda e entram pela sala de estar. Turtle senta no balcão da cozinha e coloca a faca ao seu lado. Martin risca um fósforo no jeans para acender o fogão, pega uma frigideira e começa a preparar o jantar. Turtle está sentada na beirada do balcão. Ela tira a pistola do coldre, puxa o ferrolho para carregar a arma e acerta quatro tiros em uma única marca. Martin ergue os olhos da abóbora que estava cortando e a observa esvaziar o carregador. O ferrolho trava, fumegando, e ele volta a atenção para a tábua de carne, abrindo um sorriso torto e cansado, de um jeito que ela possa ver.

— Essa é a faca do seu avô? — Ele limpa as mãos e estende uma delas. Turtle hesita.

— O que foi? — diz ele, e ela pega a faca e lhe entrega. Ele a tira da bainha, dá a volta no balcão para ficar ao lado de Turtle e vira a faca para a luz. — Quando eu era pequeno, lembro do seu avô sentado na cadeira dele. Ele ficava mal-humorado, bebia uísque e atirava esta faca na porta. Depois levantava, pegava a faca e sentava de novo, olhava para a porta e jogava a faca outra vez. Ela cravava na porta e ele ia até lá pegar de volta. Passava horas fazendo isso.

Turtle observa Martin.

— Olha isso — diz ele.

— Não — diz ela —, espera.

— Está tudo certo.

Ele vai até a porta do corredor ao lado da lareira e a fecha. Depois volta e se posiciona na frente da porta.

— Olha isso — diz.

— Essa não é uma faca para lançar — ela protesta.

— Não é o cacete — ele responde.

Ela agarra a camisa dele.

— Espera.

— Olha isso — diz ele, parecendo avaliar a distância. Ele joga a faca no ar e a pega pelo dorso. Turtle observa em silêncio, pondo os dedos na boca. Martin leva o braço para trás e lança a faca, que ricocheteia na porta e acerta as pedras da lareira. Turtle pula atrás dela, mas Martin é mais rápido, empurra-a de lado, pega a faca entre as pedras de rio e se curva sobre ela, dando as costas para Turtle. — Ah, está tudo certo.

— Devolve — diz Turtle.

Martin se desvia dela, inclinado sobre a faca, dizendo:

— Está tudo certo, piolha, tudo certo.

— Devolve — pede Turtle.

— Só um minuto — diz ele. Turtle, ouvindo um tom perigoso em sua voz, recua um passo. — Só espera a droga de um minuto. — Ele segura a faca na luz, enquanto Turtle espera, mexendo o maxilar com irritação. — Ah, merda — ele diz por fim.

— O quê?

— É esta merda de aço-carbono, piolha, é como vidro.

— Me devolve — ela pede, e ele devolve. A lâmina está lascada.

— Não faz mal — diz Martin.

— Porra! — Turtle exclama.

— Esse aço de alto carbono não vale nada — diz Martin. — É o que eu te disse, é como vidro. É por isso que fazem facas de inox. Aço-carbono não dá para confiar. Fica com um puta gume, mas quebra e enferruja. Não sei como o cara a manteve assim durante toda a guerra. Graxa, imagino.

— Porra — diz Turtle, vermelha de raiva.

— Dá aqui. Eu vou consertar.

— Esquece — diz Turtle —, não importa.

— Importa, sim. Você está brava, meu amor. Eu vou consertar.

— Não, eu não ligo — ela responde.

— Piolha — diz ele —, me dá essa faca. Eu não vou aguentar você puta comigo porque essa faca é frágil que nem a porra de um brinquedo. Eu cometi um erro e vou deixar a faca do jeito que você quer, como nova.

— É uma coisa que a gente tem que cuidar — diz Turtle.

— Que estranho — responde Martin, rindo da irritação dela —, eu achava que era a faca que tinha que cuidar da gente. Eu achava que essa era a ideia.

Turtle permanece parada olhando para as tábuas do chão, sentindo que ficou vermelha até a raiz dos cabelos.

— Me dá a faca, piolha. Uma passada no amolador e essa marca vai sumir daí.

— Não — diz ela. — Não importa.

— Eu estou vendo na sua cara que importa, então dá logo isso aqui para eu consertar.

Turtle lhe dá a faca e Martin abre a porta e segue pelo corredor, passando pelo banheiro, pelo hall de entrada, até a despensa, onde há uma longa bancada de madeira em uma das paredes, com prensas e tornos e, acima, um grande painel cheio de ferramentas penduradas. As demais paredes são ocupadas por cofres de armas, gabinetes de inox com munição, caixas empilhadas de mil cartuchos 5.56 e .308. Uma escada espiral desce para o porão, que é uma sala com chão de terra úmida e mofada cheia de baldes de vinte litros de comida desidratada. Eles têm mantimentos suficientes estocados ali embaixo para manter três pessoas vivas por três anos.

Martin vai até um esmeril preso à bancada e o liga.

— Não, espera — diz Turtle, acima do rugido da máquina.

Ele está avaliando o ângulo da borda da faca a olho.

— Tudo bem — diz —, vai ficar tudo *bem*. — Ele passa a lâmina sobre a pedra de amolar. O aço grita. Ele a mergulha, chiando, em uma lata de óleo mineral, leva-a de volta à roda, segura-a com firmeza, todo o seu rosto concentrado, passa-a pela pedra de amolar, lançando uma cauda brilhante de faíscas laranja e brancas, a borda se desgastando em uma plumagem branca, marcas de calor se espalhando pelo aço. Ele ergue a lâmina, mergulha-a outra vez no óleo, vira-a na mão e a leva de volta ao esmeril. Inspeciona-a novamente e a experimenta contra o polegar, balançando a cabeça e sorrindo consigo mesmo. Desliga o esmeril, e a pedra de amolar começa a girar solta, alguma falha no mecanismo, de modo que o som da pedra perdendo velocidade tem uma leve irregularidade, um *whump-whump, whump-whump*. Ele lhe devolve a faca. O brilho espelhado da borda da lâmina se foi, o gume está entalhado e irregular. Turtle vira a faca na luz e a lâmina lança milhares de faíscas reluzentes de lascas e saliências na borda.

— Você acabou com ela — Turtle diz.

— Acabei com ela? — ele responde, magoado. — Não, é só porque... Não, piolha, está muito melhor que qualquer amoladura que o seu avô tenha feito aí. Esta pedra de amolar, ela dá uma borda perfeita para a lâmina, uma centena de serrilhas microscópicas, isso é o que de fato dá corte para a lâmina. O gume que você tinha nisso antes, aquilo é só a vaidade de homens pacientes. Não serve para a atividade real de cortar, piolha, que é *serrar* as coisas. Um polimento espelhado daqueles... só é bom para um corte por pressão, você sabe o que é isso, piolha?

Turtle sabe o que é um corte por pressão, mas Martin não resiste.

— Um corte por pressão, piolha, é o tipo mais simples de corte, quando você apoia a faca na carne e *pressiona*, sem *deslizar* a lâmina por ela.

Mas, piolha, a gente não faz só *pressão* com a faca em um pedaço de carne, a gente *desliza* a faca pela carne. O que você tinha antes aí era uma navalha metida a besta. Na vida, a gente *arrasta* a lâmina através de alguma coisa. E é isso que serve para cortar, piolha, uma borda *áspera*. Aquela lâmina espelhada só serve para distrair do propósito da faca com a beleza. Você entende... Você entende...? Aquele gume, ele é uma coisa linda, mas a ideia de uma faca não é ser uma coisa linda. Essa faca é para rasgar gargantas, e para isso você precisa das serrilhas microscópicas que a gente consegue com uma pedra de amolar áspera. Você vai ver. Com esse fio aí, essa faca vai abrir a carne como se fosse manteiga. Está triste porque eu acabei com a sua ilusão? Aquela lâmina era uma sombra na parede, piolha. Você tem que parar de se distrair com as sombras.

Turtle testa o gume contra o polegar, olhando para o pai.

— Essa é uma puta lição de vida, bem aqui — diz ele.

Ela vira a faca nas mãos, hesitante.

— Você não confia em mim, é isso? — diz ele.

— Eu confio em você — ela responde e pensa, você é duro comigo, mas é bom para mim também, eu preciso disso. Preciso que você seja duro comigo, porque eu não sei me virar sozinha e você me leva a fazer o que eu quero fazer, mas não consigo fazer sozinha; mas mesmo assim, mesmo assim... você às vezes não é cuidadoso; tem alguma coisa em você, alguma coisa que não é cuidadosa, algo quase... não sei, não tenho certeza, mas eu sei que tem alguma coisa.

— Venha — diz ele, pegando a faca da mão dela e empurrando-a para o corredor na direção da sala de estar. Passam de volta pela porta e ele aponta para uma cadeira. — Suba aqui.

Turtle olha para ele e sobe na cadeira. Martin aponta para a mesa, e ela sobe, fica em pé entre as garrafas de cerveja e pratos usados e ossos de bife.

— A viga — diz ele.

Ela levanta os olhos para a viga.

— Eu quero mostrar uma coisa para você — ele fala.

— O quê?

— Pule para a viga, piolha.

— O que você vai me mostrar?

— Porra — ele diz.

— Eu não estou entendendo.

— Porra — ele repete.

— Eu sei que a faca está afiada — diz ela.

— Não parece que você sabe.

— Não — diz ela. — Eu confio em você, confio mesmo. A faca está afiada.

— Que porra, piolha.

— Não, papai, é só que era a faca do vovô e ele vai ficar chateado.

— Não é mais dele, é? Agora se agarre naquela viga.

— Eu queria tentar cuidar daquele polimento espelhado — diz ela. — Só tentar cuidar, só isso.

— Não faz diferença. Esse aço vai enferrujar e ficar cheio de furos até o fim do ano.

— Não — diz ela —, não vai.

— Você nunca teve que cuidar de nada como isso, você vai ver. Agora pule para a viga.

— Por quê?

— Que porra, piolha. Mas que porra.

Ela pula e se segura na viga.

Martin derruba a mesa debaixo dela, espalhando no chão o baralho, os pratos, velas, garrafas de cerveja. Apoia o ombro na mesa e a empurra para o lado, carregando consigo todos os detritos, como uma retroescavadeira, e deixando Turtle pendurada na viga lá no alto.

Ela move e ajeita os dedos para deixá-los mais confortáveis na madeira. Martin a observa de baixo com uma expressão contorcida que é quase de raiva. Vai até ela e para entre seus pés, virando a faca para cá e para lá.

— Posso descer? — Turtle pergunta.

Ele fica olhando para ela, o rosto cada vez mais duro, a boca apertada. Observando-o, Turtle quase acredita que vê-la desse jeito o deixa bravo.

— Não fale assim — diz ele. Em seguida, levanta a faca e encosta a lâmina entre as pernas dela, enquanto a encara com um ar feroz. — Fique pendurada aí.

Turtle está em silêncio, séria, olhando para ele. Ele pressiona a faca.

— Pra cima.

Turtle se ergue flexionando os braços, apoia o queixo na madeira lascada e fica segurando, enquanto Martin continua embaixo dela, o rosto destituído de qualquer afeto e gentileza, parecendo hipnotizado em algum devaneio de ódio. A faca fura o tecido azul do jeans e Turtle sente o aço frio através da calcinha.

Ela olha para a viga seguinte, e para a viga depois dessa, até a parede oposta, cada uma coberta com um feltro de pó, mostrando trilhas errantes de ratos. Suas pernas tremem. Ela começa a baixar, mas Martin diz "Opa" abruptamente como advertência, a faca apoiada em sua virilha. Ela estremece, sem conseguir se elevar totalmente acima da viga outra vez, então encosta o rosto na lateral lascada, pressionando a face ali. Ela se retesa, pensando, por favor, por favor, por favor.

Então ele abaixa a lâmina e ela desce junto, incapaz de fazer diferente, tremendo e se contraindo com o esforço de baixar tão lentamente quanto ele desce a faca. Fica pendurada em toda a extensão dos braços e diz:

— Papai?

— Está vendo? É dessa *porra* que eu estou falando.

E ele começa a levantar a lâmina outra vez, estalando a língua em advertência. Ela sobe com uma flexão total dos braços, prende o queixo na viga e fica pendurada ali, tremendo. Começa a baixar e Martin diz "Opa" a fim de pará-la, com uma careta, como se achasse triste as coisas serem assim e que ele até as mudaria se pudesse, mas não pode.

Turtle pensa consigo mesma, seu maldito, seu maldito de merda.

— Duas — diz ele. Martin baixa a lâmina e ela desce junto, depois a levanta de novo. — Com um pouco de incentivo, você consegue dar uma boa melhorada nessas flexões, hein?

Ele a obriga a descer com dolorosa lentidão. Ela faz doze, depois treze. Fica pendurada, trêmula, nos braços exaustos, e Martin, levantando a lâmina com uma pressão morosa e ameaçadora, diz:

— O que é, não está aguentando? Quer entregar os pontos? Se vire aí, piolha. Trate de encontrar alguma força, porque nós vamos até *quinze*. — Os dedos dela doem, os grãos da madeira lhe cortam a carne. Seus antebraços estão entorpecidos. Ela não sabe se vai conseguir mais uma. — Vamos lá — diz ele. — Mais duas.

— Não dá — diz ela, quase chorando de medo.

— Agora você acha que a faca é afiada, não é? — pergunta ele. — Acredita agora, não é? — Ele avança com a lâmina e ela ouve o som do jeans rasgando. Busca dentro de si cada grama de força que ainda lhe resta, tentando desesperadamente se segurar, e Martin diz: — É bom você aguentar, piolha. É bom não se soltar, garotinha. — E, então, os dedos dela escorregam da viga e ela cai sobre a lâmina.

Martin tira a faca debaixo dela no último momento possível e a lâmina roça a coxa e as nádegas de Turtle. Ela aterrissa sobre os calcanhares e fica ali, com as pernas abertas, atordoada, olhando para a virilha, onde não há nenhum sinal exceto um corte no jeans. Martin segura a faca sem sangue ou marcas, as sobrancelhas erguidas de espanto, a boca se abrindo em um sorriso.

Turtle senta e Martin começa a rir. Ela se curva para olhar através da roupa rasgada.

— Você me cortou, você me cortou — diz, embora não consiga sentir ou ver nenhum corte.

— Você devia — diz Martin, e não continua, dobrando-se de rir. Ele sacode a faca no ar em um sinal para que ela pare e o deixe recuperar o fôlego. — Você devia... — ele ofega.

Ela se deita de costas e desabotoa o jeans. Martin põe a faca sobre o balcão, pega a barra da calça dela e a puxa com as pernas para cima a fim de tirá-la. Turtle cai de volta no chão, se recupera, depois se inclina sobre as coxas, tentando ver o corte.

— Você devia... — diz ele. — Você devia... — E seus olhos se apertam de tanto que ele ri.

Turtle encontra o corte e um fio de sangue.

— Você devia ter visto... *a sua cara* — diz Martin. Ele contorce o próprio rosto imitando uma adolescente traída, abrindo muito os olhos em espanto, então faz um movimento com a mão para indicar que acabou a brincadeira. — Você vai ficar bem, criança, não foi nada. Só que, da próxima vez... *não solte!* — Com isso, ele começa a rir de novo, sacudindo a cabeça, os olhos se apertando e soltando lágrimas, e pergunta para a sala: — Caramba! Eu não estou certo? Não estou certo? Caramba! Não solte! Não é assim? Porra!

Ele se ajoelha e pega a coxa nua dela nas mãos e, parecendo só então perceber a sua angústia, diz:

— Não sei por que você está tão assustada, minha querida, quase nem deixou marca. Olha, eu não ia te cortar. Eu tirei debaixo de você, não tirei? E, se você ficou tão assustada, caralho, da próxima vez não solta.

— Não é tão fácil — diz ela, por trás das mãos.

— É sim. É só você *não soltar* — diz ele.

Turtle cai estendida no chão. Ela quer se desfazer em pedaços.

Ele se levanta e vai pelo corredor até o banheiro. Volta com um kit de primeiros socorros e se ajoelha entre as pernas dela. Abre a embalagem da esponja cirúrgica verde e começa a aplicar sobre o corte.

— É isso? Você está preocupada com isso? Pronto, eu já dou um jeito, pronto. — Ele abre a tampa da pomada antibiótica e aplica na ferida. Cada toque produz ondas de sensação pelo corpo dela. Ele pega um band-aid, coloca sobre o corte e passa a mão por cima para assegurar uma boa aderência. — Bem melhor agora, piolha, dê uma olhada, está tudo certo.

Ela levanta a cabeça e cordões de músculo se destacam de seu púbis até o esterno, como uma baguete. Ela o observa, depois pousa novamente a cabeça e fecha os olhos, e sente sua alma como um talo de hortelã crescendo no escuro, ondulando em direção a um buraco de luz entre as tábuas do chão, ávida e faminta de sol.

4

É sexta-feira e eles têm um ritual especial para as sextas. Turtle sobe do ponto de ônibus até os dois latões de duzentos litros em que eles queimam o lixo, cheios até a boca da água da chuva como qualquer balde, barril ou vaso deixado no quintal deles se enche de água, e vão continuar se enchendo até junho, embora o clima tenha andado imprevisível. Pega o atiçador de brasa que fica atravessado sobre a boca do barril, mergulha-o fundo na água cinzenta e puxa para fora uma lata de munição por uma calha de aço curva. Ela abre a lata e tira uma pistola Sig Sauer 9 mm e um carregador reserva. Sua missão é revistar a casa devagar e atentamente, desde a porta da frente, entrando em cada cômodo, para descobrir todos os alvos. Mas Turtle já enjoou desse processo; ela sobe os degraus da varanda, abre rápido a porta corrediça de vidro com a arma levantada e vê três alvos de treinamento ao lado da mesa da cozinha, suportes de madeira compensada e metal laminado com silhuetas impressas pregadas, e acerta um por vez, afastando-se lateralmente da porta aberta enquanto dá pares de tiros rápidos em sequência, seis tiros em pouco menos de um segundo, e em todos os três alvos os tiros pegam entre os olhos, ligeiramente abaixo deles, tão próximos que os buracos se tocam.

Caminha com naturalidade até a porta do corredor, sai para o lado, sobre as pedras da lareira, abre-a com um empurrão leve e se move em um arco rápido para o outro lado, três passos para trás e um lateral, de modo que o corredor se revele gradualmente, e acerta os três alvos de madeira compensada e metal laminado conforme eles vão surgindo em volta do batente, pares de tiros rápidos na cavidade nasal, depois cruza a porta e sai rapidamente do funil fatal. Desliza na lateral do corredor para dentro do banheiro, tudo limpo — no hall de entrada, um inimigo, dois tiros, limpo —, na despensa, limpo. Ejeta o carregador, troca-o pelo reserva e se move para a porta do quarto de Martin, no fim do corredor. Não há espaço suficiente para atravessar para o outro lado da porta, então ela a empurra, dá três passos rápidos para trás no corredor, disparando enquanto isso — seis tiros, dois segundos, e, quando seu campo de tiro fica livre, avança para a porta outra vez e encontra mais três alvos, que acerta um por vez. Então tudo é silêncio, exceto pelo metal quente rolando no chão do quarto e do corredor. Ela volta para a cozinha e deixa a Sig Sauer sobre o balcão.

Escuta Martin chegando de carro. Ele estaciona, abre a porta corrediça de vidro, atravessa direto a sala e senta pesadamente no sofá. Turtle abre a geladeira, tira uma cerveja Red Seal Ale, lança-a de baixo para cima e ele a pega, encaixa a tampa entre os molares e abre a garrafa. Começa a beber, com longos suspiros satisfeitos, e então olha para ela.

— E aí, piolha, como foi a escola?

E ela dá a volta no balcão e senta no braço do sofá, os dois olhando para a lareira suja de cinzas como se houvesse fogo ali para absorver sua atenção.

— A escola foi a escola, papai — responde ela.

Ele passa a unha do polegar pela barba curta.

— Cansado, papai?

— Nem tanto.

Eles jantam juntos. Martin mantém os olhos na mesa, franzindo a testa. Comem em silêncio.

— Como foi a revista da casa?

— Bem.

— Mas não perfeita? — ele pergunta.

Ela dá de ombros.

Ele abaixa o garfo e a examina, os braços apoiados na mesa. Seu olho esquerdo se aperta. O direito está brilhante e aberto. Os dois olhos compõem um efeito de completa e sutil absorção, mas, quando ela os observa atentamente, é perturbador e estranho, e, quanto mais genuína é sua atenção à expressão dele, mais esquisita parece, como se aquele rosto não fosse um rosto único, como se estivesse tentando demarcar duas expressões contrárias.

— Você olhou lá em cima? — ele pergunta.

— Olhei — diz ela.

— Piolha, você olhou lá em cima?

— Não, papai.

— É uma brincadeira para você.

— Não, não é.

— Você não leva a sério. Você entra aqui e vai andando de um lado para outro, acertando tiros direto na cavidade ocular. Só que, em um tiroteio de verdade, você nem sempre pode contar que vai acertar exatamente a cavidade ocular, pode ter que mirar o quadril. Se você quebrar o quadril de um homem, Turtle, ele cai e não levanta mais. Mas você não gosta desse tiro e não pratica, porque não vê necessidade. Você se acha invencível. Acha que nunca vai errar... Entra toda tranquila e relaxada, porque tem excesso de confiança. Nós precisamos pôr medo em você. Você tem que aprender a atirar quando está cagando de medo. Precisa se render à morte antes mesmo de começar, e aceitar a vida como um estado de graça, e então, só então, vai ser boa o bastante. É para isso que serve o exercício.

— Eu me viro bem quando estou com medo. Você sabe que sim.

— Você faz merda, menina.

— Mesmo que eu faça merda, papai, ainda tenho uma precisão de cinco centímetros a vinte metros de distância.

— Não é a precisão dos seus tiros, não é quanto você é forte nem a sua rapidez, porque você tem tudo isso e acha que significa alguma coisa. Mas não significa *nada*. A questão é outra, piolha, é o seu coração. Quando você está com medo, se agarra à vida como uma menininha assustada, e não pode agir assim, você vai morrer, e vai morrer com medo e com merda escorrendo pelas pernas. Você tem que ser muito mais que isso. Porque vai chegar a hora, piolha, em que só ser rápida e precisa não vai ser suficiente. Vai chegar a hora em que a sua alma precisa ser absoluta na convicção e, qualquer que seja a sua precisão ou rapidez, você só vai ter sucesso se lutar como a porra de um anjo caído nesta porra de terra, com um coração absoluto e cheio de convicção, sem hesitação, dúvida ou medo, nenhuma parte de você dividida; no fim, é isso que a vida vai pedir de você. Não domínio técnico, mas um coração implacável, coragem e singularidade de propósito. Você vai ver. Então tudo bem você só andar de um cômodo para o outro, mas não é para isso que o exercício serve, piolha. Não é para a precisão dos seus tiros. Não é para a sua mira. É para a sua alma. Você tem que entrar pela porta e *acreditar* que o inferno está te esperando do outro lado, *acreditar* que esta casa está cheia de pesadelos; cada demônio interior que você tiver, cada um dos seus piores medos. É isso que você persegue nesta casa. É isso que te espera no corredor. O seu pior pesadelo. Não um recorte de papelão. Pratique convicção, piolha, se livre da dúvida e da hesitação, treine para a singularidade de propósito absoluta e, se um dia tiver que cruzar uma porta para dentro do seu inferno pessoal, você vai ter uma *chance*, uma *chance* de sobreviver.

Turtle parou de comer. Ela o observa.

— Está gostando do cassoulet? — ele pergunta.

— Está bom — diz ela.

— Quer outra coisa?

— Eu disse que está bom.

— Caralho — diz ele.

Ela volta a comer.

— Olha só para você — diz ele —, minha filha. Minha menininha.

Ele empurra o prato e fica olhando para ela. Depois de um tempo, faz um sinal com a cabeça indicando a mochila da escola. Ela vai até a mochila, abre-a e traz o caderno. Senta na frente dele com o caderno aberto.

— Número um — diz ela. — "Erínias." — Ela para, olha para ele. Ele põe a mão grande e cheia de cicatrizes sobre o caderno aberto e o puxa sobre a mesa. Olha para o caderno.

— Ora, ora — diz ele. — Olhe só para isso. "Erínias."

— O que é? — ela pergunta. — O que quer dizer isso, "erínias"?

Ele levanta os olhos do caderno, a atenção fixa nela, e é uma atenção enorme, com seu afeto e algo particular.

— Seu avô — ele diz com cuidado, umedecendo os lábios com a língua —, seu avô era um homem duro, piolha, ele ainda é: um homem duro. E você sabe que o seu avô... Ah, porra, tem muita coisa que o seu avô nunca disse nem fez. Há algo quebrado naquele homem, profundamente quebrado, e isso está em tudo que ele fez, a vida inteira. Ele nunca conseguiu enxergar além disso. E eu quero te dizer, sabe, piolha, quanto você significa pra mim. Eu te amo. Eu faço coisas erradas, sei que faço, e eu decepcionei você e vou decepcionar de novo, e o mundo em que estou te criando... não é o mundo que eu queria. Não é o mundo que eu escolheria para a minha filha. Eu não sei o que o futuro reserva, nem para você nem para mim. Mas tenho medo, isso eu posso dizer. Mesmo que algo tenha te faltado, mesmo que existam coisas que eu não tenha conseguido te dar, saiba que você sempre foi amada, profundamente, piolha, absolutamente. E eu queria te dizer, você vai fazer mais do que eu fiz. Você vai ser mais e melhor do que eu. Agora, vamos lá. Número um. "Erínias."

Turtle acorda antes do amanhecer pensando nisso. Pensando no que ele disse. Não consegue voltar a dormir. Senta junto à janela saliente e olha para o mar, enquanto os espinhos das rosas coçam a vidraça. O que ele quis dizer com *há algo quebrado naquele homem*? Lá fora, a noite está clara. Ela pensa, você vai ser mais e melhor do que eu, reproduzindo a expressão dele em sua mente, tentando chegar ao que ele quis dizer. Vê as estrelas altas sobre o mar, embora, quando olha para o norte, possa ver as luzes de Mendocino refletidas nas nuvens. Ela se vira, os pés no chão, os cotovelos nos joelhos, e olha para o quarto. As prateleiras com suporte de madeira e blocos de concreto, as roupas ordeiramente guardadas. A plataforma de compensado presa à parede, com o saco de dormir e os cobertores de lã dobrados. A porta, a maçaneta de metal, a fechadura de cobre, o buraco da fechadura antiquado. Ela veste o jeans, prende no cinto a faca do avô e acrescenta um coldre escondido, dizendo a si mesma, só por precaução, só por precaução, enquanto vai até a cama, estica a mão embaixo e puxa sua Sig Sauer do suporte. Enfia uma blusa grossa de lã, põe uma camisa xadrez por cima e sai descalça pelo corredor, guardando a pistola no coldre.

Ela desce as escadas, mas para no último degrau, hesitante, absorvendo a solidão da casa, como se a casa tivesse algo que pudesse lhe dizer, as gerações de Alveston que viveram ali, e todas elas, pensa, infelizes, todas elas criando seus filhos com rigidez, mas todas elas tendo algo para lhes dar.

No fim do corredor, Martin está em sua enorme cama de sequoia-vermelha, o luar lançando as sombras das folhas de amieiro na parede de gesso, e ela o imagina ali, sólido, uma das mãos pousada sobre o peito enorme. Vai até a cozinha e abre com cuidado a porta dos fundos. A noite está clara. O luar é brilhante o suficiente para iluminar. Ela atravessa as vigas da varanda e para olhando para as samambaias pretas abaixo. Sente o cheiro do riacho. Sente o cheiro dos pinheiros. Sente o cheiro de suas agulhas retorcidas e cinzentas.

Desce em zigue-zague entre as murtas e as folhagens desbotadas. Chega ao riacho pedregoso e anda por dentro dele, os pés entorpecidos de frio. As árvores se elevam escuras para a abóbada salpicada de estrelas. Ela pensa, vou voltar agora. Voltar para o meu quarto. Eu prometi e prometi e prometi e ele não vai suportar me perder. A leste, o riacho brilha como vidro na escuridão caótica. Ela fica ali parada respirando, absorvendo o silêncio por um tempo muito longo. E então se vai.

5

Turtle deixa a ravina Slaughterhouse e entra em uma floresta de pinheiros e mirtilos, decifrando-os na escuridão pela cera das folhas e a confusão quebradiça em que elas se espalham, ainda a horas do amanhecer. Às vezes sai do bosque para espaços abertos iluminados pelo luar, cheios de rododendros, as flores rosadas e fantasmagóricas no escuro, as folhas grossas e pré-históricas. Há uma parte de Turtle que ela mantém fechada e reservada, à qual dá uma atenção difusa e acrítica, e, quando Martin avança sobre essa parte, ela revida, recolhendo-se sem dizer nada e quase sem se preocupar com as consequências; sua mente não pode ser tomada à força, ela é uma pessoa como ele, mas não é ele nem é apenas uma parte dele — e há momentos solitários e silenciosos em que essa parte dela parece se abrir como uma flor que desabrocha à noite, bebendo a frieza do ar, e ela ama esses momentos e, ao amá-los, se sente envergonhada, porque ama Martin também e não deveria se entusiasmar dessa maneira, não deveria se entusiasmar com a ausência dele, não deveria precisar ficar sozinha, mas ela reserva esse tempo para si ainda assim, odiando-se por isso e precisando disso, e é muito bom seguir esses caminhos sem trilhas entre os mirtilos e rododendros.

Ela caminha quilômetros, descalça, comendo agrião das valas. Os pinheiros e abetos dão lugar a ciprestes acanhados, a carriços, manzanitas-anãs, pinheiros-negros curvados e antigos, centenários e chegando apenas à altura de seu ombro. O solo é compacto e cinzento, com uma confusão de tufos de líquen verde-acinzentados, a terra salpicada de poças áridas de argila.

Ao amanhecer, o sol ainda confinado entre as colinas, ela pula uma cerca e atravessa a pista de um pequeno aeroporto, fechado e quieto, a faixa de asfalto só para ela. Está caminhando há pouco mais de três horas, rastejando pela vegetação baixa. Devia ter levado sapatos, mas não importa muito. Está tão acostumada a andar descalça que poderia afiar uma navalha na sola dos pés. Pula a cerca do lado oposto e entra em outra estrada, maior. Para no meio dela, na linha dupla amarela.

Um coelho sai da vegetação rasteira, um vulto cinza indistinto contra o fundo preto. Turtle pega a pistola, carrega-a em um movimento rápido e atira. O coelho se lança entre as urzes. Ela cruza a estrada e para com a criaturinha delicada se contorcendo a seus pés, e ele é menor do que imaginava. Levanta-o pelas patas traseiras, mera camada de pele macia sobre os ossos duplos, articulado e tendinoso, agitando-se para a frente e para trás em sua mão.

Turtle chega a um velho leito de estrada margeado de uvas-do-oregon e coberto de folhas caídas. Para e fica olhando para a bacia do rio Albion. O sol subiu um palmo acima do horizonte, coroando as colinas orientais, feixes de luz incidindo por entre as árvores miúdas. A estrada desce serpenteando ao longo de uma crista de serra com ravinas densamente arborizadas de cada lado. Ela segue o caminho sem pressa, parando para olhar os ninhos de aranha revestidos de seda na margem escavada, procurando na relva os louva-a-deus cor de grama, virando pedras na beira da estrada. Vem-lhe a imagem de Martin na cozinha, preparando panquecas para o café da manhã de sábado, cantarolando para si mesmo e esperando que ela desça a qualquer minuto. Sente um peso no coração ao pensar nisso. Ele vai ficar sem saber o que fazer enquanto suas panquecas esfriam, então irá até a base da escada e chamará: "Piolha? Está acordada?" Ela acha que ele vai subir e abrir a porta, olhar para o quarto vazio, coçando a barba curta com a ponta do polegar, depois vai descer novamente e olhar para todos os pratos e panquecas e geleia de framboesa morna que pôs na mesa.

A manhã se transforma em início de tarde, com nuvens azuladas de algodão arrastando sombras pelas encostas cobertas de árvores. Em um promontório de argila seca, a estrada faz uma curva e desce para a parte mais a leste de duas ravinas, e uma área argilosa ao lado dá vista para o vale.

Sulcos longos e secos. Uma velha Kombi com os pneus apodrecendo no chão, lilases subindo pela carroceria no lado do motorista.

Turtle põe o coelho no chão, abre a porta enferrujada do veículo e vê que ele está cheio de tapetes orientais. Ela arrasta um tapete para fora, desenrola-o e não encontra nada além de tatuzinhos-de-jardim e aranhas-lobo. Caminha para a frente do carro. Abre a porta do passageiro, senta lá dentro e olha atentamente em volta. Há um chiado estranho e intermitente. Parece uma mola solta no estofamento, mas não é isso. Abre o porta-luvas e encontra uns mapas em decomposição e algo há muito tempo apodrecido. Ela se inclina para baixo e passa os dedos no chão, onde o revestimento mofado se enrugou e soltou do metal. Pega a faca do avô, corta o tapete e dobra-o de lado. Há três camundongos cor-de-rosa recém-nascidos, do tamanho da ponta de seus dedos, deitados ao longo de uma dobra curvada do tapete, de olhos fechados, as patas em pequenos punhos, chiando furiosamente. Turtle estende o tapete por cima dos camundongos outra vez.

Ela sai da Kombi e vai até onde deixou o coelho na terra. Segura suas patas, abre-o do ânus à garganta, arranca a pele como se fosse uma meia ensanguentada e a joga no mato. Remove as entranhas e joga atrás da pele. Depois, acende uma fogueira de grama e madeira secas, prende o coelho em um espeto e assa o animal sobre o fogo, olhando alternadamente para as chamas e para o vale.

Um camundongo sai debaixo da Kombi e ela observa seu trajeto. Ele sobe desajeitado em um broto de grama para alcançar as sementes em sua palha fina como papel, curvando o talo. Estende o focinho, farejando, e por fim abre a boca para mostrar o cinzel de seus dentes. As orelhas são pequenas e redondas e o sol aparece rosado através delas, com uma única veia rosa sinuosa no centro de cada uma, onde incide a luz.

Turtle tira o coelho do espeto e o camundongo dá um pulo, ameaçando ir para a direita e mudando de direção em uma tentativa desesperada de chegar a uma pedra próxima. Mas, qualquer que fosse o esconderijo que ele esperava, não está ali, e o camundongo faz um círculo em pânico em volta da pedra. Em um esforço derradeiro, se espreme de encontro à pedra e espera, ofegante. Turtle arranca as costelas do coelho e mastiga a carne, deixando o sumo escorrer pelos dedos marcados. Depois de um tempo, o camundongo volta e vagueia pelo promontório de argila, erguendo uma patinha para se apoiar neste ou naquele talo de grama, balançando os bigodes quando fareja. Turtle acaba de comer o coelho e joga a carcaça sobre as árvores lá embaixo. O fogo se apaga lentamente. Ela fica sentada, com as mãos enlaçadas, olhando.

Precisa se levantar e ir para casa. Ela sabe disso, mas não vai. Quer esperar ali, naquele promontório de argila acima do vale do rio, e quer ficar vendo o dia passar. Precisa de tempo para estar sentada e peneirar seus pensamentos como se estivesse peneirando ervilhas. Não é como Martin faz, quando ele anda de um lado para outro *pensando* e *pensando* e às vezes gesticulando consigo mesmo enquanto tenta refletir sobre algo difícil. O dia esquenta, se transforma em fim de tarde, e Turtle ainda não vai embora, não se move.

Então ela vê uma aranha. É prateada como madeira flutuante descolorida de sol. Está parada taciturna na borda de seu buraco, os olhos escondidos atrás de uma confusão de pernas peludas. As pernas se desdobram e se estendem com muito cuidado para fora do buraco, como dedos rastejantes e sinistros. Turtle não vê olhos nem cara, apenas os dedos se agarrando. A aranha rasteja de modo especulativo. O camundongo está acocorado a alguns passos de distância, curvado sobre outra vagem de sementes, a barriga redonda volumosa entre as patas. Quando termina as sementes, ele olha para baixo e examina os pelos curtos da barriga rosada, depois mexe neles com os dedos em uma busca súbita e urgente, e enfia o focinho na barriga e mastiga determinado por um momento.

A aranha se move com cuidado. Perplexa, Turtle a observa circular o tufo de grama, chegando mais perto. Ouve, então, um barulho na estrada... alguém caminhando, e pensa freneticamente em Martin. É mais que possível que ele tenha conseguido segui-la. Ele já fez isso antes. É até provável. Ela levanta devagar, em silêncio, tirando a pistola do coldre e deslizando o ferrolho para ver os cartuchos reluzentes na câmara, cada movimento rápido e quieto, mas então se detém para observar. A aranha surge atrás do camundongo e cruza os últimos quinze centímetros, depois se empina e enfia dois ganchos negros no ombro do bicho. O camundongo se sacode em espasmos, uma pata traseira pedalando no ar. Ela ouve mais passos, mas está fascinada vendo a aranha arrastar o camundongo de ré para sua toca, onde ele entala de atravessado nas laterais cobertas de teias sedosas. Com os nós dos dedos na boca, Turtle vê metade da aranha sair novamente, as presas enterradas no dorso do camundongo. A aranha vira o roedor com pernas hábeis e o puxa para o escuro, o rabinho rosado se contorcendo.

Turtle morde os dedos em angústia. Os passos se aproximam e ela se enfia no mato e deita atrás de um tronco caído. Um garoto magro de cabelo preto vem pela estrada, da sua idade ou um pouco mais velho, quinze ou dezesseis anos, sem olhar por onde anda, com uma mochila e bermuda de surfista, uma camiseta velha com o desenho de uma vela envolta em arame farpado e palavras que ela não conhece. Ele para, examinando o promontório de argila, mastigando o bocal de sua garrafa de água. Não é muito experiente. Bermudas de surfista são má ideia. Seus tênis de corrida estão imaculados, a mochila é nova. Ele não sabe o que está olhando ou o que está procurando. Seu olhar só vagueia. Ele parece maravilhado.

Outro garoto vem pela estrada atrás dele, esse com uma mochila velha de couro e náilon se desmanchando, uma lona azul enorme enrolada e presa com uma corda do lado. Esse novo menino diz:

— Cara! *Cara!* Olha isso! Uma Kombi! — Ele está com uma lata de queijo em spray, colocando um punhado em uma barra de chocolate. Ela aponta a mira para a lata. — Ei, Jacob, cara! — diz ele para o garoto de cabelo preto. — Cara, Jacob! Quer dormir nessa Kombi supermaneira? — Ele enfia a barra de chocolate na boca e mastiga. Seu sorriso é tão largo que o maxilar se projeta para a frente e mostra os dentes sujos de chocolate. É difícil comer a barra inteira de uma vez e ela escorrega parcialmente para fora da boca e ele a empurra de volta com o indicador. Turtle poderia arrancar a lata da mão dele com um tiro.

Jacob sorri e se agacha junto às cinzas da fogueira de Turtle, mexendo nelas com um graveto. Ela já viu os dois garotos, no ano anterior, quando eles estavam no oitavo ano e ela no sétimo. O menino comendo chocolate é Brett. Eles devem estar no primeiro ano do ensino médio agora e ela não sabe como chegaram ali, mas certamente estão bem perdidos. Ela se pergunta o que o garoto de cabelo preto estará pensando. É doloroso olhar para ele, para seu rosto bonito e vulnerável. Devem estar no meio de uma aventura de fim de semana. Os pais os deixaram por ali e eles iriam passar uma noite e ir embora no dia seguinte, ou algo assim. Jacob pousa a mochila no chão e tira um mapa do bolso. Então o alisa e diz:

— Vamos ver.

— Este queijo — diz Brett, levantando a lata, e Turtle focaliza a mira perfeitamente nela — é *muito da hora*. Sério, é muito *foda*. — Ele apoia a mochila em uma das rodas da Kombi e deita no chão, usando a mochila como travesseiro e lançando um jato de queijo na boca. — Eu sei que você não acredita, mas sério mesmo, *sério*.

Jacob olha alternadamente para o mapa e o vale.

— Cara, a gente é uma merda nisso.

— Só porque é em lata não quer dizer que não é queijo de verdade, sabia? — diz Brett.

— Nós estamos extremamente, *extremamente* mesmo... eu não quero dizer "perdidos", mas não sei muito bem onde a gente está.

— Você tem preconceito com o queijo, é isso.

Jacob deita no tapete que Turtle desenrolou horas atrás.

— A nossa capacidade de orientação é *espantosa*. — Ele abre a mochila e pega um triângulo de queijo Jarlsberg e uma focaccia ainda na embalagem da padaria Tote Fête. Os garotos passam esses itens de um para o outro, deitados com a cabeça nas mochilas, estendidos sobre o tapete oriental com pequenas traças cinza e pálidas tentando se mover no tecido. Eles dão mordidas no pedaço de queijo.

— Vamos acampar aqui.

— Não tem água.

— Eu queria que tivesse alguma menina aqui — diz Brett, pensativo, olhando para o céu. — A gente poderia seduzi-la com a nossa capacidade de orientação.

— Se ela fosse cega e não tivesse nenhum senso de direção.

— Isso é podre — diz Brett —, é podre enganar assim uma menina cega.

— Eu namoraria uma menina cega — diz Jacob. — Mas não só por ela ser cega. O que eu quero dizer é que... eu não acho que isso importa.

— Eu namoraria só por ela ser cega — diz Brett.

— Sério?

— Qual é a diferença entre isso e objetificar uma garota pela inteligência?

— A inteligência não pode ser abstraída da personalidade, enquanto a cegueira é circunstancial em relação a quem ela é, e *pode* ser abstraída — diz Jacob. — Ou seja, ela não é uma *menina cega*. Ela é uma menina que, por acaso, é *cega*.

— Mas — diz Brett —, mas, cara! Ela não é, tipo, *responsável* pela inteligência dela de nenhuma maneira significativa. Isso é *raso*, cara.

— Ela não é *responsável* pela cegueira também — responde Jacob, irritado.

— A não ser que ela tenha arrancado os olhos em um ataque de fúria.

— E você namoraria uma menina que *arrancou os olhos em um ataque de fúria*?

— Já dá para *saber* que ela é decidida. Logo de cara.

— Decidida é pouco.

— Cara, pode mandar pra mim. Eu estou pronto.

— Aposto que ela tem um temperamento horrível.

— As meninas têm que ser duronas desde cedo, Jacob, ou o ensino médio acaba com elas.

Turtle fica deitada no meio dos arbustos, a mira apontada primeiro para a testa de Brett, depois para a de Jacob, e pensa, que merda é essa? Que merda é essa? Eles estão reclinados no tapete, arrancando pedaços da focaccia. Brett faz um gesto mostrando a vista.

— É demais — diz ele —, mas eu queria que a gente tivesse mais daquele queijo.

Quando terminam, os garotos se ajudam a levantar e vão embora a passos arrastados, fazendo piadinhas entre si, pela trilha de jipe para dentro do bosque de sequoias-vermelhas. Turtle fica em pé e permanece parada por um momento, depois entra no meio das árvores atrás deles. A estrada é pouco mais que um leito de riacho. Raízes marrons retorcidas se projetam da margem escavada. Eles caminham por horas e sobem finalmente para uma clareira com uma casinha construída de restos de madeira. Não tem luz e a porta está aberta. Turtle se agacha atrás de um toco de árvore queimado, preto como carvão, transformado pelo fogo em uma espiral com degraus de cogumelos de topo marrom achatado e a base parecendo pescoço de sapo. Começa a escurecer. Tudo está pintado de verde-escuro e roxo suntuoso. Ela observa os garotos andarem para a clareira. As nuvens parecem velas queimadas em poças sobrepostas de cera azul.

— Cara, *cara* — diz Brett —, e se você entrar lá e der de cara com, sei lá, um menino albino cego e deformado em uma cadeira de balanço com um banjo?

— E ele nos fizer de prisioneiros e nos obrigar a ler *Finnegans Wake* para os peiotes dele? — Jacob continua.

— Você não pode contar pra ninguém que a minha mãe nos obrigou a fazer isso — diz Brett. — Não pode.

— Por que você acha que foi *Finnegans Wake*? — diz Jacob. — Por que não *Ulisses*? Aliás, por que não ler a *Odisseia*? Ou... ou *Os irmãos Karamazov*?

— Porque, *cara*, se você ler essa merda russa fodida com peiote na cabeça, não vai ser legal.

— Tá bom, então *Ao farol*. Ou, pensando bem, pessoas morrem em orações subordinadas nesse livro. Talvez D. H. Lawrence? Para uma viagem mais apaixonada, do tipo fazer-amor-com-o-guarda-florestal.

— Cara, a sua voz é tipo: "Olha só todos esses livros que eu li", mas os olhos são tipo: "Socorro".

— Sabe o que ia ser bom, na verdade? Harry Potter.

— Estou achando que a gente nunca vai saber o que está atrás daquela porta — diz Brett.

— A gente já sabe, Brett.

— Já?

— Aventura — responde Jacob. — Atrás de todas as portas tem *aventura*.

— Só se por "todas" você quer dizer "algumas" e por "aventura" você quer dizer "roceiros sodomitas".

— Não.

— Cara, pode ser perigoso. *Realmente* e *verdadeiramente* perigoso.

— Está tudo bem — responde Jacob, e sobe os degraus e entra na casa.

— Fisicamente arriscado, Jacob — Brett o chama —, de um jeito totalmente real e nada engraçado.

— Vem!

Turtle contorna a borda da floresta pelos fundos da casa, se esgueirando entre os arbustos. Ela pensa, fique calma, vá devagar. Sobe na varanda rangente e para olhando o bosque. Há grandes espirais pretas de mangueiras de irrigação e sacos de vinte quilos de fertilizante orgânico ao pé da varanda. Há mangueiras cortadas e engates no chão ao lado de um balde emborcado com um cinzeiro de lata de café. A varanda tem um banheiro externo com vaso sanitário e chuveiro, o ralo cortado toscamente nas tábuas de sequoia-vermelha, com um cano de PVC correndo até a fossa. Há uma lata de cerveja ao lado do vaso sanitário, e, quando Turtle a pega, ouve o chiado do gás. Larga a cerveja, abre a porta e entra em uma cozinha simples. Agora, ela está nos fundos da casa e os meninos na frente, separados dela por uma parede e uma porta fechada. Ela pode escutá-los.

— Cara — diz Brett —, eu não gosto disso.

— Você acha que alguém mora aqui?

— Cara... é *óbvio* que alguém mora aqui.

— Estão lendo *A roda do tempo*.

— Provavelmente para os peiotes deles.

— É tão épico. Você devia ler, tipo, todos os treze livros. Joga um punhado de botões de peiote na boca e *segura, peão*!

Ela entra em uma espécie de sala de estar. Há uma mesa de trabalho com tesouras de poda, tesouras de jardim e um livro com os escritos completos de Thomas Jefferson. Caixas fechadas de sacos de lixo estão empilhadas ao lado de uma estátua de madeira de Quan Yin de um metro e oitenta de altura, com ornamentos esculpidos. No teto há varais cruzados com lençóis brancos. Ela vai até um quarto com uma cama grande de dossel e uma cômoda com um pote de maconha, uma pilha de romances de Robert Jordan e um livro chamado *Como superar seus traumas de infância*.

Turtle volta para a porta dos fundos e a bate com força para assustá-los, e funciona. Ela ouve Brett sussurrar: "Merda! *Merda!*" e ouve Jacob rir. Eles saem da casa apressados. Ela olha para a floresta com a pistola na mão.

A estrada não continua depois da casa e os garotos, nervosos, seguem para o sul, descendo pelo mato em direção ao vale do rio. Ela ouve o silêncio da clareira por um longo tempo. Depois, vai atrás. Eles caminham ao longo de uma sebe alta de framboesas em uma clareira de erva-lanar e erva-de-cheiro. Turtle avança sem fazer barulho entre os tocos de árvores velhas. Para em um grande círculo de concreto na grama e, ao lado, a forma de uma bomba de água coberta com lona.

Ela ouve os garotos, mas não escuta o que eles dizem. E pensa, parem e olhem. Avança veloz meio agachada entre a grama alta, pensando, caramba, pelo amor de deus, vocês dois, parem e olhem. Ela os vê à frente, ao lado de um riacho na beira da floresta meio coberto de samambaias.

Abre a boca para chamá-los, mas então vê um homem mais adiante no riacho, usando calça camuflada e uma camiseta do Grateful Dead, um colar de cânhamo trançado com um fio de prata em volta de uma grande ametista, uma carabina de ação de alavanca calibre vinte pendurada nas costas. É um homem pequeno, com uma grande barriga redonda e o rosto vermelho curtido por anos de queimaduras de sol. A ponta do nariz é cerosa e inchada, com pequenas veias vermelhas se destacando. Ele tem uma garrafa de suco de limão com equinácea em uma das mãos. Turtle levanta a Sig Sauer e aponta para ele, direcionando a mira para a têmpora, pensando, só se eu precisar, só se eu precisar.

— E aí, meninos — ele grita. — Como vão as coisas?

Brett endireita o corpo e olha em volta para localizar o homem. Jacob o avista e responde:

— Tudo bem, um pouco perdidos, e você?

Turtle segue pelo meio da grama, puxando o cão da arma para trás. Ela pensa, vai com calma, com calma e devagar, sua merdinha, não vai foder com tudo, é só fazer cada parte exatamente certo, cada momento disso; faça exatamente e apenas o que for necessário, mas faça bem e direito, sua puta.

— Vocês são de onde, meninos? — o homem pergunta.

— Bom, eu sou de Ten Mile e ele é de Comptche — responde Jacob. Ele caminha até o homem e estende a mão. — Eu sou Jacob. Este é o Brett. — Eles apertam as mãos. — É um prazer te conhecer, amigo.

Turtle se ajoelha atrás de um toco, posiciona as miras na têmpora do homem.

— Certo, certo — diz ele, assentindo. Ele pega uma lata de tabaco de mascar, dá uma batidinha nela com a polpa do polegar, tira um grande bocado e coloca no interior do lábio. — Vocês mascam?

— Não — diz Brett.

— Só em ocasiões especiais — acrescenta Jacob.

— Ah — diz o homem. — Nem comecem. Eu mesmo estou tentando largar. Eles põem fibra de vidro nesta coisa. Dá pra acreditar? Portanto, meninos, vão por mim, se forem se meter nisso, e tem lá suas vantagens, tenho que admitir, paguem um pouco a mais e comprem o orgânico. Certo?

— Certo — diz Jacob —, é um bom conselho.

— Orgânico, esse é o canal — diz o homem. — Não esta coisa cheia de química. Eu mesmo acredito nos orgânicos. Melhor ainda, fiquem só na maconha. Se não fosse o náilon, era só isso que estaríamos fumando.

— Por falar nisso — diz Jacob, soltando a mochila dos ombros e pousando-a no chão —, por acaso você teria um pouco pra vender pra gente?

— Humm — diz o homem, virando a lata de tabaco nas mãos. Ele franze a testa.

— Não, sem problema — diz Jacob —, a gente só queria algo para melhorar a nossa aventura.

— Entendo — diz o homem, assentindo. — Às vezes a gente só quer alguma coisinha para suavizar a caminhada, e ela ajuda a enxergar os detalhes, não é? A gente nota coisas que não veria de outro jeito.

— Isso — diz Jacob —, é exatamente isso. Olha, vou te dizer, você é um poeta e um erudito.

— Quer saber, eu detestaria deixar um amigo em necessidade — o estranho admite.

— Esse é o cara — diz Jacob.

— Eu posso ajudar vocês — ele diz, depois de um momento de hesitação.

Que história é essa?, Turtle pensa. Ela se levanta na grama, com a arma apontada para o homem. Jacob passa a ele uma nota de vinte dólares e o homem abre uma bolsinha de lona presa no cinto e tira uma lata de chá. Abre a tampa, despeja vários carocinhos na mão e passa para Jacob. Depois pega um cachimbo feito de osso de perna de veado, com bocal de madeira e um fornilho projetado da extremidade. Começa a quebrar outro caroço com os dedos e comprimi-lo no fornilho, enquanto continua a falar.

— Isto aqui. Isto aqui. Não é como tabaco, que é superviciante, tanto quanto heroína, e mata. Por que eu comecei a fumar tabaco é algo que vai além da minha compreensão. Tentando largar. É por isso que eu masco, entendem? O problema com a maconha é que, quando a gente cultiva ela aqui, o fertilizante não é bom para o salmão, mesmo o fertilizante orgânico, e isso me incomoda. Estou procurando um jeito de resolver isso. E também, outra coisa é que nós temos roedores, e os bichos saem da floresta para mastigar os talos das plantas, e você tem que envenená-los ou ir levando assim mesmo. Eu vou levando, e é por isso que devemos comprar produtos locais. Esses plantadores mexicanos, esses caras não se importam, não é a casa deles, certo? Eles simplesmente espalham veneno de rato e é horrível, horrível, mata os bassariscos, os guaxinins, as doninhas, todos esses bichos. É por isso que vocês têm que comprar erva de caras como eu. Plantadores locais. Aquece a economia e é melhor para o meio ambiente. Para onde vocês estão indo, aliás?

— Só estamos tentando achar um lugar para acampar — diz Jacob.

O homem assente, movendo o lábio grosso de tabaco.

— Vocês são gente fina, meninos, gente fina, bom, eu vou mostrar a vocês a direção certa. — Ele lança um olhar para oeste.

— Por que fibra de vidro? — Brett pergunta de repente.

— Hã? — diz o homem. — O quê?

— Você disse que eles põem fibra de vidro no tabaco, mas por que fariam isso?

— Ah — diz o homem —, a fibra de vidro, ela corta os lábios para o tabaco ser absorvido mais depressa, deixa mais viciante. É a mesma coisa com toda essa comida embalada que estão vendendo, nunca confiem em uma grande empresa, meninos, e principalmente não confiem em uma grande empresa para fazer a comida que vocês comem. É por isso que eu não tenho carro, entendem? Eu não poderia, por uma questão de consciência, ter um carro. Não depois de ter ido para a América do Sul eu mesmo, vivido entre tribos na floresta da Amazônia e visto os danos que a indústria do petróleo está fazendo por lá. Nós devíamos comer muito mais comida local, fumar muito mais maconha e usar muito menos carros, na minha opinião. E amar uns aos outros. Eu acredito nisso. Comunidade, meninos, esse é o caminho. — Ele acende o cachimbo de osso e dá uma tragada longa. Solta o ar e passa o cachimbo para Jacob. Eles ficam ali balançando a cabeça e passando o cachimbo na roda.

— Bom — diz Brett —, eu admiro isso, mas tenho que ir de ônibus pra escola. Não tenho outro jeito de chegar lá.

— Eu também — diz Jacob —, embora às vezes eu vá de carro. Mas você me deu uma coisa para pensar.

Turtle não sabe o que fazer. Ela assiste, relaxando o dedo no gatilho, mas não baixa a arma. Depois de um silêncio quebrado apenas pelas mascadas suntuosas do estranho e pelos meninos acendendo o isqueiro, Brett diz:

— Você sabe por onde temos que ir? Estamos um pouco confusos.

— O nosso caminho para a glória foi rápido e claro, mas o nosso destino nos escapa — diz Jacob.

O estranho indica com a cabeça o fundo da ravina.

— Por ali, acompanhando o riacho — explica, depois se vira e aponta com a cabeça o lado de onde eles vieram —, ou o caminho de volta.

— O riacho vai nos levar para uma estrada?

O homem assente e não fica claro para Turtle se ele está confirmando ou achando uma boa pergunta. Ele diz:

— Tem estradas lá embaixo.

— Está bem — diz Jacob —, obrigado pelos conselhos, colega.

— É, cara, nós agradecemos muito — diz Brett.

— Até mais ver — diz o homem.

Brett e Jacob começam a descer a encosta, seguindo o riacho. O homem apaga o cachimbo, guarda-o, vira e segue pelo meio das samambaias. Turtle o acompanha com a pistola até ele sumir de vista. Depois olha para o sul, para a ravina. O plano é ruim. Eu devia voltar, ela diz a si mesma. Depois pensa, o que Martin vai fazer? Eu vou me dar mal, mas que se dane. Eu sou uma menina que se dá mal. Uma chuva fina começa a cair e Turtle estende as mãos e olha para o céu, torres de nuvens imensas e disformes, e então a chuva começa para valer, molhando seu cabelo, molhando sua blusa, e ela pensa, bom, agora complicou.

6

Turtle sobe em um tronco caído sob a chuva forte. Cinco ou seis metros abaixo, o facho de luz amarela bruxuleante da lanterna de Brett dança pela casca sulcada e áspera das sequoias-vermelhas, pelas samambaias e framboesas, os troncos escamosos e estriados de abetos ocidentais, o riacho inchado que invade as margens. Ela começa a descer até eles. Fios de água, da cor de chá por causa dos taninos, serpenteiam encosta abaixo entre os rizomas nodosos de samambaia, talhando cachoeiras em miniatura, o solo salpicado de algo dourado, que não é ouro, minúsculos e frágeis minerais que rodeiam as minúsculas poças de chuva, refletindo qualquer luz que exista ali. A inundação arranca centopeias debaixo dos troncos, e algum truque da correnteza seleciona dezenas delas para torrentes barrentas, onde elas ficam empilhadas, quase todas enroladas, azuis e amarelas e preto-reluzente.

Ela pensa, esses meninos inúteis, inúteis. Tem que ir embora, precisa ir, mas eles estão perdidos e não vão achar o caminho por essa encosta sem ela. De qualquer modo, encontrar o caminho de volta para casa não vai ser algo tão simples. Andar pelo meio do mato sob a lua brilhante e o céu claro antes do amanhecer é totalmente diferente de achar o caminho no meio dessa escuridão sufocada de nuvens. Seria dureza.

Ao lado dela, Brett diz:

— Não sei, cara.

— É, eu também não, mano.

Turtle se impulsiona tronco acima e recua silenciosa para o meio das samambaias, baixando sobre as mãos e os pés um segundo antes de Brett ver o tronco, ir até ele e se apoiar para aliviar um pouco o peso da mochila.

— E aí, continuamos?

Jacob sacode a cabeça, mas eles não podem ficar parados ali, isso é evidente. O solo está uma lama só. Turtle pensa, diga alguma coisa, diga algo para eles, aponte o caminho para eles, mas não consegue falar nada. A única claridade é a luz fraca e traiçoeira dos vaga-lumes, quase o mesmo verde fosforescente das miras de trítio de sua Sig Sauer, e ela leva a mão à pistola pensando, eu não tenho medo desses meninos e, se tiver que encontrar meu caminho nesse escuro, eu encontro. Mas ela está com medo deles. Sabe disso só por apertar a mão em volta do punho reconfortante da Sig Sauer, esse punho que diz *ninguém nunca vai machucar você*, só pela própria disposição a enfrentar sozinha aquela escuridão inundada, ela sabe que está com medo dos meninos.

Jacob coloca a mochila nos ombros e eles continuam descendo a encosta, seguindo o riacho, que transbordou de sua vala estreita e inundou as margens próximas, por isso os garotos chapinham com a água na altura dos tornozelos. Ela pensa, vou esperar e ver se chegamos a uma estrada. E, se chegarmos, eu não preciso fazer nada; eles vão para um lado e eu para o outro. Mas, se não tiver nenhuma estrada, eles vão precisar de mim.

Eles descem para uma depressão onde o riacho forma uma lagoa antes de se despejar sobre a borda, as margens barrentas cerradas de taboas. A lagoa está cheia do canto de rãs, e, quando Brett vira o facho amarelo pálido sobre a água, Turtle vê centenas de olhos, o formato rugoso distinto das cabeças rompendo a superfície.

— Vamos por este lado — diz Jacob, indicando o oeste na lateral da corrente, e não descendo por ela. — Se seguirmos o riacho, vai ficar muito íngreme.

— Cara — diz Brett —, o riacho leva até a estrada. Foi o que o homem disse. Nós não somos bons para improvisar nessa história de orientação.

— Que motivo eu já te dei para duvidar da *minha* orientação? — Os dois riem, Jacob olhando para o fundo da ravina e balançando a cabeça.

— Tudo bem, parceiro, tudo bem, você quer descer direto por esse riacho?

— É — responde Brett —, foi esse o caminho que ele falou.

— Está bem, então vá...

— *Shh!* — diz Brett e se vira, jogando a luz da lanterna quase em cima de Turtle. Ela está no meio das samambaias, sorrindo. Ah, seu puto, ela pensa, fascinada. Seu puto! O que será que me entregou? Ela sente no próprio rosto, o prazer, os olhos apertados de felicidade; ela pensa, seu puto, você me ouviu, me viu, algum movimento? Ela está encantada consigo mesma, e com ele, por quase tê-la visto, pensando, ahh, ahh, o Menino do Queijo não é cego no fim das contas.

Jacob olha para Brett.

— Desculpa, cara, eu só tive essa, sei lá, sensação... Não sei. Eu só tive uma sensação.

— Que sensação?

— Não tem nada ali — diz Brett, girando a luz da lanterna pelas samambaias gotejantes, pelo emaranhado de taboas, quase por cima dela.

Seu imbecil, ela pensa, encantada com ele, seu imbecil de merda. Ela está transbordando de alegria.

Eles atravessam a lagoa segurando a mochila sobre a cabeça, esmagando taboas no caminho. Sobem na margem barrenta, com a cachoeira ao lado deles, e os dois olham para a ravina lá embaixo. Turtle não consegue ver o que eles veem, mas Jacob se inclina para a frente e diz:

— Parece bem íngreme até lá, parça.

Brett concorda com a cabeça.

— Vamos lá — diz Jacob. Ele põe a mochila no chão e desce pela borda. Brett passa as mochilas para ele uma a uma e Jacob as apoia com cuidado na encosta. Então Brett desce. Eles vão se ajudando com as mochilas até desaparecer de vista. Depois que eles somem, Turtle rasteja pela água atrás deles. A lama no fundo da lagoa está nodosa de tubérculos de ninfeias. São grossos como seu braço, a carne escamosa e cheia de pontas, quase como a textura de cones de pinheiro que ainda não abriram. As algas flutuando parecem teias de aranha espessas e encharcadas. Ela chega à borda da lagoa e sai, escorrendo cortinas de água. Abaixo, a ravina está escura, exceto pelo brilho azul da lanterna de cabeça de Jacob e o feixe da lanterna de Brett. Acima do som da chuva e da torrente da cachoeira, ela os escuta falando alto um com o outro. A cabeça deles avança entre as samambaias como ratos pela água.

Brett para e olha para trás na direção de Turtle, e ela se abaixa no meio das plantas. Jacob vira a lanterna de cabeça no escuro.

— Eu juro que... eu só tive uma sensação ruim — diz Brett.

Ela fica totalmente imóvel, olhando direto para eles.

— Como o quê?

— Alguma coisa — responde Brett.

Jacob avança um pouco na direção dela e move a lanterna de cabeça em uma busca meticulosa.

— Não tem nada aqui — diz ele.

— É só uma sensação ruim, uma sensação meio arrepiante.

Jacob para, se vira em um círculo lento, perscrutando a escuridão. Ele olha de novo para Brett, como quem não sabe o que mais poderia fazer.

— Se não tem nada aí, então não tem nada aí — diz Brett.

— Eu não vejo nada.

— Só espero que não seja aquele cara.

— Não é aquele cara.

— Só espero que ele não esteja, sei lá, seguindo a gente no escuro.

A ravina fica mais estreita e íngreme, cruzada por sequoias-vermelhas caídas, as margens com deslizamentos de terra. Seis metros abaixo, fica finalmente bloqueada por uma parede impenetrável de sumagre-venenoso. A luz da lanterna de Brett empalidece, obscurece e morre. Ele bate a lanterna na palma da mão e ela renasce, um filamento mal-humorado que se ilumina por um momento antes de morrer outra vez. Turtle espera acima, nervosa, pensando, faça de uma vez, Turtle. Ela pensa, não tem mais jeito agora, e mesmo assim não consegue. Vai ter que ficar de quatro no chão e implorar o perdão do pai, implorar, e talvez então ele a desculpe.

Ela ouve Brett abrir a tampa e despejar as pilhas na mão. Ele as segura na palma e sopra.

— Se tiver uma estrada, devemos estar quase nela — diz Jacob.

— Merda — diz Brett. — Que merda.

— Não tem outro jeito.

— É um monte de sumagre-venenoso para atravessar.

— A estrada deve estar logo depois.

Brett se curva sobre a lanterna, murmurando com as pilhas.

— Vamos lá, vamos lá, *vamos lá.*

No momento de silêncio, tudo que ouvem é a chuva, suave, macia nas folhas, e o crepitar do solo molhado, o som do rio.

— Ele *falou* — diz Brett, parecendo traído — que era só vir por este caminho e a gente ia chegar na estrada.

— Nós devemos estar quase nela — diz Jacob —, temos que estar quase nessa *porra* de estrada. — Ele começa a descer precariamente, se agarrando em samambaias e ramos de sumagre-venenoso, cada passo afundando no barro. Turtle percebe que ele nunca chegará ao fim da encosta e, antes de poder se controlar, antes de poder hesitar, se levanta do meio das plantas sobre um tronco acima deles e diz:

— Espere.

Os dois viram e procuram por ela no escuro, e de repente ela está banhada na luz de LED brilhante de Jacob, de pé entre brancas-ursinas e urtigas, consciente de sua feiura, de sua cara magra de bosta e do emaranhado de cabelo com cheiro de barro e cobre, meio virada para esconder o oval pálido de seu rosto. Por um momento, ninguém diz nada.

Então ela fala:

— Vocês estão perdidos?

— Digamos que nem tanto perdidos, mas desgarrados de qualquer conhecimento da nossa localização — diz Jacob.

— Estamos perdidos — Brett intervém.

— Eu acho que o caminho não é este — diz Turtle.

Jacob olha para baixo na ravina. A luz de sua lanterna percorre o tumulto de sumagre-venenoso, a lama, a água encharcando o chão.

— Não sei por que você acha isso — diz ele.

— Nós estamos perto de uma estrada? — pergunta Brett.

— Não sei — responde ela.

— Quem é você? — Brett quer saber.

— Sou Turtle. — Ela desce e para na frente de Jacob, e ele estende o braço e aperta a mão dela.

— Jacob Learner — diz.

— Brett — diz o outro garoto, e eles apertam as mãos.

— O que você está fazendo aqui? — pergunta Jacob.

— Eu moro aqui perto — diz ela.
— Então estamos perto de uma estrada?
— Não — responde ela. — Acho que não.
Brett olha espantado para o alto da colina.
— Tem gente que mora aqui perto?
— Claro.
Jacob olha de volta para ela, e Turtle é cegada pela luz azul outra vez.
— Desculpe — diz ele, virando a luz. — Você pode nos levar lá para baixo, até o rio?
Turtle olha para a escuridão.
— O que aconteceu? Ela ainda está aí? — Brett pergunta.
— Ela está pensando — diz Jacob.
— A gente deixou ela brava?
— Ela é especulativa.
— Ela continua sem falar.
— Certo, ela é *muito* especulativa.
— Por aqui — diz Turtle, conduzindo-os em uma transversal barrenta pela encosta, à procura de um lugar aberto mais adiante.
— Caralho — diz Brett —, caralho. Olha ela indo.
— Ei! — exclama Jacob. — Espera aí.
Turtle os leva pelo meio de sequoias-vermelhas caídas e então desce para o rio entre abetos majestosos em uma área baixa e inclinada, a lanterna de Jacob lançando a sombra dela à frente, os meninos aos tropeções atrás.

O rio inundou as margens, e Turtle chega a um grande emaranhado de amieiros com água até os quadris, longos chicotes de urtigas espinhentas curvados na corrente, balançando como algas, repolhos malcheirosos submersos espiando sob a corrente, jangadas de folhas mortas amontoadas em cada reentrância, redemoinhos rodopiando com enormes massas de espuma.

— Mas que bela merda — diz Brett e assobia.
— Não tem estrada — acrescenta Jacob.
— Estamos bem sem estrada — fala Turtle.
— Talvez *você* esteja — diz Brett.
Jacob para, encapado até a cintura de lama, e ri.

— Caramba — diz, arrastando a palavra, sua voz lhe conferindo certa riqueza de humor e uma profundidade de otimismo a que ela não está acostumada, passando a língua pelos lábios enlameados com prazer e repetindo: — Caramba, parceiro. — Como se não pudesse acreditar na incrível boa sorte de estar tão inteiramente perdido ao lado de um rio tão transbordado, e Turtle nunca tinha visto ninguém enfrentar um infortúnio desse jeito.

— Caramba — repete Brett de um jeito diferente. — Estamos *fodidos*. Turtle olha de um para o outro.

— Estamos *fodidos* — diz Brett outra vez. — Nunca vamos chegar em casa. Estamos fodidos.

— Sim — concorda Jacob em um espanto contido, pesando as palavras com satisfação. — *Sim*.

— É irônico, porque nós estávamos bem antes — diz Brett —, tínhamos um lugar perfeito para acampar, mas *nãããão*, a gente precisava de água.

— E olha só — diz Jacob. — Hashtag sucesso! Hashtag vitória!

— Precisamos de um lugar para nos abrigar — fala Brett, depois olha para Turtle. — Você sabe onde estamos? Tem algum lugar onde a gente possa dormir? É só lama, não é? Não tem nada que não esteja coberto de lama.

Ainda chove forte e todos, inclusive Turtle, estão com frio, e não há nenhum espaço plano, não com o rio transbordado, e para encontrar um lugar para acampar eles teriam que subir a encosta de novo, e, embora Turtle consiga fazer isso, não sabe se os garotos conseguiriam.

— Estou morrendo de frio, cara — diz Brett —, com um frio da porra.

— Está fresquinho — Jacob concorda, sarcástico, tentando limpar a lama dos olhos. Ele está rígido, como quem está com a roupa úmida e evita qualquer movimento que possa pôr a pele em contato com o tecido molhado e sujo. Ele olha para Turtle e algo lhe ocorre. — Como você nos encontrou?

— Por acaso — responde ela.

Os garotos se entreolham e encolhem os ombros, mostrando que já ouviram coisas mais estranhas que aquilo.

— Você pode nos ajudar? — pergunta Brett. Ele agacha, tremendo sob a mochila. A chuva cai cortante em volta dele. Jacob encontra uma folha de sumagre-venenoso colada em seu rosto e a lança, com ar de nojo, para a escuridão. Turtle rói os dedos, refletindo.

— Caramba — comenta Brett —, você não sente vontade de preencher os vazios em uma conversa, não é?

— Como assim? — pergunta Turtle.

— Nada — diz Brett.

— Você parece muito paciente — diz Jacob.

— Você se move ao seu próprio ritmo — prossegue Brett.

— Especulativa — diz Jacob.

— Especulativa, isso, *pensativa* — concorda Brett.

— Tipo, onde você estudou zen-budismo?

— E o seu mestre zen foi o réptil antigo e lento em cujo casco repousa o universo inteiro, o conhecido e o desconhecido, o sondável e o insondável?

— É isso que o seu nome significa?

— Isso é um *koan*? Você pode nos ajudar? Para o que a resposta é, e só pode sempre ser: silêncio.

— Sinistro, cara.

Turtle está surpresa por eles ficarem falando desse jeito embaixo da chuva fria, mas então pensa, eles estão contando com você, Turtle. Eles estão contando com você e a conversa os ajuda.

— Por aqui — ela diz e os conduz de volta para a floresta.

No escuro, ela circunda as árvores maiores, com Jacob lançando a luz de sua lanterna sobre elas. Deixa os garotos aconchegados contra o frio e se aventura para todas as direções, voltando até eles depois de não encontrar o que procura. Sua esperança é achar uma sequoia-vermelha queimada com a câmara oca, mas o melhor que consegue é um tronco cortado há muito tempo, com marcas de machadada nas laterais, onde o andaime esteve preso.

Ela olha em direção ao topo não visível do tronco e Jacob a observa, protegendo os olhos da chuva, depois segue seu olhar. Um raio cai no monte Albion do outro lado do rio e Turtle conta, três quilômetros antes de o trovão chegar, ribombando a distância.

Ela sobe pela casca, estica bem o braço para alcançar o topo e desce em um profundo poço circular onde o cerne do tronco apodreceu. O tronco oco tem três metros de diâmetro e altura suficiente para ficar sentado ali dentro sem enxergar o exterior. Um único mirtilo cresce no meio em um círculo irregular de madeira gasta que drena a água. Turtle firma o pulso em volta da base, arranca-o e joga para a escuridão. Ajuda Brett e Jacob a subirem e eles começam a limpar as folhas acumuladas. Ela abre a mochila de Brett, encontra trinta metros de corda de paraquedas ainda amarrada da loja, solta o novelo, dobra em quatro partes e passa a faca pelos laços nas pontas para ficar com quatro pedaços de sete metros e meio.

Eles desdobram a lona azul e Turtle amarra a corda de paraquedas nos ilhoses dos cantos. Então ela sai do tronco, seguida por Jacob, enquanto Brett segura a lona. Joga uma estaca central para Brett e ele a fixa na posição. Ela enrola o primeiro pedaço de corda em volta de um galho, passa a ponta por dentro algumas vezes e faz um nó de tensão, um nó corrediço que pode ser apertado na corda molhada, embora se pergunte, enquanto amarra, se um nó de escalada teria sido melhor. Vai amarrando cada corda. Quando chega à última, vê que Jacob já a amarrou em um galho com um nó de tensão. A água corre pela corda, se acumula logo acima do nó e escorre em uma fita única. A luz azul da lanterna de cabeça acompanha a água pela corda de paraquedas. Turtle desliza o nó entre o polegar e o indicador, vê que está firme e bem-feito. Jacob está ao seu lado.

— Você já sabia fazer esse nó? — pergunta ela.

— Não — responde ele —, só vi você fazer.

Ela dedilha a corda e a ouve vibrar. Olha para ele, mas não sabe o que dizer, porque ele fez bem o nó, no escuro, sem saber como fazer, e ela acha que devia lhe dizer que ficou bom e que isso é raro, mas não sabe como. Ela desata o nó de Jacob, depois faz o nó seguinte com ostensiva lentidão. Faz um nó corrediço alto na corda esticada. Pega a ponta, que passa em volta de um galho, depois por dentro do nó corrediço e a leva para trás, criando uma roldana. Puxa a corda até ela deixar ondulações pálidas na palma de suas mãos. A roldana aperta o sistema inteiro, a lona range com a tensão. Turtle olha para ele outra vez.

A chuva corre pelo rosto de Jacob e ele enxuga os olhos, assentindo com a cabeça.

Ela alivia a tensão com meios nós, fazendo-os com exagerada lentidão. Olha para ele outra vez e experimenta a firmeza da corda.

— Ahh — diz ele.

— A chuva — explica ela — afrouxa as cordas.

Ele assente outra vez.

Esta é a diferença entre mim e Martin, ela pensa, esta é a diferença: é que eu sei que a chuva afrouxa as cordas e me importo com isso, e o Martin sabe que a chuva afrouxa as cordas mas não se importa, e eu não sei por que, não entendo como é possível não se importar, porque é importante fazer as coisas direito, e, se isso não for verdade, eu não sei o que é.

Ela dá a volta no tronco oco, testando cada corda de fixação, apertando-as e dobrando-as com meios nós, pensando, porra, Martin, e como eu vou pagar por isso, como vou ficar de joelhos e implorar para não pagar e vou pagar mesmo assim.

— É como se ela conseguisse enxergar no escuro — diz Brett.

— Ela consegue — diz Jacob. — Pode apostar.

— Não, é como se ela pudesse realmente *enxergar no escuro*. E não só um pouco.

— É — diz Jacob. — Foi o que eu falei.

— Onde você acha que ela está agora?

— Dentro da cabeça dela — responde Jacob.

— Eu estou ouvindo vocês — diz Turtle. Ela sobe pela lateral do tronco e ajuda Jacob em seguida.

— Ela é tão quieta.

— Nem todos nós — diz Jacob — andamos pela vida acelerados de cafeína, Brett.

— Ei — diz Brett —, faz bem para o estômago. O café queima as úlceras direto no revestimento do estômago.

— Do que vocês estão falando? — pergunta Turtle.

— De café — responde Jacob — e de como ele mineraliza os ossos.

— Isso é verdade?

— Não — responde Jacob.

Dentro do tronco, eles criaram uma espécie de gruta escura e molhada, com três metros de diâmetro, talvez um metro e vinte de profundidade. Brett estendeu um plástico resistente no chão e está agachado em um canto da gruta, enrolado em seu saco de dormir, os braços em volta do corpo, tremendo. Jacob está tirando coisas da mochila. Ele pega um saco de náilon siliconado e estende para ela.

— O quê? — diz ela.
— Fique com o meu saco de dormir.
— De jeito nenhum.
— Você está tremendo.
— Você também — diz ela.
— Vou ficar de conchinha com o Brett — ele fala.
— O quê? — Brett protesta.
— Pegue o saco de dormir — Jacob insiste.
— Não — diz ela.
— Para começar, nós estamos te devendo uma — diz Jacob. — Nunca teríamos achado um lugar seco se não fosse você. Além disso, Marco Aurélio diz...

Brett geme.

— Se ao menos o diário do imperador tivesse sido queimado, como ele pediu — diz ele. — Devíamos mesmo seguir as instruções de um homem cuja instrução final foi que suas instruções anteriores fossem destruídas?

— Marco Aurélio diz — continua Jacob — que "a alegria do homem está nas ações humanas: bondade com os outros, desprezo pelos sentidos, questionamento das aparências, contemplação da natureza e dos acontecimentos na natureza". Isto, emprestar meu saco de dormir para você, satisfaz todas essas condições. Pegue, por favor.

Turtle está olhando para ele, incrédula.

— O que está acontecendo? — pergunta Brett.
— Não sei — responde Jacob. — Será que ela está fazendo alguma expressão?
— O quê? — diz Turtle.
— Por favor, deixe eu te emprestar o saco de dormir.
— Não.
— Turtle, pegue — insiste Brett. — Sério. O contato dele com a realidade é tênue, na melhor das hipóteses, então discutir é perigoso. Ninguém sabe o que pode desfazer aquele último ponto de contato e jogá-lo

em uma espiral de loucura. Além disso, eu tenho um saco de dormir que dá para estender como um cobertor.

Turtle olha para os garotos, de um para outro, aceita com alguma hesitação o saco de dormir e começa a tirá-lo da capa. O náilon, de tão alta qualidade, é macio como seda. É feito artesanalmente e não tem zíper. Turtle entra nele. A chuva tamborila no teto de plástico, enchendo a câmara de barulho. Ela sente sua respiração em nuvens de umidade e esfrega as mãos uma na outra, a ponta dos dedos como uvas-passas. Escuta os meninos no escuro, suas expirações irregulares, seus movimentos quando eles se aconchegam dentro de um único saco de dormir.

— Jacob? — Brett chama.

— Hein?

— Jacob, você acha que ela é ninja?

— Eu não sou ninja — ela responde.

— Ela é ninja, não é, Jacob? — insiste Brett.

— Eu não sou ninja — diz ela.

— Hummm... — Brett hesita. — Hummmm... uma espécie de, não sei, sim, uma espécie de ninja.

— Não.

— Onde é a sua escola de ninja? — pergunta Brett.

— Eu não estou na escola de ninja — diz ela.

— Ela fez juramento de segredo — observa Jacob.

— Ou talvez — diz Brett —, talvez os animais da floresta tenham ensinado para ela.

— Eu não sou ninja! — ela grita.

Os meninos ficam um longo momento em silêncio contrito. Então, como se a negativa dela tivesse dado a prova final para uma teoria antes duvidosa, Brett diz:

— Ela é ninja.

— Mas será que ela tem poderes sobrenaturais? — questiona Jacob.

Os garotos falam de um jeito que é alarmante e empolgante para ela — fantástico, gentilmente festivo, bobo. Para Turtle, de fala lenta, com a mente voltada para dentro, circular, a facilidade de linguagem deles é atordoante. Ela se sente brilhantemente incluída nessa província de coisas que deseja, iluminada internamente pela possibilidade. Tonta e nervosa, ela os observa, roendo a ponta dos dedos. Um mundo novo está se abrindo para ela. Ela pensa, esses meninos vão estar lá quando eu for para o ensino médio. E como seria isso, pensa, ter amigos lá, ter amigos assim? Ela pensa, todos os dias, levantar e pegar o ônibus, e seria o que, outra aventura? E tudo que eu teria que fazer é abrir a boca e dizer "me ajudem com essa aula" e eles ajudariam.

Lentamente, os garotos adormecem, e Turtle está deitada na frente deles. Ela pensa, eu o amo, eu o amo tanto tanto, mas, mas me deixe ficar aqui fora. Deixe-o vir atrás de mim. Vamos ver o que ele faz, não vamos? Esse é um jogo que jogamos, e eu acho que ele sabe que o jogamos; eu o odeio por algo, algo que ele faz, ele vai longe demais e eu o odeio, mas fico insegura em meu ódio, culpada e duvidando de mim e quase me odiando demais para pôr a culpa nele; sou eu, uma putinha de merda; e então eu transgrido outra vez para ver se ele vai fazer de novo algo tão ruim; é um jeito de ver se estou certa em odiá-lo, eu quero saber. E aí você vai embora e se pergunta: eu devo odiá-lo? E acho que terá sua resposta quando voltar, porque ele reagirá à sua ausência de um jeito que você pode amar, ou reagirá além de qualquer razão, e essa será a prova, mas sempre, Turtle, e você sabe disso, ele está na sua frente nesse jogo. Ele vai olhar para você e saber exatamente até onde pode ir e vai levar você até o limite, e então vai ver que chegou até o limite e vai dar um passo atrás; mas talvez não, talvez ele vá longe demais, ou talvez não haja esse cálculo nele.

Uma coceira está aumentando na base de suas costas. Ela passa a mão por dentro da cintura do jeans e encontra o carrapato logo acima do elástico da calcinha. Sente seu corpo liso como pérola.

— Brett? — ela sussurra, desatando o cinto da calça e removendo o coldre, deslizando-o bem fundo no saco de dormir para escondê-lo. — Jacob?

— O quê? — Jacob sussurra de volta.

— Vocês têm uma pinça?

— O Brett tem — diz Jacob —, na mochila dele. — Ela ouve Jacob se sentar no escuro. Ele procura na mochila por um tempo que parece muito longo até encontrá-la. — Achei. Carrapato?

— É, carrapato — responde ela.

— Onde está?

— Na parte de baixo das minhas costas.

— Tudo bem — diz ele.

— Eu não consigo tirar sozinha — diz ela.

— Tudo bem.

Ela rola sobre a barriga, puxa o jeans para baixo e a camiseta para cima para expor a parte de baixo das costas. Jacob rasteja em silêncio até ela, tentando não perturbar o sono de Brett. Ela se deita com a face apoiada no plástico preto frio que forra o chão. Jacob se ajoelha ao lado dela. Ele acende a lâmpada de cabeça e eles são banhados em seu brilho azul.

— Eu nunca fiz isso antes — diz ele.

— Pegue a cabeça — ela instrui.

— É para virar no sentido horário? — pergunta ele. — Ouvi dizer que eles se parafusam na pele. A boca é uma broca.

— Não. Ele vai vomitar o conteúdo do estômago quando você começar a fazer isso. Puxe reto de uma vez só, se conseguir — diz ela.

— Certo. — Ele põe uma das mãos nas costas dela, enquadrando o carrapato entre o polegar e o indicador. A mão dele é quente e confiante, a pele dela vibra de eletricidade. Seu campo de visão é estreito no plástico preto, sujo e enrugado, mas seu foco está inteiramente nele, invisível, inclinado sobre ela.

— Pode ir firme — diz ela.

Ele está em silêncio. Ela sente a pinça se prender no carrapato, depois morder sua pele e então há uma sensação de algo sendo arrancado.

— Você tirou tudo? — pergunta ela.

— Tirei.

— Tirou tudo?

— Tirei tudo, Turtle.

— Ótimo. — Ela abaixa a camiseta e vira de costas. Ouve Jacob esmagando o carrapato até a morte com as pontas da pinça. A chuva tamborila na lona estendida tensamente acima deles. Jacob apaga a luz e ela os escuta, ali no escuro com ela.

7

Turtle acorda com um susto, o coração acelerado, e espera, escutando, os olhos pegajosos pela desidratação, a boca seca. Alguém chutou a estaca central e a lona está curvada e meio cheia de água, com folhas submersas formando um círculo escuro de detritos no fundo. Ela espera, respirando, imaginando o que a teria acordado, se Martin está de pé lá fora, ao lado deste tronco oco, com a espingarda automática. Lentamente, silenciosamente, ela pega a Sig Sauer e a encosta no rosto, o aço quase quente do calor no saco de dormir. Escuta a própria respiração ofegante. Ela pensa, calma, mas não consegue relaxar e começa a respirar mais forte, e pensa, isso é ruim, isso é muito ruim.

Algo bate na água e Turtle dá um pulo, vê um objeto do tamanho de um punho vir a toda pela água em sua direção, tocar a lona e se afastar flutuando. Ela espera, a pistola apoiada na face em duas mãos trêmulas. É uma pinha. Foi isso que a acordou: as pinhas mergulhando na poça e batendo na lona. Respira fundo, então leva um susto quando uma segunda pinha bate na água e afunda, reduzindo a velocidade enquanto vem em sua direção. A pinha toca a lona e sai flutuando. As ondulações se expandem pela superfície. Suas sombras correm pelos meninos, os sacos de dormir, as mochilas, a bagunça daquela casinha. Ela pensa, eu amo tudo que é deles porque é deles, e gosto de como estamos aqui abarrotados de coisas, a confusão e a desordem, tudo úmido e quente, e pensa, adoro isso. Ela estica os pés contra o náilon molhado do saco de dormir de Jacob. Fica deitada soltando os músculos e, quando pode, coloca a arma no coldre e espera com as mãos na garganta, olhando para a poça acima. Tem vontade de pegar a pistola e não suporta ficar ali deitada sem ela, e põe a mão no punho e toca o cão desarmado e pensa, deixe aí, deixe aí, e afasta a mão e fica escutando a água acima e a floresta além.

 Ela pensa, por um momento eu tive certeza de que era ele, e a única coisa que eu não sabia era até que ponto ele chegaria, quanto ele estaria bravo. Ele sempre conseguiu me surpreender, pensa. Quando se acalma novamente, ela se esgueira desajeitada por uma abertura entre a lona e o tronco. Senta no alto do toco, descalça, o jeans molhado e colado às coxas, e bebe a água da lona.

 Ela desce do toco e senta em um tronco caído coberto de cogumelos translúcidos com a forma de orelhas deformadas. Pega a faca e começa a tirar espinhos e lascas de madeira dos pés calejados. À sua volta, o gengibre-selvagem cresce entre as raízes das sequoias-vermelhas, suas folhas verde-escuras em formato de coração, as flores roxas com a garganta aberta e as presas cor de fígado enterradas fundo na folhagem. Leva o punho à testa. Se algo acontecer com eles, ela pensa... O que você está fazendo, Turtle? Está esquecendo quem você é, está pensando que pode ser outra pessoa, e vai se machucar e machucar Martin e, deus nos livre, vai machucar esses garotos e essa é a pior parte, mas por algum motivo você não consegue se preocupar tanto com o risco que eles correm por estarem com você. Parece valer o risco, e isso mostra que você não está pensando com clareza, porque não vale o risco, não para eles, não se você perguntasse a eles, e não se pudesse explicar até onde seu pai poderia chegar. Ela pensa, eu sei que ele veio atrás de mim e a única questão é se ele conseguiria me encontrar aqui, e eu aposto que sim, mas não sei. Eu não consigo chegar direito a essa resposta, pensa, porque às vezes eu penso nele e me parece que ele poderia fazer qualquer coisa. Ele poderia, ela pensa, machucar esses meninos. Ela sabe que sim e pensa, não pense nisso.

 Já tem luz suficiente agora, pensa. Eu poderia voltar para casa e nem seria difícil, exceto... do que você vai estar abdicando, se fizer isso? Ela pensa, você sabe exatamente do que está abdicando, e a questão é o que está disposta a arriscar. Quanto a isso, pensa, estou disposta a arriscar muito. Estou disposta a arriscar esses meninos, e é só por mim mesma e nada por eles, eles nem sabem e eu nem vou contar. Ela pensa, se eles descobrirem, que descubram, e eu vou correr o risco porque sou uma vadia.

Pouco depois, Jacob sai do tronco oco e desce com dificuldade pela lateral. Ele senta ao lado de Turtle e olha para os pés dela, pequenos, com arcos dolorosamente altos. Parecem quase moldados em um torno, ou feitos em uma forja, tendões e ossos articulados sem nenhuma maciez. Seu calo tem um contorno como um leito de riacho e a textura de uma impressão digital. Jacob observa por um momento. Ela está feliz por vê-lo, e está particularmente feliz por vê-lo por causa dos riscos que está correndo para tornar isso possível. Ele não sabe no que está envolvido, e isso torna o momento de sentar no tronco ao lado dele importante para Turtle.

— Isso é estranhamente atraente — diz ele, fazendo um gesto com a cabeça para onde ela está cutucando o calo com a ponta da faca. A voz dele é sem maldade e cheia de humor, e ela sorri mesmo sem querer. Não sabe se ele está rindo dela ou se está rindo de si mesmo, e então imediatamente após o sorriso ela entende.

Turtle se enrijece, curvada sobre os pés com a faca na mão, apertando a boca, consciente de sua cara de bunda e pele feia. Sua brancura é feia e irregular, ela sabe, uma brancura semitransparente e sardenta, de modo que seus peitos, pateticamente pequenos e brancamente leitosos, são quase azuis. Ela se sente envolta em imperfeições e quer entrar na brincadeira de Jacob, como se sua repugnância fosse uma peça que ela pregou em si mesma. Sorri o seu sorriso de lado e, com isso, a vontade é de se arrebentar em pedaços, porque ela já disse a si mesma para não entrar na brincadeira quando alguém é cruel com ela, mas esse garoto a desmontou a tal ponto que ela não consegue se manter fiel às suas intenções.

Ele tem um jeito de olhar para ela que a faz sentir como se fosse a coisa mais importante do mundo. Ela fica ali curvada, pensando, fenda, fenda, fenda, aquele rasgo deformado alojado entre suas pernas, inacabado por descuido ou intenção, se abrindo para sua própria peculiaridade, sua abertura e seu sinal, e entende agora; a fenda é analfabeta, essa palavra a despe de tudo que ela amarrou e prendeu dentro de si; ela se sente desmoronar, cada parte amarga e suja dela desmoronando e ficando igual àquela sua fenda horrível.

— Para onde agora, Mogli? — pergunta ele.

— Você quer a minha ajuda? — Ainda olhando para ele, disposta a deixar aquilo passar, mas não disposta a deixar passar sem dignidade. Ela está pedindo algo e ele lhe dá tudo o que ela quer só em sua expressão, que é sincera, generosa e contrita.

— Sim. Muito.

— Nenhuma brotoeja de sumagre-venenoso ainda — ela observa.

— Vai ficar ruim — diz ele.

— Vai — diz ela. — Eu posso ajudar.

— Olha, não é da minha conta...

— O quê?

— Eu não pude deixar de notar, agora mesmo, que você tem uma arma.

— É.

— Por quê? — pergunta ele.

Ela se inclina para a frente e cospe no húmus do chão.

— Porque sim.

— Bom, está certo — diz ele —, mas você... você acha que poderia precisar atirar em alguém?

— É uma precaução — responde ela.

— Será mesmo? Quando se tem uma arma, há uma probabilidade nove vezes maior de levar um tiro disparado por um familiar do que por um intruso.

Ela estala o dedo, nem um pouco impressionada.

— Desculpe — diz ele, amenizando o tom. — Eu não estou questionando você, ou criticando. Não mesmo. Só queria ouvir a sua opinião. Só isso. Eu não acho de verdade que você vai levar um tiro de alguém da sua família.

Antes que ela possa responder, Brett geme e se movimenta, depois espia sob a lona.

Eles desmontam o acampamento. Jacob solta os nós de cada corda e segura as pontas desfiadas sobre um isqueiro, virando o náilon entre o polegar e o indicador até formar um bulbo preto. Eles sacodem a lona e ela e Brett a dobram juntos, formando um retângulo comprido. Jacob enrola os maços de corda apoiando-os na coxa. Turtle os prende com meios nós e os amarra na mochila. Depois entra no tronco oco e joga as coisas para eles, que embalam tudo nas mochilas.

Acompanham a margem norte do rio, comendo focaccia e pedaços de queijo, seguindo por amplas alamedas abertas entre as árvores, onde a água vai depositando em ondulações as agulhas de pinheiro ferruginosas.

Logo chegam a uma estrada pavimentada sinuosa, o asfalto remendado com piche onde os buracos foram consertados. Ela pensa, que inferno, estou só adiando o momento, mas o momento vai chegar e então nós vamos ver, e ele vai ser justo comigo, ou injusto, e se ele for justo aí vai ser difícil. Chegam a um grande nó entalhado de sequoia-vermelha com as palavras RIVENDELL SPRINGS EM FRENTE. Não viram nenhum carro e nenhuma outra pessoa. O mundo é só deles.

— Acho que a minha mãe faz massoterapia aqui.

— Será que ela está aqui agora? — pergunta Jacob.

— Provavelmente. Quase todos os dias. Se ela for chamada.

— Ela nos daria uma carona?

— Claro.

Seguem o desvio até um estacionamento com ramos de flores rosadas em grandes vasos de argila azuis e dourados e um portão alto de sequoia-vermelha. Uma dúzia de carros velhos. Brett abre um Ford Explorer com a chave que estava sob a tampa do tanque de combustível e eles deixam lá as mochilas. Há um filtro dos sonhos pendurado no espelho retrovisor e o console central está cheio de óleos, protetores solares, cremes para as mãos, hidratantes labiais. Contas ainda por abrir atulham o painel. Jacob tira a camiseta enlameada, faz uma bola com ela e a joga no chão do banco do passageiro antes de vestir uma camiseta Humboldt limpa.

— Vou deixar vocês aqui — diz Turtle. Ela olha para a floresta atrás de si e sabe que está na hora.

— Mas você não pode ir — diz Brett.

— Por quê?

— E se nós abrirmos aquele portão — diz Jacob — e todos lá dentro forem zumbis?

— O quê?

— Se formos forçados a vagar pelos desertos pós-apocalípticos do norte da Califórnia, queremos que você seja a rainha séria, de espingarda na mão, da nossa irmandade.

— Acho que ela precisaria ter uma serra elétrica para o corpo a corpo — diz Brett.

— Para zumbis — fala Turtle —, eu ia preferir uma .308, mas, se a gente tivesse mesmo que sair andando, vocês poderiam me convencer a aceitar uma 5.56.

— Mas, sério, que tal uma *serra elétrica*? — pergunta Brett.

— A corrente ia escapar — diz Turtle.

— Uma espada de samurai.

— Se estamos falando de zumbis — diz Turtle —, eu levaria uma machadinha, com certeza. Usaria todo o peso que seria gasto em munição de pistola para mais munição de 5.56.

— Uma espingarda — diz Jacob.

— Não leva muita munição. Para cada munição de espingarda que dá para carregar, você carregaria três ou quatro de carabina. Além disso, espingardas são lentas para recarregar.

— Não daria para ter uma espingarda automática com um carregador, como tem para carabina? — pergunta Jacob.

— Claro — diz Turtle —, mas os projéteis de carabina são revestidos de metal e se dão bem com carregadores. Os cartuchos de espingarda deformam sob pressão e encravam se forem armazenados em carregadores. Além disso, as espingardas automáticas são meio temperamentais. Quando você tem que atirar muito, carregar muito e andar atrás de munição, a 5.56 é imbatível.

— Está vendo? Nunca vamos conseguir sem você. Venha com a gente — diz Jacob. — Por favor?

— Por favor?

Ela está sorrindo.

— Vocês conseguiriam.

— Não, sem você não ia ter chance.

— Ela vem — diz Brett —, olhe para ela.

— Eu vou.

No portão, eles puxam a corda da campainha e ficam os três juntos, discutindo sobre como se armar para o apocalipse iminente, Turtle descalça, o jeans enrolado até os joelhos, coberta de barro quase seco. Um homem sem camisa, com calça de cânhamo, abre a porta, o peito tatuado com um Buda sobre ondas quebrando, o cabelo em dreadlocks grossos como charutos e compridos até a cintura.

— Ei, irmão — ele diz para Brett. — Parece que a chuva pegou vocês de surpresa.

— Oi, Bodhi. É, a chuva nos surpreendeu um pouco.

— Procurando a sua mãe?

— Querendo uma carona.

— Quem é esse?

— Meu amigo Jacob, e esta é a Turtle, a futura rainha portadora da espingarda e da serra elétrica da América pós-apocalíptica.

— É mesmo? — diz Bodhi, com algum interesse. — Muito bem, Jacob, Turtle. Entrem. — Ele os conduz por um gramado e entre grandes pirâmides de vidro até um bosque de sequoias-vermelhas com chalés cobertos de musgo e banheiras de sequoia-vermelha em forma de barril com água fumegante. Há um aroma mineral no ar, de uma fonte termal em alguma parte. Passam por um grupo de mulheres nuas, para intenso constrangimento de Jacob, que olha para os telhados, para as árvores, para qualquer lugar. Passam por outra banheira em forma de barril onde três homens mais velhos relaxam nus, fumando um cachimbo de vidro.

Seguem Bodhi até um chalé, os beirais com liquens pendurados, musgo crescendo entre as telhas, e entram num espaço aquecido por um forno a lenha no canto. Uma mulher nua está sentada de pernas cruzadas sobre um pedestal de madeira, comendo tomates-cereja de uma tigela de madeira laqueada. Os olhos de Jacob se arregalam em surpresa. A mulher tem pele morena, cabelo preto e crespo preso com barbante de cânhamo, o rosto bonito e receptivo, os mamilos grandes, as aréolas castanho-claras e empipocadas, a barriga entre mole e firme, a pele com aparência saudável, embora gasta. Sua fenda tem dois pedacinhos internos de pele projetados. A de Turtle é plana e compacta como uma anêmona recolhida esperando a maré passar.

— Pessoal, esta é minha mãe, Caroline — diz Brett. — Mãe, você podia..
— Julia Alveston? — a mulher pergunta.
Brett e Jacob viram para Turtle, surpresos.
— O quê? — exclama Turtle.
— Mãe... você podia... podia pôr uma calça? — diz Brett.
— Ah, menina — diz Caroline. — Não te vejo desde que você era deste tamanho. — Ela estende a mão um metro acima do chão. — Sua mãe, Helena, era minha melhor amiga, e olha... vou te dizer, ela era... era...
Turtle sente uma repulsa imediata. Ela pensa, não fale da minha mãe, sua vagabunda, sua desconhecida.
A mãe de Brett agora se vira para os meninos.
— Contem o que aconteceu.
— Mãe, você podia... — diz Brett.
— Ah, claro — responde ela, levantando e vestindo uma calça de cânhamo amarrada na cintura enquanto os meninos se revezam para explicar.
— Ela meio que apareceu de repente — diz Jacob.
— Ela estava lá no escuro, sem lanterna, sem mochila, sem sapato, sem nada, e se virando muito bem, como se pudesse enxergar no escuro.
— No meio da chuvarada, no breu total.
— Você tinha que ver os pés dela. Calos. É *insano*.
— Ela anda em qualquer lugar descalça.
— Ela não sente frio.
— Nem dor.
— Só justiça.
— Nós achamos que ela pode ser uma ninja.
— Ela nega.
— Mas claro que ela teria que negar.
— Se ela confirmasse que sim, que era uma ninja, nós saberíamos que não era.
— Eu não descreveria a teoria da ninja como definitiva, mas é uma grande possibilidade.
— Enfim, ela conduziu a gente para fora do vale das sombras.
— Ela enxerga no escuro.

— Ela anda sobre a água.

— Ela tem ritmo próprio. Para e olha e fica ali sem se mexer, olhando, e a gente fica, tipo: "O que você está olhando?", mas ela só continua olhando, e a gente fica: "Hum, você ainda não enjoou?" Mas é porque ela é uma mestre zen.

— Ela é muito paciente.

— O ritmo de conversa dela não é o que você chamaria de *habitual*.

— Eu estou aqui — diz Turtle.

— Ela é *pensativa*, mas tem algo mais, e mais estranho que isso.

— Não é tanto pensativa, é mais observadora.

— Isso, *isso*! Observadora. Você faz uma pergunta e ela, sei lá, te *observa*, e você fica... "Hummm?", e se esperar o suficiente ela vem com uma resposta.

— Ela sabe fazer nós, sabe se orientar na floresta.

— Os animais falam com ela e lhe contam seus segredos.

Quando eles terminam, Caroline diz:

— Bom, meninos, isso é muito sugestivo. — Então ela se vira para Turtle. — Como vai o seu pai?

— Ele vai bem — responde Turtle.

— Trabalhando muito?

— Não muito — diz Turtle.

— Ele está saindo com alguém? — pergunta Caroline. — Aposto que está.

— Não — diz Turtle.

— Não? Ele sempre foi o tipo de cara que tinha que ter uma mulher na vida. — Ela sorri. — Um conquistador, o seu pai.

— Não, não tem nenhuma mulher na vida dele — diz Turtle, um pouco ameaçadora.

— Lamento ouvir isso. Deve ser solitário lá na colina.

— Não sei — diz Turtle. — Tem o vovô, e tem o pomar e o riacho. E ele tem os colegas de pôquer.

— Bem, as pessoas mudam — comenta Caroline. — Mas o seu pai foi um dos homens mais bonitos que eu já conheci. Aposto que ainda é.

— Mãe — diz Brett, exasperado. — Que podre.

— Ele era um gato — diz Caroline — e inteligente. Eu sempre achei que ele ia fazer algo grande.

— Ele não fez nada — diz Turtle.

— Ele criou você, e que menina forte você parece ter se tornado — diz Caroline. — Embora, tenho que dizer, você pareça meio selvagem.

Turtle não responde a isso.

— Então, Julia — continua Caroline —, eles encontraram você a alguns quilômetros daqui?

Turtle confirma com a cabeça.

— Ao que parece, foi no meio do nada.

— Eu estava caminhando — diz Turtle.

— Desde onde?

— O quê? — Turtle põe a mão em volta da orelha e se inclina para a frente.

— Desde onde você veio caminhando?

— Da minha casa.

— Você caminhou de Buckhorn até aqui? — pergunta Caroline.

— Foi — diz Turtle —, eu vim pela ravina Slaughterhouse, atravessei o aeroporto, depois segui pela margem do Albion, meio que passando pelo quintal das pessoas.

— É, minha querida, você com certeza parece ter resistência para isso. Devem ter sido quilômetros e quilômetros. Sem água? Sem comida?

Turtle mastiga, abrindo a boca e fechando. Ela olha para o chão.

— Meu bem — diz Caroline —, só estou preocupada com você. O que estava fazendo ali no meio da noite? A que distância você acha que estava da sua casa?

— Não sei — responde Turtle.

— Brett — diz Caroline —, que tal você ir mostrar as pirâmides de vidro para o Jacob?

Os garotos se entreolham e Brett move a cabeça em um gesto de *venha* e ambos saem. Turtle fica parada no meio da sala, apertando as mãos e olhando para a base do pedestal de Caroline.

— Sabia que eu quase fui sua madrinha? — diz Caroline.

Turtle estala o dedo, olha para Caroline e quase consegue se lembrar dela em um passado obscuro. Percebe uma necessidade de pisar com cuidado ali e de proteger sua pequena vida no monte Buckhorn.

— A sua mãe e eu aprontávamos muito por aqui e, vou te dizer, tivemos nosso tempo de ficar andando por esses bosques, quando éramos um pouco mais velhas que você e a nossa vida era só beijar os meninos e tomar ácido. Depois da aula, a gente descia para os promontórios e havia um cipreste nas falésias entre Big River e a praia Portuguese. A gente ficava com os pés balançando sobre as falésias, olhando as pequenas enseadas escondidas lá embaixo, as ilhas, e *falava, falava, falava.*

Turtle está em silêncio. Ela pensa, essa puta. Essa puta.

— Você tem alguma amiga de verdade na escola?

— Não.

— Ninguém?

— Não.

— Como você está indo na escola?

— Bem.

— Mas há mulheres na sua vida, imagino?

Turtle não diz nada.

— E o Martin? Aposto que ele é ótimo para ajudar você.

— Ele é.

— Se ele quiser, consegue explicar qualquer coisa.

— É.

— Ele tem um jeito especial com as palavras, não tem?

— É, ele tem.

— Era a pessoa mais imaginativa que eu já conheci. Pela deusa, como ele lia! E como falava bem! Não é?

— É. — Turtle sorri.

— Ele é um cara legal — diz Caroline —, mas quando fica bravo ele pega pesado, não é?

Turtle passa a língua pelos dentes.

— O quê? — ela diz. E pensa, sua vaca, sua puta. É o tipo de truque que as pessoas usam com crianças, elas vão fazendo a gente responder um monte de perguntas e de repente querem saber algo sobre a família. Turtle já viu isso antes. As mulheres sempre acabam sendo escrotas. Não importa como comecem. Há sempre uma pegadinha.

Caroline está sentada de pernas cruzadas em seu banquinho, observando Turtle com uma atenção serena, e Turtle pensa, sua vaca. Sua puta de merda. Eu sabia que ia dar nisso e deu mesmo.

— Bom — diz Caroline, percebendo seu erro e recuando —, ele tinha um temperamento forte.

Turtle fica ali parada.

— Eu lembro, quando nós éramos só garotos, só… pela deusa, ele tinha um temperamento forte. Só isso que estou dizendo, só que às vezes ele era bravo. Então, como ele está atualmente? — pergunta Caroline.

— Eu tenho que ir — diz Turtle.

— Espere — diz Caroline.

Turtle despe toda a emoção do rosto, mas não tanto da postura, e pensa, olhe para mim. Ela pensa, olhe para mim. Você sabe que eu levo isso a sério. Olhe para mim. Se algum dia você tentar tirá-lo de mim, vai ver só.

— Eu disse alguma coisa errada?

— Não sei do que você está falando.

— Julia, minha querida, eu só estava querendo saber como vão as coisas em casa. Nem sei te dizer quantas vezes pensei em você todos esses anos. Quantas vezes achei que tinha visto você no Corners of the Mouth, ou esperando na frente do correio, ou andando por Heider Field. E nunca tinha certeza, porque, claro, eu não conhecia você. E agora que está aqui… puxa, claro que é você. É igualzinha à sua mãe.

— Meu pai nunca faria isso — diz Turtle.

— Eu sei, minha querida, só estou curiosa — diz Caroline. — Sabe, eu era muito próxima da sua mãe, tenho o direito de me preocupar um pouco. Você e eu, nós nos conheceríamos se ela estivesse viva, e você e o Brett teriam crescido como irmãos, mas em vez disso eu não sei nada sobre você. Não posso deixar de pensar que é uma ironia do destino que ela tenha nos deixado e você tenha crescido sem sequer me conhecer. E, pela boa deusa, menina, você precisa de mulheres na sua vida!

Turtle olha fixamente para Caroline, pensando, eu nunca conheci uma mulher de quem gostasse e não vou ser nem um pouco como você ou a

Anna quando crescer; eu vou ser direta e dura e perigosa, não uma vaca dissimulada, sorridente e traiçoeira.

— Ah — diz Caroline —, meu bem, me deixe te dar uma carona. Eu gostaria de falar com o Marty. Faz séculos.

— Não sei — responde Turtle.

— Minha flor, não posso deixar você andar todos esses quilômetros de volta para casa. Não posso mesmo. Se você preferir, posso ligar para o seu pai e pedir para ele vir te buscar, mas ele vai levar uma hora para chegar, e seria muito mais fácil eu mesma te levar para casa.

Turtle pensa, eu no carro com essa mulher e ela imaginando coisas sobre o Martin. Mas ela quer ver como Caroline fala com ele. Ela quer estar lá, metade dela quer saber o que Caroline pensa e metade não quer.

8

O sol está quase se pondo quando chegam à entrada para a casa de Turtle. Caroline dirige pelo cascalho irregular sem reduzir a velocidade, cerca de seiscentos metros, o Explorer aos solavancos pelos sulcos da estrada. Ela fica dizendo: "Olha só isso, Julia, pela deusa, se você soubesse como este lugar era antes". Os meninos estão com as mãos e o rosto pressionados na janela, olhando para os campos com fascinação. O caminho segue pela borda setentrional da colina, e à esquerda a paisagem é só de pinheiros se erguendo sobre a ravina Slaughterhouse, que se abre abaixo a oeste. Mais acima, avistam a casa no alto da colina, todas as janelas escuras. À direita, os campos se estendem até encontrarem o pomar, além do qual, escondidos de vista, estão as framboesas e o trailer do avô. Um riacho corta caminho pela grama, visível apenas como uma sutura de framboesas e avelãs. Turtle pensa, vamos ver o que acontece, mas ele não vai ser duro comigo até eles irem embora.

Caroline reduz a velocidade, olhando para os campos ao lado da estrada.

— O Daniel costumava ter mais orgulho dessa campina do que de qualquer outra coisa, eu acho. Não sei quantas horas ele passava cuidando da grama e, sabe, naquela época era tudo capim-rabo-de-gato até onde se podia ver, só rabo-de-gato. Mas ele deixou sair do controle, não é?

Veados que estavam descansando no cascalho morno levantam depressa e pulam para o meio da grama alta. Ela olha para Turtle.

— Você está crescendo em uma selva, não é?

— Olhem! — exclama Brett. — Olhem! — Eles veem uma saliência plana na lateral da colina, não distante do pomar, densamente coberta de aveia-brava, onde há sete portas posicionadas em círculo, sem paredes ou molduras. Há corvos pousados nos lintéis, inclinando a cabeça para observar a passagem do Explorer pela estrada.

Caroline olha para Turtle, depois para a casa, onde as trepadeiras de rosas-brancas subiram entre as janelas até o segundo andar, entrelaçadas com heras-venenosas, que lançam longas hastes enrugadas verdes e vermelhas para o ar.

— Olhem isso — diz Caroline —, olhem isso. Olhem todas essas rosas. Quando eu estive aqui pela última vez, faz o que, mais de dez anos, tudo era diferente, Julia. Todas essas roseiras eram podadas e amarradas em treliças, e a casa era recém-pintada, aquele campo não tinha nenhum mato e aquela entrada era revestida de cascalho novo e bonito. Não posso acreditar como tudo mudou. Essas roseiras, ninguém nem sabe a espécie delas. Veio um especialista em rosas aqui uma vez para examiná-las e extrair mudas. A sua trisavó era apaixonada por rosas e tinha todas as variedades, incluindo algumas que eram encontradas apenas aqui em Mendocino e que agora são consideradas extintas, a menos que, talvez, estejam aqui. E havia vasos na varanda, grandes vasos esmaltados, cheios de alface, couve, cebola e alho, abóbora e alcachofra, e ali — ela aponta para a varanda do quarto principal — havia colmeias.

— Ah — diz Turtle —, meu avô ainda tem as colmeias. Elas estão no pomar.

— E o pomar, ele não era tão cheio de mato assim. Aquelas árvores ainda dão frutos?

— Não muito — diz Turtle. Ela olha para o pomar, as árvores dando brotos primavera após primavera sem nunca serem podadas, carcaças de vime em um mar de amoreiras.

— O pomar ficava em um gramado, um belo gramado, que o seu avô aparava. E olhe para ele agora. Olhe só para ele. As árvores estão horríveis. Quer dizer, elas parecem tristes. Ah, meu bem.

Turtle põe os dedos na boca. Ela não gosta de como Caroline está falando, como se fosse culpa do papai que as árvores pararam de dar frutos, culpa do papai que o campo está cheio de mato, e o que ela não diz é como seu avô gastou todo o dinheiro, e sua mãe morreu, e como Martin está criando Turtle sozinho, arranjando trabalhos onde consegue, e que não está na mesma posição em que seu avô talvez estivesse quando sua avó era viva e ele estava aposentado e tinha dinheiro.

Martin está sentado em uma cadeira de varanda de madeira, segurando uma cerveja em uma das mãos, observando-os. Sua pistola Colt 1911 .45 está no braço da cadeira e, apoiada no encosto, uma espingarda Saiga. A luz de fim de tarde incide inclinada na colina, vinda do oceano azul cintilante.

— Fiquem no carro, meninos — diz Caroline para Jacob e Brett, que olham pelos vidros fumê para o grande homem na varanda. Ele se levanta lentamente, põe a Colt na cintura do jeans e desce os degraus com cuidado. Caroline abre seu vidro e Martin chega ao lado do carro e se debruça na janela, que é mais estreita que seus ombros, apoiando os cotovelos na porta, de modo que o carro abaixa desse lado. A visão de Turtle se distorce com a ansiedade e seus pelos se arrepiam nos braços e pernas, na cabeça, na nuca, seguindo-se uma sensação de frio que lhe percorre o corpo. Ele olha para o interior do carro, para Caroline, e ela não fala nada por um momento, e ele parece digerir o que está vendo antes de dar um sorriso de lado.

— Ora, ora, Caroline — diz. — Puxa, que incrível ver você.

— Martin, eu encontrei a sua filha.

— Se ao menos você tivesse encontrado a mãe dela — diz ele. Caroline abre e fecha a boca, atrapalhada, mas Martin prossegue, quase com gentileza, quase como se quisesse deixá-la à vontade, indicando Julia com a cabeça. — Essa menina... — Compartilhando um olhar travesso com Caroline, um olhar tão conspirador e cheio de humor que ela sorri mesmo sem querer.

— Marty — diz ela, tentando soar séria —, ela estava lá em Little River, quase em Comptche.

— Ah — responde Martin —, isso é um pulinho para ela. Cá entre nós, não tem como segurar essa menina, Caroline. Eu já a vi fazer cinquenta quilômetros em um único dia. A menina é parte Helena Macfarlane, parte gato selvagem, não cansa nunca. Cá entre nós, Caroline, é uma coisa quase mitológica. Se você cortasse o tendão de aquiles dela, a levasse para o meio do mato e a deixasse lá, quando voltasse descobriria que ela tinha feito amizade com lobos e fundado um reino. Quando ela era pequenininha, ia caminhando até o mercado de Little River. Estou falando de uma criança de fralda, descalça, e as moças na caixa registradora davam a ela um pedaço de manteiga para comer e me telefonavam. Uma vez, um pouco mais velha, ela andou até o rio Ten Mile antes de eu a encontrar. Mas, se eu for duro demais com ela por causa disso, só vou conseguir afastá-la, não é, criança? — Turtle, chamada dessa maneira, sorri e desvia o olhar rapidamente. Martin está gostando de falar. Ele continua. — Meu Deus, Caroline — passando os dedos pelo cabelo —, você está igualzinha a uma década atrás, sabia?

— Ah, pare com isso — diz Caroline, sorrindo sem querer.

— Exatamente igual — repete Martin.

— Um pouco mais de fios brancos no cabelo — diz Caroline.

— Mas fica bem em você — diz Martin, voltando a atenção para a massa de cabelo crespo grisalho. — É só isso que faz você não parecer ter vinte e poucos anos. É o ar marinho e essa sua pele morena.

— Como vão as coisas?

— Tem certeza de que não há um quadro de você em algum lugar — pergunta Martin — ficando mais velho e mais maligno a cada dia que passa?

— Sem chance — diz Caroline.

— É só a vida boa, então. Quanto a mim — Martin desvia os olhos do carro e se volta para o sol poente sobre o oceano —, as coisas nunca estiveram melhores.

— E? — diz Caroline.

— E — diz Martin, percebendo algo do que ela insinua — eu tenho a minha filha. E, puxa, isso é mais que suficiente para qualquer pessoa. Como você pode ver, ela me mantém totalmente ocupado. Se eu não conseguir encontrar a felicidade aqui, em uma menina como essa, caramba, acho que nem valeria a pena viver. Ela é tudo para mim, Caroline. Olhe para ela, e muito linda também, não é?

— Sim, ela é — concorda Caroline, parecendo um pouco incerta quanto ao tema da beleza de Turtle.

— Sabe, eu não posso ser muito duro com a menina, ela é como vocês eram, exceto que, até agora, sem garotos e sem psilocibina.

— Eu disse a ela a mesma coisa — fala Caroline, rindo. — Foi exatamente o que eu disse!

— Porque é verdade, olhe para ela. Espero que você não tenha sido muito dura com ela — diz Martin, e os dois adultos se viram para a garota, avaliando-a com o olhar. — Mas eu gostaria de um conselho seu.

— Pode falar — diz Caroline.

Martin olha para o mar, estreitando os olhos como se fosse descrever algo que estivesse lá longe.

— A piolha — diz e para por um longo momento —, ela tem dificuldade na escola. Não em tudo, mas em ortografia. Com listas de vocabulário.

Há silêncio no banco de trás, um ranger de molas quando Jacob se inclina para a frente para ouvir melhor. Turtle rói os dedos, brava por ele ter tocado nesse assunto na presença de seus amigos.

— Ah — diz Caroline, com um olhar solidário para Turtle —, quem não tem dificuldade com isso.

Martin assente com a cabeça, lentamente e sem achar graça.

— Eu descobri que tudo o que a gente pode fazer é ajudá-los nisso, embora só a deusa saiba que não é fácil. Martin, este é meu filho, Brett.

Brett se inclina para a frente e eles se cumprimentam com um aperto de mãos, Martin estendendo o braço e sorrindo da janela com o maxilar projetado e a camisa aberta.

— Ora, que garotão bonito — diz Martin. Ele olha de volta para Caroline. Ela parece estar perscrutando o rosto dele em busca de algo que não está ali. Ela está de costas para Turtle, e a menina não consegue decifrar o que ela está pensando, mas sabe que Caroline deve estar fazendo jogo de cena, que ela deve estar preocupada e tentando sondar alguma coisa. Turtle olha para Martin e se pergunta se ele sabe disso e, olhando para ele, acha que sim.

— Você devia me convidar para vir aqui mais vezes, Martin — diz Caroline. — Eu gostaria de fazer parte da vida da menina.

— Claro — responde Martin.

— É o mesmo número de telefone — informa Caroline.

— Jura? — diz Martin. — O mesmo número? Então eu tenho aqui.

— Até a mesma casa.

— Na Flynn Creek Road? Eu lembro dessa casa *muito* bem. Ainda infestada de aranhas-marrons?

— Temos que bater todos os gravetos no poste antes de levá-los para dentro para fazer fogo.

— Uau — diz Martin, com espanto. — Bom, eu tenho o seu número e vou telefonar.

— Faça isso — diz Caroline.

— Vamos lá, piolha — Martin chama, e Turtle abre a porta e fisga algo do chão com o dedo do pé, joga discretamente para o meio do mato e sai. Dá uma olhada para os garotos, fecha a porta e se afasta do carro. Caroline faz um aceno de despedida para Martin, manobra o SUV e parte pela estrada, deixando os dois de pé lado a lado, vendo-os se afastarem.

Martin, em silêncio, caminha de volta para sua cadeira e se senta. Pega o charuto no braço da cadeira, abre a tampa do isqueiro e o acende, soltando baforadas e estreitando os olhos na fumaça. Ele dá um trago no charuto, depois o encaixa entre dois dedos e ela sobe os degraus da varanda e senta no joelho dele, e ele a traz para o fundo da cadeira e põe o braço grande e cheirando a fumo em volta dela, apertando-lhe o cabelo no pescoço, e eles ficam ali quietos por um longo tempo. Ele baixa o rosto para a nuca de Turtle e inspira. Com a mão que está sobre o ombro dela, faz um gesto mostrando a colina, os campos abaixo.

— Quando você era bem pequena — diz ele —, não devia pesar mais que vinte quilos. A sua mãe te deixou brincando aqui fora. Você estava no gramado, na borda do pomar, e o capim estava alto naquele ano, da mesma altura que você. E eu saí na varanda para fumar e olhei em volta e mal consegui te enxergar. Ali embaixo, com seu monstrinho de brinquedo, um boneco Godzilla. Você estava fazendo ele andar pela grama, e eu mal conseguia te ver. E, a menos de dez metros de você, meio escondida no mato, estava a maior onça-parda que eu já tinha visto. Parada ali, te observando. A maior filha da mãe que eu já tinha visto, piolha.

O braço dele está em volta dela, e seu abraço é excepcionalmente gentil, mas Turtle consegue sentir sua força. Ele inspira fundo entre os dentes, sacudindo a cabeça, como faz quando algo o magoa.

— Então eu entrei em casa, peguei a arma e saí para a varanda, e não conseguia ver a maldita onça.

Ela fica ali sentada sentindo o cheiro dele, dentro de seu abraço, olhando para os campos e pensando naquilo. Onde o campo ainda é saudável, o capim-rabo-de-gato é todo da mesma altura, verde e ondulado pelo vento. A aveia-brava se ergue com as panículas arqueadas, as espigas se agitando. Logo, ela sabe, a campina vai ficar cheia de ervas daninhas. Baixa os olhos para o piso da varanda e nota as pegadas das botas dele, de barro cinza e cor de laranja. Ela fica ali olhando, depois volta a atenção para o barro cinzento na sola das botas dele. Não há nenhum barro como aquele na propriedade deles, que ela saiba.

Ele a vira em seu colo para poder olhar para ela.

— Porra, piolha. Eu saí na varanda, procurei com a arma e não consegui ver a onça. Era verão e todo o capim estava daquela cor amarela que ele fica, e a onça era quase da mesma cor. Eu sabia que ela estava lá, mas não conseguia ver no capim alto. Só fiquei ali parado, piolha, e sabia que a merda da onça estava lá e talvez, se eu te chamasse, isso a fizesse entrar em ação e ir atrás de você. Eu podia te ver. Você estava engatinhando pelo meio da grama, e eu fiquei ali parado e... não sabia o que fazer.

Ela põe os braços em volta do pescoço dele e pressiona a orelha em seu peito. Sente a barba curta no queixo dele, o cheiro da fumaça do charuto, o cheiro de malte da cerveja. Há barro na borda do degrau onde ele limpou a sola das botas, barro e as folhinhas frágeis de mirtilo.

— Não sei se você entende o que estou tentando te dizer, piolha — diz Martin. — Eu achei que poderia perder você. E não sabia o que fazer. Eu pensei... Eu pensei... Sabe o que eu pensei, piolha? Pensei que jamais poderia te perder, jamais poderia deixar você sair de perto de mim. Você é minha. Mas eu posso nem sempre estar presente. Talvez eu não seja suficientemente rápido, ou suficientemente esperto, piolha. E o mundo é um lugar mau. É um lugar muito, muito mau.

— O que aconteceu?

— Você se levantou — diz ele. — Levantou e olhou para o capim, segurando aquele maldito brinquedo em uma das mãos, e eu soube que estava olhando para a onça, *meu Deus*, você devia estar olhando direto para ela. Eu estava de pé na beirada da varanda e não conseguia encontrar a onça no mato. Era como se ela estivesse invisível. — Ele suga o ar entre os dentes. Veias se destacam em seus antebraços lustrosos e serpenteiam pelo dorso das mãos. Os nós dos dedos são da textura de couro, os dedos marcados de cicatrizes. Ela baixa os olhos para os joelhos do jeans dele, manchados de graxa e ferrugem, e estende a mão para raspar uma crosta de epóxi. Há barro e folhas na bainha da calça. Em uma dobra do tecido, a diminuta urna cor-de-rosa de boca estreita e o pedículo cilíndrico de uma flor de manzanita-anã.

— Aquelas malditas, elas ficam muito perto do chão, só esperando. A filha da mãe. Eu ajoelhei na beira da varanda e encontrei você na mira e pus o retículo bem em cima de você. Primeiro achei que conseguiria pegá-la antes de ela atacar você. Depois pensei que preferia matar você a deixar aquela onça te pegar. Era melhor do que deixar você ser arrastada para o meio do mato e estripada. É isso que elas fazem. Agarram você com a boca e as patas dianteiras, depois chutam com as patas traseiras para te estripar. E de jeito nenhum eu ia deixar isso acontecer. Pus aquele retículo bem na sua têmpora e tudo ia acabar... *puff*, uma névoa vermelha. Era melhor que deixar aquela onça te rasgar.

— Você viu a onça, papai?

— Não. Você virou, subiu a colina e veio para a varanda, e eu sabia que aquela filha da puta estava lá, pronta para tirar você de mim. Você veio e segurou na perna da minha calça e eu só fiquei ali, até que você entrou. Ficou escuro e você saiu e disse que estava com fome.

— Você teria mesmo atirado em mim?

— Você é a minha menininha, piolha. Você é tudo para o seu velho pai, e eu nunca, nunca vou me separar de você, mas não sei. Acho que é difícil dizer o que é certo.

— Você e eu — diz Turtle — contra o mundo.

— Isso é certo — diz ele.

— Desculpe eu ter saído, papai.

— Aonde você foi?

— Para leste — responde ela —, leste, acima do Albion. Há sequoias-vermelhas lá, papai.

Ele concorda com a cabeça e olha para leste.

— Há plantadores de maconha por lá, e eu não acho que algum deles faria mal a uma criança, não acho, mas eles têm cachorros que poderiam te machucar. E, piolha, eles são pessoas, e, quando se trata de pessoas, nem todas são boas. Tenha cuidado. Acho que é melhor você nunca mais se afastar assim. Mas vamos deixar passar desta vez.

— Papai — diz ela —, no alto de um barranco, bem acima do Albion, tinha uma tarântula.

Ele fica abraçado com ela por um momento, depois diz:

— Não, piolha, não há tarântulas lá.

— Não, papai, eu vi uma. Era do tamanho da minha mão.

— Você não viu nenhuma aranha assim, piolha.

— Mas, papai...

— Piolha — diz ele.

— Sim, papai.

Eles ficam ali sentados na cadeira de madeira na varanda, Turtle em seu colo, ele a abraçando, e observam as nuvens vindo em faixas. O sol poente acende um halo de oceano verde-azulado e lilás. As colunas de pedra no mar se erguem em contornos quase negros. Em seus ombros caiados, os biguás se deixam estar com as asas abertas para o sol. Os bíceps dele são maiores que as mãos dela, do polegar ao dedinho. As veias que os atravessam são mais largas que as impressões digitais dela.

Ela desce dos joelhos dele e ele se levanta e olha para ela e um espasmo cruza seu rosto. Ele abaixa sobre um dos joelhos e a toma nos braços.

— Meu Deus — diz. — Por Deus. Por Deus, piolha. Tenha cuidado. Meu Deus, piolha. *Meu Deus.* — Ele a segura e ela fica ali parada, com a cintura envolvida no abraço dele. — Como você está ficando grande. Como está forte. Meu amor absoluto. Meu amor absoluto.

— É — diz ela.

— Só minha?

— Só sua — diz ela, e ele pressiona a lateral do rosto contra os quadris dela, aperta-a com sofreguidão, olha para ela, seus braços envolvendo-lhe a base das costas.

— Promete? — diz ele.

— Prometo — ela responde.

— De mais ninguém?

— De mais ninguém — diz ela.

Ele inspira o cheiro dela profundamente, fecha os olhos. Ela se deixa abraçar. Como ele não a encontrou, ela achou que ele não tinha ido procurá-la. Imaginou que ele só tivesse ficado esperando que ela voltasse. Mas agora ela está ali nos braços dele, olhando para as marcas de barro de suas botas e pensando, você me seguiu e não me encontrou. Sempre lhe parecera que ele poderia encontrá-la em qualquer lugar, que ele poderia prever cada movimento seu melhor que ela mesma. Ela pensa, teria sido melhor se você tivesse me contado, papai, e nós teríamos dado risada disso. Você poderia ter feito piada disso. Poderia ter dito: "Como você está alta e forte, como anda sem deixar rastros". Você devia ter dito algo, ela pensa, em vez de me deixar olhar para esse barro e adivinhar, me deixar adivinhar que você foi atrás de mim e não me encontrou, então teve que voltar e ficar esperando. Ela pensa, você jamais teria caído no meu conceito se tivesse compartilhado isso comigo.

Em algum momento naquela noite, ela acorda e fica deitada em silêncio, mascando o algodão acolchoado de seu saco de dormir. Depois se levanta, abre a janela e sobe no parapeito, o luar brilhando em seus membros nus. Sai pela janela e desce pelos caules das roseiras, grossos como punhos nodosos, até o pátio barrento e, no escuro, vai para o meio do gramado. As luzes ativadas por movimento acendem com um clique e ela fica ali deitada, respirando o cheiro molhado dos rabanetes esmagados e das ervas aromáticas.

A porta do quarto principal se abre e Martin sai e para na pequena varanda do quarto, do lado sul da casa, olhando para o campo. Tem uma arma pendurada no ombro, ela não consegue ver qual. Com as luzes brilhando em cima dela, é quase impossível discerni-lo na varanda, como uma figura parada logo à direita do sol. Ele espera ali, com as pernas afastadas, paciente, e ela pode imaginar a respiração cuidadosa dele enquanto examina o campo. Ela afunda o rosto, encarando a grama, e respira, esperando por ele, sabendo que ele nunca a verá. Ela pensa, há algo errado naquela história da onça. Ele não vê as coisas como são, não com muita clareza.

Martin volta para dentro. Ela ouve a porta bater. Solta uma respiração irregular e se arrasta pelo meio das aveias-bravas, procurando com a ponta dos dedos até encontrar o que quer, o que jogou discretamente para o meio da grama alta quando saiu do carro pelo lado do passageiro.

Ela encontra e a leva ao rosto, e respira nela. Depois retorna, e as luzes ativadas por movimento acendem de novo. Atravessa o espaço rapidamente, coloca a camiseta sobre os ombros para liberar as mãos e escala a parede. Contorna uma janela e pisa no canto interno formado entre a parede do hall de entrada e a do segundo piso, sobe para o telhado do hall, depois escala pela lateral da casa para sua janela. Ouve a porta de Martin abrir, escuta-o sair para a varanda no lado sul. Ele está oculto pelo hall. Acima dela, a janela saliente se projeta quase um metro da parede. Ela se agarra às roseiras ao lado e abaixo da janela, olhando para o alto e ouvindo os passos de Martin, depois pula. Segura no parapeito da janela e fica pendurada por uma só mão, os pés no ar. Leva a outra mão ao parapeito, desliza por cima dele e aterrissa no chão. Pega o tecido de algodão do ombro. Abaixo dela, Martin sai para o pátio. Ela espia pela janela, ofegante. Ele para ao lado do barril de lixo, olhando para a grama, e vira para olhar para a casa. Quando ele desaparece, ela relaxa de encontro à parede.

É a camiseta de Jacob Learner. Tem uma vela no centro e, em volta da vela, um fio de arame farpado. Acima, um arco de estrelas. Na camiseta está escrito ANISTIA INTERNACIONAL. Ela senta roendo os dedos, as pernas nuas dobradas no chão frio de madeira, pegadas barrentas de seus calcanhares espalhadas. Ela põe as mãos sobre a camiseta.

9

Ao chegar do meio das framboeseiras, Turtle ouve Rosy se levantar e vir para a porta, se sacudindo e fazendo a coleira tilintar, e então seu avô abre a porta e olha para ela.

— Docinho — diz ele —, me dá uma ajuda com a pizza?

Ela apoia a carabina no batente da porta, tira a pizza habilmente do forno e a coloca sobre a tábua de cortar. Aceita a faca de cozinheiro das mãos do avô, testa-a com o polegar e divide a pizza em fatias.

— Ah, que beleza — diz ele, observando a faca grudada de queijo —, que beleza.

— Vovô, você tem que comer outras coisas de vez em quando, não só essas pizzas.

— Ah, não tem problema, não tem problema. Eu já passei muito do tempo de me preocupar com a saúde, docinho.

Eles vão para a mesa.

— É uma coisa rara ter você aqui para o jantar — diz o avô. A entonação é de pergunta.

— É — diz Turtle.

Ele senta com uma das mãos em um copo de uísque cheio de cubos de pedra-sabão. Tem as bochechas caídas, e isso lhe dá uma expressão que parece carrancuda. Ela tira a Sig Sauer do coldre, solta o carregador, trava o ferrolho e a coloca sobre a mesa. A arma cheira a pólvora. O cano exposto está coberto de resíduos de pólvora, a armação enegrecida, a ponta dos dedos de Turtle preta, o indicador da cor de cobre. Ela joga de lado a caixa do baralho, dá uma batida vigorosa nas cartas, embaralha.

— Espero que você não tenha levado isso para a escola — diz ele.

— Eu não levei para a escola — responde ela, depois corta o baralho, embaralha, dá as cartas.

Ele pega as cartas. Elas balançam em sua mão com um chacoalhar de papel.

— Os pinheiros no lado norte da ravina começaram a morrer, e na direção do Albion, seguindo a estrada lá na curva, mais estão morrendo. Pode ser aquele besouro do pinheiro de que todo mundo está falando, sei lá, viu, docinho.

Turtle descarta. Aqueles pinheiros estão mortos há muito tempo.

O avô toca as cartas e as organiza com a mão trêmula.

— Está chegando o fim do ano — diz ele.

Ela olha para ele. Não sabe por que ele está dizendo isso. Ele mexe nas cartas.

— O que eu estava...? — pergunta, após um momento.

— Não sei.

Os olhos dele estão amarelos. Ele passa a língua pelos lábios.

— O que eu estava dizendo?

— Os pinheiros, o fim do ano, mas não estamos no fim do ano, vovô.

— Ah, eu sei disso. — O jogo está parado enquanto ele pensa. Por fim, diz: — As abelhas estão morrendo. Seis colmeias, docinho, e cinco delas mortas.

Ela não diz nada.

— Eu não sei por quê. — Ele franze a testa. — Algum ácaro, algo assim. Talvez seja minha culpa.

— Não é sua culpa — diz ela.

— Talvez eu... — Ele faz um gesto. — Tenha esquecido alguma coisa.

— Você não esqueceu nada.

— Seis colmeias, e cinco delas mortas, as larvas fechadas nos alvéolos. As operárias não voltam, não sei por quê. Deve ter sido alguma coisa que eu fiz.

Ela espera que ele descarte.

— Não consigo imaginar o que pode ter sido. Ah. Ah. O fim do ano. Não tem uma coisa que se faz?

— Vovô, estamos em maio.

— Uma coisa que se faz no fim do ano — diz ele.

— Eu não tenho ideia do que você está falando — diz Turtle.

— Baile de formatura — diz o avô.

— Não é baile de formatura — diz ela, porque baile de formatura é no ensino médio. O baile é em 16 de maio, em menos de duas semanas. O último dia de aula é 10 de junho.

— Ah, muito bem — diz o avô e descarta. Turtle corta o baralho, o avô vira a carta inicial, um valete, e Turtle marca dois pela figura. Estão de volta ao jogo. — Muito bem, muito bem. — Ele pega suas cartas, joga um oito.

Turtle joga um sete, marca dois.

O avô joga um nove, marca três pela sequência 7-8-9.

— E você vai ao baile?

Ela ri. Ele aponta a Sig Sauer com a cabeça e o gesto é muito parecido com o de Martin.

— Não acredito que ele deixa você andar com isso por aí — diz ele.

— É? — diz Turtle.

— Não acredito no jeito que esse homem está criando você.

— Ele me ama — diz Turtle.

O avô sacode a cabeça.

— Ele me ama muito — diz Turtle.

— Não faça isso, docinho.

— O quê?

— Não fique distorcendo as coisas assim. Você não pode ficar dizendo uma coisa para explicar outra desse jeito, docinho, então não comece.

Ela estala os dedos, pensando, desculpe, desculpe.

— Esta é a nossa cidade. É a *sua* cidade. As pessoas aqui são a *sua comunidade*. E você fica andando por aí com essa coisa. — Ele fixa o olhar no copo de uísque, os olhos cada vez mais duros, seu aspecto mudando muito pouco ou nada, mas sugerindo, de alguma forma, uma lenta solidificação de sua amargura. Ele pega um frasco de molho de pimenta e começa a espalhar pela pizza. Depois levanta uma fatia, segura-a nas mãos trêmulas e torna a baixá-la. Pega as cartas e o jogo avança em silêncio. Ela vê no rosto dele que ele não consegue entender com clareza e gostaria de conseguir.

Depois de um tempo, ele diz:

— E aí, não tem algum rapazinho?

— Não tem nenhum rapazinho.

O avô levanta os olhos para ela e a examina muito atentamente.

— Como assim?

— Não tem nenhum menino. Só isso.

— As coisas são difíceis para você na escola? Você sofre bullying?

— Não — diz ela.

— Que bom. — Ele se serve de mais uísque. Eles viram o monte de descarte, somam os pontos, baixam as cartas e as contam. O avô recolhe as cartas com dificuldade e as embaralha. Jogam uma mão. Ele despeja mais uísque, olha para o copo. Baixam as cartas, contam os pontos. — Se você fosse, o que ia vestir?

— Eu não vou — diz ela.

— Eu não gosto de pensar que você não vai.

— Bom, vovô, então eu vou ter que ir ao baile.

— Ah — diz ele —, tem um rapazinho?

— Claro — responde ela. — Claro que tem um rapazinho.

Os olhos do avô se enrugam de prazer. Ele não consegue parar de sorrir. Fica ali sentado passando a mão pelo rosto, tentando parar porque sabe que parece um idiota, e ela vê que ele não quer estragar as coisas para ela ficando assim, mas não consegue parar de sorrir e então fica ali sentado fingindo não sorrir e olha para o uísque com os olhos apertados de prazer.

— O sacaninha — diz o avô.

— Você não conhece ele. Ele é muito legal.

— É um sacaninha — diz o avô. Ele não consegue parar de sorrir para o uísque. Passa a mão no rosto outra vez. Para de sorrir por um momento, mas o sorriso volta para o lado esquerdo do rosto e ele gira a bebida no copo. — Bom, então você precisa de um vestido, docinho.

— Nada de vestido — diz ela, segurando o baralho dividido, metade em cada mão. É como se qualquer coisa pudesse acontecer. É como se o mundo pudesse se abrir.

Então o avô diz:

— O Martin nunca, nunca mesmo levantou a mão para você, não é?

— Não — diz Turtle.

— Claro que não. Claro que não. — Ele ergue o copo, olha para as luzes incidindo através do uísque, bebe tudo de um gole só. Pousa o copo na mesa. Parece ter se esquecido do jogo de cartas. — Pede a ele para irem comprar um vestido.

— Um vestido — diz ela e ri.

— Um vestido. Você diz assim, faz assim — diz o avô e balança a cabeça. — Ele vai gostar. Você diz a ele: "Eu quero ir ao baile". Ele diz seja lá o que for. Então você fala: "Papai, me leva para comprar um vestido". Aí você não fala mais nisso, acabou, nunca mais toca no assunto e deixa passar como se tivesse desistido da ideia, até ele levar você para comprar o vestido, e aí você não diz nada sobre o baile e não diz nada sobre nenhum rapazinho. É só o vestido, e você, e ele. Quando o baile chegar, você simplesmente vai. Não pede para ir. Só vai. E você volta e não diz nada, e é como se o baile fosse entre você e ele, e é como se nunca tivesse existido rapazinho nenhum.

Turtle embaralha e dá as cartas e fica olhando para as duas mãos. Nem o avô nem Turtle as viram. Ela pensa, porra, isso até podia funcionar, mas não tem rapazinho nenhum e nem terá vestido, então pensa, você está esquecendo o que a sua vida é, Turtle, e você não pode esquecer disso, tem que ficar perto do que é real, porque se um dia você sair disso vai ser porque prestou atenção e se moveu com cuidado e fez tudo direito. Depois pensa, sair disso, que porra, sua mente está podre e você não pode confiar em si mesma e nem sequer sabe no que acreditar a não ser que você o ama, e tudo parte daí.

Eles pegam as cartas. A mão de Turtle não é boa. Ela vai esperar e ver o que a carta inicial lhe dá, mas suas cartas não são boas. Até pode conseguir fazer alguma coisa com elas se jogar bem, mas, quando as cartas não são boas, é sempre um jogo sobre arrependimento, porque o que ela descartar pode ser algo de que precise depois e não há como saber com antecedência como vai ser, mas não tem como escapar disso. Fica organizando as cartas para ver se consegue fazer alguma coisa com elas e pensando no que a carta inicial poderá lhe trazer. O avô ali sentado, virando o uísque lentamente, os cubos de pedra-sabão ressoando contra o vidro. Turtle espera que ele jogue, e ele não joga.

Nessa noite, quando ela sai do pomar e avista a casa, há outra picape estacionada na entrada e o Fusca cor de laranja de Wallace McPherson. Ela se agacha na grama e segura a arma. Vê as sombras dos homens em volta da mesa e pensa, ele vai estar de mau humor, vai estar com certeza. Arranca um tufo de azedinhas e fica mascando as folhas picantes. Depois levanta, sobe para a varanda e entra pela porta corrediça de vidro. Martin está sentado à mesa com Wallace McPherson e Jim Macklemore, garrafas de cerveja espalhadas pela mesa, baseados e charutos apagados em cinzeiros, Martin dando cartas de pôquer. Olham para ela e Martin desce a mão sobre a mesa com o som de um tiro.

— Ah, aí está você — diz ele.

— Eu estava com o vovô — diz Turtle.

— Com o vovô — Martin fala para Wallace McPherson. — E nós preocupados com ela porque não chegava nunca, e acaba que ela só estava com o vovô. Seu amado, tão amado vovô. Eu não precisava ter me preocupado. Que mal poderia haver em passar todo o seu tempo livre com um psicopata sem remorso? Um homem sem imaginação enfiado em um trailer frio e malcheiroso? Um trailer fedendo a Jack Daniel's e aos sonhos venenosos de um velho, as exalações infelizes de uma mente pequena, amarga e cheia de ódio? Estava só passando tempo com o querido vovô, enquanto ele bebe até morrer.

Wallace McPherson olha para Turtle como se pedisse desculpas. Sua cadeira está inclinada para trás sobre duas pernas. A barba escura é impecavelmente cuidada, o grande bigode encerado.

— O querido vovô — Martin diz a Wallace —, o mais gentil dos homens, realmente. O tipo de homem com quem qualquer pessoa gostaria de ver sua filha. — Ele bate a palma da mão na mesa outra vez e olha para Turtle. — O que você vai fazer agora?

— Vou pra cama.

— Pra cama? Sei.

Jim Macklemore diz:

— Essa é uma arma bem grande para uma menininha, não é?

Turtle o encara com firmeza.

— Com uma grande... que tipo de mira telescópica é essa que você tem aí?

Turtle não vê por que dizer a ele.

— Você ao menos sabe atirar com isso?

Ela não responde.

— Consegue acertar alguma coisa?

Ela fica mascando a azedinha.

— Bom — ele sacode a cabeça lentamente —, talvez consiga, talvez não.

Martin não diz nada.

Turtle sobe em silêncio para o quarto. Pega sua caixa de ferramentas, estende uma toalha e senta de pernas cruzadas. Tira a Sig Sauer, solta o ferrolho da arma e coloca-a na toalha em duas partes. Retira a guia de mola. Pega uma chave de fenda na caixa de ferramentas e remove as arruelas de polímero para expor o eixo do cão e a mola principal. Lá embaixo, ouve Wallace levantar e dizer: "Bom, acho que vou para casa". Depois brincadeiras murmuradas e inaudíveis, risos, o som de Wallace vestindo o casaco, o deslizar e o ranger duplo das portas corrediças de vidro e os passos de Wallace descendo os degraus e andando na grama, a ignição do Fusca e Wallace dando ré e manobrando para sair. Turtle se inclina sobre a toalha, mexendo nas peças da pistola com os dedos escuros de pólvora. Prende o cabelo em um rabo de cavalo apertado e alto e prossegue em uma lenta escavação de cada pino e mola. Ela conhece todas as peças e as coloca cuidadosamente na toalha. Lá embaixo, ouve Jim e seu pai conversando. As vozes são abafadas, interrompidas por longos silêncios. Não consegue discernir as palavras, mas percebe muito bem o tom. Ela se levanta e atravessa o corredor. Deita de barriga no chão e desliza para a plataforma da escada, que não tem corrimão, só um anteparo de tábuas de sequoia-vermelha rachadas, enegrecidas pelo tempo e a gordura. Ela rasteja até essa viga, fica com o rosto encostado nela e escuta.

— Essa sua menina.
— Cacete — diz Martin.
— Ela é doidinha.
— Cacete — Martin repete.
— Parece com a mãe dela — diz Jim.
— E nem um pouco comigo — diz Martin.
— Está nos olhos — diz Jim. Há uma longa pausa enquanto ambos refletem sobre isso. Então Jim continua: — Olhos azuis frios, cheios de assassinato e acidez. — Ele ri da própria piada. Martin bate na mesa, ri. Os dois ficam em silêncio. Turtle rola e fica de costas no chão, escutando, olhando para o teto.
— A mãe dela dizia que foi uma onça.
— O quê?
Outro longo silêncio. Turtle escuta o ruído seco de Martin abrindo e fechando os lábios, na preparação para falar, mas sem conseguir. Então, com uma risada como um murmúrio, ele diz:
— Ela falava que estava dormindo no quarto e eu estava fora cortando tábuas para refazer o revestimento do quarto de cima. No quarto principal, tem uma saleta e uma varanda. Ela diz que eu tinha deixado essa porta aberta.
— Fala sério.
Silêncio. Martin talvez esteja balançando a cabeça. Ruídos leves de seus lábios, uma espécie de estalo que ele faz com a língua quando está pensando ou perdido em lembranças.
— Então ela contava que, quando acordou, a onça-parda estava na cama com ela, dois metros e meio de comprimento, da cabeça à traseira.
— Nunca vi uma onça desse tamanho — diz Jim —, não que eu viva por estes lados, como vocês.
— É uma onça grande.
— Ela gostava de te provocar.
Mais silêncio, e então:
— Ela dizia que a maldita onça subiu em cima dela e enfiou as mandíbulas no pescoço e a possuiu ali na cama, por trás, dizia que o bicho tinha um gancho, como uma espinha, no pau.

Jim ri, batendo a mão na mesa.

— Caralho, ela era atrevida, não era?

— Hilária — diz Martin, secamente.

Há outro longo silêncio. Então Jim diz:

— Ela é sua filha, está na cara que é, até os ossos. Aquela menina tem o que, cinquenta quilos, e é toda azedume, mau humor e assassinato. Ela é sua filha, não tem dúvida.

Outro longo silêncio e Martin diz:

— Cacete.

— Sabe — diz Jim —, eu costumo me preocupar com meninas crescendo neste mundo, certo? Certo? Não é o mesmo que com meninos, o que pode acontecer. Mas, com a sua filha... — Ele recolhe o baralho com um som de papel raspando, bate-o na beirada da mesa. — A coisa com a Julia. A coisa com essa menina. Aparece algum imbecil aí, certo? Você só... Só dá pra ter pena desse cuzão e do que ele está prestes a descobrir. — Jim dá uma risada como uma tosse.

— Eu não vejo graça nenhuma — diz Martin.

— Eu sei, eu sei — Jim se apressa a dizer.

— São uns imbecis como você — diz Martin, muito baixo. — Uns imbecis gordos que nunca viram nada ruim acontecer e acham que ser bom é suficiente. Mas a verdade, Jim, é que pode acontecer qualquer coisa, e às vezes não importa se nós somos bons ou não.

— Eu sei disso, claro que é verdade — diz Jim.

— Então, não tem graça. Eu faço tudo que posso por ela, mas ela é só uma menina de catorze anos, Jim.

— Eu sei, desculpe — diz Jim.

— Nunca se sabe no que uma coisa vai dar — continua Martin. — O resultado nunca é certo.

— Claro, desculpe, Marty.

— E, cacete, a preocupação deixa a gente sem dormir à noite. A preocupação com o tipo de mundo em que ela está crescendo e o que vai ser dela. Caralho, isso é uma coisa horrível. E eu gostaria que fosse como você diz. Mas a verdade é que não importa quanto se é forte.

Ela fica deitada no chão, ouvindo seu pai, a voz dele cheia de dor, olhando para as tábuas do teto. Elas se encaixam uma na outra e vão indo, tábua atrás de tábua, por todo o teto quase envolto em escuridão, e são todas elas milagrosas em sua estranheza e particularidade, e Turtle pensa, a vida é uma coisa estranha, se a gente olhar em volta, se a gente olhar, pode quase se perder nela, e ela pensa, pare, você está pensando como o Martin. Há outro longo silêncio lá embaixo.

— Aquilo foi horrível — diz Jim, após um momento.

— Cacete — diz Martin.

— Porra, Marty, não fique se atormentando por causa dela.

— Cacete — repete Martin. — Às vezes eu quase consigo esquecer.

— Não fique se atormentando por causa dela. Já foi.

Um barulho quando Martin mexe a cadeira. A mesa estala quando ele apoia os braços, talvez se inclinando sobre ela.

— E a gente só fica pensando, o que dizer a uma menina, o que dizer a ela sobre o mundo, o que dizer a ela sobre a vida. O que dizer?

— Ah, porra, Marty. Sei lá.

— A temperatura pode subir três graus nas próximas décadas, e isso não é só "temperaturas mais altas", é um cataclismo. Você acha que podemos impedir isso? As pessoas não acreditam em obesidade, mesmo sendo algo que elas podem enxergar na porra do espelho. Elas podem cuidar da merda do próprio corpo. Quantas pessoas você acha que morrem porque o coração está imundo de placas? Muitas. Seriam, quanto, uns setenta por cento de todos os americanos que têm excesso de peso? Metade desses são obesos? E você pensa, será que essa pessoa, esse americano médio, tem condições de cuidar de alguma coisa? Não. Não, *caralho*. Então, o mundo natural, que eles não conseguem ver com todas as suas estradas, postos de gasolina, escolas e cadeias, a porra do mundo natural, que é mais importante e mais belo que qualquer coisa que esse americano médio já viu ou entendeu em toda a sua porra de vida, o mundo natural vai morrer, e nós vamos deixar que ele morra, e não tem como salvá-lo. Merda.

— E o otimismo?

— Otimismo é o caralho — diz Martin. — Pergunte qualquer hora dessas, pergunte para as pessoas o que elas fariam se o fim chegasse. Vá em frente, pergunte a elas e, entre essas para quem você perguntar, haverá uma parte que dirá que simplesmente iria morrer, e, mesmo as que não falassem isso, no fundo é o que elas acham. As pessoas ficam satisfeitas de viver se a vida vier fácil. Se parar de ser fácil... bom. — Um silêncio. Eles ficam sentados quietos por um tempo e então volta a voz áspera de Martin, dura e grave, suas unhas raspando a madeira: — Pois eu te digo, a pergunta real é: O que você vai fazer quando as coisas ficarem difíceis? E a vida *vai* ficar difícil, e dizer que você não vai lutar por ela... ora. Que comunicação dá para ter com essas pessoas? Não dá para ter nenhuma. A vida delas é só uma farsa de circunstâncias, sua suposta agência é um embuste, uma mentira social, e vê-las como pessoas é fetichismo. Então que otimismo pode haver aí? Elas não vão lutar por si mesmas. Você acha que vão lutar por um mundo fora delas? Um mundo complicado de imaginar, complicado de entender? Elas não têm nem linguagem para entendê-lo. Não veem nenhuma beleza nele. E sabe qual é a prova? O fim está chegando. E aqui estamos todos nós, esperando, com o pau na mão.

— Ah, que porra, Marty.

— Sabe o que eu acho? Ela largou mão. Ficou difícil demais e as dores de cabeça eram muito ruins e ela desistiu.

— Não se atormente por causa dela — diz Jim.

— Por que não?

— Você mesmo disse, qualquer coisa pode acontecer. Pode ter sido por acaso. Não era uma coisa que ela pretendia que acontecesse. Você sabe disso.

— Eu não sei porra nenhuma.

— Chega de falar dela.

— Acho que não dá para ninguém saber — diz Martin —, mas a gente fica pensando.

— Foi um acidente, e, se não foi, eu não vejo o que isso importa.

— Importa.

— Não, Marty, eu não acho que importa.

— Você até é um bom homem, para um chupador de rola. Sabia disso, Jim?

— Eu não sou um chupador de rola.

— Ser uma bicha republicana que se odeia não faz de você menos bicha, Jim. Só faz de você uma bicha e também um filho da puta cego que gosta de se iludir.

— É um espanto que você não tenha mais amigos.

Turtle espera por mais, mas não há mais nada, e ela rasteja para fora do patamar, depois levanta e caminha em silêncio para o quarto, roendo os dedos. Ela deita e olha para o quadrado de luar lançado da janela para o chão. Ela pensa, você não sabe o que ouviu, você não sabe, então pare, e você não sabe sobre o que eles estavam falando, então pare, Turtle, só pare.

10

Ainda mal amanheceu. Longos talos molhados de festuca-vermelha se inclinam sobre ela. Turtle está deitada olhando pela mira telescópica. Tão próxima da arma, sente o cheiro de graxa e de pólvora. À sua volta, a campina está pesada de orvalho, a névoa descendo ondulante pela encosta. Conforme o dia esquenta, os longos caules curvados de orvalho de repente se desembaraçam e levantam, com as inflorescências balançando. Ainda não há nuvens no céu, exceto uma única lenticular distante desfeita em tiras pela brisa. Turtle ajusta a distância e fica deitada, a face colada na coronha. O alvo da carabina em seu suporte parece muito distante. Ela pensa, de jeito nenhum eu tentaria esse tiro. Não há motivo. A quinhentos metros, você só levanta e vai embora. Aposto que muitas pessoas pensam que podem acertar o tiro a quinhentos metros e aposto que há muito poucas que realmente conseguem. Portanto é levantar, ir embora e arriscar a sorte. Mas, pensa, acho que nem sempre dá para fazer isso. Ela reduz a iluminação, o retículo passando de linhas de laser vermelho para preto. Pressiona o gatilho. A arma solta o cartucho quente na grama. O alvo acusa o golpe e balança loucamente no suporte, e Turtle sorri pela sorte de ter feito aquele tiro entrar na primeira tentativa. Ela dispara de novo, e o alvo sofre o golpe e balança, e ela espera que ele caia e dispara de novo, e o alvo balança para cima outra vez, Turtle sorrindo, os cartuchos .308 aninhados, fumegando, na grama molhada. Atrás dela, uma risada baixa. Ela vira. Martin está vindo pelo campo, o jeans molhado até o tornozelo, segurando uma cerveja junto ao peito. Ele chega e deita ao lado dela.

— Porra — diz ele com lento prazer, sacudindo a cabeça, tocando os lábios ressecados, especulativo, olhando para a situação de todos os ângulos, pronto para falar sobre aquilo, mas sem falar, um momento em que as coisas que ele queria aconteceram e ali, junto delas, todas as dúvidas, todo o trabalho para chegar lá, todos os custos, e ela vê quando o momento se obscurece.

— Porra — ele diz, afastando o olhar para a descida da colina, para além da linha do sol, onde as ondas reluzentes quebram e se sucedem sobre o cascalho invisível da praia.

— Como ela morreu? — pergunta Turtle.

Ele vira para ela, o rosto desolado.

— Como ela morreu? — Ele sacode a cabeça, questionando-se muda e pensativamente sobre ela, sobre o momento, sobre o alvo ao longe, tocando os lábios com a polpa do polegar. — Você não sabe? Como pode não saber? Parece que eu já te contei isso umas cem vezes. Umas *mil* vezes.

— Não — diz ela.

— Merda. — Ele para, pensando. — Mesmo?

— Eu nunca ouvi a história.

— Merda, lá vem você — diz ele, fazendo um gesto para indicar a futilidade da coisa. Ele inclina um talo verde, começa a arrancar as espigas, as cascas molhadas grudando na ponta de seus dedos. Por fim, diz: — Bom, ela saiu para mergulhar atrás de abalones e nunca mais voltou.

— Sério? — diz Turtle.

— Exatamente ali. Enseada de Buckhorn. — Ele indica com a cabeça a parada do ônibus lá embaixo, o mar, as colunas de pedra escuras no meio da arrebentação. — Ela saiu sozinha, bem cedo naquela manhã. Estava um dia bonito. As ondas não eram fortes. Por volta do meio-dia, eu desci para a praia e encontrei o barco dela. Nadei até lá. Ela havia desaparecido.

— O que aconteceu com ela?

Martin passa a mão no queixo.

— Ela só mergulhou e nunca mais apareceu?

— Foi isso.

— Pode ter sido um tubarão?

— Pode ter sido qualquer coisa. — Ele toma um gole da cerveja, inclinando-a com dificuldade de sua posição, deitado. — Eu sinto muito, piolha. Se tivesse que ser um de nós, devia ter sido eu. Gostaria que tivesse sido eu. Ela era tudo que eu tinha. Bom. Nem tudo.

Ele levanta e vai embora. Ela baixa o rosto para a grama. Depois fica de pé, guarda o carregador de reserva no bolso de trás e o segue para casa. Eles sobem juntos os degraus da varanda e ele joga sua garrafa de cerveja no gramado. Ela vai até a geladeira, pega uma Red Seal, lança-a de baixo para cima sobre o balcão e ele a segura e abre na borda do balcão. Turtle fica na frente da geladeira com a porta aberta, quebrando ovos na boca, termina a caixa e a joga fora. Passam um tempo em silêncio. Ele lhe oferece a cerveja. Ela bebe, bate a mão na boca.

— Hora de ir?

— Você não precisa ir comigo.

— Eu sei, piolha. Eu sei disso.

Ela assente com a cabeça. Eles vão juntos. Esperam no acostamento de cascalho.

— Não precisa esperar aqui, papai.

— Olha para essa porra de mar enorme, piolha. — Os biguás estão sobre pedras pintadas de branco com as asas estendidas, de frente para o sol. Espuma sobe pelo respiradouro na ilha de Buckhorn. — Não tem sentido nenhum — diz ele, e ela não sabe por que deveria ter algum sentido, ou por que se procuraria sentido no mar, e não entende por que se iria querer que ele fosse qualquer coisa diferente do que é, ou por que querer que tenha alguma coisa a ver com você. O mar só está lá, e isso sempre foi suficiente para ela. O ônibus vem ofegando pela curva, para no acostamento de cascalho e abre suas portas com bordas de borracha e Martin cumprimenta a motorista com sua cerveja e Margery mantém o olhar à frente na estrada. Turtle caminha entre os bancos de vinil verdes e ninguém olha para ela e ela não olha para ninguém.

Ela não espera o ônibus chegar à escola. Em vez disso, levanta com os alunos do ensino médio e sai quando o ônibus faz a primeira parada na cidade. Desce a colina e segue para os promontórios. Não sabe para onde está indo, só que não pode ir para a escola e que nada em sua vida está certo, e que precisa dar uma escapada para pôr a cabeça no lugar. O que ela quer, mais que qualquer coisa, é estar perdida outra vez nas encostas lamacentas sobre o Albion. Uma mulher praticando corrida vem da direção oposta, para na frente de Turtle, apoia uma das mãos no joelho e tira os óculos de sol com a outra, depois enxuga o suor da testa com as costas do pulso. É Anna, tentando recuperar o fôlego, vestida com short de corrida cor-de-rosa e regata azul, o cabelo preto preso em um rabo de cavalo.

— Julia? O que você está fazendo aqui?

— Ah, merda — diz Turtle.

— Julia? — Anna repete, surpresa.

— Que caralho — diz Turtle.

— Você está bem?

— O que você está fazendo aqui? — pergunta Turtle.

— Correndo — Anna responde.

— Mas você não devia estar na escola?

— *Você* não devia? — diz Anna. — Eu só tenho aula ao meio-dia e meia. Mas você devia estar na aula de matemática da Joan Carlson agora. Não é?

— É — diz Turtle.

— O que aconteceu?

— Nada, estou ótima — diz Turtle.

— Você está bem? — pergunta Anna, chegando mais perto, olhando para ela com atenção.

— Pelo menos uma vez na minha vida as coisas poderiam dar certo, que saco — diz Turtle.

— O quê?

— Por que eu tenho que ir para a escola? A troco de quê?

— O quê? — repete Anna.

— Pra que ir lá? Por acaso eu passei em pelo menos um dos seus testes idiotas? Você me chama de lado e vem atrás de mim com seus "Ah, Julia, por que você não passou no teste?", mas não é *óbvio* por que eu não passei no teste? Porra, o que você espera que eu diga? Está me pedindo pra mentir. Eu não gosto de mentir. Acho que há boas razões pra *não* mentir e não gosto que a sua aula me obrigue a fazer isso. Aí eu preciso respirar um pouco e, *claro*, aqui está você: "Ah, Julia, por que você não está na escola?" Vai se foder, sua sonsa. Eu sou uma merda na escola porque sou uma inútil, Anna. É por isso. Essa é a sua resposta. — Ela levanta as mãos em um gesto de impotência e as deixa cair de novo. — Eu tentei e tentei e tentei e só *erro* e sempre vai ser assim comigo.

Anna está parada, ainda ofegante, as mãos nos quadris. Turtle sente o cheiro da mulher, um aroma saudável e suado de corredora, a blusa colada na barriga úmida. Ela enxuga o rosto outra vez, arfando e parecendo refletir sobre aquilo.

— Julia, por que você acha isso? — pergunta ela.

— Claro — diz Turtle —, claro. *Claro* que é isso que você ia dizer. Por que eu acho isso? Porque é *verdade*. É tão obviamente verdade, tão claramente verdade que não entendo por que você pergunta. Você só pergunta porque não tem nenhuma contribuição a dar além dessas perguntas abertas, e isso não é ensinar, isso não ajuda. Por que eu acho isso? Eu acho porque é verdade. Você *sabe* que é verdade.

— Você acha mesmo que isso é verdade?

— Caralho, puta que pariu — diz Turtle. — Qual é o seu problema?

Anna fica muito vermelha. Até as orelhas dela ficam rosadas. Ela olha de lado, para o mar, com a boca aberta, como alguém atordoado. Fios de cabelo escaparam de seu rabo de cavalo apertado e alto e há pingos de água nas pontas.

— Julia, você está certa. Eu vacilei bonito. Você me disse do que não gostava e eu venho e faço exatamente isso.

A estrada vem da cidade, onde se podem ver prédios brancos baixos com telhados inclinados de madeira e tábuas de revestimento cor de gengibre, torres de água queimadas pelo tempo em um tom negro-acastanhado. Do lado oposto, uma extensão de campinas costeiras se alonga até moitas de arbustos, ciprestes curvados e retorcidos, o oceano, as colunas de pedra áridas e atapetadas com grandes congregações de aves. Anna respira fundo, parece não saber o que dizer. Turtle a observa, com a sensação de que ela não consegue exalar, seu peito alto e contraído. Está pronta para ver Anna fazer merda, e Anna parece estar se controlando e dizendo a si mesma, não faça merda, Anna. Turtle pensa, estou ferrada. Falei demais e estou tão ferrada que isso nem tem graça e arruinei tudo e ela com certeza vai chamar o Conselho Tutelar.

— Julia, sabe o que eu acho? — pergunta Anna.

Turtle desvia o olhar, constrangida, e Anna continua, enrubescendo:

— Isso foi retórico, não foi uma pergunta de verdade. O que eu quero dizer, Julia, é que, seja lá o que você imagina que eu penso, está errado. Houve um problema de comunicação aqui. Eu observo você todos os dias e sei que você é inteligente. Eu sei que você guarda os seus pensamentos para si e não se empenha nas tarefas e é por isso que tem dificuldade, mas isso não quer dizer que você seja burra. Quer dizer que, pelo menos em classe, você é nervosa e tímida.

— Você não sabe — diz Turtle. — Eu sou uma merda nisso. Sou uma merda em tudo isso. Eu *não sou capaz*. É como dizer que eu sou boa em matemática, mas não consigo ir bem em matemática. Eu não sou inteligente, Anna.

— Se você ao menos demonstrasse um pouco de fibra na sala de aula...

— Eu tenho fibra — diz Turtle.

— Não foi isso que eu quis dizer — Anna corrige depressa. — Foi a palavra errada, não é fibra que eu quero dizer. — Ela olha em volta, revirando um pouco os olhos para si mesma, e Turtle a observa com espanto e pensa, será que ela está revirando os olhos porque eu sou tão frustrante e burra, ou porque quer que isto dê certo e está constrangida por ter cometido um erro? Turtle não sabe.

Anna prossegue:

— Julia, escuta, você vai para a escola e fica lá sentada olhando pela janela. Você não presta atenção. Você não estuda. Não tem amigos e não se sente segura, e chega à primeira pergunta do teste tendo a sensação de não saber e não insiste, você simplesmente para e pensa: *Eu não sei*, e fica ali sentada se odiando, pelo menos é o que parece. Essa é a minha teoria. Mas eu acho que, na metade do tempo ou mais, *você sabe*, e saberia ainda melhor se estudasse, e seria capaz de completar todos aqueles testes se insistisse no momento de medo. Você me diz que deu o seu melhor e que tentou, mas isso não é verdade... — Ela para, consciente de que falou a coisa errada.

Turtle fica parada, sem saber o que dizer.

— Desculpe por eu ter falado assim. O que eu queria dizer era que...

— Eu sei o que você queria dizer — responde Turtle.

— Mas não foi o que eu quis dizer. Aquilo saiu errado... É só que, se tentar, você consegue. Você só precisa de um pouco de iniciativa.

— É isso que você acha?

— Você vai se sair bem. É só tentar.

— Eu *tento*.

— Não, não tenta — diz Anna, e imediatamente morde o lábio — Droga, o que eu quero dizer é que...

— Não, tudo bem — diz Turtle.

— Não está tudo bem, desculpe, Julia. Puxa, hoje não é o meu dia! O que eu quis dizer é que você precisa de empenho, e não ficar frustrada ou se isolar. Porque eu acho que você vem para a escola já pensando que é ruim na escola, e aí de fato *é*. Mas você não é ruim na escola. — Anna estende o braço em um impulso e pega as mãos de Turtle. Segurando-as, diz: — Só *tente. Tente.*

— Tá bom — diz Turtle.

Anna a solta instintivamente.

— Desculpe — diz.

— Tudo bem.

— Desculpe — Anna diz outra vez. — Eu não devo tocar os alunos.

— Você é uma vaca. Sabia disso?

Anna parece mais magoada do que Turtle acharia possível. Seu rosto se fecha e Turtle se arrepende profundamente.

— É — diz Anna. — Bom, eu gosto muito de você, Julia.

— Posso te perguntar uma coisa?

Anna caminha até uma das traves de madeira tratada a pressão que acompanham a lateral da estrada. Ela se senta. Apoia os cotovelos nos joelhos. Olha para a campina.

— O que é? — diz.

— Você sabe se eu posso levar um aluno do ensino médio para o baile?

— O quê?

— Posso levar um aluno do ensino médio para o baile?

— Claro — diz Anna. — Tem que ter menos de dezessete anos e você precisa da autorização do seu responsável.

— Tem um menino que eu queria levar para o baile — diz Turtle. Ela abaixa, pega um talo de grama, enfia na boca. É amargo, quebradiço e faz um barulho audível.

— Quem é?

— É só um papel que o meu pai tem que assinar?

— É — responde Anna. Ela observa Turtle muito atentamente.

— Você acha que o meu pai bate em mim — diz Turtle.

— Eu me preocupo com você. Tem uma série de sinais clássicos. Estado de alerta. Isolamento dos colegas. Misoginia.

— O que é misoginia?

— Ódio de mulheres.

— Ele não bate em mim — diz Turtle. Observa Anna para ver se ela acredita, e ela própria acredita e não suporta que possa haver pessoas no mundo que acreditem no contrário. — Sabia que a minha mãe morreu?

— Sim.

— Ela morreu e eu acho que ele nunca superou de verdade.

Anna está olhando fixamente para ela. Turtle pensa, não consigo lembrar de um momento em que ele me machucou, ela não consegue. Ela pensa, e aquele lance da faca? E pensa, aquilo não foi nada, a faca não foi nada, é só uma faca, não significa nada sobre o cuidado e sobre quem eu vou ser quando crescer.

— Eu sei como ele está — diz Turtle. — Ele ainda sofre. Ainda sofre muito. Mas nunca levantou a mão pra mim.

— Está bem — diz Anna.

— Eu sei que você acha que ele me machuca — diz Turtle —, e é difícil conversar com você, porque eu sei que está pensando isso. — Turtle está pensando, eu não sei se a morte da minha mãe doeu em mim. Ela pensa, se doeu eu não sinto, não consigo sentir a perda. Não sinto falta dela e não a quero de volta e não sinto nada sobre isso, nada mesmo, e se algo dói em mim é porque o Martin me machucou, mas quase posso acreditar que é a tragédia e não crueldade dele. Depois pensa, você está corrompendo quem você é e, quando começar a mentir, vai continuar mentindo e vai começar a ver coisas por conveniência e, quando entrar nisso, será difícil voltar atrás. Isso é o que o vovô sempre diz. Talvez você comece a distorcer as coisas e pode nunca mais enxergá-las direito. Talvez seja como sua audição, ela não volta e a cada dia há menos de você.

Anna está olhando para Turtle com muita atenção agora, e Turtle percebe que é quase como se ela estivesse dizendo a verdade e Anna não soubesse bem o que dizer. Anna é boa em olhar para uma menina e avaliar, mas Turtle já pôs para fora quase tudo que estava em sua mente e é como se fosse a verdade, e como se essa verdade fosse surpreendente para Anna. A verdade e o modo como ela a expressou.

— Ah, Julia. Eu lamento muito por isso. Deve ser terrivelmente difícil.

— Achei que você devia saber.

— Julia, você é incrível.

Turtle não diz nada.

— Você é muito incomum, sabia? — diz Anna. — Tem uma mente incomum. Tudo bem, Julia, eu entendo, você tem razão, deve ser perturbador ter alguém desconfiando. Você é tão incrivelmente inteligente. Eu vejo que você ama o seu pai e deve ser constrangedor ter alguém com essas desconfianças, e eu quero que você converse comigo, quero ser sua professora. Eu estou ouvindo você, que o seu pai ainda está sofrendo, que as coisas são difíceis em casa, mas que não há nenhuma transgressão. Estou ouvindo você e respeito isso. Mas eu quero dizer que...

— Não.

— Deixe eu dizer — pede Anna.

— Não.

— Se algum dia algo der errado, eu estou do seu lado. Você pode me ligar, ou me procurar, a qualquer hora do dia ou da noite. É só me ligar de onde for e eu vou te buscar, sem fazer nenhuma pergunta. Certo? E você pode ficar comigo por quanto tempo precisar, e eu não vou perguntar nada até você começar a falar, certo?

— Você não está ouvindo — diz Turtle. — Isso nunca vai acontecer.

— Espero que não — diz Anna —, mas você pode contar comigo. Está me ouvindo, não é?

— Estou te ouvindo — diz Turtle. — Você me ouviu?

— Eu ouvi você e acredito que esteja me dizendo a verdade. Mas se, por alguma razão, você precisasse mentir para mim, se achasse que precisava mentir para mim, não teria razão para ficar constrangida. Poderia me ligar e eu nunca pensaria mal de você. — Turtle pensa, sua vaca desconfiada. É verdade o que eu falei, é tudo verdade, até eu acredito que é verdade, e enquanto pensa isso ela sorri para Anna, sente a si própria sorrindo afetuosamente, como sempre sente afeto por pessoas que são difíceis para ela, sorrindo e estalando os dedos, e Anna diz de novo: — Eu ouvi você. — Ela termina aí por um momento, então olha de lado para Turtle outra vez e repete: — Dia ou noite, eu vou ajudar você, Julia.

Turtle fica ali sentada odiando aquela mulher, pensando, sua escrota, mas sorrindo, consciente da expressão horrível em sua própria cara de bosta.

— Quer uma carona para a escola? — Anna pergunta.

Turtle olha em volta, constrangida.

— Quero — responde.

Caminham de volta pela estrada quase em silêncio. Está ventando e a grama alta e os arbustos se misturam de um lado para o outro com as rajadas. O carro de Anna é um Saturn azul com rack no teto e um caiaque em cima, o espelho retrovisor do lado do passageiro preso com fita adesiva. Há uma garça-azul-grande pousada no capô do carro, mais de um metro e vinte de altura, cinza-azulada, o peito com penas desalinhadas e as asas lisas com as penas em faixas. Quando vê as duas, ela levanta voo, elevando-se e afastando-se sobre os promontórios.

Anna entra primeiro e faz alguma coisa para destravar a outra porta, e Turtle tem que levantar uma vasilha de metal com uvas roxas do assento do passageiro enquanto Anna move pilhas de livros e papéis, então Turtle entra e fecha a porta, mas ela não trava. Anna pega uma corda elástica parafusada no chão e a estende sobre as pernas de Turtle até um gancho preso na porta. Há figuras de pedra envoltas em grama e tiras de couro penduradas no espelho retrovisor, chocando-se umas com as outras. Os bancos da frente estão cobertos com toalhas de praia. O banco traseiro foi abaixado e coberto com um plástico, e há uma roupa de mergulho meio seca sobre resquícios de areia preta. Anna tenta a ignição várias vezes até o motor pegar. Depois engata a marcha a ré, fazendo pressão sobre o câmbio, e elas esperam.

— O que está acontecendo? — pergunta Turtle.

Então ouve a marcha engatar e o carro dá um tranco e pula para trás. Anna muda para a primeira marcha e elas avançam devagar pelo estacionamento esburacado, o carro dando estalos e solavancos entre ruídos inesperados do motor. Anna segue por Little Lake e estaciona em uma das vagas dos professores. Ficam sentadas juntas no carro por um momento, Turtle com a vasilha de metal no colo. Ela olha em volta. É um pouco como a casa, pensa, malcuidado, mas então pensa, isso não é verdade, porque o carro dá a sensação de um lar, e eu não tenho certeza se é exatamente essa a sensação na casa, e este carro parece habitado, e eu também não tenho certeza se é assim que a casa parece. Ela pensa, é estranho, não é? Eu gosto de coisas que são bem cuidadas, mas isto é diferente. Qual é o sentido, pensa, de continuar com o carro até muito depois de ele ter caído aos pedaços? Ela pensa, eu gosto disso também. Por fim, Anna diz:

— Não fico feliz por você ter faltado à aula, mas estou feliz porque pudemos ter essa conversa.

Turtle aperta os lábios, olha para Anna. Anna envolve o volante com as mãos, solta-o, volta a segurá-lo.

— O que foi? — pergunta Turtle.

O sinal toca para o intervalo, as portas se abrem e crianças são despejadas para fora. Turtle não vê o gramado dali, mas imagina os alunos soltando a mochila dos ombros, sentando para comer e conversar. Outros estão indo para a biblioteca, ou para o campo, ou para as quadras de basquete.

— Vá — diz Anna. — É o seu intervalo.

— O que foi? — Turtle pergunta de novo.

Anna suspira. Olha para ela.

— É bobagem minha. Mas você sabe que a Rilke está sofrendo bullying?

Turtle confirma com a cabeça.

— Ela é nova aqui e faz o tipo sabe-tudo e meio puxa-saco. — Anna suspira de novo e Turtle a observa. É um pouco chocante pensar que o que os alunos veem os professores também podem ver. Anna continua: — Às vezes, só precisaria alguém chegar e dizer: "Ei, isso não é legal".

Turtle olha Anna de cima a baixo, incrédula. Anna desvia o olhar, depois vira de novo para Turtle e diz:

— É que eu fico pensando, se você pudesse... sabe, se você se mostrasse disposta a chegar lá, às vezes e só dizer: "Ei, parem com isso". Essas meninas são covardes. Não sei se você já conversou com as suas colegas. Não sei se você se importa com elas, mas elas te respeitam, Julia. Tem alguma coisa em você. Eu sei que você não tem *amigas* de verdade, mas elas prestam atenção em você. É a sua atitude. Você tem essa... esse tipo de... Você não é uma menina com quem alguém tentaria fazer bullying. Você tem presença, eu diria. Acho que poderia acabar com isso com uma palavra. E você precisa de ajuda em ortografia, e a Rilke poderia te ajudar nisso. Sei lá, me parece uma oportunidade. — Ela olha para Turtle de novo.

Turtle não tem nada para dizer.

Nesta noite, Turtle senta de pernas cruzadas com a AR-10 desmontada à sua frente e o conjunto do ferrolho desencaixado do corpo, reluzindo vermelho à luz do fogo, despido de ferrolho, pinos e percussor. Ela despejou o solvente de carbono em um copo baixo. O líquido é indistinguível de uísque. Turtle mergulha o pano nele, pensando, e se a Anna estiver certa e eu tiver medo de falhar? Ela pensa, é estranho a Anna me dizer o mesmo que o Martin me disse, que eu tenho medo de falhar, que fico com muito medo de tentar? É estranho que eles vejam a mesma coisa em mim, minha hesitação, minha insegurança paralisante? Ela pensa, é inevitável que você cometa erros e, se não estiver disposta a cometer erros, ficará para sempre como refém no começo das coisas, você tem que parar de ter medo, Turtle. Tem que treinar para ser rápida e decidida, ou um dia a hesitação vai ferrar você.

Na manhã seguinte, ela desce a escada e fica na cozinha quebrando ovos na boca e, quando Martin vem pelo corredor abotoando a camisa xadrez, ela lhe joga uma cerveja sobre o balcão. Ele a pega, encaixa-a na borda do balcão e bate para soltar a tampa.

— Você não precisa ir comigo — diz ela.

Ele bebe, expira, segura a garrafa junto ao coração.

— Está tudo bem na escola?

Ela aperta um ovo para quebrá-lo, despeja o conteúdo na boca, joga a casca no balde.

Durante o horário de estudo, na sala do sr. Krebs, ela toca as letras das palavras do vocabulário com um percussor, girando-o entre o polegar e o indicador. Atrás dela, Rilke está com seu casaco vermelho London Fog, embora esteja muito quente para isso. Elise está na frente dela, inclinada para falar com Sadie, as duas só cabelos loiros e brilho labial de cereja, só olhares furtivos e jeans bordados e blusinhas combinando, a de Elise vermelha, a de Sadie azul, Elise dizendo: "Ela é tão *escrota*. Não, *sério*, tão es*croouta*. E, tipo, se ainda precisar de algum motivo... a) o pai dela é *policial*, e b) o nome dela é pronunciado Rilk*y*, e c) pra completar, ela, sei lá, trata o cabelo com... *mel* e, tipo, *óleo de jojoba*. Eu nem consigo..." Turtle espera para ouvir o que Elise nem consegue... mas a ideia acabou aí. Elise nem consegue. Turtle se sente perdida. Mais que qualquer coisa, perdida, e indiferente, é como olhar para uma frase do vocabulário que não faz sentido: "Rilke trata o cabelo com óleo de jojoba e Elise nem consegue". Turtle pensa, o que é jojoba? Algum tipo de baleia? Elise está escrevendo o nome de Rilke em um bilhete, enquanto diz: "Ela põe enchimento neles. Dá pra *saber* que ela põe enchimento. Tipo, a mãe dela comprou aquele sutiã que levanta os peitos para os *meninos* gostarem dela, porque a mãe não sabe que *ninguém* gosta dela e que todo mundo vê que aqueles peitos são falsos e cheios de enchimento" — e dobra o bilhete, marca a dobra com o polegar, passa batom e dá um beijo no papel, provocativa, deliciando-se — "desfilando por aí com seu sutiã de enchimento erguido como se fosse uma *princesa*. Mas eu vi eles. Não são *nada*. São uma coisa *triste*. São uns peitinhos minúsculos de bebê, *enrugados* e *nojentos*, com pelos pretos em toda a volta dos mamilos". Sadie está rindo descontroladamente atrás das mãos. "Dá até pra imaginar ela acordada no meio da noite *chorando* porque todo mundo é tão mau com ela *na escola*, e provavelmente penteando os pelos dos mamilos com óleo de jojoba, pra eles ficarem macios e sedosos para a *Anna* chupar." Turtle está com a Sig Sauer nas costas e com a camisa xadrez por essa razão. O bilhete é levantado entre dois dedos como um cigarro e passa de mão em mão para o fundo da classe, onde Rilke o abre, se inclina sobre ele e lê. Ela se curva mais e mais para a frente e não faz nenhum som. Ela usa aquele casaco, Turtle pensa, porque tem vergonha.

Nessa tarde, Turtle está de pé no último degrau da varanda com a câmara da espingarda aberta e fumegando, placas de papelão presas a intervalos no quintal, cada uma delas com sua marca de chumbo, Martin sentado na cadeira de madeira. Turtle diz:

— Eu queria ir ao baile.

Martin esfrega o polegar no queixo, ainda olhando para ela.

— Eu queria ir comprar um vestido com você — diz ela. Olha para ele e pensa, espero que você compreenda o que você e eu temos juntos, nós dois aqui nesta colina, e espero que isso seja suficiente para você, espero que seja suficiente para você, porque é tudo para mim.

Ele não diz nada, e ela pousa a arma na balaustrada e sai para o pátio. Recolhe as placas de papelão e as leva de volta para a varanda. Inclina-se sobre elas e mede a dispersão dos tiros com uma fita métrica, anotando os resultados em um caderno, a dispersão e a distância em incrementos de cinco metros. Martin a observa com um livro aberto no colo. Depois de anotar os números, ela recolhe o caderno e a espingarda, entra em casa e sobe para o quarto. Fecha a porta e se encosta nela. Pega a camiseta de Jacob e a estende sobre as tábuas do chão. Não há nada, pensa ela, exceto a coisa em si. A camiseta está endurecida em alguns pontos com barro seco e cheira a framboeseiras verdes folhosas, e também cheira a Jacob, e ela pensa, estou determinada em minha intenção e meu propósito, mas ela não sabe metade do que faz, ou por que faz, e não sabe o que ela própria pensa.

Turtle sonha que está caindo. Caindo e com a espingarda disparando em suas mãos, e é essa sensação, esse solavanco, que a faz acordar com um susto e se sentar ereta na cama, em silêncio, ofegante, ouvindo um zumbido distante, o som de suas células auditivas morrendo. A casa cheira a madeira úmida e eucalipto. O saco de dormir está amarfanhado e suado, preto de graxa em alguns pontos. Ela espera, deitando lenta e silenciosamente de novo no estrado. Ele abre a porta e ela tem o cuidado de não se mover. O luar lança no chão o retângulo da janela.

Ele se move para pegá-la, as mãos secas e calejadas, e ela se contorce sob o aperto dele, fazendo um pequeno som de gemido, e ele a levanta do saco de dormir e a larga no chão, e ali ela fica. Ele não diz nada por um momento, não a toca ou se aproxima, apenas se ajoelha ao lado dela no escuro.

Ela sente que ele está superestimando e interpretando mal sua resistência, daquele jeito que ele tem de ver mais do que é, mas ela está muda por razões odiosas e temerárias, pensando, ele que veja mais do que é então, que pense que é mais sério do que é de fato. Fica deitada olhando para o chão que se estende, o luar vindo da janela e o tênue brilho do fogo vindo da porta. Ele se levanta, atravessa o quarto e para diante da janela, olhando para a encosta escura.

A própria Turtle não sabe o que está errado com ela, mas é o que sente, e não vai admitir que não sabe de onde vem o sentimento ou se ele é certo, então continua ali deitada, muda e imóvel, agarrando-se a um ressentimento que não sabe articular, que não consegue nem capturar em pensamento. Gostaria de poder dizer a Anna que ele não a fez ser assim. Que ele não a fez ser temerosa, isolada e ter ódio de meninas.

— O que é? — ele pergunta, virando, baixando-se sobre um joelho, pondo o cabelo dela atrás da orelha. — O que é?

Ela aperta os dentes.

— Vamos — diz ele, sua voz perigosamente impaciente, e isso fortalece a determinação dela. — Fale comigo — diz ele, ainda ajoelhado. Ela continua imóvel. — Piolha — ele diz —, não faça esse jogo comigo.

Quando ela não responde, ele se levanta e vai até a cama dela. As armas nos suportes na parede. Os cobertores de lã cuidadosamente dobrados. O saco de dormir com o zíper aberto. Ele levanta o saco de dormir, levanta cada cobertor, pesando-os nas mãos. Contorna a cama, senta aos pés dela. Abre o baú. Turtle se senta, alarmada.

— Ahh — diz ele, apertando os lábios em uma linha fina. Ele se inclina, remexe o conteúdo do baú e ergue a camiseta. Segurando-a como se não soubesse o que é, leva-a ao rosto e cheira. Turtle o observa do chão. Ele levanta e sai pela porta, com a camiseta sobre um dos braços, e por um instante ela não faz nada. Então se ergue de um pulo e corre atrás dele, gritando:

— Não, papai, não!

Ela o segue para o pátio lamacento. As luzes ativadas por movimento se acendem, mostrando o caminho de entrada alagado e a escuridão além, o barro se enfiando entre seus dedos dos pés e a grama gelada nas solas. Seu pai vai até os latões de duzentos litros em que eles queimam lixo, enfia a mão pela borda transbordante e tira o atiçador de fogo, seu braço revestido de água suja, e segura o atiçador gotejante com o braço estendido, a camiseta enrolada na ponta. Tem uma garrafa de butano na outra mão e rega a camiseta de cima a baixo, sem dizer nada, e ela corre e se lança sobre ele, esmurrando seu peito com os punhos. Ele firma os pés e aguenta os socos enquanto a camiseta se embebe de butano. Depois, acende o isqueiro e encosta a chama no tecido branco sujo. A camiseta pega fogo com uma arfada e Turtle para e fica olhando o tecido escurecer e fragmentos carbonizados subirem no ar em volta deles, abrigando pequenas brasas brilhantes. Eles giram brevemente e caem, enchendo a grama e o barro, se apagando. A camiseta queimou parcialmente e ele a sacode com desdém do atiçador para dentro da água. Ela fica na superfície por um momento, depois afunda.

— Você é *minha* — diz ele e vira o atiçador com violência e a acerta no braço, e ela cai de bruços na lama, o braço esquerdo dormente, o ombro com a sensação de estar quebrado, e tenta se levantar, põe a mão sob o corpo e dá impulso para cima, e ele pisa com a bota em suas costas e a empurra para o chão. Ele ergue o atiçador no ar e ela pensa, sai daí, sai daí, Turtle, pela sua vida, *sai daí*, mas está presa pela bota dele, e pensa, você tem que sair, você tem que sair, mas não consegue se mover, e ele bate o atiçador na parte de trás de suas coxas, e ela se contorce em espasmos.

— *Minha* — diz ele, a voz falhando. Ela agarra punhados de barro, tenta se erguer debaixo da bota dele e não consegue. Não pode deixar Martin acertá-la com o atiçador de novo, não pode. Seu corpo está cheio de dor. É só o que consegue pensar e, em sua mente, ela repete sem parar, não, não, não, não, e sua impotência é só o que existe, travando todo o seu cérebro com um pânico irracional, e ele nem sequer parece se importar, curvado sobre ela, pressionando com o calcanhar. — Você é minha — diz ele. — Sua vadiazinha, você é *minha*.

— Por favor, papai — diz ela, unindo as mãos como em oração, deitando o rosto na lama —, não, por favor não, por favor, papai, *não*. — Ela não consegue vê-lo direito pelo canto do olho, a figura dele curvada, hesitante, e ela espera e acha que ele terminou, e então o vê levantar o braço e o terror é como morder um fio de alta-tensão, insuportável, e ele bate o atiçador com força em suas coxas e o corpo dela se contrai e se retorce.

— Por favor — diz ela.

— Escute, Julia Alveston. Escute bem — diz ele e leva o atiçador para a frente, colocando a ponta debaixo do queixo dela e usando o gancho para levantar seu rosto da lama. — Se acha que eu não percebi como você está *diferente*. Se acha que não vi você se esquivando. Se acha que eu não tive minhas suspeitas.

— Não — diz ela.

— Você é minha — diz ele e joga o atiçador na água suja e se afasta dela. — Levante — ordena. Turtle se esforça. Ela põe a mão embaixo do corpo, se ergue sobre um joelho. — Levante logo daí — ele diz, a voz baixa. Ela acha que não vai conseguir ficar em pé, mas depois pensa, ponha esses pés no chão, Turtle, ponha esses pés no chão. Ela se levanta, segurando na lateral do latão de lixo, apavorada.

— Isso, trate de ficar *de pé*, porra — ele lhe diz. Ela endireita o corpo. — Volte para o seu quarto, e, se tivermos que ter essa conversa de novo, se eu alguma vez notar um pingo que seja de hesitação em você, de dúvida, pode acreditar em mim, eu vou te *foder* com aquele atiçador. — Ela começa a se afastar mancando. Com dificuldade, sobe os degraus da varanda. — E, piolha? — chama Martin.

Ela para. Não consegue se virar. Tudo o que pode fazer é ficar parada.

— Nunca mais se deixe cair desse jeito — diz ele. — Está entendendo? Não me importa se tiver sido arremessada por uma porra de *caminhão* ou o que for. Caia de pé. Está me ouvindo, piolha?

Ela concorda com a cabeça, cansada. Passa pela porta corrediça de vidro e começa a subir a escada, se apoiando na parede com o ombro bom, fazendo ruídos baixos de dor. Cambaleia até o quarto, fecha a porta e, muito devagar, baixa-se para a cama. Fecha os olhos e o escuro explode em vermelho e ouro atrás de suas pálpebras. Ela pensa, esta sou eu. Esta sou eu. Esta é quem eu sou e isto é onde eu vivo. Ela pensa, meu pai me odeia. Mas então pensa, não, isso não é justo. E dorme pensando nisso.

Quando o alvorecer toca sua janela com uma luz cinzenta, Turtle levanta da cama com esforço. Apoia-se no baú, curvada, com a respiração dolorida entre os dentes apertados, mas se mantém em pé. Ela pensa, eu não vou cair. Dá passos calculados e difíceis até a porta. Só consegue descer a escada com grande dificuldade, um degrau por vez, fazendo careta.

Martin está parado à porta aberta da cozinha, olhando para fora na varanda dos fundos, quando ela entra. Ela abre a geladeira e tira sua caixa de ovos e uma cerveja. Vira e joga a cerveja para ele de baixo para cima. Ele a pega e abre com os dentes, fazendo uma careta ao arrancar a tampa. Fica de pé bebendo e segura a garrafa junto ao peito. Turtle levanta um ovo, quebra-o na boca, joga a casca na composteira. Martin se aproxima e lhe oferece a cerveja. Ela dá um gole e bate a mão na boca. Ele pega a garrafa de volta, bebe e solta o ar em um gesto de prazer. Ela anda dolorosamente até a mochila, se ajoelha no chão e, com muita dificuldade, calça os velhos coturnos. Abre com esforço a porta corrediça de vidro, usando apenas a mão direita, e desce em direção à parada do ônibus. Ele a segue para fora da casa e até a base da encosta. Ficam juntos ao lado da estrada.

— Você não precisa vir — diz ela.

— Eu sei — diz ele.

No quase silêncio da manhã, ela se apoia na caixa de correio, fungando e fazendo careta. Quando o ônibus chega, seu andar cambaleante atrai olhares de ambos os lados do corredor. Ela se move com cuidado, apoiando as mãos no encosto dos bancos. Passa por Rilke, que vira, olha e diz:

— Julie? Você está bem?

Turtle para, o ódio subindo dentro dela, ódio dessa Rilke, que é bonita, que tem belos cabelos lisos, macios e brilhantes com mel e óleo de jojoba, cujos pais a amam e que tem todos os grampos de cabelo e brilhos labiais e todas as coisas de que possa precisar, Rilke para quem tudo vem fácil, Rilke que vai para o ensino médio sem nenhuma dúvida, e que vai chamar a atenção de Jacob e Brett e de todos os demais com sua cabecinha inteligente e suas canetinhas coloridas e seu jeito cuidadoso e aplicado de fazer as coisas, essa Rilke cuja vida é *encantada*, que é abençoada acima de Turtle pela ordem inescrutável das coisas, Turtle odeia que essa Rilke a veja fraca e cansada, que veja que seu pai a odeia, que veja que Turtle nunca terá um namorado, nunca terá nada, e então Turtle vira lentamente e olha para Rilke, seu rosto uma careta de nojo e desdém, e diz:

— O que te interessa, peitinho de bebê?

Um murmúrio de risadas percorre o ônibus entre as pessoas que estavam ouvindo, e Turtle vê a sucessão de confusão para raiva e depois mágoa, e Rilke se abraça com as mãos, puxando o casaco vermelho mais alto sobre os ombros, e se inclina sobre o livro, abrindo a boca como se fosse dizer algo e não achasse nada para dizer.

Turtle vira e se afasta, e pensa, esta não sou eu, isto não é o que eu sou, isto é o Martin, isto é algo que o Martin faz, seu talento para encontrar aquilo que você odeia em si mesma e lhe dar um nome. Ela pensa, que merda, isto foi tão mais como o Martin, sarcástico e arrogante, do que como eu. Continua mancando pelo corredor, senta e enfia o rosto no encosto de vinil à sua frente. Ela pensa, esta é a parte dele que eu mais odeio, a parte que eu desprezo, e eu a chamei e ela veio fácil. Que merda, ela pensa, que merda. E então pensa, e daí, e daí se eu for misógina? Eu nunca gostei de mulheres mesmo.

Anna se posta na frente da classe e diz:

— Número um. "Exacerbar." Escrevam a palavra, definam e usem em uma frase. — Turtle encosta a caneta no papel. Ela pensa, você não é boa nisso, e então pensa, e se você nunca se deixasse ser derrubada e sempre desse o seu melhor para ficar em pé e em vez de ser uma vadiazinha você lutasse, e ela pensa, você tem a faca do vovô e ele nunca teria lhe dado se não achasse que você é uma lutadora e não uma covarde, mesmo que você tenha sido covarde e vá ser de novo, talvez isso não seja tudo o que você pode ser, e se nunca deixasse ninguém te derrubar, e ela pensa, seria preciso muita coragem para ser mais do que o Martin acredita que eu posso ser. Talvez eu não tenha que ser o que ele acha que eu sou e talvez ele me odiasse de qualquer modo. Talvez ele vá me odiar e me amar seja lá o que eu faça e isso não importe muito. Para que está pensando isso, a diferença é que hoje você estudou e está pronta e você nunca estudou antes, e o heroísmo nunca levou ninguém a lugar algum a menos que você já tenha feito o trabalho pesado. Ela pensa, pobre Turtle, sua vida é tão difícil. Por que você não chora por causa disso? Ela pensa, por que você não vai embora e chora, sem nunca fazer nada para melhorar a situação, e nunca mais vê o Jacob, e aí você pode só ficar chorando e chorando como a merdinha que você é. Ela encosta a caneta no papel e escreve:

1. *Exacerbar. Tornar um problema pior. Ser uma merdinha covarde só exacerba a situação.*

Ela sorri para o papel e olha para Anna, ainda sorrindo. Turtle pensa, está vendo, tudo que você precisa fazer é parar de falhar. Ela pensa, ah, você vai gostar dessa frase, Anna. Ah, você vai gostar.

Na frente da sala, Anna diz:

— "Recalcitrante." Escrevam a palavra, definam e usem em uma frase. *Recalcitrante.*

Turtle escreve:

2. *Recalcitrante. Teimosamente resistente à autoridade. Eu sou uma aluna recalcitrante e isso não tem me feito muito bem, mas em outros lugares tem sido bom para mim e por isso fica difícil mudar.*

No restante do teste, Turtle escreve com concentração e prazer. Quando terminam, eles trocam os testes entre si, Turtle passa o seu para Taz e, na primeira pergunta, Taz levanta a mão.

— Anna? — ele diz. — Eu não sei se esta frase de exemplo é adequada. — Ele olha para Turtle. — Não tenho certeza se pode.

Anna está de pé lá na frente, com as sobrancelhas levantadas, esperando para ouvir.

— Eu não sei se devo ler — diz Taz.

Anna se aproxima, se inclina sobre o ombro de Taz. Ela ri e olha para Turtle.

— Sim, Taz. Eu entendo o que você quer dizer. Ela usou a palavra corretamente, então vamos considerar a pontuação total. Julia, preciso que você fique um pouco depois da aula.

Turtle já sabe que não vai ficar. Se ficar, Anna vai ver como ela está machucada.

— O que ela escreveu? — pergunta Elise.

— É — diz Rilke —, qual é a frase?

Anna olha em volta para seus alunos.

— Não importa — diz ela. — Próxima palavra. "Recalcitrante." Alguém?

Turtle fica toda hora olhando para trás, na direção de Taz, querendo saber como se saiu no teste, vendo enquanto, com os lábios apertados, ele marca um C de *certo* ao lado de cada palavra e, no alto, escreve 15/15. Turtle olha de volta para Anna, com uma rápida expressão triunfante, e pensa, está vendo, sua vaca, sua vagabunda, mas então se detém, porque Anna acreditou nela o tempo todo, e era só Turtle que não acreditava em si própria e, mesmo que não goste de Anna, não vai falar mentiras sobre ela. Bom, ela pensa. Acho que você estava certa, mas isso não significa que eu goste de você. Quando o sinal toca, Anna recolhe os testes, volta para a mesa e se curva sobre a pilha de papéis, lendo e sorrindo. Com todos os alunos se levantando e puxando as mochilas debaixo das carteiras, Turtle levanta, se enfia mancando no meio deles e sai antes que Anna possa segurá-la.

Nesta noite, ela deita no tapete persa na frente do fogo, apoiada em um cotovelo, lendo as palavras do vocabulário da semana seguinte. O fogo é o coração da sala, as bordas escuras aos olhos ofuscados de Turtle, uma falha de cinco centímetros entre as pedras da lareira e o assoalho, porque a casa, sobre seus pilares de sequoia-vermelha, se afastou da lareira ao longo do tempo. Acima dela, Martin está olhando para as chamas. A atenção dele está fixa, as pupilas como pontas de alfinete, o rosto gasto como um velho nó de árvore.

Turtle se inclina novamente sobre os exercícios de ortografia. Depois para e vira para observar enquanto duas salamandras marrons salpicadas de dourado rastejam do fogo. Elas seguem seu caminho cuidadoso e desajeitado pelas pedras da lareira, lentas e aparentemente ilesas. Turtle olha uma vez para Martin, depois de novo para as salamandras. Ela as recolhe e as leva, grandes, molhadas e deslizantes, para fora da casa e pelo campo até a pilha de lenha amarrada com lonas. Curva-se e as coloca entre as toras, onde elas retomam seu rastejar. Em toda a sua volta, na ravina e no campo, as rãs cantam em coro. Ela olha para a casa, onde a luz do fogo lança um brilho pálido na janela, e em direção ao oceano escuro e à estrada, escondida dela pela curva da colina.

11

Turtle encontra o avô esperando ao lado da secretaria da escola, apoiado no revestimento de madeira da parede, usando jeans e seus pequenos chinelos de couro com a franja de couro e o grande casaco com uma garrafa de Jack Daniel's dentro de um saco no bolso. Um rio de alunos passa por ele em direção ao gramado da frente da escola, onde os ônibus vão chegar. Rilke está correndo da biblioteca para o ônibus, acompanhada por gritos de "Ei, peitinho de bebê!" Turtle vai mancando até o avô. Eles estão em um turbilhão entre dois prédios. Ele olha para ela, passa o braço sobre seus ombros e a puxa para si. Turtle faz uma careta de dor, respira no peito dele, na camiseta xadrez com cheiro de fumaça, na camiseta de baixo. Há uma mancha de café do lado esquerdo do peito. No bolso, as balas duras de caramelo de que ele gosta. Uma semana se passou desde o espancamento, mas os hematomas ainda estão lá e Turtle tem vergonha. Ele está usando um boné com as palavras VETERANO DE GUERRA e ela levanta a mão, puxa-o e coloca-o na própria cabeça.

— E aí, docinho — diz ele.

— Oi — diz ela, olhando para o avô, sorrindo, puxando a aba do boné para cima e para o lado. Não está surpresa por vê-lo, mas, de qualquer modo, não é bom. Isso é o que ele faz quando ela não aparece no trailer. Ele vai até a pequena loja de bebidas com fachada de madeira na base da colina e de lá segue de carro até a escola e espera junto à parede, de modo que ela tenha que passar por ele para pegar o ônibus. Nunca a deixa ficar muito tempo sem vê-lo.

Ele a conduz até sua picape Chevrolet enferrujada no estacionamento dos professores. Ela está mancando. Seu avô não percebe. Rosy pula e mostra sua cara tola e feliz na janela do lado do motorista.

— Ah, minha velha menina — diz o avô, abrindo a porta enquanto Rosy corre em círculos pelo banco único, lambendo a própria cara. Turtle entra e põe a mochila no chão. No porta-copos, o avô tem um copo com sementes de girassol e um frasco de molho de pimenta. Rosy sobe desajeitada no colo de Turtle, abanando o rabo com entusiasmo. Suas unhas estão sujas e compridas.

— Como está a escola? — o avô pergunta.

— A escola vai bem — responde ela. O avô engata a marcha do carro e eles saem pela Little Lake Road sob fileiras de ciprestes, viram à esquerda no cruzamento e entram na Shoreline Highway. Turtle se inclina e puxa debaixo do assento os cabos de bateria e blusas velhas e, debaixo deles, um revólver calibre .357 em um coldre de couro. Ela abre o tambor, gira, dá uma olhada na munição e fecha o tambor. O avô abre o casaco e pega a garrafa de uísque dentro de um saco de papel, prende-a entre as pernas, abre a tampa e toma um gole.

— Você chegou a convidar aquele rapazinho para o baile?

— Não — diz ela.

Ele a encara.

— Não?

— Não — ela repete.

— Isso não é bom — diz ele.

— Eu ferrei tudo — diz ela.

Eles saem da cidade, atravessam a Ponte de Big River e seguem pela Highway 1, passando pela praia Van Damme. Estão voltando para a enseada de Buckhorn. São apenas seis quilômetros e meio, uma viagem de seis minutos, mas levarão mais tempo. O avô faz as curvas devagar, o saco de papel preso entre as pernas. Ele sempre dirige devagar quando está bêbado. Na praia, uma garota solitária de roupa de mergulho está arrastando um caiaque pelo cascalho e Turtle pensa em Anna.

— Ferrou tudo como? — ele pergunta, olhando para ela.

— Eu sou besta, só isso.

— Você não é besta. Pode ser algumas outras coisas, mas não é besta.
— Eu amarelei.
— Ainda dá tempo?

Turtle se inclina para fora da janela. O baile é em uma semana. Seu cabelo chicoteia e emaranha e voa para trás como serpentinas. Ela dispara três tiros em uma placa de travessia de veados, acertando dois no corpo preto do veado e um terceiro perto dele.

— Não atire do carro, docinho — o avô diz, sem muito vigor.
— Como era o Martin quando tinha a minha idade? — ela pergunta.
— Uma criança rebelde. Sempre arrumando uma confusão ou outra, não havia como segurá-lo. Mas vou te dizer uma coisa. Ele amava a sua mãe, *puxa*, ele a amava mais que qualquer coisa. Aquela menina miúda e pálida. Helena. É, *Helena*, e todos a chamavam de Lena. — O avô toma um gole do uísque.

Param em uma área de escape na estrada logo abaixo do monte Buckhorn, bem na base do caminho de entrada para a casa. O avô puxa o freio de mão e desliga o motor. Ele sai do carro e segura a porta aberta para Rosy.

— Venha — diz ele. — Venha, venha — enquanto Rosy olha para ele e se sacode com entusiasmo cada vez que ele diz "venha".

Turtle pega um balde cor de laranja na traseira da picape e desce com o avô a trilha de arenito até a praia, os rochedos forrados dos talos finos e inclinados de aquilégias. O riacho Slaughterhouse deságua de uma galeria para um poço raso e barrento em que as algas-pardas aprisionadas vão ficando descoloridas e moles, como macarrões excessivamente cozidos. Na arrebentação, as grandes pedras azuladas e redondas chamadas de bolas de boliche batem umas nas outras.

O avô tem que ir insistindo para Rosy descer à praia, batendo as mãos nos joelhos e dizendo: "Venha, menina!" Cada vez que ele bate, Rosy avança um pedaço e então desiste. Quando, finalmente, ela pula da trilha para a areia, corre em um círculo rápido e empolgado em volta dos dois.

Caminham devagar pela areia juntos. Na enseada há uma ilha coberta de trigo sarraceno e narcisos, cortada por cavernas marinhas, perfurada por um respiradouro que lança espuma branca alto no ar, como um gêiser. Ela e o avô vêm a essa praia desde que Turtle se lembra. Foi onde sua mãe morreu, e em algum lugar lá no fundo os ossos dela estão sendo triturados entre as pedras. Turtle olha para o avô. O vento bate em seus finos cabelos grisalhos e os levanta no ar. Ele tem a expressão muito severa, não porque está infeliz, mas porque as bochechas puxam seu rosto para baixo desse jeito.

Sobem em um caminho de pedra que avança pela arrebentação, ficando logo acima da água. A pedra é do tom preto do ferro fundido, e antigas poças de maré deixaram anéis encrustados de sal ali. A água que emana das falésias de arenito acima desgasta trilhas de algas verdes esfiapadas sobre a pedra, de onde pequeninas rãs observam o oceano. Na ponta, esse longo braço de pedra é coroado por uma floresta de palmas-do-mar, altas até os joelhos. Eles andam até chegar a um poço fundo na rocha cheio de água revolta, ligado ao mar por estreitas passagens subterrâneas.

O poço tem dois metros de diâmetro, cinco de profundidade, aveludado de algas coralinas roxas e granuloso de mexilhões, as rachaduras povoadas de caranguejos, os maiores com quinze centímetros de ombro a ombro e os menores do tamanho de moedas, de listras pretas e pinças rosadas, cada um de seus nós e juntas de um amarelo cartilaginoso. Quando as ondas os deixam expostos, eles estalam suas mandíbulas de barbas amarelas e borbulham água.

O avô e Turtle se sentam na beira do poço e olham para suas profundezas escuras. Rosy cambaleia pela pedra por um momento, depois, exausta, desaba ao lado de Turtle, mostrando a barriga rosada coberta de pelos eriçados. Turtle começa a procurar pulgas, arrancando-as e jogando-as no poço, onde elas caem formando ondulações na superfície azul-gim e abrindo minúsculos círculos espasmódicos, até que um peixinho sobe do escuro invisível e as leva para baixo. Ele parece tão antigo quanto o próprio mundo — com o queixo maciço e franzido, as articulações destacadas da estrutura da cara, os olhos enormes e especulativos semicerrados. Turtle se pergunta se ele sente a corrente fria das cavernas abaixo e, nesse caso, se já seguiu por esses túneis escuros até o negrume, onde cada anêmona estenderia seus tentáculos pegajosos e suavemente luminosos e onde ele poderia ver toda a terrível e sombria subestrutura de seu mundo.

O avô estende a mão.

— Como está aquela velha faca, docinho? Cuidando bem de você?

Turtle olha em silêncio para o poço por um longo momento. Por fim, pega a faca, vira-a para mudar a mão do cabo para a lâmina e a estende com o cabo voltado para o avô. Ele se inclina, pega-a, examina a lâmina de aço marcada pelo amolador. Testa-a com o polegar.

— Ora essa. Ora essa — diz ele. Há desgastes de ferrugem ao longo do dorso da lâmina.

Ela quer que ele entenda que ela valoriza a faca e que *pretendia* cuidar dela. Quer que ele saiba disso.

— Desculpe pelo gume — diz ela.

O avô dá de ombros, como se não tivesse importância, seu rosto contendo de alguma maneira sutil a sua dor, uma espécie de sensação resignada e complicada de ofensa e desilusão, olhando além dela para as ondas, piscando como um homem velho.

Ela pensa em lhe contar como Martin tirou a faca dela e a pôs no amolador, mas não diz nada, porque não há nada que possa dizer, e porque desculpas e explicações nunca impressionaram seu avô. Desconfia de que ele pode olhar para a faca e saber mais ou menos o que aconteceu. Continua a afagar a barriga de Rosy, que levanta uma perna para lhe facilitar o trabalho, a perna tremendo levemente.

— Olhe só para essa cadela velha, ah, Rosy, você não tem nenhuma dignidade, não é? Olhe só para ela. Olhe para você, Rosy, sua vadia. Trate de se virar. — Rosy levanta a cabeça e gira os olhos para Turtle e duas vezes tenta lamber o braço da garota antes de deitar de novo.

O avô lhe devolve a faca, pelo cabo. Turtle a guarda na bainha, cheia de humilhação. Então levanta e pega o balde. O avô continua sentado, olhando para o poço.

— Escute, docinho — diz ele. — Isso não importa, o que importa é... Caramba, olhe esse *monstro*.

Turtle vira e segue o olhar do avô. No fundo do poço apareceu um caranguejo enorme, do tamanho de um prato, rastejando pelo leito coberto de algas, agitando suas pinças alto na água.

— Por deus — diz o avô —, você já viu um caranguejo assim?

Turtle puxa a camisa pelos braços, desabotoa a calça, tira-a e mergulha na água gelada. Ouve o avô gritando com ela, mas desce para o meio da pressão e da turbulência crescentes. Sente as correntes de água fria das passagens que sugam a água na rocha à sua volta. Dolorosamente bate as pernas, descendo, e então abre os olhos, que ardem na obscuridade verde. Distingue vagamente o caranguejo, turvo e distorcido, se movendo de lado na pedra, devagar, e o persegue, batendo os pés para permanecer junto ao fundo, e põe as mãos sobre a carapaça fria e dura, dá uma cambalhota na água e se lança para cima em sua própria nuvem de cabelo, subindo por uma passagem de pedra preta, esburacada e sinuosa, janelas escancaradas alternadamente jorrando água e sugando-a de volta, as algas se movendo ritmadamente para dentro e para fora como numa respiração ofegante, algum truque de luz transformando a superfície do poço em um espelho inconstante e, embora ela devesse olhar para cima e ver seu avô inclinado sobre o poço, não consegue. Ela só vê o túnel escuro subindo e subindo e então se abrindo como que para outro mundo, um aro de prata palpitando, borrifando água, tão estranho para ela quanto o coração de uma estrela. É como se esse aro refletor fosse uma escotilha e ela pudesse se lançar através dele para outra vida.

Ela fecha os olhos e sobe tateando, apenas com a lembrança do que viu, criando na mente aquela vidraça inconstante de prata, e então se eleva através dela, ofegando no dia luminoso, cercada de todos os lados por rochas pretas e, ao longe, o oceano estrondando contra os rochedos e as pedras se esfregando na arrebentação. Acima, o avô e Rosy, lado a lado, se inclinam sobre a borda, ambos com expressão idêntica de surpresa e medo, sobrancelhas levantadas e boca aberta, ambos com olhos arregalados em rápidos movimentos alertas.

— Aqui, docinho, aqui — diz o avô e estende o balde para ela. Turtle solta o caranguejo no balde, arfando, sorrindo, cansada. — Olhe só para ele — diz o avô, dando um passo para trás, e Rosy também se afasta da borda. — É um caranguejo e tanto, um caranguejo e tanto mesmo. — Turtle está até o pescoço dentro da água turbulenta, o cabelo grudado na cabeça, liso como uma foca. Suas pernas doem. Ela se segura na borda do poço e bate os pés o mínimo que pode, ficando fundo o bastante para manter o ombro roxo e esverdeado sob a água.

O avô olha de novo para ela e diz:

— Se você pegar uns mexilhões, já temos o jantar. — Ele lhe entrega a faca e ela a coloca entre os dentes, mordendo o dorso da lâmina e segurando-a assim. Agarra os mexilhões em uma das mãos e corta seus filamentos de fixação com a outra. Quando o balde está um quarto cheio, ela o passa para o avô, depois dá impulso e se ergue do poço, pingando água, e fica de pé na pedra, de calcinha cor-de-rosa e a faca nos dentes.

O avô se levanta cambaleante, os joelhos estalando, e diz:

— Julie, vire.

— O quê? — diz Turtle.

— Julie, o que é isto? — Ele se aproxima e toca seu braço onde o hematoma do atiçador de fogo é uma linha preta e verde, o primeiro golpe que Martin lhe acertou para derrubá-la.

— É só um hematoma, vovô — diz ela.

— Vire — ele insiste.

— Vovô.

— Vire, docinho — diz ele.

Ela vira.

— Meu Deus.

— São só hematomas.

— Meu Deus. Meu Deus — diz ele.

— Vovô, não é nada, não importa.

— Meu Deus — diz ele, baixando-se, trêmulo, de volta para a pedra.

Ela vai até seu jeans, pega-o e o desdobra. Começa a vesti-lo com puxões bruscos.

— O que são esses hematomas? — pergunta ele.

— São só hematomas.

— De quê?

— Não é nada — diz ela. — Sério.

— Meu Deus, parecem ser de uma vara de ferro.

— Não importa.

— Meu Deus — ele diz.

Ela abotoa o jeans, puxa o zíper.

— Vovô — diz ela —, eu não ligo, isso não importa. Sério.

— Isso foi do quê?

— Nada — diz ela —, não importa. Sério.

— Está bem, docinho — diz ele, levantando com dificuldade —, vamos, vou te levar para casa.

Caminham de volta para a picape, Turtle mancando muito, as pernas molhadas coladas na calça, a calcinha aparecendo em um contorno encharcado através do jeans, o balde com o som do movimento da água conforme bate em seus joelhos. Rosy galopa na frente, depois volta correndo e para de pernas rígidas diante deles, com um sorriso bobo.

— Sua vira-lata velha — o avô diz.

Seguem a trilha de volta para a estrada e Turtle põe o balde no chão do carro e entra. O caranguejo rasteja sobre os mexilhões. O avô convence Rosy a voltar para a picape com alguma dificuldade e entra em seguida. Ele liga o motor e se recosta no banco, pondo e tirando as mãos do volante.

— Meu Deus — diz.

Saem para a estrada, seguem por menos de cinco metros e sobem pela entrada de cascalho da casa, a picape balançando e sacudindo nos sulcos, o caranguejo fazendo estalidos no balde, enquanto Rosy se enrola, exausta, observando Turtle com pequenos movimentos de súplica das sobrancelhas. O avô toma um longo gole de Jack Daniel's e dirige com uma mão apenas, às vezes dando uma olhada para Turtle, que está com as mãos entrelaçadas entre as pernas, olhando pela janela do passageiro para os campos e os pinheiros da costa.

Quando chegam ao Y de onde sai a estrada de terra para o trailer do avô, logo abaixo do pomar de macieiras em direção aos campos de framboesas, e a outra estrada sobe para a casa, o avô para. Turtle pega o balde e sai. Ele se inclina para ela.

— Diga ao Martin que eu venho para o jantar — avisa. Turtle está parada ao lado da picape. Ela não lembra de seu avô já ter vindo jantar com eles. Apenas concorda com a cabeça.

Então ele vai embora e Turtle fica ali segurando o balde e vendo-o se afastar. Pega as botas, amarradas juntas pelos cadarços, e prende-as no pescoço. Depois sobe a colina, mancando, o balde batendo na perna, pensando, sua burra, sua desatenta, desatenta, desatenta.

12

Há marcas verdes de água na porcelana da enorme banheira de pés metálicos. As peças e canos de cobre estão instalados em furos toscos nas placas de sequoia-vermelha, aberturas irregulares que servem como tocas de aranha, cheias de teias, com sacos de ovos como bolas de algodão e peles que as aranhas trocaram, assombradas por uma única viúva-negra imensa, tão inchada que, quando anda pelo chão, arrasta seu volume atrás de si e deixa uma trilha no pó, uma criatura que Martin gosta de chamar de "essa peçonhenta Virginia Woolf".

Acima da banheira, uma janela fixa dá para a ravina Slaughterhouse, os pinheiros carregados de liquens, as amoreiras trepando das samambaias. A janela é mal selada, o batente apodrecido poroso e escuro. Cogumelos vermelhos crescem pelo parapeito, seus chapéus com manchas brancas pelo rompimento do tecido.

Ela o ouve deixar as compras na mesa da cozinha e vir para o banheiro. Ele senta na cadeira de madeira ao lado da pia com duas garrafas de cerveja seguras frouxamente em uma das grandes mãos. Ela afunda na banheira de modo que apenas a cabeça fique acima da superfície, escondendo o ombro roxo e esverdeado.

Ele suspira, encaixa a tampa das garrafas no braço da cadeira e bate para abri-las uma após a outra com a palma da mão. Depois apoia as botas na borda da banheira, olhando, atrás dela, para os pinheiros da ravina Slaughterhouse, segura uma cerveja entre as coxas e estende a outra para ela. Faz um aceno com a cabeça, incentivando-a. Ela pega e dá um gole, olhando para ele de lado, ressentida. Ele fica em silêncio, organizando os pensamentos, passando os dedos pela barba curta com um raspar descontínuo.

— Piolha — diz ele —, eu fiz besteira. Está bem?

Ela afunda de novo na banheira, observando-o.

— Piolha... — diz ele —, eu às vezes não fico muito legal. Sabe, eu tento, por você. — Ele aperta e desaperta as mãos, abre as palmas.

— Não fica legal como? — pergunta ela.

— Não sei, piolha, acho que está no sangue.

Ela bebe mais um gole de cerveja, afasta do rosto os fios molhados de cabelo. Ela o ama. Quando ele fica assim, e ela pode ver quanto ele tenta por ela, até a dor dele tem valor. Ela não suporta que qualquer coisa o desaponte e, se pudesse, o envolveria em seu amor. Pousa a cerveja entre os cogumelos. Quer dizer isso a ele, mas não consegue.

— O vovô disse que vai vir jantar aqui — diz Turtle.

— Ah, isso é bom, isso é bom — diz Martin. — Eu trouxe uns ossos de vaca e vi os mexilhões e aquele caranguejo enorme. Temos o suficiente para um banquete.

Turtle despeja xampu na mão e faz espuma no cabelo.

— Piolha — diz ele —, você é um ser humano muito lindo. Olhe só para você.

Turtle ri, olhando para ele com o cabelo amontoado no alto da cabeça, cheio de espuma. Seu pai a chama com um sinal e ela se inclina para perto, e ele põe os dedos fortes no cabelo dela e afunda a polpa dos dedos até seu couro cabeludo. Ela fecha os olhos, o rosto voltado para o teto, onde há teias de aranha penduradas em faixas.

— Ah, piolha — diz ele, espumando o xampu —, você é a coisa mais linda do mundo. Já te disse isso? A coisa mais linda. — Ela estende os braços para o teto, alongando-os, e a água desce em gotas trêmulas pelos antebraços até as axilas, e ela pensa em como aquilo é bom, o prazer e o conforto.

Martin termina de ensaboar seu cabelo e ela fica deitada com o pescoço apoiado na borda da banheira, olhando para o teto, e ele se inclina e a beija em uma pálpebra, depois na outra.

— Adoro esta pálpebra — diz ele —, e esta. — Ele beija seu nariz. — E este nariz. — Beija-lhe a face. — E este rosto! — Ela envolve o pescoço dele com os braços ensaboados, seu queixo liso de encontro ao dele, com a barba por fazer.

Ele se afasta e diz:

— Ah, piolha, me desculpe, me desculpe.

— Está tudo bem, papai — diz ela.

— Você consegue me perdoar?

— Sim — diz ela —, eu te perdoo.

Ela afunda de novo na água, pensando e se contorcendo por dentro pelo que vai acontecer se o avô tentar falar do que viu, e ela sabe que deveria tocar no assunto. Todas as falhas de Martin são um segredo entre os dois, e ela sente que violou essa privacidade. Não suporta que mais alguém veja algo que ele fez de errado. Ela se levanta da água, segura o cabelo nas mãos e o espreme.

Sai da banheira e vê sua figura refletida na vidraça da janela, Martin atrás dela, inclinado para a frente na cadeira, estreitando os olhos, esfregando o polegar na lateral do queixo, e ambos olhando para ela, suas pernas longas marcadas pelas faixas pretas e verdes dos hematomas. Ela pega uma toalha no suporte, se enrola e passa por ele, seus passos irregulares e curtos. Ele vira para vê-la se afastar, o olho esquerdo parecendo mais triste que o direito, o rosto cheio de amor e pesar, e ela sobe a escada para se vestir, repleta em cada poro do amor dele, grande e feliz com ele, e pensando, com um sentimento de vingança, que venha o que vier. Tem que se abaixar para pegar as roupas nas prateleiras, expirando fragilmente, dolorosamente, e se veste com cuidado, demorando muito tempo, e quando termina fica olhando pela janela, mordendo o lábio. Ela pensa, não, isso não vai dar em nada. Olhando para a encosta, em alguns pontos uma extensão graciosa de capim-rabo-de-gato e aveia-brava, em outros passando a erva-das-pampas e árvores invasoras, lá embaixo na estrada os rabanetes-selvagens com suas flores roxas e brancas. Não consegue imaginar como sua vida poderia mudar, não consegue imaginar como aquela noite poderia dar em alguma coisa, não consegue imaginar como poderia dar errado. Toda a sua vida e sua trajetória, as pessoas nela, tudo isso lhe parece tão imutável, e pode ser que haja dificuldades e pode ser que haja palavras ruins, mas não vai dar em nada.

Ela desce a escada e Martin não está na cozinha. Encontra-o na despensa, entre os cofres de armas, os painéis nas paredes cobertos de ferramentas, as prateleiras de aço com caixotes de munição, caixas de cartuchos, um palete com pratos de tiro ao alvo empilhados contra a parede. Para com o quadril apoiado no batente da porta. Martin enfia a mão na água rosada do balde do açougueiro, tira os ossos de vaca ensanguentados pingando água e coloca-os ao lado da serra de mesa. Liga a serra, que primeiro rateia, depois ruge, e vai levando os ossos à lâmina um por um, empurrando-os com cuidado pelo curso da lâmina com o polegar e o indicador, estreitando os olhos na nuvem de pó branco fino e gotículas de água com sangue. Os ossos se partem e vão se espalhando pela bancada, e Martin mantém a serra rodando até ter cortado todos no sentido do comprimento. Leva-os para a cozinha, lava-os na pia, coloca-os em uma assadeira e desliza-os para o forno. Depois pega o caranguejo vivo com uma pinça e desliza-o para dentro também. Turtle ouve o caranguejo andando com passos rápidos pela assadeira. Ele esvazia o balde de mexilhões em um escorredor de macarrão azul esmaltado e começa a limpá-los, segurando-os em pares e esfregando seus lábios selados de comprido um contra o outro, como em uma imitação tosca de beijo, sua testa sulcada em repouso. Isso é o mais feliz que Turtle já o viu ficar, às vezes dando uma olhada para ela e apertando os olhos de prazer. Ele despeja nata e caldo de galinha em uma frigideira e deixa ferver. Corta cebolinhas na tábua de carne, mói pimenta-do-reino com um velho moedor, parte um limão em quatro e o espreme. Esvazia o escorredor de mexilhões na frigideira, encosta no balcão e observa Turtle. Põe uma segunda frigideira por cima para que os mexilhões abram com o vapor. Eles ouvem o caranguejo arranhando dentro do forno.

Ele encontra uma faca de pão marcada de ferrugem e fica olhando para ela, encostado no balcão.

— Que merda — diz —, olha só para isso, eu nem uso esta coisa e ela já está enferrujada.

Turtle aperta os lábios. Ele tosta o pão em uma frigideira de inox. Prepara uma salada de rabanete, alho, cebolinha e salsinha, misturando-os com suco de limão, azeite e sal marinho. Esperam em silêncio, o pai olhando para os mexilhões no fogão e Turtle de pernas cruzadas. Depois de um tempo, ele abre o forno e tira a assadeira e, com a pinça, arruma os ossos formando uma grade sobre a tábua de carne, pega o caranguejo encurvado e morto do fundo do forno e o coloca de barriga para cima ao lado dos ossos. Põe as torradas em um prato e leva a tábua de carne para o meio da mesa. Ao longo dos cortes nos ossos, a gordura endureceu em uma película marrom-acinzentada, enquanto o tutano está líquido e oleoso, fervendo, fazendo a película ondular e se contrair como algo vivo.

— Limpe essa bagunça — ele diz para Turtle, e ela levanta e começa a recolher da mesa as latas de cerveja, cartuchos de munição, cinzeiros e os vários livros: *Tratado sobre os princípios do conhecimento humano*, *Ser e tempo* e *Filósofos pré-socráticos*, de Barnes. Na cozinha, Martin despeja os mexilhões em uma vasilha funda e Turtle pega os talheres descombinados e os arruma na mesa, e Martin traz tigelas e pratos de uma prateleira alta, com uma camada espessa de gordura e pó. Ele os limpa com um pano, dizendo com extravagância:

— Nunca digam que não usei nossa louça mais fina para o nosso erudito patriarca, piolha, nunca digam!

— Você cozinhou bastante coisa, papai — diz Turtle.

— Não é? — responde ele.

Em outra parte da casa, uma porta se abre. Não a porta corrediça de vidro que vai da varanda para a sala de estar, por onde Turtle e Martin entram e saem, mas a enorme porta da frente de carvalho, com suas barras de aço fundido, que se abre para o hall de entrada com o teto em abóbada de painéis de sequoia-vermelha escura, o velho candelabro, as paredes decoradas com crânios de urso. No fim do corredor, um busto de alce, com um dos olhos caído. Eles ouvem o avô atravessar o hall, vir pelo corredor, e então ele aparece à porta.

— Daniel — diz o pai —, acho que você nunca usou a porta da frente antes.

— Ouça, Martin... — o avô começa.

— Sente-se — diz o pai, indicando uma cadeira à mesa. — Eu cozinhei aqueles mexilhões para você. E, na próxima vez... pai, use a porta da sala de estar, está bem?

Turtle não acha estranho que o avô tenha entrado pela porta da frente. É uma formalidade que ela compreende, e Martin compreende também, mas ele fez uma gozação, como se tivesse sido um erro e não uma formalidade, e Turtle senta olhando para ele, desejando que ele não faça gozação com o avô, vendo também que ele quer que tudo fique bem, que não quer que o avô seja formal com eles, e Turtle tem medo.

O avô olha do pai para Turtle, e o pai compartilha com ela uma expressão divertida e conspiratória. Turtle não gosta do jeito que o avô está parado ali na porta. Ela pensa, entre. Pensa, não seja muito duro, entre, vovô, e deixe isso para lá. Ela sabe que o avô não vai conseguir deixar para lá, sabe que ele perderia tudo aos olhos dela se deixasse para lá, mas é só o que quer dele. Os dois saberiam que eram uns covardes, mas tudo bem. É o que Martin disse que era o problema com ela, e é o que Anna disse que era o problema com ela, que ela tem medo das coisas, que ela hesita, mas, mesmo sabendo disso, Turtle está disposta a deixar que seja assim, que seja falha dela, e que o avô seja igualmente covarde. Que seja tudo simplesmente assim, os três jantando.

— Martin — diz o avô.

— Caramba, pai, sente e coma alguma coisa — diz Martin. — Eu achava que mexilhões eram seu prato favorito.

— Podem começar sem mim. — Ele diz isso com tristeza e reprovação, e Turtle pode ver que ele não vai deixar nada para lá.

— Que conversa é essa? Sente aqui, coma um pouco de tutano.

O avô arrasta uma cadeira e se senta. Parece a Turtle que ela passou a vida inteira esperando que ele fosse o homem que ela acreditava que ele fosse, e não o homem que Martin acreditava que ele fosse, e agora ela só quer que ele fique ali sentado e não diga nada. Martin faz um gesto para a grade de ossos, os côndilos entalhados como volutas em madeira, o tutano rastejando nas canaletas, os tendões brilhando.

— Coma o tutano — Martin repete, raspando um pouco o osso e espalhando sobre sua torrada. Com um garfo, ele pega uma pequena porção de rabanete e salsinha, dá uma mordida esmigalhadora.

— Martin... ouça — diz o avô, inclinando-se, os braços sobre a mesa.

— Não quer tutano? Quer uma cerveja?

— Eu não quero cerveja.

— Vou pegar uma cerveja para você — o pai diz. — Sempre procuro ter a sua cerveja por aqui. Sei que você gosta daquela merda barata e sem gosto. Uísque bom e cerveja vagabunda, este é Daniel Alveston.

— Sente aqui, cacete — diz o avô.

Martin vai até a geladeira, abre-a e se inclina para dentro, procurando uma cerveja. Volta com uma garrafa de Bud Light.

— Viu? Sempre tenho cerveja para você, Daniel. — Ele a abre batendo na borda da mesa e o avô fica olhando para ele, com as mãos cruzadas sobre a barriga, as bochechas aprofundando a severidade de sua expressão em um descontentamento impenetrável. Martin está de pé estendendo a cerveja para o avô, e a espuma transborda e escorre pelas laterais da garrafa, mas o avô não a pega.

— Eu não quero a sua cerveja, Martin — diz ele.

O pai põe a cerveja ao lado do prato do avô. Arrasta para trás sua cadeira e se senta.

— Bem, o tutano não está muito popular esta noite, mas, enfim, eu tentei.

— Não é nada com o tutano — diz o avô, olhando para o caranguejo com suas pernas mortas no ar.

— Posso fazer um queijo quente.

— Eu não vim aqui para jantar com você, Marty. Escute...

— Escute...? Escute o cacete. Beba a sua cerveja, pai. Você parece um bobo com ela parada aí na sua frente.

— Martin, você tem que saber, isso não é jeito de criar uma filha.

— Seu filho da puta — diz Martin —, seu filho da puta. Você acha que eu não sei disso? Seu *merda*. Você vem *aqui* para dizer *para mim* que *isso, isso* não é jeito de criar uma filha?

O avô estende a mão para a cerveja e ela vira, escorrega pela mesa até o colo de Martin, que a segura, dizendo:

— Mas que...? — E se atrapalha com a garrafa, que solta espuma em seu colo, e ele tenta levantar e a cadeira vira e ele quase cai para trás com ela, então se levanta com cerveja pingando das mangas e da camisa, a garrafa rolando em arabescos pelo chão, batendo contra o balcão no ritmo do derramamento de seu conteúdo. Martin sacode as mãos molhadas. — Porra! Porra! — Ele vai furioso para a cozinha, pega a toalha de papel azul, estende-a, corta um pedaço, bate na camisa encharcada, no colo ensopado, arranca a camisa xadrez molhada e a joga por cima dos pratos no balcão.

— Isso não é jeito de criar uma filha, assim não — diz o avô.

— Porra — diz Martin, olhando para si mesmo.

— Martin — diz o avô.

— O quê?

— Isso não é jeito de criar uma filha.

— Porra, pai. — Martin abre a geladeira e pega outra cerveja. Bate a tampa para abri-la. — Porra. Fale outra vez, pai. Fale outra vez que isso não é jeito de criar uma filha.

— Você tem que saber, Martin.

— Eu sei disso — diz Martin, voltando para a mesa e colocando ali a nova cerveja. — Porra, papai — diz, ainda sacudindo espuma das mãos, olhando para a camisa ensopada.

— Então, que porra, Martin — o avô diz. — Caralho, me escute.

— Eu estou fazendo o melhor que posso, Daniel. Cacete, é o melhor que posso.

— Escute, Martin — diz o avô —, isso não pode continuar assim.

— Ah, é? — Martin está se recompondo. — É mesmo, pai? — Ele pronuncia essas palavras com algum significado que Turtle não compreende, e Turtle desvia depressa os olhos da mesa e diz para si mesma, quieta, pondo em perspectiva o rosto dele, sua expressão, o tom, *É mesmo, pai?*, tentando extrair o sentido daquilo, depois olha depressa de volta para eles.

— E olhe só para você, Marty — diz o avô. — Olhe em volta de você. Não quer que a sua filha cresça assim.

Martin olha para o pai, um olho mais fechado que o outro.

— Ela poderia ser uma jovem muito boa — diz o avô.

Martin abre a boca, olha para o lado, tocando o queixo.

— Martin...

— Eu sei, pai.

— Ela pode ser...

— Pai! Porra, eu sei. Não acha que é por isso que eu estou lutando? Não acha que é isso que eu digo a mim mesmo quando acordo a cada manhã? Cuide dessa menina e ela terá mais do que você tem, Martin, a vida dela será melhor. A vida dela não será como a sua. É só você fazer certo com ela e será tudo dela, o mundo, tudo.

O avô só fica sentado, franzindo as sobrancelhas.

— Você acha que eu não sei disso? Acha que não estou lutando por isso? Com os recursos mirrados que eu tenho, pai. Com tudo que eu tenho, pai. E eu sei que não é perfeito, sei que não é nem suficiente, não é o que ela merece, mas eu não sei que porra você quer que eu faça. Eu a amo, e isso é mais do que eu alguma vez na vida já recebi de você.

— Escute... — diz o avô. — Há hematomas na coxa dessa menina, profundos. Hematomas. Muito pretos. Hematomas, Martin, que dão a impressão de que você bateu na menina com uma barra de ferro. Eu te pergunto. Eu te pergunto, Martin.

— Cala a boca — diz Martin.

O avô franze a testa severamente, o rosto amarelado, as bochechas pregas de carne de homem velho, quase como couro.

— Eu cansei de deixar você criar essa menina, e, se você sabe o que é bom para ela, vai...

— Cala a *porra* dessa boca — diz Martin. Ele raspa o polegar na borda da mesa, depois olha de volta para o avô. — Você não sabe que *porra*...

— Há hematomas... — diz o avô.

— Cala essa boca.

— Parece que você...

— Volte para o seu trailer, velho. — Martin faz um gesto indicando Turtle. — Você não tem ideia. — Olha fixamente para ela. Todos esperam no silêncio dele. — Aparentemente... nem eu. Nem ela, aposto. Ah, ela gosta de você. Ela ama você. Não é, piolha?

Ela não responde.

— Piolha... você ama o seu avô?

Turtle ouve as pernas do caranguejo estalando enquanto esfriam.

— Piolha?

— Amo, papai.

— Está vendo...? Está vendo...? Mas não é por isso que você pode vir aqui, fedendo a uísque, vir aqui na minha casa e dizer que ela tem hematomas. Você não pode fazer isso.

— Marty, você tem que querer algo diferente para a Julia. Não isto, Marty. Não isto.

Martin fica esfregando os dedos na barba por fazer.

— Quer saber... *foda-se*. Eu sei que a piolha está com a sua faca. — Ele estende a mão e Turtle tira a faca do cinto e passa para ele, que sente o peso dela. — Você sabe quantas gargantas ele cortou com esta faca?

Turtle baixa os olhos para o prato.

— Quarenta e duas, não é isso?

— Quarenta e duas — o avô confirma.

— Coreia, piolha. E, em algum momento, eles o puseram para trabalhar na zona desmilitarizada, para localizar infiltrados, e aqueles pobres coitados, aqueles pobres coitados não tinham a menor ideia de que um psicopata sanguinário vindo de um lugar qualquer do outro lado do mundo, um homem cujos antepassados caçaram índios no oeste americano, estava lá à espreita atrás das moitas. Como dá para entender uma coisa dessas? Foi o período mais divertido da sua vida, imagino.

O avô não diz nada. Seu queixo treme.

— Ele gostava de chegar por trás de algum pobre coitado, algum coitado que tinha sido forçado a ir para a guerra por coerção do governo e pressão socioeconômica esmagadora, o Daniel vinha por trás e arrancava a cabeça dele com esta faca. Não é isso? Braço em volta do pescoço, levanta o queixo, depois direto pelas grandes artérias do lado esquerdo. Não é isso?

— Era uma guerra, Martin.

— E depois te dão uma arma e te mandam para o Vietnã. Não é isso? Este é um filho da puta que gosta de se aproximar e acertar você bem baixo nas costas com uma calibre 12, e aí ficar vendo você lutar para rastejar, depois ajoelhar em cima de você e cortar a porra da sua garganta. A M12 era uma boa espingarda, não era? Já antiga na época, mas a melhor que já fizeram.

O avô não diz nada.

Martin bate as mãos abertas na mesa.

— Para quê? Uma guerra para *quê*? Você por acaso ligava? Você se importava ou entendia por que estava lutando? Porra nenhuma. Porra, porra *nenhuma*. Você só gostava daquilo.

— Eu entendia por que estava lutando, Martin.

— Talvez.

Martin coloca a faca pesadamente sobre a mesa e Turtle a pega.

— Muito sangue nesse punho de couro que não sai por mais que se lave, não é mesmo?

O avô baixa a cabeça para o peito como se estivesse descansando, as bochechas pendendo das faces e aprofundando sua expressão severa.

— Bom — diz Martin —, a piolha deve estar orgulhosa de ter essa faca. Um verdadeiro tesouro de família. E, Daniel, você talvez devesse pensar que há um traço de coração duro que corre nesta família. Talvez devesse pensar no que esse traço de coração duro significa na sua neta. — Martin se inclina e cospe no chão.

Turtle baixa os olhos para a poça de óleo e nata em seu prato.

— Nada disso importa — o avô diz, pesadamente.

— Nada disso *importa*? — o pai ecoa com incredulidade. — Nada disso importa? O que eu estou dizendo é que ela foi amada a vida toda. E isso é algo que eu nunca tive de você.

— Não posso deixar você perto dessa criança. Eu não posso.

— Vamos conversar sobre isso — diz o pai. — Foram os hematomas que te deixaram preocupado?

— Os hematomas e toda essa bobagem de fim do mundo.

— Não é bobagem, pai — diz Martin.

— É bobagem, e isso não é jeito de criar uma filha, fingindo que o mundo vai acabar só porque você preferia que acabasse.

— Não é jeito de criar uma filha...? Se você não acha que o mundo está em perigo, pai, é porque não presta atenção. Os alces, os ursos-pardos, os lobos, eles desapareceram. Os salmões, quase. As sequoias-vermelhas estão condenadas. Bosques de pinheiros mortos aos hectares. Suas abelhas estão mortas. Como fomos trazer a Julia para este lugar maldito? Para este resto moribundo, estuprado, apodrecido do que deveria ter sido? Como exatamente se cria uma filha na companhia dos imbecis egocêntricos que esbanjaram e destruíram o mundo em que ela *deveria* ter sido criada? E que entendimento ela pode vir a ter com essa gente? Não pode haver nenhum. Não há negociação. Não há alternativa. Eles estão matando o mundo e vão continuar matando o mundo e nunca vão mudar e nunca vão parar. Nada que eu possa fazer, nada que ela possa fazer, vai mudar a cabeça deles, porque eles são incapazes de pensar, de ver o mundo como algo fora deles mesmos. O pouco que conseguem ver, acreditam que têm direito a ele. E você me diz que a minha raiva dessa gente, dessa sociedade, é *bobagem*? Você me diz que isso não é jeito de criar uma filha, e, sim, eu sei disso. Mas o que mais eu posso fazer?

— Porra, Marty, você não pode continuar... — Ele para.

— Não posso continuar o *quê*? — pergunta Martin. Ele lança a Turtle um olhar desvairado. O avô fica mexendo os lábios. Ele não consegue encontrar a palavra. A boca de Turtle está aberta e ela enfia a mão entre os dentes e morde com força. Sente o sorriso em seu rosto como uma coisa horrível.

Martin se inclina para a frente.

— Você sabe o que está querendo dizer, pai?

— Sei — diz o avô. — Sei.

— E o que é?

— Bom, eu estava dizendo...

— *Sim?*

— Ah, não importa — diz o avô.

— O quê?

— Ah, eu... eu queria dizer... — fala o avô.

Martin olha para Turtle. O avô está embaralhando as palavras.

— Pai? — diz Martin.

— Não importa — diz o avô. — Ah... ah... não importa.

— O quê? *O quê?*

O avô olha para ela e para Martin com seu único olho bom, o olho direito semicerrado, e se ajeita na cadeira com dignidade. Abre a boca e, falando muito enrolado, diz:

— Eu acho... Eu só queria dizer que... isso não é jeito de... de... de... — E para.

— O quê, pai? — diz Martin.

— De...

Eles esperam.

— Ah, não importa — o avô diz, zangado —, não importa.

— De criar uma filha? — diz Martin. — Não é jeito de criar uma filha?

— Sim — diz o avô e para. Ele está salivando a cada palavra. Turtle olha atentamente para seu rosto. O lado direito parece estar indo dormir. A pálpebra está fechada. Abre-se uma vez, sonolenta, e mostra o crescente branco da esclerótica, depois baixa com a mesma sonolência e permanece fechada. O pai espera, inclinado para a frente, olhando para o avô.

— Uma... uma... — diz o avô, e não parece encontrar a palavra.

— Uma filha? — o pai diz.

— Ah — diz o avô —, não importa. — Ele estende a mão sobre a mesa para ela. — Eu... — E, o que quer que quisesse dizer, ele não consegue encontrar. — Eu... — E, visivelmente, procura com esforço, movendo os lábios.

— Mas que porra é essa, pai — diz Martin.

— Eu ia... — diz o avô. — Eu ia...

— O quê, *caralho*?

O avô se levanta, derrubando a cadeira, se desequilibra fortemente para o lado, e Martin pula, agarra sua camisa, mas o avô cai com força no chão.

— Piolha — o pai diz —, chame uma ambulância. Depressa.

Turtle fica congelada no lugar, olhando com horror para o avô caído, meio enroscado na cadeira. Ele faz força e vira de lado. Olha para Turtle. O lado direito de seu rosto está mole, a pele pendurada em pregas de carne velha que parecem cera amarela escorrida.

— Docinho... Docinho... — diz ele. Tenta fragilmente apoiar a mão sob o corpo.

— Chame uma ambulância, piolha. — Martin dá a volta na mesa e se ajoelha ao lado do avô. Suas botas rangem.

Turtle se levanta e vai até o telefone no corredor, pega-o e liga. Martin está ajudando o avô a sair da cadeira caída.

— Seu... Seu filho da puta — diz Martin. — Porra, Daniel. Porra.
Alguém diz:
— 911, qual é a emergência?
— Hum — Turtle hesita. — Qual é a emergência, papai?
— Derrame — diz ele.
— Espera... Espera... Espera, Julie... — o avô fica falando. Ele mexe a boca e procura a palavra.
— Espera *o quê*? Pai. Espera... *o quê*?
— Ah, não importa.
— O que você está vendo? — pergunta Martin.
Turtle destampa o telefone e diz:
— Espere um pouco.
— Estou esperando — diz a atendente.
— Derrame! — Martin grita para ela.
— Derrame — diz Turtle.
— Vocês estão em... — e a atendente diz o endereço deles.
— Sim — responde Turtle.
— Ah, Martin — diz o avô. — Eu ia dizer... Ia dizer que... O que eu queria dizer era...
O pai se ajoelha, segurando as mãos do avô e olhando para ele.
— O quê, Daniel? Me diga, *o quê*? O que é?
Turtle nunca viu seu pai tão desesperado.
— Moça? — a atendente diz. — Moça?
— Espere — diz Turtle. Ela quer que todo mundo pare. Quer que tudo vá mais devagar. Ela só precisa de mais tempo. — Espere.
— Pode me dizer exatamente o que aconteceu?
— Cala a boca! — exclama Turtle. — Espere um pouco!
— Moça...
Turtle pressiona o telefone contra o peito e fica olhando. Martin segura a mão do avô e diz:
— O que foi, Daniel? O que você queria dizer? O que você está vendo? Me diga o que você está vendo.
Ela larga o telefone, caminha até a mesa e senta ao lado de Martin. Ele está ajoelhado junto do avô, dizendo:

— Me diga o que está acontecendo, pai. Me diga o que você vê. — No canto, o telefone balança na ponta do fio e a atendente diz: "Moça? Moça? Preciso que você fique na linha".

O avô se vira e olha para ela, levantando a cabeça do chão. Turtle chega mais perto. Ele mexe os lábios, procurando o nome dela, não consegue achar, abre e fecha a boca.

— Julie... eu não posso...

— Porra, Daniel! O que é? O quê? O quê?

Martin segura o queixo do avô e eles olham um para o outro.

— O que você... O que estava...? — diz Martin.

— Julie... — diz o avô.

— Piolha, vá lá para cima — diz Martin.

— Desculpe — diz ela. Está olhando direto para o avô. — Eu sinto tanto. Desculpe.

O avô está olhando para ela. O que quer que ele queira dizer é obscuro para ela. Ele está perdendo o centro, a substância, está dizendo as coisas que tem o hábito de dizer, mas não diz o que pretende dizer e não consegue chegar ao que quer dizer.

— Vá! — diz Martin, e ela se levanta e corre escada acima, pensando, não vai ser nada. Ele vai voltar. Ela corre para o quarto, se apoia na parede, ofegando e escutando. Lá embaixo, ouve Martin dizer: "Me diga o que você está vendo, pai. Fale o que você queria dizer". Ela espera em excruciante silêncio, tentando acalmar a respiração. Está com medo de perder o que seu avô diz por causa do som de seu coração, por causa do som de sua respiração, mas está com fome de ar, faminta dele. Lá embaixo, um raspar, o som de movimento, e Turtle para de respirar, escuta. "Ah, eu vejo... eu vejo...", diz o avô, embaralhando as palavras, e o som de seus pés raspando no chão, mexendo-se ali onde ele está caído, e Martin diz: "Daniel, olhe para mim... Eu sou... Sou eu, o Martin. O Martin. Olhe para mim". E o avô diz: "Ah, não importa". E Martin, sem poder acreditar, diz: "O quê? O quê?" Há um longo silêncio, Turtle tentando acalmar a respiração entrecortada, escutando qualquer som que venha lá de baixo, mas não há nenhum, e então Martin, a voz áspera e grave, abafada pelo temor ou alguma outra coisa. "Seu desgraçado", diz ele. "Desgraçado." Depois um grande intervalo de silêncio, Turtle com as costas na porta, escutando, medindo a respiração para acalmá-la. Então ouve a ambulância, vê quando ela se aproxima. Escuta os homens estranhos lá embaixo, falando. Eles estão dizendo números que ela não entende, falando um com o outro, e Turtle anda de um lado para o outro no quarto, atravessa até a janela e vê o avô sendo carregado em uma maca e colocado na ambulância no pátio lamacento. O pai fala com os técnicos, depois entra em sua picape e segue a ambulância para a estrada. Turtle fica sozinha, inclinada sobre a borda da janela, rosas e heras-venenosas contornando-a em uma moldura emaranhada.

13

Tarde naquela noite, a picape de Martin vem roncando pela entrada de cascalho e Turtle desperta de seu devaneio na janela, as mãos apertadas sobre os ombros arrepiados. Levanta com cuidado do espaço entre a janela saliente e o parapeito, desce a escada e espera na varanda. Martin caminha até os degraus, chuta-os com força e se senta. Pega um maço de cigarros, bate-o na mão para tirar um, acende. Dá uma tragada. Ela vem sentar ao lado dele e ele lhe passa o cigarro e tira um segundo do maço.

— Morto ao chegar — diz ele. Pigarreia e, imitando o tom baixo e afetado do médico, diz: — "Daniel sofreu um AVC hemorrágico extenso na artéria cerebral média esquerda. Começou como um AVC isquêmico, o que significa que um coágulo sanguíneo se alojou na artéria que irriga o hemisfério esquerdo do cérebro e as regiões responsáveis pela fala e pelo movimento. Não sabemos de onde o coágulo veio. No entanto, os vasos sanguíneos do cérebro de um alcoólatra são muito frágeis e houve subsequentemente ruptura e hemorragia no tecido cerebral". Aparentemente foi doloroso, mas rápido. Não que ele pudesse dizer. O primeiro AVC, o isquêmico, esse não foi doloroso. Ele não sabia o que estava acontecendo. O segundo AVC, o hemorrágico, foi doloroso, mas nessa altura ele não tinha mais as palavras para expressar. Estava trancado dentro da própria mente com a maior dor de cabeça do mundo, ainda que breve. O médico disse: "Como um golpe vindo de Deus". — Martin solta a fumaça pelo lado da boca. — Filho da puta — diz. Estão sentados lado a lado. Ele pega cascalho do meio das tábuas da varanda e lança-o no caminho cheio de chicória e erva-formigueira-branca, que crescem à vontade. Ela fica em silêncio e pensa na ambulância subindo a Shoreline Highway, passando por baías e promontórios alternadamente, e ela ali, esperando. Ela pensa, eu o matei. O pensamento vem tão depressa, tão doloroso, que a faz estremecer de aversão, apertando os dentes, e ela pensa de novo, eu o matei. Sua própria insignificância lhe é opressiva, que tenha sido ela que finalmente matou o avô, quando tantas outras coisas falharam, e lhe parece que sua relação com o avô é superficial comparada com a relação dele com Martin, e, se a relação do avô com ela foi menos problemática, era só por ser menos profunda. O avô era duro com Martin porque Martin ocupava toda a sua pessoa, assim como Turtle ocupa toda a pessoa do pai. E havia algo que Martin precisava do próprio pai. Alguma pergunta que ficou sem resposta.

O pai se levanta, vira e chuta o degrau da varanda outra vez.

— Merda! — grita. Ele se vira, olha para a encosta e grita: — Merda! — Depois caminha pesadamente para dentro e Turtle fica sentada sozinha na varanda escura, até que ele volta com uma lata de vinte litros de gasolina. Para por um momento, depois passa por ela e começa a seguir pela trilha através do pomar para o trailer do avô no campo de framboesas.

— Espera — diz ela.

Ele vira, olha para trás e seu rosto se suaviza, a testa franzida de dor, parado ali com a lata de gasolina em uma das mãos, os ombros curvados, o olho esquerdo mais fechado que o direito, e diz, muito docemente, com uma ênfase enorme:

— Ah, piolha. Ah, meu amor absoluto.

Ele deixa a lata de gasolina no chão e caminha até ela. Ela está de pé na varanda, completamente desamparada. Ele a toma nos braços.

— Eu quero morrer — diz ela.

— Ah, piolha.

— Eu me odeio. Eu me *odeio*.

— Não, não — diz ele, apertando-a em seus braços. Corre os dedos entre as costelas dela, seguindo os sulcos. Elas se movem, cedem sob seu toque. Sente-se pequena nos braços dele. Seu rosto, ela sente, se fixa em uma expressão de dor e perda, e ela repete:

— Eu quero morrer.

— Ah, piolha — diz ele, junto ao pescoço dela. Suga o ar entre os dentes, um som doloroso, expressivo de sua tristeza. — Ele se matou. Espero que você perceba isso. Ele se matou e não havia nada que você ou eu pudéssemos fazer. Que merda, eu o odeio por isso.

— Não odeie — ela diz baixinho, a própria voz surpreendendo-a com a tensão.

Ele estremece, abraçado a ela. Ela está pressionando o rosto contra o ombro dele e ele a segura assim, com a mão envolvendo sua nuca.

— Como eu queria que tivesse sido diferente — diz ele. — Gostaria que você tivesse tido o avô que merecia e não o que teve. Somos só você e eu agora, criança. Vamos.

Ele a solta, pega sua mão e a conduz pelo pomar até o trailer e, quando chegam lá, Rosy aparece na janela, latindo, agitada. Martin abre a porta e entra e Rosy fica correndo em volta sobre o piso de linóleo. Turtle sobe os degraus atrás dele e para à porta. Olhando o trailer agora, as coisas do avô, todas elas têm importância e significado para ela. Parecem cheias da presença dele e, ao mesmo tempo, encolheram, são feias e dolorosas em sua pobreza. Olha para a pequena mesa dobrável com o tabuleiro de cribbage barato, os marcadores de plástico ainda ali de seu último jogo, o baralho na mesa, e olha para o saco de papel que o avô usava para reciclagem, com montes de caixas de pizza congelada dobradas. Há o pequeníssimo forno, com uma cor feia de mostarda. Olha para o quarto no fim do corredor, os lençóis bolorentos de seda artificial, o mofo preto no parapeito de alumínio oxidado da janela de plástico granuloso. Puxa, ela pensa, será que sempre foi assim tão horrível? Ela vai até os armários e abre uma porta, e há uma garrafa de Jack Daniel's e dois copos baixos e um copo plástico para água e mais nada, o revestimento descascando em alguns pontos e deixando ver a chapa de fibra de madeira barata por baixo. Meu Deus, ela pensa. Abre a geladeira e encontra uma caixa de leite e algumas pilhas AA. Meu Deus, pensa outra vez, com uma dor cada vez maior. Ela se apoia no balcão. A dor vem em ondas lentas, seguida pela constatação de que ele está morto, uma constatação que parece ter camadas e profundidade, uma constatação em que ela poderia penetrar mais e mais fundo, como se descesse em águas mais e mais fundas, com pressão crescente. A dor está em seu estômago e em seus pulmões e a enche de aversão e ódio por si mesma. De pé ali no trailer miserável, ela pensa, eu quero morrer. Eu realmente quero morrer. É só minha covardia que me impede de fazer isso.

Ela olha para Martin, sacode a cabeça.

— Ele não pode ter ido embora — diz.

Martin contrai o queixo. Ele também olha em volta. Faz um gesto.

— Em toda a minha vida — diz —, ele foi um homem tão grande. Ele era o meu *pai*. Mas olhe para este lugar. Ele sempre foi maior que tudo. Sempre me disse que eu nunca ia estar à altura dele. *Era o que ele me dizia.* Agora olhe para isto. — Martin tem que se curvar para passar pelo batente e fica parado no quarto, brincando com a porta barata de fibra de madeira. Ele estende o braço, enfia a mão por uma brecha entre a parede e o teto e solta um pedaço do painel de fibra de madeira, mostrando o isolamento de má qualidade por baixo. Arranca o painel quebrado da parede, baixa os braços nas laterais do corpo, olha para Turtle. — Não sei o que ele te disse, mas você vai se sair melhor do que nós dois. Vai ser mais do que ele foi. E mais do que eu. Nunca deixe ninguém, ninguém, nem eu, nem seu avô, nem você mesma, te dizer o contrário. Olhe para isto. — Ele levanta a lata de vinte litros de gasolina nas mãos, abrindo a tampa.

— Não — diz ela.

Ele olha para ela, sacode a cabeça e despeja gasolina sobre a cama. Recua de costas, se curva, passa pela porta, despejando gasolina pelo tapete. Entra na cozinha e a derrama sobre a mesa, as cadeiras, os armários e balcões.

Turtle pega Rosy pela coleira e leva a cadela agitada para fora do trailer, enquanto Martin despeja mais gasolina no corredor. Ela se ajoelha entre as framboeseiras, segurando Rosy pela coleira, e observa Martin encharcar tudo de gasolina. Ele sai e fica ao lado dela. Põe as mãos nos bolsos, procurando o isqueiro, e ri amargamente, baixo.

— O que foi?

— Sabe, piolha, eu vivi metade da vida com terror desse homem. Caralho. — Ele puxa o ar. O som é estranho e inesperado, como um soluço. Encontra o isqueiro, tira-o do bolso, fica olhando para ele na palma da mão, depois olha em volta em busca de algo para acender o fogo. — Ah, mas ele era bom para você, não era?

Turtle confirma com a cabeça.

— Era — responde ela, e sua barriga se aperta com a inadequação da resposta.

Martin fica sacudindo a cabeça.

— Porra. Isso é bom, eu acho. Isso é bom. Não sei por que eu deixava você vir aqui ficar com ele do jeito que deixei. Uma menina deve ter o avô na vida, eu acho. Caralho, eu imaginaria que a capacidade dele de me magoar já tinha se esgotado, mas confesso que vê-lo com você era difícil. Você passa a infância tendo um homem feito aquele como pai e depois tem que ficar boa parte da vida se convencendo de que o problema não era você, porque, eu te digo, ele não era gentil comigo. Era o tipo mais sádico de canalha, piolha. Então você precisa de algum convencimento depois. E é complicado, porque vem de um jeito tão natural pensar que o seu pai te odeia por algum motivo. Você quase quer mesmo achar isso. De certa forma, é mais fácil do que pensar que o ódio dele é inescrutável. Isso não faz nenhum sentido para uma criança. É complicado, eu te digo. No entanto, eu o vi ser o mais paciente dos homens com você, piolha. E o odiava por isso. Não é estranho? Anos e anos mais tarde. E teria imaginado que a capacidade dele de me magoar já tinha se esgotado. Pois bem.

Ele se vira. Pega um punhado de grama, acende o isqueiro e o encosta nas folhas, mas elas não inflamam. Soltam fumaça e ficam escuras com a chama, mas não pegam fogo. Ele olha em volta. Turtle está de pé ao lado dele.

— Eu devia ter trazido papel.

Martin olha para o tapete lá dentro, ensopado de gasolina.

— Pois bem — diz. Sai andando para lá e a chama do isqueiro apaga. Com cuidado, ele se inclina para dentro do trailer, apoiando uma das mãos no balcão e estendendo o isqueiro para baixo até o tapete encharcado. Ele acende o isqueiro e se afasta depressa, esperando que o tapete seja tomado por uma explosão de fogo. Nada acontece. Martin toca o queixo, frustrado e irritado, torna a acender o isqueiro e o joga aceso lá dentro, sobre uma poça de gasolina. O isqueiro apaga no meio do voo e aterrissa com um som de líquido espirrando.

— Que merda — diz Martin. Ele entra de novo no trailer, pega o isqueiro, fica segurando-o entre o polegar e o indicador, sacudindo a gasolina.

— Eu não usaria esse isqueiro, papai — diz Turtle.

Ele sacode a cabeça com um humor amargo e contido.

— Muito engraçado.

Ele sai do trailer, caminha para a traseira e Turtle o segue, levando Rosy junto. Estão entre framboeseiras altas atrás do trailer, e Martin rasteja sob a carroceria e alcança um tanque de vinte litros de propano preso à conexão do gás. Desatarraxa o propano da tubulação do gás, arrasta o tanque até a frente, arremessa-o através da porta do trailer. Há mais dois tanques de propano presos ali e ele volta para pegar cada um, alinhando-os no corredor do trailer. Vem de novo até o lado dela, pega o Colt .45 do cinto. Puxa o cão para trás com o polegar e dispara.

Ouvem um *ping* no tanque de propano, a bala deixando uma cicatriz reluzente visível na tinta branca. Irritado, Martin dispara de novo, e uma terceira vez, os tiros produzindo pequenos entalhes brilhantes no aço. Martin para de atirar. Ele olha para Turtle, ajoelhada entre as framboeseiras segurando Rosy.

Entra de novo no trailer, que geme sob seu peso. Vai até o propano, desviando de poças de gasolina, abre a torneira, mas o tanque não faz nenhum barulho de gás escapando. Ele morde o lábio. Então bate a mão na testa.

— A válvula — diz, referindo-se à válvula que impede o tanque de liberar gás a menos que esteja conectado a uma ligação. Desce do trailer, rasteja sob a carroceria outra vez, pega a ligação do gás e, tirando a faca Daniel Winkler do cinto, corta o tubo com um único golpe. Volta para o trailer e prende o tubo no tanque de propano, que começa a soltar gás pela extremidade cortada. Ele sai depressa, pulando por cima do tubo soltando gás, acenando para Turtle se afastar. Ela vê as nuvens de propano enchendo o trailer, saindo pela porta.

O gás começa a espalhar poças de geada pelo chão em um padrão de leque a partir de onde o tubo cortado está pousado no tapete, e então o tubo se eleva no ar, arrastando-se sobre os balcões. A geada sobe pelos armários, o frio enrugando a pele da falsa madeira, que se enrola e desprega do painel de fibra. Agora Martin está limpando o isqueiro na camisa, sacudindo a gasolina dele, e Turtle se afasta, puxando Rosy pela coleira. Rosy dá vários latidos excitados e olha para Turtle, levantando as sobrancelhas em ponta e sorrindo. Martin abre o isqueiro e todo ele fica em chamas.

— Porra — diz ele —, porra! — E o arremessa para o trailer, depois se vira e corre para a grama alta, sacudindo a mão queimada.

Por um momento, nada acontece. O propano se despeja pela porta aberta em um vapor branco visível.

— Estão de gozação comigo — diz Martin.

E então o fogo explode porta afora e pela grama em uma onda baixa. Martin leva as mãos aos ouvidos. As janelas quebram e faixas de revestimento se soltam da moldura. Há uma segunda explosão e o fogo sobe para o céu e algo sai disparado pela porta da frente e Turtle acredita por um momento que é um corvo voando das chamas, voando direto para ela, e então Martin corre para a filha, com as mãos nos ouvidos, e a joga no chão enquanto algo passa zunindo. As chamas baixam e deixam apenas a carcaça do trailer, queimando continuamente. Turtle vê uma folha de aço caída à porta: o cilindro desdobrado de um tanque de propano. Atrás dela, vê a cabeça do cilindro, lançada do tanque como uma bala de canhão. Não consegue ouvir nada. Olha para Martin. Ele está falando com ela. Então, em seu ouvido esquerdo, um zumbido alto e forte. No ouvido direito, nada. Ela põe a mão nele. Olha para Martin de novo, com a mão no ouvido direito, e ele está falando. Ele ri descontroladamente. Ela baixa os olhos e vê Rosy latindo frenética, de pernas rígidas, olhando para o trailer e recuando. Ficam juntos e o veem queimar, os talos verdes das framboeseiras se enrolando e enegrecendo. A grama pega fogo em frações espasmódicas. Turtle olha para o pai, depois de volta para o trailer queimando. O fogo prende sua atenção por um longo tempo. Acima do zumbido, ela começa a ouvi-lo. Começa a ouvir as chamas. Sente-se tonta. Sente como se o ouvido direito estivesse vazio, sem som, como se tivesse sido permanentemente afetado.

— Eu quero morrer — diz Turtle, e se ouve falando de maneira distorcida, como se estivesse sob a água. Abre e fecha a boca, tocando o osso do maxilar sob as orelhas, mas não há nada.

Martin se move para não olhar mais para o fogo, mas é como se não pudesse tirar os olhos dele. Turtle se senta, ainda segurando as orelhas. O calor do fogo seca sua pele. Se as framboeseiras já não estivessem tão molhadas, iriam queimar. Aqui e ali, a grama está pegando fogo. Martin não parece se importar. Há o cheiro tóxico dos armários, painéis de fibra de madeira e isolamento queimando. Eles se sentam juntos na grama. Ele fala e ela só consegue ouvi-lo vagamente, acima do zumbido alto, irritante e monotônico. Rosy late, corre em círculos, dá pulos, se afasta e volta.

— Venha aqui, piolha — diz ele.

Ela se aproxima. Ele olha para ela, examinando-a. O que quer que tenha dito em seguida ficou perdido e ela o encara sem entender. O suor abre riozinhos na sujeira do rosto dele.

— Você se *cansou* do seu velho, piolha?

— Não — diz ela.

— Sua vagabunda — diz ele, segurando o queixo dela com força. — O que você está pensando por trás dessa máscara?

Ela tem dificuldade para discernir as palavras. Olha para o rosto dele, tentando ler os lábios. Sente o estômago enjoado. Há uma sensação em seu crânio, no ouvido, muito próxima de dor, mas não exatamente dor. Ela abre e fecha a boca.

— Porra — diz ele, olhando intensamente para o rosto dela. Ela não consegue ouvir direito o que ele diz, mas vê sua boca formar a palavra *Porra*. Ele está fixo ali à luz do fogo, como se olhasse para um poço. — O que você é? O que você *é*, o que tem nessa sua cabecinha de merda? — Ela só sacode a cabeça, tremendo nas mãos dele, que a apertam. Ele segura a cabeça dela como se pudesse esmagá-la, olhando fixamente em seus olhos. — O que tem dentro dessa sua cabecinha? — diz ele. — E como eu posso saber?

Ela fecha os olhos. Na escuridão, as cores se sucedem em suas pálpebras. Ela vê as sombras vermelhas do trailer queimando. Manchas de vermelho e laranja. Acima de tudo, o zumbido alto e constante. Poderia manter os olhos fechados e se perder naquele som monotônico, sem emoção e constante. Martin aperta seu pescoço e ela abre os olhos.

— Há uma interioridade terrível em você — diz ele. — Olha só para você. É essa maldita *coisinha* bonita. Essa porra desses olhos. Eu olho para eles e não vejo... nada. Dizem que a gente pode olhar nos olhos de uma pessoa e saber quem ela é, que os olhos são a janela da alma, mas eu olho nos seus olhos e é tudo escuro para mim, piolha. Eles sempre foram escuros para mim. Se há alguma coisa em você, não dá para ler, não dá para saber. A sua verdade, se houver uma, existe além de um fosso epistemológico intransponível e irredutível.

— Desculpe, papai — diz ela. Esforça-se para ouvi-lo sobre o tom alto e constante. Por dentro, ela está oca. Em seu ouvido esquerdo, ele soa metálico e distante.

— Acho que nem você sabe — diz ele, relaxando a pressão dos dedos, afastando-se dela.

Ela se sente estripada, sem nada dentro e sem nada para dizer, não consegue pensar em nada, não consegue sentir nada. Se há sofrimento dentro de si, ela não sabe dizer. Sente-se como se algo tivesse sido arrancado de suas entranhas, com raízes e tudo, algum amieiro, e onde ele estava antes há um vazio nauseante, mas isso é tudo que ela consegue sentir, nenhum sofrimento, nada. Seria capaz de um mal terrível se quisesse. Poderia fazer qualquer coisa e não há limite para a dor que poderia causar, só que agora quer fechar os olhos e passar a mente por aquele vazio como se passa a língua pelo buraco de um dente arrancado. Se pudesse, tamparia os ouvidos para aquele zumbido terrível e constante.

— Eu abri mão de tudo por você — diz ele. — Eu te daria qualquer coisa, piolha. Mas é isso que você quer? Que eles venham atrás de mim? Porque é isso que eles *vão fazer*. Se aquela professora se tocar. Se aquele merda de diretor gordo descobrir, se alguém começar a fazer perguntas, se alguém descobrir. Você quer isso?

Ela olha para ele e não se importa. Mal consegue ouvi-lo, não tem certeza do que ele está falando. Observa seu rosto e percebe que é sério, mas não consegue sentir essa seriedade e não consegue se convencer dela.

— Desculpe, papai.

— É isso que você quer?

— Eu quero morrer — diz ela.

— E, mesmo que você não conte para ninguém, que não dê nenhum sinal, que nunca solte uma palavra, se alguém, qualquer um, vier até mim outra vez e sugerir, eu vou cortar o seu pescocinho e vai ser uma beleza. Aí nós vamos descobrir quem é mais esperto. Aí nós vamos saber. Pense bem nisso. Você está junto nesse barco, sua putinha. Então nós vamos ver qual é a luz que está nos seus olhos, que faísca inefável eles poderiam perder. Vamos ver essas suas malditas córneas secando como escamas de peixe.

Ela não consegue acompanhá-lo. Sua mente está em outro lugar. Ela pensa, será que é isso que eu pretendia, me arrastar para cima através do espelho reflexivo da superfície e sair naquele outro mundo, será que eu queria chamar a atenção dele de uma maneira que ele não pudesse recusar e pela qual seria difícil, terrivelmente difícil, me responsabilizar? Era isso que eu queria, e será que eu sabia, e se for assim… que parte de mim é essa, e quem é ela para mim, separando o podre do viçoso e tentando adivinhar o que há nesses vazios da minha mente, só adivinhar, será que ela ainda está aqui comigo?

Ela mal consegue ouvi-lo. Se desviasse o olhar, não o ouviria. Pintada em sua visão, a imagem residual do trailer queimando. O escuro de sua mente está iluminado com essas cenas, e vivo também, com o zumbido alto e constante.

— Ah, cacete — diz ele. — Piolha, eu sou doente por você. A verdade inalcançável em você. Logo abaixo da superfície. E, quando eu olho para você… há momentos… em que eu quase, *quase*… Foda. Foda.

Ela espera ali na grama, sentindo cada pensamento seu armazenado e inarticulado dentro de si. Martin levanta e se afasta. Ela baixa a cabeça e deixa o calor secar sua pele, escutando o zumbido, Rosy enrolada ao seu lado.

A brisa vem no início da manhã e goteja a erva-de-cheiro de orvalho e ela abraça Rosy, as duas tremendo de frio, e Turtle sem vontade de levantar, o corpo da cadela preso em seus braços. Rosy é ossuda, a barriga mole, o pelo curto, as árvores em volta da clareira acesas com um brilho vermelho sombrio. Quando se levanta, com cãibra, tirando uma Rosy preguiçosa de seu colo para a grama, Turtle cheira a plástico queimado. Ela tampa o ouvido direito, destampa-o e mal pode perceber a diferença.

— Alô? — diz ela. Sua voz soa distante e estranha. — Alô? — Fica de pé na clareira, abrindo a boca, movendo os lábios. Rosy olha para ela. —

Alô. — E Rosy dá um pequeno salto, como que para se pôr em movimento, mas então, sem saber o que fazer, fica parada olhando para Turtle, e Turtle não sabe exatamente em que volume está falando, mas consegue se ouvir. Ela pensa, não tenho ideia de quanto se perdeu. Rosy a observa com as sobrancelhas erguidas. A cadela para, boceja, olha em volta, senta, olha de novo para Turtle, que ainda está de pé na clareira, olhando para o trailer destruído, a linha do pomar, a floresta, o vidro enegrecido em um círculo em volta dos destroços. Olha para o céu, claro e azul. Ela quer morrer.

Turtle vira e se arrasta de volta pelo meio da grama molhada de orvalho. Chega em casa e, com dificuldade, sobe os degraus da varanda e abre a porta corrediça de vidro, encontra Martin sentado na poltrona com excesso de estofamento, os pés plantados no chão, os braços largados nos braços da poltrona. Ele olha para as cinzas na lareira, com um livro aberto no colo. Turtle passa por Martin, esperando por um momento que ele diga algo e ela possa avaliar sua audição pela voz dele, mas ele não diz nada. Rosy fica parada à porta. Turtle abre a boca para lhe perguntar algo, só para ouvir a voz dele, mas desiste.

Ela vai para o banheiro e Rosy vai atrás, hesitante, as unhas fazendo estalinhos no chão de madeira, olhando timidamente em volta. Turtle liga o chuveiro e Rosy fica ao lado da banheira, e, quando ela puxa a cortina de plástico em volta da banheira, a cadela gane. Turtle baixa a cabeça sob o chuveiro e ouve a água. Tem a imagem da água penetrando seu tímpano rompido e entrando nas espirais de seu ouvido interno. Rosy anda em círculo várias vezes e então deita no chão com a cabeça sobre as patas dianteiras e observa. Turtle pensa, ele disse mesmo todas aquelas coisas? Ou eu ouvi mal? Lembra-se dele inclinado sobre o avô, dizendo *me diga o que você está vendo*. Ela pensa, ele fez mesmo isso, ele disse isso ou algo parecido? Não consegue lembrar. Fica de pé com os braços largados, a água correndo sobre sua cabeça, e pensa, eu gostaria de sentir alguma coisa. Está coberta de picadas de pulga.

Quando ela sai do chuveiro, Martin está no telefone. Ela segue sua boca, ele está dizendo: "... pela sua preocupação. Ela não vai hoje. Sim. Sim..." Então ele diz algo que ela não consegue discernir. Deve estar falando com a escola. Eles devem ter ligado para avisar de sua ausência. Ela fica parada e mexe os lábios com os dele, para tentar entender o que ele está dizendo, e Martin nota, se afasta da parede com curiosidade, franze a sobrancelha e move os lábios para ela: *O que você está...?*, e ela vira, pega Rosy nos braços e sobe a escada, a cadela se contorcendo e chutando, Turtle se sentindo toda fria.

Ela acende uma vela. Fecha a porta. Caça pulgas em Rosy, jogando-as na poça de cera quente com os dedos em pinça. A cera queima a ponta de seus dedos e as pulgas flutuam, pontos pretos aprisionados, Rosy bocejando imensamente, mostrando os dentes amarelados. Turtle acorda em algum momento da noite com Rosy ganindo e raspando a porta. Ela leva a cadela para baixo e para o pátio, mas Rosy continua pelo meio do pomar, o rabo se agitando nervosamente, avançando pela grama alta com as patas curtas, ofegando, até chegar à clareira e parar ali, olhando para Turtle, e ela diz:

— Ah, Rosy, ah, sua cadelinha velha. — Pega-a nos braços e a leva de volta.

No dia seguinte, Rosy desce a escada com ela e fica parada na cozinha enquanto Turtle pega ovos da caixa e os engole. Martin sai do quarto abotoando a camisa. Ela lhe joga uma cerveja, ele pega, abre-a na borda do balcão. Caminham juntos em sulcos paralelos, Rosy seguindo atrás, balançando o rabo e ganindo, e esperam no recuo de cascalho da estrada e olham para as colunas de pedra no mar e para a linha do horizonte. Não dizem nada. Por fim, o ofegar exausto do ônibus, o abrir das portas com o rangido estalado das bordas de borracha, Martin cumprimentando a motorista, enorme em seu macacão e suas botas de lenhador, Turtle sentada na classe tentando ouvir e não conseguindo, mas copiando tudo que Anna escreve na lousa, cada palavra, sentada na margem do campo olhando para as árvores, sondando a si mesma em busca de qualquer sentimento e não encontrando nenhum, e Turtle no ônibus de volta para casa, no banco de vinil verde, olhando para o oceano interrompido por leitos de algas pardas, as vesículas e frondes agitando a superfície, pensando em como elas são estranhas, o que ela às vezes nem percebe, porque estão lá dia após dia, mas Martin estava certo em relação a isso, à sua estranheza.

Turtle sobe pela entrada de cascalho no fim da viagem de ônibus e Rosy não está na casa, e ela caminha pelo meio da grama alta, passa pela velha banheira com pés de metal e atravessa o pomar até a clareira ao lado das framboeseiras, e lá encontra Rosy deitada na grama e levanta a cadela nos braços e a leva de volta para casa. Turtle senta na frente de Martin com o som do raspar dos pratos e Rosy ganindo no canto e Martin olhando para a cadela e Turtle dizendo:

— Vou buscar comida de cachorro.

E Martin ainda olhando para a cadela e respondendo, por fim:

— Não, eu vou.

Todo dia, Turtle atravessa o campo, cruza o pomar e encontra Rosy esperando na clareira, e todo dia a carrega de volta, e Martin chega de Mendocino com um saco de ração e eles enchem uma vasilha e Rosy fica com a cabeça baixa sobre a vasilha e volta para Turtle e olha para ela com tristeza, e volta para a vasilha e baixa a cabeça sobre ela melancolicamente, e volta de novo para Turtle, pesarosa, com a cabeça baixa, espiando para cima com o branco dos olhos aparecendo, e Turtle diz:

— O que vamos fazer com você, Rosy? O que vamos fazer com você?

Martin traz uma papelada para casa que absorve sua atenção pelo resto do jantar, ele toca a sobrancelha com o polegar, mas não reclama de nada, preenchendo linha por linha na mesa à frente dela na sala de estar iluminada pela lareira, um bife sangrento em um prato azul de cerâmica empurrado fora de alcance e, em uma noite como esta, Turtle pergunta:

— Ele vai ser enterrado ou cremado?

E levanta os olhos dos papéis, as mãos apoiadas na mesa, a largura de seus ombros enorme, e diz:

— Tudo que seu avô queria era ser jogado em um poço e apodrecer lá. Então.

De manhã cedinho, Turtle, acordada por Rosy raspando a porta, fica na varanda com os holofotes acesos, atirando em pratos à luz de halogênio, puxando ferozmente a corda da máquina de lançar pratos e erguendo a espingarda de cano duplo para a depressão do ombro, a explosão satisfatória do tiro e o prato transformado em pó cor de laranja no brilho do halogênio, virando para ver Martin encostado na porta, o rosto indecifrável, e percebendo então, sem saber ao certo quanto tempo faz, que o zumbido no ouvido esquerdo se foi. Quando Martin vira e volta para seu quarto, Turtle caminha pelo meio da grama alta e fria molhada de orvalho e encontra Rosy na clareira, ao lado da carcaça queimada do trailer, pega a cadela e a carrega de volta para o seu quarto, e acorda de novo nesta noite com Rosy raspando a porta e não a leva para baixo, e Rosy não para de raspar e ganir.

Então, um dia, Martin pega Turtle depois da escola e a leva na picape até o cemitério de Little River. Estacionam ao lado da estrada, entram pelos portões enferrujados e ficam olhando enquanto o caixão é baixado no solo. As laterais são terra costeira arenosa, irregulares como um biscoito quebrado no meio. O caixão é simples. As coroas dos dentes dela doem de frio.

— O que eu queria mesmo era um caixão de papelão — diz Martin.

O homem, curvado, manobrando o guincho que baixa o féretro, dá uma olhadinha para cima.

— A lei diz que é obrigatório escolher um caixão e nenhum deles é barato — diz Martin. O de Daniel é muito envernizado, e Turtle fica impressionada com sua aparência soturna, mas não é nem um pouco como o caixão do avô deveria ser, e ela não consegue e não quer acreditar que seu avô está ali dentro, e fica parada olhando o caixão descer na terra escura e sinistra.

— Eles não me deixam — diz ele — fazer um caixão para o meu pai. Há um processo de certificação para fazer um que seja aceito pela lei, mas como eu queria poder ter feito um. Eles não enterram mais ninguém aqui. Não há mais espaço, mas seu avô tinha este lote há muito tempo. E aquele... — Ele indica com a cabeça a lápide preta ao lado, e Turtle ajoelha e lê, VIRGINIA ALVESTON, e Martin diz: — Piolha, eu te apresento a sua avó. — O lote está coberto de dentes-de-leão. A grama é açoitada pelo vento costeiro e tem o jeito desgastado de toda grama costeira, e Turtle fica parada junto à lápide sem entender muito bem aquilo, e olha para Martin. — Não se preocupe — diz ele. — Você não é nem um pouco parecida com ela e não teria gostado dela se a conhecesse. Tinha um coração mais duro que pedra, aquela mulher. Você é a sua mãe todinha, e, se tiver alguma coisa da Virginia, é esse toque de puritanismo que você tem às vezes. Ela guardava tudo, não jogava nada fora. Lavava o assoalho jogando um balde de água nele. As pernas das mesas ficavam todas podres. Ela teria orgulho de você, acho, se tivesse te conhecido.

Ela se afasta da lápide, baixa os olhos para o túmulo do avô. Martin põe o braço sobre seus ombros e ela sente a expansão e a contração das costelas dele com a respiração, e levanta os olhos e vê as artérias serpenteando por seu pescoço como cabos, pulsando com o ritmo do coração. São as duas únicas pessoas no funeral. A neblina vem por entre as linhas de árvores na borda oeste do cemitério. Quando o caixão termina de ser baixado, Turtle se inclina e joga as aquilégias que cortou perto da cerca e Martin olha para ela e se ajoelha com cuidado na beira da cova e lança ali dentro um punhado de terra, então sacode a cabeça, fica de pé, pega-a pelo ombro e eles vão embora juntos. Turtle não pode imaginar o avô com uma esposa. Ele sempre foi sozinho, e Martin também. Não consegue imaginar nenhuma mulher na casa Alveston exceto ela. Imagina quem teriam sido essas mulheres, como elas eram. Virginia Alveston, ela pensa, é um bom nome, uma mulher com um coração de pedra. Ela pensa, uma mulher que passava esfregão no chão e mantinha a casa limpa. Eu nem sabia quem ela era e como nos pratos dela.

Martin estaciona na entrada da casa e ela desce sem uma palavra e segue a trilha passando pela banheira e através do pomar e encontra Rosy outra vez junto ao trailer. A cadela está deitada na grama com a cabeça sobre as patas, às vezes coçando as pulgas, e Turtle senta ao lado dela e olha para o trailer queimado e afaga Rosy sob a coleira. Rosy levanta as sobrancelhas, sem erguer a cabeça, observando Turtle afetuosamente, e por fim acaba levantando a cabeça e abre a boca, põe a língua para fora e sorri para a menina, e Turtle diz:

— O que vamos fazer com você, Rosy, sua cadelinha velha?

Então o último dia de escola chega, e, depois da cerimônia de graduação, Turtle sai do ônibus na base da entrada da casa. Encontra Rosy dormindo no campo ao lado da carcaça do trailer. Nas proximidades, corvos se agrupam nas árvores, crocitando uns para os outros e observando a cadela. Turtle se ajoelha ao lado de Rosy, que chuta e estremece no sono, depois fica imóvel. Sua respiração parece muito rápida para Turtle, que põe a mão no flanco dela e olha para as árvores. Não tem coragem de carregar a cadela de volta e não tem coragem de acordá-la, então retorna para a casa sozinha e vê que a picape de Martin não está lá. Atravessa a sala vazia, sobe para o quarto e senta no estrado da cama. Ela pensa, aquela cadelinha velha, ela vai ficar bem lá, por enquanto.

14

Ela espera a passagem da noite. Esfrega o peito de um pé no arco do outro. Sua carne é seca e curtida, e, quando ela dobra o pé, a sola enruga. A carne tem veios, como um nó de pinheiro, e há buracos nos calos como os buracos ao longo da linha da maré. Ela sucumbe ao silêncio e, quando acorda, está escuro e ele ainda não chegou. Ele voltou para casa todas as outras noites de sua vida e ela entende, instintivamente, que foi abandonada. Ela matou o avô por covardia e egocentrismo e agora o pai a deixou por essas mesmas razões. Senta com as costas contra a parede, roendo as juntas dos dedos, escutando a casa, escutando para ter certeza, mas ela tem certeza. A brisa entra pela janela aberta e agita as heras-venenosas. Nos pontos em que as trepadeiras se colaram ao parapeito, são marrons e granulosas como pés de melro. O vento rodopia no quarto escuro onde Turtle está sentada, tremendo, com medo. Ela quer se levantar e andar pela casa, mas não o faz. Ela espera. Lá embaixo, a porta dos fundos abre com o vento e bate contra a lateral da casa. Ela ouve as folhas de amieiro sendo arrastadas pelo chão da cozinha.

Quando era mais nova e saía para caminhar com o avô, Turtle lhe perguntava: "O que é isso?", e ele dizia: "Me diga você o que é", e ela lhe falava sobre o objeto da pergunta. Passava um caule de aveia-brava pela mão, as sementes gêmeas, cada uma delas com um bico e um bigode preto longo e curvo. Elas tinham um belo formato de dardo, alargando-se antes do bico, afunilando-se acima dele. A metade inferior de cada semente era revestida por uma penugem macia e dourada, profundamente evocativa, clara como o pelo de abelhas, mas repousando suavemente sobre a barriga da semente. As longas barbas pretas eram ásperas ao toque. Ela gostava do jeito como a palha se descascava em sua mão. Ele costumava dizer: "Quando uma pessoa sabe o nome de alguma coisa, acha que já sabe tudo sobre ela e para de olhar para ela. Mas não há nada em um nome, e dizer que você sabe o nome de uma coisa é dizer que você não sabe nada, menos que nada". Ele gostava de dizer: "Nunca ache que o nome é a coisa, porque só o que existe é a coisa em si, os nomes são apenas truques, apenas truques para nos ajudar a lembrar delas". Ela pensa neles dois, Turtle correndo na frente, parando e voltando, enquanto o avô avançava com dificuldade pela grama alta e o terreno irregular. Era só depois de ela ter contado do seu jeito onde a planta crescia e o que era que ele lhe falava a respeito, debulhando-a em seus dedos, dizendo: "Isto, docinho, é uma espigueta, e estas são as glumas, está vendo como são compridas? Esta é a arista. Vê como ela é espiralada embaixo e curva em cima? Continue olhando com atenção. Continue assim, olhando como se não conhecesse, olhando para descobrir o que é de verdade. Isso é o que mantém uma garotinha quieta e silenciosa enquanto anda pela grama. Você olha para uma coisa e descobre o que está ali, docinho, sempre, sempre". Mas ele estava errado sobre os nomes. Ou meio errado. Eles significam algo. Significava algo quando ele a chamava de docinho. Significava o mundo para ela.

Ela pensa, eu devia ir pegar aquela cadela. Depois pensa, deixe-a lá. Espera, e sua espera e seu silêncio são disciplina no lugar da dor real, e ainda assim Turtle se afunda nela, o rosto encostado no chão, respirando devagar, as horas passando e cada hora como a primeira, cada respiração como a última, vendo as traças vaguearem pelas rachaduras fiapentas entre as tábuas, uma sensibilidade que ela há muito mantinha em suspenso despertando dentro dela, e pode senti-lo, aquele acúmulo da dor, mas é como se fizesse com ela um jogo de luz verde/luz vermelha e, quando ela olha, encontra-a distante e imóvel, mas, quando suspende a mente, deitada ali no chão e olhando para as tábuas, sem pensar, pode senti-la chegar mais perto, até que está em toda ela, a dor preenchendo tudo no vazio não vigiado de sua mente, como rabanetes-selvagens florescendo em um terreno vazio. Turtle encontrou partes inteiras dela que nem ela mesma sabia que tinha.

De manhã, Turtle caminha hesitante pelos corredores e aposentos vazios sobre as pernas doloridas com o retorno da circulação. Suas costas doem de tanto ficar sentada. Para na sala de estar, olha para os sofás, a porta aberta da cozinha, a casa silenciosa, cada objeto carregado da presença dele. Ela sai e deixa a porta aberta atrás de si. Os pinheiros estão balançando no alto da colina e as macieiras no pomar estão oscilando e a grama no campo está abaixada com as rajadas de vento. Atravessa descalça o pomar e chega à clareira com o trailer queimado. Os corvos dominaram um espaço na grama e Rosy está no meio deles, com as patas traseiras esticadas. Quando Turtle se aproxima, eles crocitam e levantam voo na frente dela. Puxaram os intestinos da cadela para fora através do ânus. O pelo dela está emaranhado e feio e o corpo coberto de moscas. Os olhos se foram. Turtle se ajoelha na grama, cobrindo a boca com a camisa puxada para cima. Os corvos observam das árvores. Turtle sente como se ela própria estivesse estripada. Os intestinos de Rosy são fitas cor de minhoca secando ao sol.

Nesta noite, ao pegar uma lata no armário, ela encontra uma semente de grama sobre a tampa. Tira latas cobertas de pedaços rasgados de jornal do isolamento térmico, os rótulos roídos, cheirando a xixi. Empilha-as sobre o balcão. O ninho está no canto, no fundo do armário. Lava as latas na pia, abre uma e se senta comendo os feijões com uma colher, direto da lata, com uma tristeza imensa. Aguarda ouvir a picape se aproximando a qualquer momento, e cada momento traz apenas o silêncio da casa vazia. Aguarda no quarto, o queixo sobre os joelhos, as mãos abraçando os tornozelos, os olhos fechados. Eu quero morrer, diz a si mesma. Eu quero morrer.

Desce a escada e grita na casa escura:

— Papai?

Grita de novo, mas ele não está lá e ela segue pelo corredor e abre a porta do quarto dele. Acende a luz, fica parada à porta, olhando. Os lençóis estão desarrumados. Há roupas espalhadas pelo chão. Ela se senta na cama. Está pensando nas chamas no trailer do avô. Ela pensa, eu culpo você. Eu culpo você por isso. Não sabe bem o que quer dizer. Não pareceu uma despedida. Pareceu um exorcismo. A mesa está repleta de garrafas de cerveja meio vazias e cigarros apagados em tampinhas. Ela segura uma garrafa contra a luz. Há moscas mortas flutuando dentro dela. E pensa, a gente acha que sabe uma coisa. A gente sabe o nome de alguém e acha que sabe alguma coisa sobre a pessoa, ou já está tão acostumada com ela que para de olhar, porque acha que já viu antes. Isso é cegueira, docinho. Continue olhando com atenção. Continue assim, olhando como se não conhecesse, olhando para descobrir o que é de verdade. Ela abaixa a garrafa de cerveja. Martin acreditava em nomes. Os dois estavam totalmente errados. Os dois. Joga as garrafas e tampas e o cinzeiro no cesto de lixo. Levanta e arranca os lençóis desarrumados. As velhas marcas como manchas de café secas, com contornos irregulares e o centro empalidecido. Qual o motivo disso ela não sabe, talvez o mesmo pelo qual piscinas de maré deixam sal em anéis concêntricos. Talvez tudo busque as bordas e fuja do centro e morra desse modo. As cascas vazias de garrafas, das roupas espalhadas e rasgadas, desse quarto silencioso, dessa casa deserta. Ela arrasta o colchão para fora da cama. O estrado tem teias de aranha. Vai até a estante e puxa um livro do meio dos outros, o topo sujo de pó. Abre as páginas mofadas. Amoreiras criaram raízes em suas entranhas, amieiros, milefólio e hortelã brotados do escuro, como as sementes podem fazer, trepadeiras de amoreira se enlaçando pela treliça de seus pulmões, e, se abrisse a boca, ela poderia vomitar os caules em um emaranhado fibroso. Uma infelicidade sem nome está nela. Ela pensa, continue olhando, docinho. Continue olhando assim, como se não conhecesse. Começa a tirar livros das prateleiras. Puxa a estante e ela não se move. Sai para o corredor e vai buscar o pé de cabra e o coloca atrás da estante e puxa. Os fixadores se desprendem do estuque como raízes, os pregos galvanizados se curvando e rangendo. A estante cai para a frente em uma chuva de livros.

Ela vai pelo corredor até a despensa e pega a motosserra no chão e, chegando de volta ao quarto, liga-a com um único puxão decidido na corda. Toca a lâmina da serra na estante e atravessa a bela madeira escura de cerejeira, as longas fitas de cerejeira lançadas para trás sobre os lençóis embolados. Corta através das prateleiras e pelos livros empilhados abaixo. O ar está cheio de uma chuva de confetes flutuantes de papel triturado. Leva a motosserra fumegante até a cama do pai e toca a lâmina na trave e a cama se parte e desaba, e, mantendo a serra em uma das mãos, afasta a cabeceira da cama da parede. Passa a serra por ela. O telefone toca e ela vai até ele e o arranca da parede. Fica parada no quarto, ofegante, olhando para a mobília arruinada, os lençóis emaranhados. Desliga a serra e a coloca a seus pés.

Pega uma pá e uma picareta no porão. Atravessa o hall de entrada e as leva para fora. Os holofotes de sensor do perímetro se acendem com um clique. Ela caminha entre os amieiros e sabugueiros, luzes se acendendo conforme entra em cada novo trecho de escuridão, iluminando tudo com um brilho de halogênio. Cava um buraco entre os pinheiros, ramos e árvores inteiras mortas por alguma praga desconhecida. Corta as raízes nodosas com a picareta, cavando firme e com cuidado, fazendo pausas para se apoiar nos joelhos. Cava por um longo tempo. Só precisa ser grande o bastante para o que quer que sobre, as ruínas, as cinzas, os resíduos fundidos de molas e parafusos. Para de vez em quando para girar os ombros e massagear a carne de uma mão com os dedos da outra, voltando ao trabalho em seguida. Quando termina, senta na borda do buraco misturando molho de pimenta em uma lata de feijão mexicano com sua faca e comendo direto da lâmina. Limpa a faca na coxa da calça e joga a lata no buraco.

Arrasta para fora os lençóis e o colchão. Arrasta para fora o estrado partido e a cabeceira. Arrasta para fora a mesa e a estante de cerejeira. As superfícies cortadas reluzem na penumbra. Abre o baú e ele está cheio de fotografias dela e de sua mãe. Joga-as no chão e as revira com a lâmina da faca. Empilha-as de volta no baú e o carrega para fora. Em uma gaveta, encontra um talão de cheques com um registro de saldo de 205 dólares e três envelopes cheios de dinheiro, pilhas de notas de cem, cinquenta e vinte. Conta 4.620 dólares e os deixa ao lado dos talões de cheques no balcão da cozinha. As contas, os extratos bancários, os documentos, ela carrega todos para o buraco. Puxa um carrinho de mão vermelho para fora da grama alta, enche o pneu, leva-o para a cozinha e despeja nele os pratos do balcão, esvazia cada gaveta e as encosta vazias na parede. Pega as frigideiras e o panelão de ferro, carrega-os para a lareira e os amontoa nas cinzas, então arranca as páginas de *Os irmãos Karamazov*, amassando-as, agrupando-as e fazendo um montinho de material combustível. Depois se inclina sobre o carvão para acendê-lo.

Vai até o sofá junto à lareira, deita, desliza a palma das mãos pelo estofamento. Depois levanta, pega o machado do chão e se posiciona, brilhante de suor, a terra arenosa grudada no jeans e nas botas, e desce o machado com força sobre a estrutura do sofá. Trabalha com rítmica deliberação até que ele se parte, e ela passa a faca pelo estofamento. Corta e rasga, soltando-o dos grampos, deixando limpa a armação do sofá. No barracão, bombeia quarenta litros de gasolina do tanque subterrâneo e os carrega para fora, sobe no alto da pilha e, de pé sobre o colchão amassado dele, esvazia as latas de aço de gasolina, andando de um lado para outro pelas prateleiras arruinadas, os restos do baú e da cama. Põe fogo na pilha, que queima enorme, em um preto gorduroso, enquanto ela observa.

Trabalha a noite toda. De manhã, ajoelhada na frente da lareira de pedras de rio, arrasta as frigideiras para fora das brasas com o atiçador. Estão incrustadas de cinzas vermelhas rugosas e parecem arruinadas, devastadas pelo fogo e enferrujadas. Pescando-as nas cinzas quentes e puxando cada uma para as pedras de rio, ela receia que o fogo as tenha oxidado. Leva para fora uma frigideira número 14, coloca-a no chão da varanda, pega a mangueira e a golpeia com água. A gordura queimada se solta em coágulos. Por baixo, o aço nu está reluzente e limpo, sem marcas ou deformações, tão bom como no dia em que foi produzido. Ela o levanta para captar a luz.

15

São seis quilômetros e meio para o norte seguindo a Shoreline Highway da casa de Turtle até Mendocino, para onde ela vai todos os dias procurar Jacob. Caminha pelo aterro acima da estrada, comendo dentes-de-leão e labaça-crespa. Arranca cardos e, manuseando-os com a barra da camisa, tira os espinhos e mastiga os caules com cuidado, removendo a terra das raízes retorcidas com o polegar. Pessoas param para perguntar se está tudo bem, se ela precisa de uma carona, e ela fica raspando a bota no asfalto e estalando os nós dos dedos e diz que vai encontrar seus amigos e que gosta de caminhar. Um cara, inclinado na janela do passageiro para falar com ela, diz:

— Você está... comendo um cardo?

Turtle olha para ele. Ele diz:

— Tem alguma carne nessa coisa?

Ela sacode a cabeça dizendo que não, na verdade não. Ele olha para ela atentamente. Turtle endireita o corpo, afasta-se da porta da picape e sobe para o aterro e para o meio do bosque. Ele grita alguma coisa, mas ela não escuta o quê.

Ao atravessar a Ponte de Big River chegando a Mendocino, ela para e olha para a praia, procurando por eles. Redemoinhos claros deixaram cavidades arenosas nas pedras da margem sul do rio, e, no fundo desses poços, a água repousa com espessura de gel e azul-safira sob as inconstantes camadas superiores. Algumas pessoas caminham pela linha da maré, mas os meninos não estão lá. Ela segue a estrada para a cidade e para na calçada alta de concreto na frente da Gallery Bookshop, olhando para a rua. A Main Street fica em frente dos promontórios, onde amoreiras se esparramam sobre a cerca, além da qual a erva-lanar está florindo nos roxos mais suaves e delicados que ela pode imaginar, e os buquezinhos brancos de angélicas flutuam no campo. Fica ali parada, jogando o peso do corpo alternadamente para os dedos e os calcanhares, olhando para a rua.

À noite, volta para casa e põe a urtiga para ferver na panela de cobre, as folhas se unindo umas às outras, depois senta de pernas cruzadas na varanda, comendo cordões de algas pardas que trouxe da praia em engradados, amarrou e deixou para secar em varais dobráveis de aço inox. Com o hashi, separa uma folha de urtiga das outras e rola-a lentamente na água, depois a levanta da panela, pingando. De pernas cruzadas no balcão, sopra a folha fumegante, espera e a leva à boca.

Na quietude da casa, a madeira estalando, o vento gemendo nas telhas, as roseiras raspando na janela, sua mente está inteiramente vazia, e, quando não está e quando ela não consegue esvaziá-la, repete pequenas frases para si mesma, sem parar, para afogar os pensamentos. Sorria e suporte, ela pensa repetidamente, até as palavras não fazerem mais sentido. Abre sua Noveske e retira o conjunto do ferrolho, as mãos cheias de graxa, como as de um mecânico. O percussor está sujo de resíduo de pólvora e ela o coloca dentro da boca, chupando o aço até ficar limpo, mergulhando um pano em solvente cor de uísque e esfregando no ferrolho preto de pólvora, pensando, sorria e suporte, sorria e suporte, sorriessuporte, sorrissuporte, sorrissuport. A bomba do poço para de funcionar. Então, uma noite, as luzes piscam. Ela levanta os olhos. Elas se apagam. Ouve um guincho estalado como se fosse uma máquina de solda. Turtle pega a espingarda, acende a luz da arma e avança pelo corredor escuro até a despensa. Abre a caixa de força e passa a luz da arma por ela. A maioria dos fusíveis foi substituída por moedas escurecidas e corroídas. Elas são antigas, grumos brancos espessos grudados. Uma está fumegando, cobre derretido escorrendo em gotas longas. Ela fecha o interruptor central, cortando toda a energia. Depois pega o extintor de incêndio, volta para a sala de estar escura e fica esperando, imaginando o que fará se o isolamento pegar fogo. Passa longas horas na casa das bombas com os dois tanques verdes de armazenamento de água, bombeando água manualmente com a alavanca de alumínio, trazendo-a do poço na ravina até os tanques que alimentam por gravidade os encanamentos da casa. Senta sozinha, descalça no chão de concreto, acionando repetidamente a alavanca. Senta nas pedras na praia de Buckhorn, abrindo ouriços e tirando suas vísceras, descalça, olhando para o oceano, lavando as gônadas cor de laranja em uma peneira. Rola punhados de caramujos marinhos nas mãos como se fossem dados, segurando um entre o polegar e o indicador, esperando que ele relaxe, e, quando isso acontece, enfia o percussor pelo pé preto e achatado, através do corpo muscular, e puxa-o, encolhido, de dentro da concha. Leva os outros para a casa, recolhidos em uma dobra da camisa, parando no caminho e tirando a faca da bainha para desenterrar uma grande raiz branca de funcho. Ao ferver, as conchas chocalham contra o fundo da panela. Algumas noites, quando acorda nas horas mais frias e desliza para fora de seu saco de dormir para sentar diante da janela, está cheia de medo, dizendo a si mesma, a solidão é boa para você, menina, dizendo a si mesma, isso não é nem sequer solidão, é alguma outra coisa. Senta de pernas cruzadas na janela e a brisa fria do oceano vai corroendo as partes mortas.

Depois de uma semana procurando por eles, ela vai até a praia Portuguese, na extremidade oeste da Main Street em Mendocino, e eles estão lá. Jacob está andando pela arrebentação, enquanto Brett observa à beira da água, comendo chantili da lata. Turtle desce a escada até a praia ao lado de placas do Serviço de Parques alertando para ondas traiçoeiras. As falésias de arenito salientes estão cobertas de couves-silvestres enfeitadas de guirlandas de capuchinhas que se entrelaçam com a água de nascentes. Turtle caminha pela praia seguindo a linha oscilante da maré e de águas-vivas sem vida e senta ao lado de Brett.

— Oi — diz ela.

— Puta merda! — exclama Brett, radiante.

Jacob se vira para olhar e diz:

— Puta merda!

— É a Tiger!

— É a Turtle! — exclama Jacob.

— Turtle! — Brett pula sobre ela e Turtle ri quando ele a pega, dizendo: — É você! É você! — Ele a faz cair na areia. — É você!

— Por onde você andou? — pergunta Jacob.
— Os Vingadores te convocaram?
— Você está *ótima*!
— Mas magrinha.
— Como está o seu verão?
— A gente ficou com saudade de você!
— É sério, ficamos *mesmo*.
— Em casa — diz ela. — Eu só tenho ficado em casa.

Estão os dois de bermuda de praia, descalços, sem camisa. O nariz, as faces e as orelhas de Brett estão queimados de sol. Há areia grudada em placas nos tornozelos deles, os cabelos estão desarrumados. Ela vê os tênis deles em um tronco mais acima na praia, os livros, as blusas.

— Ei — diz Jacob, caminhando contra as ondas para sair da água. — Quanto tempo faz?

Turtle não sabe.

— Cara! — diz Brett. — Foi, tipo, de meio ou fim de abril até o dia de hoje, seja qual for.

— Sete de julho.

— Podemos não falar disso? — pede ela.

— Claro. Tipo quando nós vimos a mãe do Brett, sentada em um pedestal, nua.

— E nós *nunca* falamos disso.

— O que deve ter sido a coisa certa.

— Porque o que tem para falar?

Jacob acende um baseado, dá uma tragada e o passa para Brett. Sentam-se encostados em um tronco de sequoia-vermelha lascado e cheio de areia, olhando para o mar. Está ensolarado e há um brilho na água e eles estão todos estreitando os olhos. O ar está claro e é como se pudessem ver até o outro lado do Pacífico.

— E aí, como você está? — Brett segura a fumaça nos pulmões, balançando a cabeça, e o passa para ela. Ela olha para o baseado.

— Bem, eu estou bem — diz ela.

— Quer falar sobre isso? — pergunta Jacob.

— Cara! Ela *acabou* de dizer.

— Mas você está bem? Posso perguntar isso?

— Estou — diz ela.

Jacob recebe o baseado e olha de lado para ela.

— Você tem comido?

— Ei — diz ela.

— Ei — Brett concorda.

— Estou só perguntando.

— Venha embora com a gente, Turtle — propõe Brett.

— O quê?

— Turtle, essa coisa de ensino médio é meio... um pouco... um tantinho chata.

— Não é... — diz Jacob, escandalizado.

— É, sim — diz Brett. — Profundamente chata.

Turtle não diz nada.

— O ensino médio é *incrível* — diz Jacob.

— Hum... — diz Brett. — Humm... Acha mesmo?

— O Brett quer que a gente vá embora para nos tornarmos piratas.

— Cara! Você não está falando certo.

— Como não estou?

— Parece bobo quando você fala assim.

— Tudo bem, então como é para falar?

— Não assim! Fica parecendo infantil. A Turtle vai pensar que eu sou infantil.

— Como você diz, então?

— Eu quero ir embora *para nos tornarmos piratas*!

— É, tem razão. Fica muito menos infantil assim.

— O que você acha, Turtle?

— Não — ela responde.

— Cruel, povo. Cruel.

— Eu gosto daqui — diz Turtle.

— Jacob, conte para ela sobre aquela coisa.

— Você conta.

— Que coisa? — pergunta Turtle.

— Conte, Jacob, por favor.

— Que coisa? — ela pergunta de novo.

— No meio do oceano Pacífico — diz Jacob — há uma enorme ilha flutuante de lixo, do tamanho do Texas. Um redemoinho de garrafas plásticas, caixas de isopor, flocos de espuma, sacos plásticos acumulados no casco de navios semiafundados. O Brett quer ir lá para nos tornarmos piratas

— Você não está falando certo.

— O Brett quer ir lá para *nos tornarmos piratas*!

— Fala se assim não parece uma ideia *incrível*.

— Não parece incrível — diz Turtle. Ela não sabe por que alguém iria querer sair de Mendocino. Nunca entendeu os turistas também. Não sabe qual é a finalidade disso.

— Se bem que... — diz Jacob.

— Lá vem — diz Brett.

— *Construir uma nação* — diz Jacob — tem um certo charme. Não tem?

— Não — diz Turtle —, não tem.

— Fundar uma república gloriosa — diz Jacob.

— Hum — diz Turtle, em dúvida. — Isso deve ser difícil.

— Recuperar os destroços e refugos de uma civilização decadente e, a partir das cinzas, construir uma Utopia.

— Os meus pais eram utopistas — diz Brett. — Agora eles estão divorciados e a minha mãe está cansada o tempo todo. Ela diz que está esgotada. Ela me fala: "Brett, querido, estou esgotada". As mãos dela doem. Ela é massoterapeuta. Mas tem artrite. Estou dizendo, esse não é o caminho. *Piratas*. Esse é o caminho.

— A gente podia ter uma criação de larvas da farinha — diz Jacob, animando-se com a ideia — nos nossos desertos de isopor. Elas conseguem viver só de plástico. Já posso ver a gente: cuidando das larvas da farinha de dia e à noite lendo Platão em voz alta um para o outro embaixo das constelações de um céu estrangeiro, acompanhados pelo vasto rangido de todo um continente de garrafas plásticas balançando na corrente e pelos sussurros etéreos de sacos de supermercado saltitando pelas dunas de plástico acumulado.

— Acho que vocês estão imaginando a ilha de lixo mais interessante do que ela é — diz Turtle.

— Se a gente realmente tivesse cento e cinquenta quilômetros de larvas da farinha, aposto que daria para ouvi-las à noite — diz Brett. — Mastigando sem parar.

— Poderíamos criar peixes em grandes redes feitas de sacos plásticos amarrados.

— Eu posso até ver a gente: uma tribo selvagem feroz de ecopiratas com espadas, tão rudemente bonitos quanto visionários, atravessando os ermos de larvas da farinha montados nas nossas iguanas de guerra gigantes.

— Iguanas de guerra?

— *Obviamente* iguanas de guerra.

— Se você pensar bem, provavelmente já tem iguanas lá, residentes naquele Galápagos estéril e pós-moderno, cada geração mais da cor de sacolas de compras que a anterior.

— *Cara*.

— E, se a gente usar a rizofiltração, poderíamos recuperar lixo nuclear do oceano e sequestrá-lo em tetraedros de vidro laminado gigantes que iriam aquecer lentamente as águas em volta da nossa ilha, para podermos criar mais peixes.

— Imagine as lagoas fecundas aquecidas por urânio, abundantes em criações de lagostas e algas pardas, patrulhadas por cardumes de salmões e iluminadas das profundezas por misteriosas pirâmides verdes brilhantes, penduradas em enormes correntes de âncoras rangentes, enquanto, nas praias de plástico acima, repousam ao sol os nossos nobres, ainda que bravios, corcéis reptilianos.

O vento levanta fios desgarrados do rabo de cavalo de Turtle e os bate em seu rosto. Eles grudam nos lábios ressecados. Ela os afasta, enfia-os atrás da orelha. Se houver mesmo uma ilha de lixo do tamanho do Texas lá no meio do mar, é apenas um lugar horrível e não há nada nele para aproveitar. Mas ela não precisa dizer isso a eles.

Caminham de volta para a Main Street discutindo se seria possível cavalgar uma iguana se ela fosse suficientemente grande e se seria apropriado carregar um tridente e se tetraedros de vidro laminado gigantes cheios de lixo nuclear poderiam perturbar as correntes do oceano inteiro e causar um evento de extinção em massa. Entram na loja de sucos Lipinski's, e, quando Turtle vê os preços escritos em giz na lousa, começa a estalar os dedos. Jacob pega sua carteira e, desdobrando as notas, diz:

— Tudo bem, Turtle.

E Brett diz:

— O filme sobre nós se chamaria *Por um punhado de larvas da farinha*.

E Jacob diz:

— Ei, Dean, nós vamos fundar nossa própria república, está interessado?

E o atendente barbudo diz:

— Vai ter turistas?

Brett responde:

— Não.

O atendente pergunta:

— Vai ter erva?

E Brett diz:

— Como piratas, a nossa droga primária obviamente vai ser o rum, mas sim.

E Jacob diz:

— Nós vamos criar peixes-sapo psicotrópicos em lagoas rasas aquecidas por lixo nuclear e vai ser só lambê-los para ficar doidão.

E Dean diz:

— O quê?

Turtle não pede nada, então Jacob diz:

— Um falafel para ela. Pelo menos eu acho. O capitalismo tirou a voz dela.

E Dean diz:

— São os malditos turistas. Sempre foi ruim, claro, mas nós aparecemos de novo no *New York Times*. Eu li que, em Mendocino, cem dólares só dá para comprar coisas no valor de uns oitenta e dois dólares.

E Brett diz:

— Isso literalmente não faz sentido. Por definição, cem dólares compram coisas no valor de cem dólares.

E Dean diz:

— São os malditos turistas.

E Brett diz:

— Certo, Dean, eu já entendi que você não gosta dos turistas, mas eles não podem ser culpados por males que são, pela própria definição, impossíveis.

Eles se sentam a uma mesa de madeira na varanda à sombra de uma caixa-d'água. A cerca está coberta de campainhas. Dean traz três frapês mocha, segurando os copos todos juntos, todos eles suando gelo picado com a mocha batida tão espessa quanto sorvete. Comem os pães pita recheados de pepinos e falafel, discutindo se seria realmente possível criar salmões em tanques gigantes de garrafas plásticas soldadas juntas e se poderiam alimentá-los com larvas da farinha criadas apenas com plástico. O que complica, Jacob insiste, é que com as larvas da farinha estaria tudo bem, mas elas se desenvolvem em besouros venenosos. Turtle nunca tomou café, e ele faz suas mãos tremerem. Seu pão pita desmonta e ela fica tendo que lamber os dedos enquanto olha para os meninos para acompanhar a conversa.

Jacob olha para Turtle.

— Quer vir para a minha casa?

— Quero — diz ela.

— Você precisa avisar seu pai?

— Não preciso — diz ela.

— Não mesmo? — diz Jacob.

— Não.

Às cinco horas, eles vão se encontrar com a irmã de Jacob, Imogen, que trabalha em um café na cidade, e ela os leva para a casa de Jacob. Os pés e tornozelos deles estão cobertos por uma camada fina de areia. Os dois meninos vão atrás. Turtle vai na frente com Imogen, que olha com curiosidade para ela. Jacob se inclina para a frente entre os bancos para apresentá-las.

— Turtle, Imogen. Imogen, esta é a única e eterna rainha zen-budista, portadora da serra elétrica, portadora da espingarda, da América pós-apocalíptica.

— Encantada — diz Imogen, saindo do estacionamento.

— Seu reinado será duro, mas justo.

— Em nossas funções de conselheiros, recomendaremos justiça.

— Mas ninguém pode controlar inteiramente a rigidez estoica que é a sua natureza essencial.

— E como você conheceu o meu irmão idiota?

Turtle não diz nada.

— Ah, vamos lá, como vocês se conheceram?

Turtle olha para Jacob no banco de trás. Os dois meninos estão lendo, Brett recostado na porta do lado do passageiro com *A Rage for Revenge*, Jacob sentado reto com a *Ilíada*.

Seguem em silêncio por algum tempo.

— Então, Jacob... esta é a menina que salvou a sua estúpida vida perdida quando vocês se perderam no bosque?

— Nós não estávamos perdidos.

— Pois pareceu que estavam perdidos. *Perdidíssimos.*

— Nós não estávamos. A gente sabia onde estava. Não sabíamos onde estava a estrada.

— Ou seja... perdidos.

— Não estávamos perdidos.

— Então, Turtle — diz Imogen —, como está indo na escola?

— Bem.

— Onde você mora?

— Little River.

— Ah, é logo ao sul daqui! No interior ou na costa?

— Na costa.

— Você gosta de lá?

Turtle não responde.

Atravessam o Noyo e cruzam Fort Bragg, a cidade quinze quilômetros ao norte de Mendocino. Passam pelo Parque Estadual MacKerricher, sobre o rio Ten Mile, depois saem da estrada. Estão a um longo dia de caminhada do monte Buckhorn. A casa de Jacob é uma estrutura de sequoia-vermelha contemporânea no final de um caminho preto, longo e sinuoso. Fica sobre a margem norte do rio e é cercada pela planície costeira.

— Você mora em uma *mansão*? — diz Turtle.

— Não é uma mansão — responde Imogen.

— Ei! — exclama Brett. — Ei, Turtle. Eu moro em uma casa pré-fabricada. Portanto, atenção ao seu privilégio, camaradinha.

— Meu o quê?

— Tem, tipo, cinco quartos, minha gente.

— Do que você me chamou?

— Cala a boca, Jacob. É uma mansão.

— Você me chamou de camaradinha?

— Nós estamos de olho, mocinha — diz Brett. — Alguns anos atrás, uma propriedade ao lado da sua com um terço da área foi vendida por um--ponto-oito-milhão de dólares. Vocês têm *vinte e quatro hectares* de propriedade com vista para o mar em um dos mercados imobiliários mais caros dos Estados Unidos.

— Não é exatamente um dos mais caros... — diz Jacob.

— Mas é o melhor! — exclama Brett. — O melhor!

— Mas... — diz Turtle.

— Cala a boca!

— *É* — diz Jacob. — É. E *isto* não é uma mansão.

— Cala a boca, Jacob.

Eles entram em uma grande, limpa e vazia garagem para quatro carros.

— Pronto — diz Imogen, saindo. — Divirtam-se, crianças, com... o que quer que seja.

Jacob mostra a casa para Turtle. Não é nada para ele. É tudo terreno conhecido. Para Turtle, é inacreditável. Em cada aposento, janelas do chão ao teto têm vista para as falésias batidas pelo vento e para o estuário do rio Ten Mile. Na cozinha, há grandes balcões de granito preto e uma ilha de granito preto, suportes presos no teto com utensílios de inox, tábuas de carne de bordo. É tudo muito limpo. Turtle quer tudo aquilo.

— Onde ficam suas ferramentas e essas coisas?

Não havia nada na garagem.

— Ferramentas?

— É... ferramentas — diz ela.

— Ah, tem um monte de ferramentas na oficina da minha mãe. Maçaricos e coisas assim.

— E como vocês fazem quando quebra alguma coisa? — pergunta ela.

Jacob olha para ela sorrindo, como se esperasse pelo resto da frase. Então diz:

— Você quer saber... Está perguntando, tipo, qual encanador a gente chama? Eu posso perguntar para o meu pai.

Turtle olha espantada para ele.

Atravessam um corredor com uma vitrine do chão ao teto cheia de cestos de vime.

Turtle fica olhando para os pequenos cestos malhados firmemente trançados, até que Brett e Jacob chegam ao fim do corredor e viram para esperá-la. Na sala de estar, uma enorme escada em espiral com degraus de carvalho presos diretamente a um tronco de pinheiro envernizado leva aos quartos de Jacob e Imogen. Uma estante de livros ocupa uma parede inteira do quarto dele, com uma escada para alcançar as prateleiras superiores. Mais livros estão empilhados junto às paredes e sobre mesinhas de canto, alguns deles abertos, com orelhas e cheios de anotações. O tapete bege apresenta o padrão de pelos claros e escuros que indica que o aspirador de pó foi passado naquela manhã.

Turtle se senta na cama, olhando em volta.

— É, não é? — diz Brett.

— É — diz Turtle.

— O quê? — diz Jacob.

— É — diz Turtle, significativamente.

— O pai dele patenteou um processo para detectar erros em microchips de silício.

— O que são microchips de silício?

— O que tem no seu telefone. — Jacob levanta seu celular.

— Ah.

— A mãe dele faz moças nuas.

— O quê?

— Ela molda nus — responde Jacob. — Lembram Rodin em sua corporalidade pronunciada e no exagero das idiossincrasias humanas. Em alguns, ela substituiu o sistema vascular por clematis.

— Eles estão fora o tempo todo. O Brandon em Utah, onde fabricam pastilhas de silício. Não sei por que, ninguém liga para Utah, acho. E a Isobel em lugares artísticos no mundo inteiro.

— Eles não estão fora o tempo *todo*.

— Eles acham que a Imogen cuida dele.

— A Imogen *cuida* de mim.

— Cuida nada. Ela deixa ele ir dirigindo para a escola. Ele não tem carteira de motorista. Ele tem que fazer a própria comida. Papa de aveia rala e mingau. Ele é basicamente Oliver Twist.

— Ela me leva às vezes.

— Vão para a mesma escola e ela nem o leva.

— Bom, as aulas dela começam mais tarde que as minhas nas terças e quintas.

— Isso são maus-tratos infantis.

— Mentira. Tudo mentira.

— A Imogen faz ele sentar em cruzamentos com uma placa dizendo: "Criança abandonada. Agradeço qualquer ajuda". E à noite ela pega todo o dinheiro para gastar com brilho labial e música.

Jacob revira os olhos.

Mais tarde, jantam com os pais de Jacob em volta de uma mesa de mogno com pés de metal. As janelas dão para a praia, onde um círculo de gaivotas sobe e mergulha, e as algas pardas se entrelaçam na arrebentação. Brett senta com uma perna dobrada sob a outra, metade dele fora da cadeira, parecendo pronto para levantar e sair à procura de alguma coisa. Turtle fica olhando para Brandon e Isobel Learner, depois baixa os olhos para a comida. Brandon é um homem magro e quieto, de camisa social branca e calça social. No início do jantar, ele arregaçou cuidadosamente as mangas. Turtle põe o cabelo para cima, tira o percussor da boca e o espeta no rabo de cavalo. Isobel Learner olha criticamente para sua taça de vinho tinto, vestida com uma túnica presa com um cinto em volta do jeans e camiseta. Tem cabelos pretos com fios grisalhos e usa pequenos brincos prateados com pedras azuis.

— Como tem sido o seu verão, Turtle? — pergunta Isobel.

Estão comendo albacora em uma cama de arroz selvagem com minibrócolis gratinados.

— Tem sido bom — diz Turtle.

Isobel tem uma curiosidade plácida, recostada com uma taça de vinho, repousada de todo o trabalho e todos os pensamentos do dia. Suas mãos estão manchadas de preto, como se fosse resíduo de pólvora, mas é alguma outra coisa.

— O que o seu pai faz?

— O quê? — Turtle se inclina para a frente para ouvir.

— Seu pai... ele tem uma profissão?

— Como?

— Mãe — diz Jacob —, você está balbuciando e escondendo a boca com a taça.

— Ah — pousando a taça —, o que o seu pai faz, Turtle?

— Ele, hum... — diz Turtle. — Ele trabalha com marcenaria. Mas lê muito.

Isobel inclina a taça para a frente, comparando o vinho tinto com o branco de seu guardanapo.

— Olhe para isto — diz ela. — Turtle, querida. Venha aqui. Está vendo isto? O halo? O halo é... Você já estudou física? Bem, está vendo este anel muito fino onde o vinho toca o vidro?

O vinho é de um vermelho muito escuro. Ao longo da borda, um oval finíssimo percorre o vidro, como a mais fina borda arenosa de uma lagoa, e, onde se atenua, o anel tem a cor de chá. Turtle está olhando para Isobel com atenção, para ver o que ela vai dizer.

— Vê como ele é de um marrom desbotado, do jeito que uma maçã fica marrom quando você a deixa aberta?

— Sim — diz Turtle.

— Isso é a oxidação. É um produto do envelhecimento do vinho.

— É ferrugem?

— Como ferrugem, sim.

Isobel pousa a taça, levanta abruptamente e volta da cozinha com mais taças de vinho, as hastes encaixadas entre os dedos. Coloca-as na mesa e despeja vinho em cada uma delas.

— Querida — diz Brandon —, isso é uma boa ideia?

— É. — Isobel empurra uma taça para Brett, depois para Turtle, Jacob e Imogen. Turtle levanta a sua, observa-a contra a toalha de mesa branca. Olha para Isobel, que demonstra como girar o líquido, depois aproximar o nariz da borda. — O que você acha?

— Do quê? — pergunta Turtle, cheirando o vinho.

— Que tipo de fruta? — Isobel sorri para Turtle, se inclina para ela. Tem um dente saliente, e, quando sorri, ele aparece.

— Ah — diz Jacob, girando a própria taça. — Grandes amoras de verão maduras encostadas em uma cerca de madeira branca em Napa, e o vinicultor acabou de sair na varanda segurando uma xícara de café gourmet...

— *Nyet!* — diz Isobel, interrompendo-o. — Eu sei o que você está fazendo, rapazinho. Mas ela pode cuidar de si mesma. — Ela volta seu olhar impressionante para Turtle, que está sentada com a taça à frente, depois para Brett. — O que você acha, Turtle? Adoro esse nome. Turtle? Turtle! Excelente. Veio para você em uma busca espiritual ou foi de nascimento?

— Hum — diz Turtle.

— Tudo bem. Gire a taça, minha querida.

Turtle gira a taça.

— Que cheiro você sente?

— Não sei.

— Cheiro de pomar... maçãs, peras, uma fruta de caroço? Uma fruta negra... amoras? Fruta vermelha... framboesas, morangos? Cerejas? Couro? O solo da floresta? Caça?

— Ela não gosta que a encostem na parede — diz Jacob.

— Eu não a estou encostando na parede. Fruta azul... mirtilos? Ácidas? Frutas frescas? Alguma que já estava no balcão há alguns dias? Ou em geleia... assada em uma torta?

Isobel está esperando a resposta. Não há ameaça nenhuma nela.

— Uvas — diz Brett —, uvas fermentadas.

— Frutas negras — diz Turtle —, mas frescas. Amoras frescas. Cerejas negras. Um pouco daquele... como flor de capuchinhas.

— Pimenta! Sim! Frutas negras e condimentos — diz Isobel, recostando-se na cadeira —, um pouco de cerejeira, você percebe isso...? Como se mordesse uma lasca de madeira de cerejeira recém-cortada. — Ela baixa o rosto sobre o vinho e inala. Expressões se sucedem sutilmente em torno de seus olhos e sobrancelhas, uma expressão seca de comediante, ela sabe exatamente quanto está sendo engraçada e está se divertindo.

— Muito bem — diz Brandon, estendendo a mão para a taça de Turtle —, podemos levar esse vinho agora.

Jacob puxa o seu antes que Brandon possa pegá-lo.

— Ah, deixa a menina experimentar, Brandon — diz Isobel. Ele baixa as mãos, olha para Isobel. Turtle sempre soube que as outras pessoas eram criadas de um jeito diferente dela. Mas acha que não tinha ideia do *quanto* era diferente. Ela levanta a taça, experimenta. É mais ácido que o cheiro. Parece encher sua boca. Isobel a está observando atentamente. Turtle enruga o nariz. Sente a amora lá, no meio, depois sente uma textura, como Isobel disse, que é como se tivesse mordido a ponta de uma estante de cerejeira.

— No palato? — pergunta Isobel.

— Eca — diz Turtle. — *Argh*.

— Tudo bem — diz Isobel, recostando-se, sorrindo —, ela tem tempo.

Nesta noite, Brandon a acompanha até o quarto, que tem uma cama de mogno king-size com edredom de linho. Ele lhe mostra o banheiro anexo e para junto à banheira para lhe ensinar a lidar com o chuveiro e onde encontrar xampu e pasta de dentes. Adiante no corredor, ouvem os meninos fazendo guerra de travesseiros e rindo.

— O Jacob me disse que você avisou o seu pai que ia ficar aqui — diz Brandon.

— Sim — responde Turtle. — Claro.

— Ótimo. Ótimo.

Ficam em silêncio.

— Você é quieta, não é? — comenta Brandon.

Turtle não sabe.

— Isso é bom. — Ele sorri.

Turtle enruga os olhos para ele.

— O Jacob disse que a situação na sua casa talvez seja um pouco, hum, liberal — diz ele, conduzindo-a para fora do banheiro anexo. Turtle não tem ideia do que aquilo quer dizer. — O que ele falou foi que, bem, ele disse que nós não devíamos ficar perturbando você sobre isso, porque você era como Ismael sobre os amplos mares azuis desses... dos seus anos de adolescente. E eu só queria dizer que este quarto está, enfim, está sempre aqui, para o caso de você precisar de um caixão de Queequeg para te manter na superfície, está bem?

Ela pode não entender as palavras de Brandon, mas consegue interpretar cada intenção só analisando as expressões dele em sua mente.

— Não é assim — diz ela.

— Ah, claro, claro — diz Brandon. Ele está constrangido. Dá uma batidinha na cama. — É um colchão que se ajusta ao corpo. O melhor, pelo que dizem. E você, hum, é sempre bem-vinda aqui. Todos nós tentamos fazer o melhor que podemos.

Turtle fica deitada na cama nesta noite, ouvindo a casa. Lá embaixo, alguma máquina está funcionando, o purificador de água ou a geladeira. Ela olha para o teto com massa corrida. Imagina que os meninos ainda devem estar conversando, mas não consegue ouvi-los. Tira o edredom da cama e o empurra para o chão. Ela não suporta camas. Deita no tapete com a cabeça apoiada no braço dobrado.

De manhã, Imogen os leva para Mendocino e eles passam o dia na praia. Vão ao Lipinski's e almoçam na varanda, circulando um baseado de um para outro e tomando frapês mocha. Os dias transcorrem assim, Turtle caminhando de volta para casa ou sendo levada até lá por Imogen, encontrando-os na praia de Big River ou na praia Portuguese de manhã. Às vezes pegam uma carona com Caroline de Mendocino para a casa pré-fabricada de Brett na Flynn Creek Road, onde as pias de plástico, o chuveiro e os vasos sanitários têm uma crosta de resíduos minerais e a água cheira a enxofre e cálcio. Na sala de estar há um aviário onde três papagaios se acotovelam, observando os humanos jantarem em uma mesa de fórmica com pilhas de boletos e malas diretas e uma velha máquina de costura e um único frasco cheio de botões.

Caroline não para de olhar para Turtle enquanto comem.

— Mãe, pare de encarar — diz Brett.

— Não estou encarando — diz Caroline.

Estão comendo uma espécie de cozido.

— Só estou contente por ela estar aqui — diz Caroline. Depois, inclinando-se para a frente: — Como está o Martin?

— Tudo bem — responde Turtle.

— Algum projeto?

— Hum — diz Turtle —, não, nenhum.

— Ele *sempre* parecia ter um projeto. Era assim. Construir alguma coisa. Pesquisar alguma coisa. O que ele tem feito?

Turtle morde o lábio, olha em volta.

— Tem lido, principalmente.

— Ele *sempre* gostou de ler. Sabe, estou contente de ter você aqui. Estava começando a pensar que não íamos te ver de novo. Ele não me ligou. Naquela noite, quando nós deixamos você lá, ele disse que ia ligar, mas nunca ligou — diz Caroline —, e o número antigo do telefone dele está desligado.

— Está? — pergunta Turtle. Ela sabe que está.

— Sim — responde Caroline. — Vocês mudaram de número?

— Os fios de telefone passam pelo pomar — diz Turtle. — Às vezes eles enroscam em um galho, ou às vezes entra água na linha.

— Ah — diz Caroline. — Ele já falou com a companhia telefônica sobre isso?

— A linha vai e volta — diz Turtle.

— O que ele tem dado para você comer esses dias?

— Mãe — diz Brett.

— Muito chá de urtiga — diz Turtle — e dentes-de-leão.

— Chá de urtiga — explica Caroline — tem muitas vitaminas e minerais e, claro, também é um abortivo suave, mas imagino que você não esteja muito preocupada com isso. E então, ele ainda está plantando?

— Plantando? — diz Turtle. — Não.

— Espera aí — diz Jacob —, um suave *o quê*?

— Plantando? — ela repete.

— Ele está cuidando de você? — pergunta Caroline. — Está tudo bem?

— Espera... Ele *estava* plantando? — pergunta Turtle.

— Não, claro que não... Eu só não... — diz Caroline. — Eu quis dizer... Por onde ele tem andado? Se você vai começar a vir aqui mais vezes, eu gostaria de falar com o Martin, pelo menos. Deve ter um jeito de entrar em contato com ele. Já conversaram sobre como você vai continuar os seus estudos no próximo ano?

Turtle sacode a cabeça.

Ela gosta da viagem de volta à noite com Imogen e Jacob. É sempre o fim de um longo dia e ela está cansada. Volta para casa na maioria das noites. Isobel é totalmente distraída. Está envolvida demais com outras coisas. Ela se importa muito com a opinião de Turtle, gosta de conversar com Turtle sobre vários assuntos, mas não notou ou pareceu notar nada incomum na vida doméstica dela e não se incomoda se Turtle vai para casa ou não. Mas Brandon está prestando uma atenção silenciosa. Caroline também. E os meninos também a esgotam. É bom se sentar com o bule de chá fervente e ficar sozinha com os pensamentos que vêm à tona. Ela gosta deles, mas fica exausta com sua companhia. Nunca passou tanto tempo com outras pessoas. Eles se alimentam do entusiasmo uns dos outros. Mas Turtle se esgota com eles. Não sabe ao certo como se sente ao subir os degraus sozinha, de volta para sua casa escura, retornando ao alívio, de certa maneira, e ao sossego — mas também ao desgosto. Há uma sensação que a casa lhe dá quando volta para ela. É a mesma casa e ela a conhece, mas parece diferente de tudo o que era antes. Ela se senta de pernas cruzadas nas pedras da lareira, acendendo o fogo, comendo tiras de algas pardas secas e escutando o silêncio enquanto a luz do fogo sobe diante dela e inunda o piso da sala de estar vazia.

16

Quando ela ouve o 4Runner se aproximando no dia seguinte, veste o jeans, põe a faca no cinto, enfia uma camiseta e uma camisa xadrez. Depois dobra os cobertores, coloca-os junto às pedras da lareira e abre a porta. É Jacob, sem Imogen desta vez. De pé na varanda, ele olha para trás dela e ela o observa enquanto ele assimila as tábuas lavadas do assoalho e os balcões limpos, a lareira esfregada, as frigideiras penduradas em ganchos na parede da cozinha. A sala de estar cheia a solvente de pólvora e óleo.

— Eu gosto deste lugar — diz ele. — É despojado.

— Não é despojado — diz ela.

— Tudo bem — diz ele —, um pouco minimalista.

— É só o jeito que a sala é.

— Tudo bem. Eu gosto.

— É bom que goste.

— Cadê o Capitão Ahab?

— Saiu.

Ele levanta um saco de papel do supermercado, enrolado no alto, e diz:

— Os meus pais acham que eu estou na casa do Brett. O Brett está na casa do pai dele em Modesto. Eu trouxe coisas para um piquenique.

— Você já comeu enguia?

— Eu nem sabia que se comiam enguias, mas, agora que sei, estou pensando por que não estamos comendo enguias *agora*?

Na cozinha, ela pega uma frigideira e uma barra de manteiga na geladeira morna. Depois passa por ele para a varanda e pega uma lata de fluido de isqueiro e um balde. Descem a encosta juntos ao lado de um sulco profundo na grama por onde corre água transparente, entre pés de groselha e framboesa. Sapos pulam da grama para a água. Atravessam um bosque de amieiros e Jacob levanta o braço para pegar uma folha da árvore nos dedos e sua camiseta sobe e mostra a barriga bronzeada. Entre os ossos dos quadris, duas depressões aluviais, o topo de um V liso e adolescente que desce para dentro da calça. Essas depressões a enchem de um desejo excruciante, uma sensação de quase acontecer, como descer de um degrau para o próximo. Por um momento, ela não consegue desviar o olhar.

Passam abaixados pela cerca de arame farpado, atravessam a estrada e descem para a praia de Buckhorn, uma larga meia-lua de cascalho preto e espuma branca, calçadas de pedras azuis misturadas com quartzo, ondas verdes entre jardins de grandes pedras redondas. A ilha de Buckhorn está a trinta metros da linha da água, entre os dois ganchos de terra que formam a enseada, e a ressaca das ondas que recuam se afunila através da caverna da ilha e lá encontra a água que vem vindo, o que faz a ilha retumbar como um tambor, erguendo uma suspensão de água branca pelo respiradouro, pendurando espuma nos pinheiros da ilha, a água descendo com estrondo sobre a pedra. No braço sul da enseada há uma mansão de sequoia-vermelha e um jardineiro indo de um lado para outro com um cortador de grama. Esses devem ser os vizinhos mais próximos de Turtle, a quinze minutos de caminhada de sua casa. Ela nunca viu quem mora lá. O céu está turbulento. Para além da segurança da enseada, as ondas quebram brancas sobre as ilhas áridas e rochosas que se espalham pela costa.

Eles pousam o saco de piquenique atrás de um tronco de madeira que o mar deixou na praia e Jacob tira os sapatos, arregaça as pernas da calça e leva o balde para as pedras. Quando as ondas quebram na ilha, a água entra nas piscinas de maré, sobe e recua. A maré não está suficientemente baixa para formar uma boa piscina. Cada vez que eles levantam uma pedra, as enguias se deslocam apressadas por canais, poças, campos de algas, e Turtle e Jacob mergulham a mão nos gargalos cheios de caramujos. Quando Jacob puxa sua primeira enguia para fora, a cabeça dela fazendo força entre seus dedos, a mandíbula aberta, ela escapa deslizando de sua mão direita e ele a agarra com a esquerda, e ela desliza novamente e foge, serpenteando desesperadamente pela pedra, Jacob avançando atrás dela, e logo a criatura está debaixo da pedra seguinte. Ele apoia o ombro na pedra e Turtle o ajuda. Juntos, eles viram a pedra de lado e a plácida piscina abaixo dela é cortada por ondinhas quando as enguias se dispersam em todas as direções, e Turtle as levanta aos punhados para o balde e Jacob encurrala uma em um beco sem saída. É um monstro preto e oleoso, com cinquenta centímetros de comprimento, grosso como uma mangueira de jardim. Ele a levanta da poça e ela se contorce e escapa, e ele cai sobre os joelhos, dá o bote sobre ela, levanta-a e a perde de novo. A criatura dispara sobre a rocha azul lisa e desaparece sob uma pedra do tamanho de um barril. Jacob a empurra com o ombro, mas não consegue movê-la.

As enguias são negras, com faixas marrons como as algas pardas e cara de cachorro, a mandíbula projetada. Turtle já tem uma dúzia no balde. Ela e Jacob encontram centopeias verdes iridescentes, lesmas-marinhas com chifres e guelras rendadas abertas, incrustações de porcelana de poliquetas espiralados. Eles movem mais pedras. Às vezes a água está parada embaixo, os caramujos chocalhando por tapetes de madrepérola, os caranguejos-eremitas recolhendo seus membros rosa-azulados para dentro da concha rosa-azulada, os peixes-ventosa com seu jeito taciturno colados à pedra, da cor da pedra eles mesmos. Outras vezes, a piscina de maré se agita com os dorsos espinhosos das enguias. Jacob acompanha uma por um canal, tateando pelo meio das algas verdes, encurralando-a contra a parede e a perdendo, levantando-a com uma das mãos, perdendo-a em uma piscina funda até os joelhos cheia de ouriços-do-mar.

— Tudo bem — Turtle lhe diz —, você vai pegar uma desta vez.

— É como a euforia que os ladrões de túmulos devem sentir quando abrem os caixões para ver o que tem lá dentro.

— O quê? — pergunta Turtle.

— Ah, sabe, levantar as lápides é como... como abrir um alçapão para o desconhecido. Nós poderíamos levantar uma dessas pedras e encontrar... qualquer coisa.

— O quê? — diz Turtle. — Não. Fique aqui e eu empurro elas para você.

— Como será que é para elas?

— Não é nada para elas — diz Turtle —, elas são enguias.

— Elas podem não ser exatamente enguias.

— Elas são obviamente enguias.

— É verdade.

Jacob se ajoelha ao lado de uma entrada de água e Turtle afasta uma pedra. Embaixo, as enguias se dispersam em todas as direções e Turtle as conduz, cintilantes, deslizantes, para Jacob. Elas entram fervilhando pela passagem onde ele está, Jacob tenta bloqueá-las, então pega uma, puxa-a para fora da água com uma das mãos, a cabeça chicoteando. De repente, com uma sugada gorgolejante, toda a água é drenada da piscina formada pela maré.

Os dois olham para baixo, atordoados. Ficam ali parados, a enguia se contorcendo na mão de Jacob, Turtle pensando, o que aconteceu? Então um mau pressentimento a invade e ela levanta os olhos. O mar em volta deles desapareceu. Recuou para além da ilha, os leitos de algas pardas e as piscinas formadas pela maré crepitando, nuas. Cada buraco e cada conjunto de pedras que lembram bolas de boliche emitem um longo barulho sugado, enquanto a água é puxada de volta para o oceano.

— Turtle...! — diz Jacob, e ele toma impulso e corre. Turtle, descalça, vai atrás dele, escorrega em uma pedra molhada e cai sobre as mãos e os joelhos. Jacob para, vira e olha para ela. Levanta os olhos. E de repente ela está sob a água, sendo arrastada pelo fundo rochoso. Sua sensação avassaladora é de surpresa. Cada esforço e cada pensamento se encolhem a um nada. Ela está solta do corpo e se torna vasta, enorme e ilimitada, enquanto, à sua volta, ramos de algas pardas se desenrolam e se esticam para o alto. Raios de luz rompem a superfície da água muito acima. A água parece imóvel, uniforme e azul, mas, nas barras oblíquas da luz do sol, ela vê areia e caranguejos passando.

A velocidade com que Turtle é impulsionada para a frente diminui. A pressão cresce em seus ouvidos. A luz é fraca. Está presa na corrente que vai enfraquecendo e sente que ela começa a mudar quando a água volta da enseada inundada para o mar. A ressaca arranca areia do fundo em longas fitas onduladas. Turtle pensa, nade, sua estúpida. E então é arrastada para trás, sem poder evitar, raspando no fundo rochoso, as bolas de boliche se erguendo de seus encaixes e vindo aos saltos atrás dela. O estrondo é tão tremendamente grande que cada som individual se perde.

Ela sobe desesperada para a superfície, irrompe entre punhados cremosos de água branca e puxa o ar para os pulmões. A parede preta da ilha de Buckhorn aparece dura ao seu lado, aterradoramente perto, mexilhões azuis brilhantes projetados da rocha como inúmeras lâminas de porcelana. Se raspar naquela parede, ela sabe, pode ser o fim. Não vê Jacob em parte alguma, mas adiante a praia está inundada, o tronco de madeira batendo contra os rochedos. Não tem jeito de ele ter escapado. Está ali, em algum lugar, que ela não consegue ver. A água ainda está recuando, enquanto mais ondas avançam para a praia, de modo que a enseada inteira está cheia de correntes confusas e misturadas. A água bate para um lado e para o outro, como se carregada em um balde.

Ela mergulha. O fundo de pedras está logo ali. Estão em três, quatro metros de água. Vê Jacob perto da superfície. Ele está flutuando, mole, com sangue descendo em fios. Ela o agarra pelo cabelo e o puxa para cima.

— Respira! — ela grita. — Respira! — Ele puxa o ar e vomita de imediato. Ela o segura firme. A ilha de Buckhorn está ali ao lado. Estão sendo arrastados para lá. Uma quantidade imensa de água foi lançada para a enseada e toda ela está sendo agora despejada de volta para o mar, afunilando-se em volta da ilha, pelos estreitos canais rochosos que normalmente protegem a enseada. Eles têm que chegar à praia. Se forem arrastados para fora com a maré, acabarão no jardim desabrigado de esculturas de pedras pretas retorcidas que se espalham pela costa naquela área.

Acima deles, naquela ponta de terra bem cuidada com a mansão de sequoia-vermelha, o jardineiro continua indo de um lado para outro com o cortador de grama.

— Jacob, você consegue nadar?

Ele confirma com a cabeça. Ela mergulha e ele a segue. Juntos, batem as pernas com força próximos do fundo de pedras azuis, enquanto grandes chicotes de algas passam por eles. Não conseguem fazer progresso contra a corrente. Ela sobe à superfície, tossindo. Uma onda que volta para o mar desaba sobre eles e Jacob é sugado, gritando, para dentro do túnel de pedra gorgolejante da ilha. Ela mergulha e o segue pela caverna embaixo da ilha. Eles emergem juntos. A turbulência atira água no rosto deles. Turtle ofega. Puxa o ar. Balançam para cima e para baixo, a água em movimento e a respiração deles em eco, e Turtle olha para cima. Estão na câmara cavada pela maré no interior da ilha.

Ela consegue ver os semicírculos das entradas de ambos os lados, bloqueados por ondas intermitentes. Um lado dá para a praia. O outro, para o mar aberto. A água sobe pelas paredes e pinga, ecoando, do teto em abóbada. É funda até a cintura, da cor de vidro velho. A boca do respiradouro se abre no alto e guirlandas de capuchinhas pendem através dele, as flores de um vermelho queimado. O chão está forrado de folhas marrons de algas pardas, e enormes estrelas-do-mar cor de laranja se agarram por toda parte na rocha. As frondes das algas pardas flutuam para a frente e para trás com as correntes opostas.

— Merda — exclama Jacob, e ela se vira. Uma parede de água está entrando com violência pela boca da caverna.

— Não — diz ela. Vira e olha para trás. Uma segunda parede de água se eleva na entrada oposta e as duas estão convergindo. Uma é a onda vindo do oceano e a outra é a ressaca voltando da praia. — Não, não, não — repete. Seus pensamentos estão sufocados de terror. Ela pensa, nós vamos morrer, seu diafragma se contraindo em soluços. Ele a agarra pela cintura. Ela apoia o queixo no ombro dele. Ela pensa, nós vamos morrer, nós vamos morrer agora. A água sobe em volta deles, se ergue até a altura do peito, e então a onda a atinge e ela sai deslizando por entre as algas pardas e é miraculosamente lançada para cima no ar entre candelabros de água e grandes tranças de capuchinhas em flor. Seu cérebro e sua barriga doem de pavor. Ela estende a mão para se proteger do impacto e é atirada contra a parede. Seus dedos quebram, os braços dobram e ela é arrastada por dez metros de rocha, rolando, cobrindo o rosto com os braços e batendo forte na pedra, entre explosões de conchas de mexilhões se estilhaçando. Algo está falando com ela, algo logo atrás dela está sussurrando em seu ouvido, você não vai morrer, se segure, você não vai morrer, e Turtle pensa, sua estúpida, sua vaca, trate de se segurar, não desista, não desista nunca.

E então eles estão fora da caverna. Turtle está nadando com força. A água passa sobre sua cabeça e arrebenta em toda a volta. A praia, a enseada e a ilha de Buckhorn estão atrás dela. Em torno deles, o mar se agita em elevações verdes que se arremessam e quebram contra rochas pretas retorcidas. Frondes de algas pardas sobem do verde indecifrável, mais largas que as mãos dela, pintadas em pinceladas lustrosas de marrom-escuro e dourado. Ela e Jacob foram arrastados para o labirinto de pequenas ilhas e rochas pretas que se espalham junto à costa. Ela luta contra a água, cortando-a mão atrás de mão. Não há dor, não há sensação de esforço. Ela avista a areia, cascalho, paredes azuis de pedra. É uma ilha, algum pedaço de rocha sem nome a uma centena de metros das falésias, com uma pequena reentrância arenosa cortada na face oeste. Ela rompe a arrebentação e uma onda a joga sobre as pedras azuis ásperas da pequena praia na coluna de pedra no mar. Lança-se para a frente, sai da água que volta para o mar, então vira e entra de novo para ajudar Jacob.

17

Juntos, eles patinham pela praia até o sopé rochoso da ilha e escalam desesperadamente para se afastar da água, uma subida de seis ou sete metros, a rocha azul molhada se partindo sob seus pés, as rachaduras repletas de baratas em alvoroço. Ela sobe em um punhado de plantas esponjosas e compactas e se deita, vomitando. O topo da ilha são dez metros de grama baixa cheia de ossinhos desbotados de aves. Ela rasteja sobre os cotovelos até a borda e olha. A ilha tem a altura das falésias. Entre aqui e lá, quase cem metros de pedras pretas banhadas pelas ondas e a sombra de pedras que se estendem sob a água azul esverdeada. No intervalo entre as ondas, quase parece que eles poderiam nadar até a praia, mas, quando as ondas quebram naqueles canais, a história é outra. Ela deita na grama pensando, estamos fodidos. Depois pensa, não estamos fodidos. Se alguém sabe lidar com isso, é você. Cadê a sua coragem?

Jacob está deitado ao lado dela, com o rosto para baixo, as mãos apertadas sob o peito, tremendo e vomitando. Ele sofreu uma concussão, ela tem certeza. Ela mesma já teve algumas e conhece a sensação. Ele está sangrando copiosamente sob o cabelo. Há sangue em seu rosto e na grama por toda volta. É o sangramento excessivo que ela associa a ferimentos no couro cabeludo. Ele vai ficar bem. Mas não pode dizer o mesmo de si própria.

— Dá pra gente nadar até lá?

Turtle olha para ele. Não sabe nem se consegue ficar em pé.

— É, eu achei mesmo que não.

Há uma única nuvem bem alta, atenuada em fiapos brancos. Ela tira as mãos das dobras ensanguentadas da camisa e olha para elas. As unhas estão partidas e separadas da base carnuda. A mão direita tem um corte profundo na palma. Quebrou os três dedos menores da mão esquerda. Todos, exceto o indicador e o polegar. Põe as mãos sob as axilas e deita com elas apertadas firmemente junto ao corpo. Dói para respirar.

— O que nós vamos fazer, Turtle?

Há areia grudada em metade do rosto dele, os dentes estão manchados de sangue. Está todo sujo de vômito.

— Turtle?

— Hein?

— Você está bem?

A boca de Turtle está cheia de areia.

— Temos que fazer uma tração nessa porra de caralho dos meus dedos

Ele começa a vomitar outra vez. Ela fica deitada na grama e observa a nuvem solitária virar e mudar de forma. Por fim, ele diz:

— Parece algo que é melhor deixar para um médico.

Ela não diz nada.

O vento sopra no topo da ilha. Ele está pesando suas objeções na cabeça. Estremece em pequenos surtos.

— Tá bom — ele diz, por fim.

— Tá bom?

— Tá bom.

— Nós precisamos de pauzinhos para servir de talas — diz ela. — Umas faixas largas de tecido, uns dois centímetros de largura, vinte a trinta de comprimento.

Jacob levanta, cambaleante. Turtle fica deitada segurando a mão, muito quieta e fazendo careta. Jacob anda pela ilha. Os passos dele são instáveis.

— Não tem muitos pauzinhos por aqui — diz ele. Ela o escuta testando vários dos pequenos ossos espalhados pela grama, mas eles estão desgastados e frágeis. — Que tal uma caneta? Tenho uma no bolso.

— Ainda?

— Bom, eu comecei com três.

— Pegue a minha faca.

Ele vem até ela. Ela está totalmente imóvel. Ele abre o fecho e tira a faca da bainha molhada. Corta a caneta no meio.

— Essa era a minha caneta da sorte — diz ele. — Escrevi um trabalho muito bom sobre Angela Carter com essa caneta.

— Agora, vamos precisar de várias faixas de tecido. — Ela se levanta com cuidado e eles cortam tiras de sua camisa molhada.

Ela extrai cuidadosamente a mão quebrada de baixo da axila e a estende.

— Puta merda — diz Jacob.

Os ossos formam protuberâncias angulares na pele. O dedo anular está visivelmente deslocado da articulação.

— Como você não está surtando?

— O quê?

— Como não está, sei lá, tendo um troço?

— Jacob.

— Você precisa de um médico.

— Puxe com firmeza e de uma vez, alinhado com o dedo.

— Ah, meu deus.

— Não vá com delicadeza. Puxe firme essa porra.

Ele pega o mindinho partido de Turtle.

— Cara, isso está ruim, puta que pariu, está muito ruim, muito, muito ruim.

Turtle olha para o céu. Seu corpo esquenta em expectativa e ela sente o couro cabeludo formigar e o cabelo arrepiar.

— Agora?

— Sim, agora.

— Tá bom — diz ele.

— Espera! — ela exclama.

Ele olha para ela. Ela respira fundo. Está tremendo de medo.

— Não amolece o pulso, Jacob — diz ela.

— Como assim?

— Faz de uma vez só.

— Vou tentar.

Ela sopra o ar pelos lábios apertados, tremendo muito.

— Vai, agora.

Jacob puxa e o dedo se endireita com um audível raspar de ossos. Turtle sibila entre os dentes fechados. Jacob grita quando o dedo endireita.

— Puta que pariu! — Ela ofega, suando. — Puta que pariu! — repete, olhando para ele com olhos quase carentes. Jacob encosta a metade cortada da caneta no dedo endireitado, envolve-o cuidadosamente com a faixa de tecido e amarra.

— Você teve sorte de não morrer.

— Eu sei.

— Estou falando sério, Turtle.

Ela o encara, tentando entender como seria possível ela não estar achando sério.

— O jeito que você foi arrastada naquelas pedras.

— Eu sei.

— Não acredito que você está viva.

Ela não diz nada.

— Você deve ser dura na queda.

Depois disso, Turtle fica deitada na grama, trazendo sua mente de volta. Com a dor para pôr a tala nos dedos, foi como se a parte pensante dela tivesse ido embora e ela precisasse recuperá-la.

— Eu estava olhando aquela prainha lá embaixo — diz Jacob. — Acho que ela é, basicamente, segura. Acho que a gente podia descer lá. As ondas não estão chegando muito longe. Tem uns pedaços de madeira lá, e boias de pesca com umas pontas de cordas de náilon, e umas garrafas de plástico. Acho que podemos construir uma jangada.

— A maré ainda está subindo — diz ela.

— É melhor a gente esperar, então.

Ela fecha os olhos de dor.

— Estou meio indeciso. — Ele olha para a extensão de água. — Se a gente fizer uma jangada, vai ser uma decisão difícil.

— Eu estava pensando nisso — diz Turtle. — Se formos direto para as falésias, bem ali na nossa frente, não vamos conseguir chegar com a jangada na praia, porque a areia está inundada e nós vamos nos arrebentar nas pedras. Mas, na maré baixa, não temos como passar pelas pedras. Então vamos ter que tentar voltar à enseada de Buckhorn. Passando pela ilha.

Jacob faz uma pausa.

— Claro... tem isso. Mas também, tipo, você é o Jim e eu sou o Huck? Você é o Huck e eu sou o Jim? Esses paralelos ficam meio embaralhados e pode ser difícil chegar a uma conclusão. Porque, assim, de certo modo, eu sou cativo de uma mentalidade capitalista coercitiva e delimitadora, mas também você poderia ser uma cativa real e literal. Então é difícil dizer. Nós vamos ter que analisar isso.

— O quê?

— Assim, é que... Deixa pra lá.

— Do que você está falando?

— Nada. Eu estava sendo infantil e ingênuo. É por isso que eu não tenho Twitter.

— *O quê?*

— É... eu vou fechar a boca agora.

Quando a maré baixa naquela tarde, eles descem para a praia e Turtle senta em um tronco olhando para oeste. A praia é de areia grossa cheia de pedrinhas redondas, abrigada em uma pequena reentrância na face do penhasco ocidental da ilha e com três lados envolvidos por paredes oblíquas de arenito azul de seis metros de altura. Sobe da água com uma forte inclinação. A cada onda que recua, as pedrinhas da praia soltam-se de seu leito e rolam umas sobre as outras com um som que é como se o mundo estivesse rangendo os dentes. O vento corta transversalmente à boca da reentrância e redemoinha contra as paredes rochosas. Em rajadas, esses redemoinhos levantam espuma no ar e a agitam em esguios tornados que seguem oscilantes pela linha da água. Na parede de arenito grosso que forma a parte traseira da reentrância, há uma fenda triangular, a entrada de uma gruta. Ela deve atravessar a ilha inteira, porque às vezes borbulha jorros inesperados de água do mar. Jacob vai chutando a madeira trazida para a praia e gritando suas descobertas para Turtle.

— Uma lata de Sprite! — Depois: — Turtle! Uma garrafa de dois litros de Coca-Cola!

Ele volta e senta ao lado dela. Está tremendo. Seus dentes batem. Apesar de todo o sol, não conseguem se livrar do frio, que parece ter entrado até os ossos. Ambos ainda estão molhados.

— O que podemos fazer?

— Não sei.
— O que podemos fazer com isto?
— Não sei — diz ela.
— Tá, o que nós precisamos fazer agora?
— Precisamos de uma fogueira.
— Certo. Por quê?
— Bom, nós não vamos para casa esta noite. A não ser que alguém venha nos buscar, e acho que ninguém está nos procurando. E vamos precisar de uma fogueira para sobreviver à noite aqui.
— Você não acha que a gente vai sobreviver a esta noite?
— Não com facilidade. Nós precisamos de água, Jacob. E, com fogo, podemos fazer água potável. Além disso, expostos como estamos, vamos ficar gelados. Não gelados a ponto de morrer, mas vai ser bem ruim.
— Não podemos fazer fogo esfregando dois pauzinhos?
— Está tudo molhado.
— Nós poderíamos usar a faca e tirar faíscas dessas pedras?
— Talvez a gente possa acender um fogo com arco e broca.
— Quais são as chances de funcionar?
— Baixas — diz ela.
— Vamos tentar!
— Nós precisamos pensar. Temos que ter certeza. Antes de fazer qualquer coisa, precisamos ter certeza.
— Estou animado com isso.
Ela fica em silêncio.
— Nós temos que tentar *alguma coisa*. E, como a sua lenta literalidade não vai nos permitir arrancar faíscas do seu coração de pedra, precisamos tentar uma solução real e efetiva.
— Tá bom.
— Ótimo.
— Eu não sou lentamente literal.
— Eu sei.
Turtle se senta em uma meia-lua de sol na praia, as mãos presas sob as axilas, e explica do que eles precisam para fazer uma ferramenta de arco e broca, enquanto Jacob traz madeira para ela examinar.

— Precisamos de uma vareta flexível para o arco e vamos fazer a corda com uma tira da sua camiseta. Depois precisamos de madeira de dureza equivalente para a broca e a prancha. Depois o apoio para a mão... o apoio para a mão é menos importante. — Ela o instrui sobre como dar um nó volta de fiel para amarrar o arco: — Mais frouxo. Mais frouxo ainda. Assim. A corda vai fazer uma volta em torno da broca e a broca gira movendo o arco de um lado para o outro.

— Certo...

— Então a curva do arco tem que ser *bem* longe do risco de partir.

— Assim?

— Isso. Agora amarre com outro nó volta de fiel.

Uma ponta de osso se move em seu dedo anular e ela suga entre os dentes, suando.

— Você está bem?

— Nós precisamos de uma broca. Alguma coisa seca.

Ela o observa procurar entre os pedaços de madeira.

— Não sei dizer se está seca — diz ele, olhando para as mãos, arranhadas demais e cheias de areia para sentir a umidade.

— Teste encostando no rosto.

Ele encosta um pedaço de madeira no rosto, olha para ela inexpressivo: ele não sabe.

— Você é um inútil — diz ela, levantando o queixo.

Ele encosta a madeira no rosto dela.

— Eu *não* sou inútil — diz ele.

Ela fecha os olhos, com atenção.

— Molhado demais. Mas tudo está molhado.

— E este? — pergunta ele, pegando outro.

— É sequoia-vermelha.

— E daí?

— Precisa ter uma textura lisa e firme. Tente furar isso com a unha. Viu como essa porra é mole? Inútil.

— Tá. Muito bom. Continue falando.

Ela indica com a cabeça um pedaço que avistou.

— A broca é segurada entre a prancha e o apoio de mão. A parte de cima da broca é uma ponta afiada que gira livremente contra o apoio de mão, como a ponta de um pião. E a parte de baixo tem que ser arredondada e se ajustar tão certinho quanto possível ao entalhe na prancha. Essa ponta arredondada da broca, que gira de um lado para outro no entalhe da prancha conforme você move o arco, é o que vai fazer as brasas.

Ele pega a broca e começa a trabalhar nela.

— Tirando lascas — ela diz a ele. — É mais como cortar unha do que marcenaria.

Jacob limpa o sangue dos olhos.

— Isso. Assim.

— Isso é incrível — diz ele.

— Cala a boca e se concentra.

Ela o observa talhar a broca e abrir um buraco na prancha com a ponta da faca. Ele estende os restos de sua camiseta e da camisa de Turtle sobre um tronco e, raspando a lâmina da faca sobre o tecido, tira chumaços de fiapos para a mecha. Arranca lascas das toras para servirem de material inflamável para o fogo e as apoia para secar. Quando ele termina, já é quase fim de tarde, a luz entrando inclinada na pequena reentrância de praia, águas-vivas e algas pardas suspensas nas ondas azuis transparentes, as silhuetas recortadas contra o horizonte. A maré continuou a subir. Uma onda individual passa pelas demais e avança, crepitando, pela praia aos pés deles. Turtle sente um aperto na barriga enquanto a vê dissolver-se na areia.

— A maré?

— A maré.

Eles sobem de novo para o topo da ilha e ficam juntos, encolhidos, sobre a grama áspera. O alto da ilha é exposto e o vento corta através de suas roupas úmidas. São seis da tarde, ela imagina, ou por aí, e a maré provavelmente vai chegar ao máximo logo depois do pôr do sol, lá pelas nove ou dez horas. Estão ambos tremendo. Vai ser uma maré muito alta. As ondas maiores deixam Turtle bastante nervosa.

— Não devíamos tentar acender o fogo agora?

— Não com esse vento.

— Eu acho que nós precisamos fazer uma jangada.

— Talvez — diz ela.

O sol derrete no horizonte, a lua vai subindo a sudeste, crescente quase completa, a um ou dois dias de ficar cheia, quase oposta ao sol no céu. Está frio. O vento enfraquece ao pôr do sol, mas logo aumenta de novo. Jacob cai em um sono inquieto, ofegante e trêmulo, e Turtle se aperta a ele para se aquecer, respirando o ar quente e úmido que ele exala, as mãos doendo, mas não consegue dormir. O vento suga todo o seu calor e ela fica em silêncio, resistindo duramente a cada momento, às vezes com a mão sobre a orelha, a dor se infiltrando nauseante até a cóclea, até o maxilar. Não consegue dormir, mas sua mente desce a imaginações febris que não a libertam do tormento do frio. Encolhida fortemente sobre si mesma, em posição fetal, as costas latejando e o frio a penetrando, ela se sente destituída de tudo, abandonada. Rasteja pela grama e olha para a praia lá embaixo. A subida da água escura engoliu a areia. Os troncos são como rolos de massa batendo nos penhascos. Ela sente os borrifos quando as ondas quebram de encontro à ilha. Fica xingando por dentro. Suas costas, com cortes profundos onde as ondas a jogaram contra os mexilhões, estão latejando, inchadas. A sensação é conhecida para ela, o inchaço distinto de uma ferida que não está ficando melhor, mas pior. Os cortes devem estar sujos, cheios de fragmentos de tecido, conchas de mexilhão, qualquer coisa. Precisa sair do frio, sair do vento, para algum lugar limpo, quente, com uma lareira acesa. Rasteja de volta para Jacob e, encostando-se nele, aproveita todo o calor que pode. As horas passam assim. Por fim, quando Turtle ouve o som das ondas mudar dos estrondos explosivos e retumbantes contra as falésias para o suave deslizar e ranger, ela o acorda.

— Jacob.

— O quê?

— Nós temos que sair do vento.

— Turtle, e se outra onda...?

— Eu não aguento mais — diz ela, com os dentes batendo. Ela vai na frente, Jacob segurando em seu ombro, enquanto descem cuidadosamente, com os pés amortecidos e ensanguentados, até a praia. A maré ainda está aterrorizantemente alta. A areia está molhada.

— Jacob — diz ela —, eu estou morrendo de *frio*.

— É o vento — responde ele. — Daria para suportar se não fosse o vento e os borrifos.

— Nós precisamos fazer um fogo.

Ele fica em silêncio por um longo tempo. Turtle está agachada, com os braços em volta do corpo. Pode ler no rosto dele enquanto ele experimenta e descarta as próprias perguntas.

— Certo — diz ele. — Me diga o que fazer.

Ela mostra a Jacob como manter a prancha no lugar com os dedos dos pés, como segurar a broca entre a prancha e o apoio para a mão, pressionando com cuidado e firmeza com o apoio de mão, como mover a broca com o arco para fazê-la girar, de um lado para outro, de um lado para outro. Então ela se senta com ele, instruindo-o.

— Mais devagar... com paciência, constante. Não acelere e não diminua o ritmo. Vá fazendo movimentos regulares, para a frente e para trás, para a frente e para trás. Assim. — Ele respira ritmadamente com o movimento do arco, para a frente e para trás, e ela o adverte. — Sem parar, sem parar.

Em um movimento errado, ele deixa a broca escapar do entalhe.

— Merda — diz ela, tremendo. — Escute, Jacob: devagar. *Com cuidado.* Você tem que acertar isso.

Com calma, ele torna a montar o conjunto e recomeça o trabalho.

— Não fique pensando — diz Turtle. — Se pensar, você erra. Preste atenção, mas não pense, tire o cérebro do caminho e só continue trabalhando, há uma parte de você que sabe como fazer isso, e você tem que deixar essa parte agir.

Ela deita na areia molhada, sofrendo com o frio, mas agora abrigada do vento. Sente os batimentos cardíacos nas costas inchadas e nos dedos quebrados, que estão grudados em suas axilas com sangue e sal. Abre a boca e os lábios se separam com um estalo. A língua se move audivelmente na boca. Os olhos estão grudentos e ela pisca com dificuldade para clarear a visão. O rosto está amortecido. A lua ainda está a sudeste, escondida pela ilha. Ela diz a si mesma, pode estar doendo, mas você ainda está muito longe de morta, menina. Quando parar de tremer, aí você vai saber.

Mas ainda está no jogo. As nuvens acima têm um brilho prateado e sinistro e ela discerne sua textura fumacenta e esfiapada. Quando as ondas se erguem, vê o prateado no rosto deles, a própria praia negra e sem luz na sombra da ilha. Jacob está curvado, concentrado no arco.

— Jacob — diz ela.

Ele não responde.

— Jacob, eu preciso que você faça isso.

— Estou tentando.

— Não vá foder com tudo.

O frio e sua própria inutilidade caem sobre ela como um pânico. Se pudesse contar com suas mãos, ela mesma faria aquilo. Que merda, pensa, trêmula, por que você tem que começar a perder o controle agora, Turtle?

Ele erra de novo e ela se enfurece.

— Caralho. *Concentre-se.* Preste atenção, seu bostinha inútil e mimado...

Ela observa com uma urgência de sofrimento.

— Desculpe — diz ele.

— Porra, porra, porra. — Sua voz está rouca, dura. — Jacob, você tem que pôr algum peso aí.

— Desculpe.

— Ah — diz ela —, você pede desculpas? Foda-se, Jacob. Foda-se.

Ela pode morrer. Pode morrer ali naquela ilha, quebrada, desidratada, exaurida pelo vento e, por fim, terrivelmente liquidada pelo frio e pela umidade. Pode morrer por causa da incompetência dele. Precisa que ele entenda isso e, ao mesmo tempo, não quer assustá-lo, por isso, ardendo de irritação, ela o observa, a garganta sufocada de raiva.

— Seu merdinha imbecil — ela diz, sacudida pelos tremores. As palavras estão extravasando de algum poço profundo dentro dela.

— Eu acho que está molhado demais — diz ele.

— Seu porra inútil.

— Desculpe.

— *Desculpe.* Você pede desculpas? Você me deve muito mais do que isso. — Turtle pensa, ele não sabe fazer e precisa de você. Se não consegue ver isso, você é inútil para ele e para si mesma. Se não conseguir dizer a ele, se não conseguir explicar para ele. Ela fica deitada, tremendo, na areia.

— Escute — diz ela. — Jacob, você precisa fazer isso. Não tem escolha, Jacob.

— Estou tentando — diz ele.

— "Estou tentando" — ela ironiza.

O que estou fazendo?, ela pensa, como em um pesadelo.

— Você faz merda desse jeito em tudo na vida, ou é só nas coisas importantes?

— Eu acho, como você disse, que pode estar molhado demais.

Ela pensa, ele tem razão. Claro que ele tem razão. Ela pensa, você precisa orientá-lo.

— As ferramentas não são o problema — diz ela. — Ser um monte de merda inútil, esse é o problema.

— Turtle. Eu tenho que te dizer, não parece que vai funcionar. Não é só que o molhado impede de formar brasas. É que... como a madeira está molhada, ela esfarela antes que dê para fazer fricção suficiente.

— O que parece — diz ela — é que você tem que parar de fazer merda.

Ela pensa, qual é o problema com você? Deita na areia fria e respostas vêm à sua boca e ela as engole, pensando, você tem que fazer isso e tem que fazer com cuidado. Ela pensa, depende de você, depende só de você, tem que contar alguma coisa a ele, e tem que ser a coisa certa, e isso pode salvar sua vida.

— Uma vez — diz ela —, o meu pai me obrigou a fazer flexões segurando em uma viga e ele... — Sua voz engasga, emperra, ela não sabe o que dizer, não pode acreditar que está dizendo que ele... o quê? Nem ela mesma sabe. — Ele pôs essa faca entre as minhas pernas. Assim, se eu caísse da viga... — Uma vez mais ela não sabe, se ela caísse da viga *o quê*. — E ele... Ele... — Há um horror, quase uma incredulidade no ato de contar aquilo, como se ela não acreditasse no que está fazendo, como se não pudesse acreditar que seja possível falar sobre aquilo. — E ele, ele me mandou fazer flexões, e eu fiz. Chega um ponto em que a flexão seguinte dói *muito*. A gente imagina que pode fazer flexões até *não conseguir* mais. E não ter que se *obrigar* a fazer flexões. Porque, bom, tem uma faca entre as suas pernas. Mas não é assim. Cada flexão ainda é uma escolha, e para fazê-las é preciso disciplina e é preciso coragem. Você pensa, eu não tenho que fazer essa flexão. Você *quer* desistir. E começa a pensar que talvez seja uma boa ideia, porque a dor de segurar na viga se torna maior que a ameaça de morte. Porque aí não doeria mais. Porque continuar segurando é... é... Tem essa sensação muito, *muito* ruim de incerteza, uma incerteza tão dolorida, tão apavorante, que se torna... É uma coisa horrível de dizer, mas é mais fácil desistir e deixar a porra te cortar no meio de uma vez do que tentar continuar segurando, sofrendo, *sem saber* o que vai acontecer. Isso é coragem. Pegar a porra da sua vida nas mãos quando essa é a coisa mais difícil que você pode fazer. Ninguém pensa nisso. Todo mundo acha que faria a coisa certa, mas não é verdade. Eles não entendem como é assustador. Como é difícil. Ninguém entende se não tiver passado por isso. E é onde nós estamos agora, Jacob, e você vai fazer a coisa certa, *apesar* do medo e *apesar* da dor.

Ele está escutando, fazendo o movimento para a frente e para trás com cuidado, o arco girando a broca.

— Fique firme — diz ela.

Ele está em silêncio, respirando no ritmo do movimento contínuo do arco, para a frente e para trás. Ela percebe pela sua respiração como ele está exausto. A mão direita trabalha para a frente e para trás, enquanto a esquerda pressiona com firmeza o apoio de mão. Ela o observa por um longo tempo. Está à deriva, vagando em sua mente. Pensa, fique acordada. Fique acordada. Sente-se pregada na areia. As ondas sobem e recuam na praia, e, contra a sua vontade, apesar do frio roendo até os ossos, ela adormece e acorda se sentindo meio morta, a lua acima da ilha, a luz avançando da linha da água como uma pálida maré, avançando para cima dela, e sem chegar ainda em Jacob, que está agachado no escuro. A faca, enfiada na areia, lança uma sombra comprida. Ela escuta, acima do deslizar e ranger das ondas, uma espécie de sussurro ofegante na respiração de Jacob e percebe que ele está murmurando, *vamos lá, vamos lá,* repetidamente e que a aspereza de sua entonação acompanha sua respiração e acompanha o movimento do arco. Um brilho laranja se expande e recua com o movimento da broca e o ilumina vindo de baixo, o corpo inteiro dele curvado com a força de sua determinação. O sangue pinga das pontas de seu cabelo, e depressões e planos sujos de sangue em seu rosto captam a luz nascente das cinzas. Turtle, olhando fundo naqueles traços sombreados, encontra uma cor, um vermelho que é tão escuro quanto o preto, como uma imagem residual de uma cor. Nunca viu outra pessoa assim e não tem palavras para isso. É como se ele tivesse sufocado dentro de si qualquer dúvida, enchido a mente apenas com a possibilidade do fogo, a broca fumegando no entalhe e um pó laranja brilhante caindo do entalhe para a mecha. O estômago de Turtle se aperta de expectativa.

Então, com um estalo, o arco de madeira se quebra e o sussurro de Jacob muda para um não, não, não, e ele joga o arco quebrado de lado, segura a broca nas duas palmas abertas e a gira de um lado para o outro, respirando, mais do que dizendo, vamos lá, vamos lá, e de repente ela vê o que ele vê: a mecha começou a queimar. Ele larga a broca, pega um punhado de grama e fiapos incandescentes, vira-o e o ergue no ar frio da enseada. O brilho se alarga pela areia, envolvendo ambos em sua luz vermelha gaguejante, Jacob na privacidade de uma profunda preocupação, curvado sobre a mecha e soprando-a para a vida, e Turtle deitada com as mãos presas nas axilas. Há um momento em que ela sabe que a mecha vai pegar e acender e abre a boca em dolorosa excitação, pensando, ah meu deus, ah meu deus, e então, no ar úmido do oceano, a mecha desbota para um laranja pálido, as brasas esmorecendo nos fiapos de pano, fumegando e ficando brancas, e o fogo morre. Jacob segura a mecha morta na proteção de suas mãos, cai de bunda no chão em seu espanto e ela o puxa para junto de si e o toma nos braços, e aperta a carne dele com seus dedos bons, afundando-os nele, e ele deixa que ela o segure, e desse jeito eles esperam a noite fria passar.

18

Turtle acorda com gotas de água nos cílios, pisca para tirá-las e senta em sua depressão de areia fria. As costas latejam, inchadas e com uma sensação ruim. As mãos formaram crostas prendendo-as à camiseta. Tudo está engolido em um nevoeiro. Ela ouve as ondas levando os seixos e carregando-os de volta e só consegue enxergar a linha escura da água e nada mais. Não há sol, só uma luz cinzenta difusa, a areia lisa e preta, exceto pelas bolachas-do-mar. O orvalho se condensa na face inclinada do penhasco acima e pinga continuamente por toda a volta deles, deixando o cabelo de Turtle molhado.

Ela sobe para o topo da ilha. A grama está polvilhada de gotículas. Ela se deita de bruços na grama orvalhada, que molha sua pele. Tremendo muito, leva a boca seca até os talos de grama e suga a umidade das folhas. A água é deliciosa. Turtle rola de costas na grama molhada e fria.

— Jacob! — chama, com a voz rouca. — Jacob! — A voz dela não o alcança, então ela rasteja até a borda da ilha e continua a chamá-lo roucamente até que ele acorda e procura assustado em volta antes de olhar para cima. Ela sorri para ele. Sangue escorre de seus lábios pelo queixo.

— Uau — diz ele, a voz falhando. — Isso é o som dos pesadelos. — Ele recolhe as coisas e vai até ela.

Ficam deitados inclinando talos de grama para a boca, sugando orvalho das folhas. Abaixo, a maré sobe pela praia. Turtle encontra um pequeno cocô preto oleoso cheio de fragmentos de carapaça de caranguejo.

— Jacob — diz ela.

Ele rasteja pela grama até onde ela está.

— O que é isso?

Ela solta a mão da crosta de sangue e areia de sua camiseta e mexe no cocô com um osso de passarinho.

— Cocô de guaxinim.

— Há guaxinins nesta ilha?

Ela baixa o rosto sobre o cocô, inalando profundamente, fechando os olhos contra o cheiro azedo.

— Frutas azuis? — diz Jacob. — Notas de couro? Caça?

— É úmido — responde ela, repleta de um prazer forte, agradável, esperançoso.

— Taninos médios? — diz Jacob.

— Anteontem. A lua estava crescente. Quase cheia.

— As pessoas não sabem disso, mas você tem uma inteligência associativa, poética e estranha. Agora estou imaginando esse guaxinim dando uma cagada sob a lua crescente enquanto as ondas quebram nas pedras.

— Lua cheia esta noite. Ou quase.

— Eu gostaria de entender do que você está falando.

— Eu sei como nós vamos voltar para casa.

Eles rastejam até a borda da ilha voltada para a praia e ficam deitados na grama olhando para o nevoeiro. Suculentas esguias e em flor se aninham no arenito, suas folhas cobertas de um pozinho azul. As ondas estão mais suaves que na véspera. A ilha é a ponta de uma longa crista de pedras submersas. Várias dessas pedras se estendem pelas águas rasas. Elas são muito escuras, com valas azul-esverdeadas sufocadas de algas pardas entre elas.

— Lembra das marés de ontem? — pergunta Turtle. Ela se vira na grama, fica olhando para as nuvens e conta as marés nos dedos. — Você chegou na minha casa um pouco antes das sete da manhã. Mais ou menos às nove nós já estávamos aqui. A maré estava subindo e chegou ao máximo lá pelas onze, e não era muito alta. Nós ficamos no topo da ilha porque estávamos com medo. Então, em alguma hora à tarde, digamos, por volta das três, ela baixou. Ficou com uns sessenta centímetros. Foi quando nós descemos para a praia. Juntamos o material para fazer o arco e a broca.

Depois tivemos que voltar para o alto da ilha porque veio uma maré muito grande. Subiu de um metro e meio a dois metros e chegou ao máximo umas dez da noite. Talvez até à meia-noite. São três marés. Depois da meia-noite, a maré começou a baixar outra vez. Foi quando eu acordei você. Nós descemos de novo para a praia e você começou a trabalhar com o arco e a broca, e, quando não deu certo, nós dormimos lá na praia. Mas o que a gente não sabia foi que a maré continuou baixando a noite inteira. Foi a maior de todas, uma maré muito, muito baixa, e deve ter chegado ao mínimo logo antes do nascer do sol. Deve ter descido uns trinta centímetros abaixo do nível zero, ou meio metro. Isso é mais ou menos um metro e meio mais baixa do que está agora.

Jacob está olhando para as pedras.

— A maioria dessas pedras não está mais que uns trinta centímetros debaixo da água.

— Exato.

— A gente podia... a gente podia ter atravessado por todas essas pedras até a costa. Que merda, a gente podia ter ido andando pela água rasa.

As rugas secas e mucosas nos lábios dela racham e soltam líquido.

— Então você está dizendo que, enquanto a gente dormia, uma ponte de pedras apareceu entre nós e a costa e a gente não viu? Nós estávamos deitados na praia, com frio, sofrendo, morrendo, mas poderíamos simplesmente ter levantado e andado de volta para casa?

— Nós não podíamos ter visto isso de lá, porque a praia dá para o oceano e, provavelmente, águas profundas. Tínhamos que estar olhando para a praia, do outro lado da ilha. Mas, sim... nós não estávamos olhando, não sabíamos, não pensamos e não vimos.

— Você quase não aguentou esta noite, Turtle.

Ela concorda com a cabeça. Foi um erro simples, que quase os matou.

— E essa maré muito baixa vai acontecer de novo esta noite?

— Vai.

Eles esperam juntos na grama molhada até o nevoeiro levantar. O rosto de Turtle começa a arder e ela vê a pele de seus braços com uma camada branca brilhante e rachada. Cobre o rosto com a camisa e olha por um canto. O sol está alto sobre eles e um pouco a sudoeste. A luz cintila e reflete no mar. Turtle observa.

— Ei — diz ela. — Você falou que encontrou uma lata de refrigerante?
— Sim.
— Pode trazer ela aqui?
— Claro — responde ele.

Ela pega a lata de Sprite e começa a polir a base côncava reluzente com a ponta da camisa. Pega um pouco de terra na ponta do indicador molhado e a usa para polir o metal até ele ficar espelhado. Segura a lata de cabeça para baixo na curva do joelho, com o fundo voltado para o sol. Depois, pega o ninho de mecha que haviam feito e suspende os fiapos de tecido acima do espelho côncavo. Uma conta brilhante de luz aparece, vibrando com as mãos trêmulas de Turtle, lançando arcos entrecruzados de luminosidade, e ela move a mecha para mais perto do espelho côncavo até que a faísca se contrai a um ponto de luz branca intensa. Em quinze minutos, a mecha está fumegando. Brasas vermelhas incandescentes aparecem entre os fiapos. Ela a levanta e sopra, atiçando o fogo. Coloca a mecha em chamas na grama e começa a trazer as lascas de madeira que haviam cortado do tronco.

— Caralho — diz Jacob.

Ela sorri de orelha a orelha. Jacob traz madeira da praia antes que ela seja coberta pela maré e a corta com a faca. Ela lhe mostra como bater com um bastão de madeira para cravar a lâmina, usando a faca essencialmente como uma cunha de rachar lenha. Trabalhando com afinco, ele racha toras inteiras em lascas para inflamar as chamas e, quando o fogo está suficientemente grande, ela pede que ele encha a lata de Sprite com água. Conecta-a a uma garrafa de refrigerante com um longo talo oco de alga parda, removendo a vesícula da alga para fazer um bocal que se encaixa sobre a lata. Põe a lata no fogo. O vapor sobe pela mangueira flexível e se condensa na garrafa plástica de refrigerante. As primeiras gotas saem salgadas. Depois ficam boas. Eles se recostam, cuidando do fogo, absortos na meditativa destilação de água.

— Espere só — diz Jacob. — Quando você estiver perdida, sozinha e assustada na ilha árida e varrida pelo vento que são as aulas de inglês do primeiro ano do ensino médio, aniquilada nas rochas de *A letra escarlate*, eu vou pegar a sua mão e dizer: "Não tenha medo. A lua é crescente. O cocô está úmido e cheira a frutinhas de manzanita". E você vai ficar impressionada.

Turtle tem o cuidado de sorrir apenas um pouquinho.

— Eu estou me sentindo muito queimado de sol. Como estou?

Ela estreita os olhos para ele.

— Mal, né?

— É, mal.

— É bom que esse plano de fuga funcione. Os meus pais estão me esperando de volta da casa do Brett na segunda-feira.

— Eles não vão ficar bravos?

— Provavelmente vão. Quando virem o meu rosto. A minha mãe vai ficar toda: "Você quer morrer de câncer de pele?!"

— Mas você vai estar seguro?

Ele ri. E então para de rir.

— O que foi? — pergunta ela.

— Nada.

— Fala.

Ele só sacode a cabeça. Dormem a maior parte do dia. Cuidam do fogo e bebem muita água. O mar engole a praia e recua. Muralhas esfumaçadas de nuvens aparecem no horizonte e o sol se põe abaixo delas, um distante punho vermelho-sangue.

— Você acha que o seu pai está certo — diz ele — de se retirar do contato social?

— Não sei.

— Mas o que você *acha*?

— Se acontecer, se realmente acontecer, a casa vai ficar sem defesa.

Jacob fica em silêncio ao ouvir aquilo. Depois de um longo tempo, ele deita ao lado do fogo e dorme. Turtle, sentada na ilha, sente-se no mesmo nível do sol poente. A lua se suspende a leste, rompendo sobre o relevo, com um vermelho mais escuro e enevoado. Ondas de água escura como vinho se elevam à volta dela e passam, avolumando-se conforme a plataforma costeira se inclina sob elas, suas grandes costas curvas de um brilho vermelho e roxo. Elas quebram contra as falésias e se erguem e desabam em torres espumantes da altura da lua. Ela fica de guarda enquanto a noite cai e a lua sobe no céu.

Em algum momento naquela noite, no escuro, ouve o começo da maré baixa pelo raspar e ranger das pedras recém-reveladas. Jacob dorme seu sono exausto. Ela está de pernas cruzadas, esperando a trajetória da lua, que descreverá um arco através do céu e começará a se pôr no oeste antes que eles possam ir. A exaustão sobe e desce em sua mente como a própria maré e ela pensa, fique quieta e observe e espere. Ela pensa, espere, sua bostinha, e observe e não perca o momento. Alguma coisa pelo menos você tem, ela pensa: tem a si mesma e pode fazer com isso o que quiser, Turtle. A lua vermelha enevoada gira pela noite e, quando ilumina a ilha obliquamente de sudoeste, lançando uma longa trilha prateada pela água, ela se levanta e caminha até a borda que dá para a terra. Esporões de pedra se erguem do chão do oceano em longas barras diagonais, molhadas e brilhantes de luar. A ilha é como um castelo no fim de sua calçada, o lado voltado para a terra íngreme demais para escalar, a face ocidental inclinando-se para a pequena enseada de frente para as águas profundas. Ela acorda Jacob gentilmente, tocando-lhe o rosto e dizendo seu nome.

Eles descem para a praia. A ilha está assentada em uma grande e escura piscina de maré. A areia desce em rampa para essa água fria e imóvel. Jacob está com medo. Das profundezas, fracas centelhas de luz. Pela superfície, os reflexos salpicados da abóbada estrelada. Eles entram na água de mãos dadas, tremendo de frio, depois se soltam, se lançam para a frente e nadam, ambos feridos, vacilantes. Jacob escala ofegante o grupamento de pedras mais próximo. Turtle começa a subir atrás dele, para, fica imóvel. Uma crista de carne preta irrompe na superfície da água e ela estende o braço e põe a mão boa sobre um flanco escamoso. A coisa vira, afunda e Turtle não consegue avaliar seu tamanho. Ela espera e o flanco surge acima da água outra vez, e ela põe as mãos nele de novo e sente uma força enorme ali, um corpo firme e musculoso sob as escamas. Jacob está de pé na pedra atrás dela, olhando, e Turtle dá um passo atrás dentro da água. A escuridão e o luar se movem em padrões instáveis pela superfície.

— Turtle — diz Jacob, em advertência.

Ela olha para a água escura. Dá um segundo passo descendo da pedra e algo roça sua perna, algo a circunda, e ela sente a passagem do flanco. Dois metros, talvez mais.

— O que você está fazendo? — pergunta ele.

Ela levanta os olhos para ele como se tivesse quebrado um feitiço e volta a sair da piscina. As pedras são escorregadias e difíceis de subir, então Turtle e Jacob se mantêm nas passagens de areia entre as rochas, com água até os quadris. Caranguejos se movem sobre as rochas de ambos os lados, as criaturas em silhueta contra o céu azul-negro, virando-se cautelosamente de lado, erguendo as pinças no ar, as patas fazendo *clique-clique* sobre as pedras. A água vai ficando cada vez mais rasa e cheia de pedras. De mãos dadas, Turtle e Jacob se movem aos poucos, sentindo o caminho, tomando cuidado com os ouriços.

Mesmo assim, levam menos de vinte minutos para encontrar o caminho até uma pequena praia particular abaixo da casa dos vizinhos de Turtle. Há uma escada de sequoia-vermelha que sobe para um amplo gramado com ciprestes e uma grande fonte de sereia iluminada por luzes sob a água. Perto deles, a mansão de sequoia-vermelha dos vizinhos, com suas enormes janelas de parede a parede, uma sala vazia, sofás vazios, uma mesa, luz vindo obliquamente da cozinha.

Seguem um caminho de cascalhos até a estrada e um único carro reduz a velocidade ao passar por eles, os faróis cortando a grama bole-bole-maior e as aveias-bravas, iluminando-os intensamente e depois indo embora. Eles caminham pela estrada, ouvindo o mar tranquilo. Cambaleiam na subida para a casa dela, mantendo-se no centro gramado, passam pela porta, Jacob deixando impressões de calcanhares ensanguentados nas tábuas. Dormem no chão do quarto dela, sobre cobertores de lã e sob o saco de dormir, abraçados, exaustos, acordando o outro quando se levantam para beber mais água, sentindo-a descer pela garganta seca e suspirando, depois parando para escutar os rangidos da velha casa.

19

Jacob a acorda cedo.

— Vamos, vamos, vamos — diz ele, puxando-a do chão onde ela está de bruços, protestando com a cara nos cobertores. — Vamos logo — ele repete. — Temos que deixar você limpa e alimentada e eu preciso ir para casa. Vai, levanta. Estou vendo como você está animada. Meus pais logo vão chegar do aeroporto e, sério, é melhor que eu esteja lá. — Ele a põe de pé. Fez panquecas de aveia e elas estão em uma travessa sobre o balcão. — Estamos sem energia elétrica, mas imagino que você saiba disso. Testei os ovos em um copo de água. Pareceram estar bons, ainda que não ideais. Faz um tempo que vocês não compram comida, né? Embora não faltem não perecíveis. — Ela senta em uma toalha no chão do banheiro com a mão esquerda à frente, curvada e fraca como um caranguejo largado na areia pela maré. Jacob encontrou o material de primeiros socorros embaixo da pia, ferveu uma bacia de água e separou os curativos de esponja, seringas de irrigação, talas e gaze. Ele lê as instruções em cada esponja e pomada, enquanto Turtle observa com uma incredulidade apática. — Certo, certo — diz ele, esfregando as mãos, se preparando psicologicamente. Põe as luvas de látex e começa a cortar as bandagens de tecido de camisa cheias de areia. O dedo mindinho dela aparece. — Opa — diz ele. — Hum... vamos lá. Então. *Uau*.

— Eu estou bem — diz ela, com o termômetro na boca.

Ele tira o termômetro e franze a testa.

— Trinta e sete ponto três. Você está com febre.

— Eu sou quente — diz ela. Jacob passou pasta de amendoim em algumas das panquecas. Ela pega uma da travessa, dobra no meio e dá uma mordida.

— Trinta e sete e três não é normal.

— Humm — diz ela, dando outra mordida. — Para mim é.

— Nós temos que ir ao hospital, Turtle.

— Essas panquecas não estão nada mal — diz ela.

Jacob enche a seringa em uma panela de cobre com água quente e sabão e começa a irrigar o ferimento. A água escorre rosada na bacia.

— O que você tem contra hospitais?

— Meu pai não gosta.

— Onde ele está?

Ela escolhe outra panqueca com a mão livre.

— Quer dizer que o Marlow ainda não o encontrou — diz ele. — E você tem medo de que, se o Conselho Tutelar ficar sabendo, levem você embora.

Ela não tem o que dizer. Há um pouco de pasta de amendoim demais em sua panqueca e isso está criando dificuldade. Ela mastiga com vontade.

— Talvez eles *devessem* levar você.

— Você não acha mesmo isso — diz ela, depois de uma engolida heroica.

— Não — diz ele. — Eu acho que o sistema provavelmente é todo fodido e kafkiano. Não acho que você queira ser parte dele. Mas acho de verdade que você precisa de um médico.

— Nada de médicos — diz ela.

— Se eu não confiar em você para tomar as suas próprias decisões, não sei em quem mais iria confiar. Mas, por favor, Turtle. Vamos ao hospital.

— Não.

— Eu te imploro.

Ela fica em silêncio.

— *Imploro.*

Não há nada a dizer.

— A soma total de toda a confiança que você tem em mim; isso não te convence de jeito nenhum?

Ela não diz nada.

— Você conhece a Bethany? — pergunta ele. — Os pais dela tomam metanfetamina. Então o Will, o professor de filosofia do ensino médio, a acolheu e ela morou com ele por um tempo e agora mora na Little Lake Road com uma amiga da escola. Isso é Mendocino. Todo mundo odeia o sistema. Metade de nós é formada por plantadores de maconha e a outra metade por hippies velhos, certo? E alguns são como os meus pais, transplantados do Vale do Silício que acreditam nos serviços sociais, mas deploram a sua versão atual subfinanciada e estagnadamente burocrática e querem que eles sejam administrados pelo Google e financiados pelos escandinavos. O que eu estou dizendo é: ninguém vai entregar você. Ninguém quer que você vá para uma instituição estadual ou federal. As pessoas vão cuidar de você. A Caroline cuidaria, no mesmo instante. Os meus pais cuidariam. Então, o que eu estou dizendo é que, se ligarmos para o Will, que é o professor que eu falei, ou, sei lá, qualquer professor, se você tiver alguém em quem confia, e eles te levarem para o hospital e disserem que você é aluna deles, ninguém vai ligar para o Conselho Tutelar. Você vai entrar e sair do hospital sem problemas.

— E eles me deixariam voltar para cá?

Jacob hesita.

— Eu não quero me afastar do meu pai — diz ela. — E também não acho que ele iria deixar isso acontecer.

— Você precisa se afastar, Turtle.

— Ele é o meu pai.

— A história que você me contou foi bem séria.

— Não foi tão séria assim.

— Você poderia contar essa história para qualquer professor e acabar com isso.

Ela fica em silêncio.

— Você poderia contar essa história para qualquer professor e em um *minuto* estaria morando comigo, lançando olhares fulminantes para a minha irmã na mesa do jantar todas as noites, aprendendo tudo sobre vinho e ouvindo as viagens *fascinantes* do meu pai para Lehi, Utah, misturadas com romances intradepartamentais, engenheiros químicos fazendo o que não devem, enfim, sempre uma história complicada sobre como este ou aquele erro passou despercebido. Ficaria com aquele quarto para você e a Isobel te pagaria para ajudar no estúdio. Parece bom, não acha?

Ela morde o lábio.

— Ele poderia ter te machucado feio.

— Ele não machucou — diz ela. — E não vai machucar.

— Acho que ele vai.

— Você está falando merda. Ele não quer me machucar. Ele me ama mais que a vida. Às vezes ele não é uma pessoa perfeita. Às vezes ele não é a pessoa que quer ser. Mas ele me ama mais que qualquer outra pessoa já foi amada. Acho que isso é o que mais conta, acima de tudo.

— "Às vezes ele não é uma pessoa perfeita"? — Jacob repete. — Turtle, o seu pai é um enorme, um titânico, um *colossal* babaca, entre os piores que já navegaram por estes mares, um babaca primordial cuja profundidade e intensidade de babaquice desconcertam a mente e empobrecem a imaginação. Embora, claro, Marco Aurélio diga que não devemos desprezar os outros por nos magoar. Ele diz que devemos reconhecer que eles agem por ignorância, contra a vontade até, que vocês logo vão estar mortos mesmo e que essa pessoa não te feriu de fato, porque não diminuiu a sua capacidade de escolher. E eu acho que ele está certo. Você não precisa odiá-lo. Mas provavelmente talvez devesse de verdade pensar em deixá-lo. Com isso tudo eu quero dizer que você devia ir ao hospital. Porque só um sociopata narcisista teria alguma objeção a você procurar um médico neste momento. Para qualquer pessoa que se importa com você, essa seria a primeira preocupação, se essa pessoa pudesse ver o que eu estou vendo. Qualquer outra pessoa estaria: "Porra, minha filha está com dor, ela tem fraturas expostas em três dedos, vamos para o hospital".

Ele termina de cuidar do dedo mindinho dela, aplicando pomada antibiótica e enrolando em gaze. Em seguida, prende a tala de alumínio e a segura no lugar com esparadrapo. Olha para ela.

— Próximo dedo — diz. — Está pronta?

— Você nem sabe do que está falando.

— Acho que tenho alguma ideia.

— Tem nada.

Ele corta as faixas de tecido e revela o dedo anular esquerdo inchado, a unha preta. Com a seringa de irrigação, lança um jato fino de água e, para surpresa deles, a unha levanta de seu leito, presa por uns poucos fios pálidos de carne.

— Puta que pariu caralho puta que *pariu* — diz Turtle.

— O que você quer que eu faça?

— Arranca.

— Cara, eu não consigo arrancar.

— Arranca essa porra.

Ele segura a unha com uma pinça, solta-a com uma tesoura cirúrgica e a põe na água.

— Puta que pariu — diz ela.

— Continue falando. Parece que falar ajuda.

— Porra — diz Turtle. — Porra, porra, porra.

— Excelente! Agora tente frases.

— Você não conhece ele.

— Turtle. Isto está parecendo muito ruim.

— Jacob, você só encontrou com ele uma vez, e rapidamente.

— Você está falando de quando a Caroline te deixou aqui?

— Claro. Quando mais poderia ser?

Ele prende a última tala.

— Eu fico achando que vou ver os ossos dos seus dedos saindo, mas parece que as fraturas estão fechadas e esses cortes são superficiais. O que é bom. Eu acho. Não sei. Sabe quem pode saber? Um *médico*.

— Jacob... você encontrou com ele alguma outra vez?

— As mãos estão prontas. Vamos ver as suas costas.

— Jacob?

Ela tenta puxar a camiseta sobre a cabeça, mas está presa. Com uma careta, ela se deita na toalha. Jacob pega a tesoura e começa a cortar a camiseta. Corta da bainha até o decote e tenta levantá-la, mas o tecido está colado nela em placas de sangue, e ele se demora umedecendo o ferimento para amolecer as crostas e soltar a camiseta.

— Você *precisa* de um hospital. A camiseta grudou na ferida.

— Você nunca nem falou com ele.

— Eu falei com ele. Ele nunca te contou? Eu vim andando de Mendocino até aqui depois da aula. O seu pai estava na varanda, bebendo cerveja e lendo Descartes. Eu cheguei e disse que estava procurando você.

Turtle fica em silêncio.

— Ele falou que você estava na casa do seu avô e eu perguntei sobre Descartes, e ele disse que estava lendo a prova ontológica da existência de deus. Ele tinha uma visão estranha e interessante da prova...

— Quando foi isso?

— Um pouco depois que a gente se conheceu. Fim de abril. Começo de maio. Por aí. O baile estava perto e eu pensei...

— Você falou o seu nome para ele?

— Falei.

— Ele pediu para você soletrar o sobrenome?

— Alguns desses cortes são fundos, Turtle.

— Ele perguntou onde você mora?

— Perguntou.

— Por que você não me contou antes?

— Eu criei algum problema para você?

— Não — diz ela.

— Esses cortes estão horríveis, Turtle. Como você... como você nem mencionou que estava tão machucada assim?

Ela deita no chão e deixa que ele irrigue as feridas e extraia pedaços de conchas. Fim de abril, ela está pensando. Começo de maio. Deve ter sido quando ela estava na casa do avô e ele lhe disse como pedir para comprar um vestido. Foi um momento tão errado para Jacob ir lá. E um momento tão errado para ela tocar no assunto também. Quase não pode acreditar. Jacob está puxando longas tiras de tecido das feridas em suas costas. Ela pensa, ele veio aqui e falou com o Martin e eu nunca soube. Que merda.

Depois que ele vai embora, ela entra no quarto de Martin e pega a lista telefônica. Encontra uma única página marcada com uma orelha. Há Larners e Lerners, mas só um Learner. *Learner, Brandon & Isobel, 266 Sea Urchin Drive*. O nome tem um sinal ao lado, um único risco de caneta azul na margem. Turtle fica parada segurando a lista telefônica. Jacob falou com Martin. Ele estava falando com Martin no mesmo dia em que o avô lhe disse como pedir o vestido. Talvez Jacob tenha perguntado a Martin sobre o baile. Depois, quando ela lhe perguntou sobre o baile, Martin entendeu e fingiu não entender. Esperou um sinal dela. Foi ao quarto dela e ela se desvencilhou das mãos dele. Então ele tomou aquilo como sério, merda, e ela se admirando com a presciência dele. Como ela se surpreendeu, caída na lama do pátio, Martin batendo nela com o atiçador de fogo de novo e de novo. Pareceu-lhe que ele podia ver dentro de seu coração, mas não tinha sido isso; ele sabia. Ele havia se encontrado com Jacob, falado com ele e escondido esse fato dela. O avô queria que ela fosse ao baile. Jacob fala com Martin, Martin compreende e, quando Turtle hesita, quando ela se esquiva, ele sabe o que tem que fazer. Depois a piscina de maré na enseada de Buckhorn. A morte do avô. O desaparecimento de Martin. E tudo por causa de quê?, ela pensa. De um menino. Não, ela pensa, por causa do que um menino representa.

Turtle atravessa o corredor e desce ao porão. Abre os armários e tira o frasco mais conhecido, SMZ/TMP. Fica olhando para os comprimidos. Ela já tomou sulfametoxazol/trimetropina veterinário antes, para infecções do trato urinário. Continua olhando para o frasco. Ainda não consegue se conformar com o que aconteceu. A pequena marca azul de Martin ao lado do endereço é destinada a ela. Ela sabe o que significa: se você não puder ser controlada, ele pode. Jacob não é nada para ele; só as dúvidas dela, só o afastamento dela — isso é real. Ela pega o cartão com as anotações de Martin sobre o SMZ/TMP. Lê uma terceira vez. Toma três comprimidos de 80 mg. Vai tomá-los duas vezes ao dia. Depois pega a caixa de Levaquin. A anotação dele diz: *Inalação de antrax 500 mg 60 ds; para peste negra, outros 250-750 mg a cada 24 h.* Tira as cartelas de alumínio com os comprimidos vermelhos de 250 mg em suas bolhas de plástico e toma dois. Sobe a escada outra vez levando os antibióticos. Você não pode mais ver o Jacob, ela pensa. Não pode envolvê-lo nisso, não pode deixar que ele seja prejudicado. Seu avô morreu por um erro desses. E agora Jacob quer que ela vá embora. É tudo inútil. Toda essa conversa, toda a conversa de Jacob, todos os pensamentos dela, é tudo inútil, e o que importa já está decidido nela e não vai mudar e ninguém vai convencê-la do contrário. Ela deita de bruços sobre um cobertor de lã junto à lareira. Os pensamentos sobem pela névoa de sua mente como bolhas. Ela observa o dedo mínimo na tala de alumínio forrada com espuma pulsar com seus batimentos cardíacos, as costas uma esponja velha e podre absorvendo água dolorosamente quente. Ela pensa, quando ele descobriu, quando teve a prova de ela ter ainda que só pensado, ainda que só hesitado, ele a imobilizou no chão lamacento. Lembra-se da sensação de impotência. Essa é a medida da severidade dele. Ela pensa, você não tem como manter Jacob seguro. Depois pensa, não, a verdade é que você tem, mas não está disposta a isso.

Quando acorda, ela fica junto ao balcão comendo as panquecas de Jacob da travessa. Toma os comprimidos, bebe um copo de água. A luz do sol se despeja pelas janelas e ela se encosta no balcão olhando para as partículas de pó girando no ar, cada partícula deixando um rastro difuso como um cometa. Vai para o banheiro, senta encostada na parede com o termômetro na boca e, quando o verifica, a temperatura é novamente 37,3. Leva o punho à testa. Você está bem, Turtle, ela pensa. Só está esgotada.

Toma os antibióticos tão regularmente quanto consegue. De manhã, faz chá de urtiga e sai para a varanda com a bebida para ver o mar. Vários dias por semana, Jacob chega com sacos de papel cheios de comida, presos embaixo dos braços, pendurados nos pulsos, e Turtle, sentada de pernas cruzadas no chão na frente da lareira, com as mãos em volta de uma xícara de chá, olha para ele e o admira. A primeira vez foi só um ou dois dias depois que eles voltaram para casa e ele veio com a notícia:

— Meus pais *surtaram* quando viram o meu rosto! Você tinha que ter visto! Ficaram "O queee aconteceeeeeu?!" E, quando eu contei para eles que o mar me arrastou e você veio e me salvou, minha mãe disse: "É muito perigoso entrar na arrebentação para salvar uma pessoa que está se afogando", e eu disse que você não tinha medo do perigo, que o perigo tinha medo de você, e eles perguntaram onde estava o Brett nisso tudo, e eu falei que ele também tinha sido arrastado, mas estava com a lata de queijo e só acionou o spray e foi impulsionado para fora pelo jato.

— Então você mentiu — diz Turtle.

— Eu contei toda a história para o Brett pelo telefone. Ele ficou *muito puto*! Falou: "Eu perdi tudo!" Eu contei pra ele que nós fomos arrastados para o mar e que foi como fazer amor furiosamente com uma confusão de rinocerontes orgiásticos em uma piscina cheia de vidro quebrado, e que você fez uma fogueira olhando ameaçadora para o fundo refletor de uma lata de alumínio até que a sua imensa força de vontade foi concentrada e amplificada pelo espelho parabólico em uma faísca incandescente de pura raiva Turtle, que poderia incendiar qualquer coisa, até o coração de alunos do ensino médio desprevenidos.

— O que ele falou?

— Ele teve que admitir que isso poderia funcionar.

— Eu queria que você não mentisse.

— E então eu contei que você esperou até a hora mais escura da segunda noite, antes de amanhecer, e, quando a lua tocou o horizonte, você estendeu os braços e ordenou que o mar se abrisse, e ele abriu tanto e tão depressa como as pernas da mãe dele, e nós atravessamos de volta pelo fundo do mar com monstros marinhos estendidos nas poças, e eles chamaram você com um canto de sereia e você quis descer para a escuridão e se juntar a eles, até que eu segurei a sua mão e te levei dali. Eu quase tive a sensação de que ele não acreditou em mim.

Depois que suas costas cicatrizam em grossas quilhas cor-de-rosa, ela vai fazer compras com a família de Jacob, se arrastando constrangida diante das vitrines enquanto Isobel mostra vestidos de verão, dizendo:

— Ah, mas você ia ficar tão *bem*! Ah, mas você tem o corpo perfeito para um vestido. Ah, olhe só para este! Por favor, Turtle, por favor! Eu compro um sorvete pra você. Qualquer coisa!

E Turtle massageando os dedos ossudos enquanto Isobel recorre a Jacob:

— Jacob, diga a ela pra experimentar!

E Jacob abrindo as mãos:

— Eu não tenho poder sobre ela, e, se *tivesse*, não ia desperdiçar em roupas.

E Imogen dizendo:

— Eu sei onde você ia desperdiçar o seu poder.

Isobel:

— Imogen!

E mais tarde, passando de loja em loja, Imogen anuncia:

— Eu vou levá-la à Understuff. A amiguinha precisa de um sutiã.

— Você não vai — diz Jacob.

— Vou sim, cabeção — diz Imogen.

— Eu não sou cabeção — revida Jacob.

— As redes sociais vão banir todas as fotos dela e ela não vai ter nenhum amigo e depois vai morrer sozinha bebendo vinho de caixa e as centenas de gatos dela vão se aglomerar em volta e comer o rosto dela. Não é isso que você quer para ela, Jacob.

— O quê? — pergunta Turtle.

No fim, Turtle se vê sozinha no provador da loja de lingerie. Tudo lhe parece chique demais. O provador é incomodamente grande e o tapete é estranho. As paredes têm sedas penduradas. Imogen e Isobel jogam sutiãs sobre a porta para ela e Turtle fica lá dentro pegando-os e os colocando sobre a cadeira enquanto elas descrevem, do outro lado da porta, como deve ser o ajuste de cada um. Ela tira a camiseta, mas não consegue lidar com os fechos. Sua mão esquerda ainda está desajeitada. Fica com vergonha de que alguma delas veja suas costas arruinadas. Não gosta de seu rosto magro e feio no espelho. Tem riscos no lugar de maçãs do rosto, olhos estrábicos. Seus longos cabelos loiros têm a textura espessa e revolta de pelo, com alguns dreads. Ela fica parada, rígida, fazendo uma careta. Do lado de fora, ouve Imogen e Isobel recorrendo a Jacob, e Jacob dizendo: "Ela é *tímida*, gente!" Ela está parada no provador. Levanta o sutiã. Nada disso importa, pensa. Elas estão preocupadas com coisas que não importam, elas não veem o que é isso e não veem o que é importante. Ela pensa, se isso é o que as outras pessoas têm, eu não invejo.

Quando Isobel finalmente bate, ela exclama:

— Só um minuto!

Sozinha em sua casa ancestral, ela fica ao lado do fogo com uma lâmpada a óleo e observa as chamas, escutando o vento, imaginando as hastes das amoreiras se enfiando entre as tábuas do assoalho para lançar as trepadeiras verdes sobre seus ombros. Cada dia disso é bom e qualquer dia poderia ser o último, embora a sensação seja a de que ele talvez nunca mais volte. É como se essa pudesse ser a sua vida. Todos os dias, ela adia contar para Jacob. Tem consciência de que é errado, de que é egoísta. Mas tem sido a mesma coisa errada e egoísta desde que ela conheceu os meninos acima do Albion. Ela sempre soube que isso os punha em perigo. Sente-se quase confortável, sabendo o que precisa fazer e não fazendo. Esfrega azeite nas feridas rosadas. Sua alegria é cheia e sem propósito. Acumula-se em camadas sob a pele e fecha os poros. Ela dorme embrulhada em cobertores de lã na frente do fogo. Uma noite, seus peitos ficam doloridos e sensíveis, ela se levanta, vai ao banheiro e senta no vaso sanitário, e baixa os olhos para onde um fio de sangue corre para dentro da bacia. Toca a vagina com a ponta dos dedos e os traz manchados com sua menarca. Leva-os à boca e os suga para limpá-los, depois pressiona o punho na testa e chora por si e por Martin. Isso é o fim de alguma coisa. Antes ela era magra demais, seu corpo tinha poucos recursos. Debruça-se sobre os joelhos nus e soluça. Não quer que nada mude. Não quer que nada se perca.

— Você está me deixando gorda — ela diz a Jacob no dia seguinte. Ele sorri, guardando a comida nos armários. Ele é despreocupado. Acha que ela está brincando. Acha que vão continuar assim para sempre. Está entusiasmado para ajudá-la com as inscrições para a faculdade. Ele está de pé na cozinha, comida espalhada pelo balcão, um pedaço de cordeiro sangrando na tábua de carne, a panela de ferro esquentando no fogão, ele esmagando dentes de alho com a parte larga da faca, descascando-os, moendo-os com facilidade e uma calma competência doméstica totalmente estranha para ela, uma espécie de milagre. Ele está dizendo:

— Eu estou apaixonado pela George Eliot! Meu deus! *Middlemarch*! Que puta *livro* é esse! Que livro! Ela tem um estilo maravilhoso, amplo, *generoso*; ela escreve do jeito que eu quero que sejam as minhas cartas para o Congresso, entende?

Enquanto o observa, pode imaginar Isobel instruindo-o sobre como fazer aquilo, uma taça de vinho sobre o balcão e todos eles, Isobel e Jacob e Brandon e Imogen, na cozinha preparando uma refeição, que Jacob está fazendo para ela agora, e Turtle vê uma herança de amor na serenidade paciente com que ele se move pela cozinha toda. Quando Jacob está aqui, com ela, o desejo de tocá-lo cresce, tornando-se uma espécie de necessidade, e ela deixa cada momento de necessidade passar por ela, sentada ali ao lado dele, de pernas cruzadas, incapaz de fazer o que quer que seja a não ser olhar até que a pura inatividade a faz atravessar o momento insuportável. Depois que ele se for, ela ficará sentada olhando para o fogo, apaixonada por querer e não ter e, às vezes, pensando em algo que ele disse, ela vai sorrir e se deitar nos cobertores na frente do fogo, ainda sorrindo.

Seus momentos de felicidade ocorrem à margem do insuportável. Ela sabe que não vai durar e pensa, você não pode nunca esquecer, Turtle, como era aqui sem ele. Tem que se agarrar a isso, a como isso é bom. Lembre-se do jeito como tudo parecia limpo e bom. Não havia nenhuma podridão em nada. Mas também, ela pensa, como era difícil. Nada é tão difícil quanto o contato contínuo e ininterrupto com a própria mente. E importa se é difícil?, ela pensa. Não importa. É ainda melhor. Turtle Alveston, você aceita esse nada e esse vazio e essa solidão? Ela pensa, você aceita todas essas noites sozinha e aceita isso e apenas isso pelo resto da vida?

20

Uma manhã, ela desce para a praia de Buckhorn com um saco de pequenas maçãs azedas do pomar. Senta encostada em um tronco no lado abrigado do vento. A maré está baixa e a baía está agitada. O vento vem firme do norte e levanta partículas de areia a trinta centímetros de altura, tornando visíveis todas as correntes de ar. Gaivotas se agrupam na proteção das falésias ao norte. Onde há madeiras na praia em posição transversal ao vento, redemoinhos de areia se formam no encontro do vento com a madeira e se acumulam em rampas que se amoldam à silhueta do tronco. Há um assobio contínuo e raspante.

Atrás de cada pilha de algas pardas, o vento corta um v, deixando um triângulo em que lascas de casca de árvore e fragmentos secos de zosteras se acumulam, girando e caindo, brincando juntas de formar bolas. Às vezes, longos cordões de algas ou gravetos de madeira se desprendem do redemoinho e saem girando sobre si mesmos através da enseada para o sul. Ela olha para a praia e Martin está caminhando em sua direção, com botas de mato, jeans 501 e uma camisa xadrez, protegendo os olhos do vento, as rajadas colando a camisa em seu peito. A luz vem oblíqua de trás dele. A praia é de um azul arenoso, as falésias de um marrom-escuro, e os passos de Martin lançam pingos de areia ao vento. Ele chega a uns dez metros dela, abre muito os braços, sua presença ali uma invasão terrível, e ela adora isso nele, fica sentada olhando para ele, o vento batendo o cabelo longo em volta de seu rosto grande e bonito, os ombros largos e enormes como sempre. Ela se levanta, limpa a areia do traseiro e anda para os braços dele. Ele cheira a charutos e óleo de motor. Ficam ali abraçados. Então Martin lhe dá o braço e tudo é como antes. Ele a conduz pela praia e seguem a trilha de terra que sobe pelas falésias. A picape de Martin está estacionada ao lado da estrada, na base da entrada para a casa.

Ele sai com o carro para a estrada e segue em direção à cidade mudando as marchas sem cuidado, fazendo curvas muito fora da pista, olhando para ela, mordendo o lábio inferior. Há uma AR-15 de cano curto no chão, apoiada no assento de vinil. O receptor foi fresado a mão para torná-la totalmente automática. As janelas de ventilação no conjunto do ferrolho exposto estão manchadas de sujeira. Ela fica sentada ali ao lado da arma, e ao lado dele, e pensa naqueles momentos de solidão que lhe deram tanto prazer e fecharam seus poros, mas que foram tão dolorosos, tão insuportáveis que ela não poderia escolhê-los para si, se tivesse a escolha. Na cabine fechada, sente o cheiro dele, sente-o investido de um peso tremendo, uma presença como um poço ao seu lado na cabine da picape, que tem ela própria um cheiro de óleo lubrificante e charutos baratos esmagados no cinzeiro.

— Piolha — diz ele —, eu fiz muita merda. Caramba, eu sei disso. — Maxilar apertado. Dirigindo em velocidade temerariamente alta, mas prestando atenção, mudando as marchas, pisando no acelerador, ultrapassando um carro em uma curva sem visibilidade, o rugido do motor, de volta à sua pista, mudando a marcha, esperando, olhando para ela quase furioso, depois para a estrada, apertando o volante, apertando o câmbio, outra olhada para ela, um sorriso de lado cheio de desculpas, Turtle pegando relances dele em sua visão periférica, ali ao lado dela e absorvendo toda a sua atenção, e ele diz: — Porra, não é sua culpa. Foi... Cacete, você lembra a cara que ele fez?

— Não — diz Turtle.

— De *espanto*. Uma cara de espanto. Você lembra?

— Não.

— Você parece com ele. Sabia disso? — Ela fica olhando à frente, penhascos, guard-rails, o enorme oceano azul cintilante, um leito de algas pardas, depois as falésias acabam a oeste e o oceano é escondido por casas, hospedarias e as placas penduradas de hospedarias, cercas de sequoia-

-vermelha, ciprestes belos e antigos. Ele reduz a marcha, subindo uma encosta ao lado de um bosque de eucaliptos, dá uma olhada para ela. — Eu fiquei louco, piolha. Fiquei *louco*. A expressão no olho dele, caramba, aquela expressão. Ainda consigo ver. Doloroso, o médico disse, doloroso e rápido, mas não era isso que parecia. Parecia que ele estava entendendo alguma coisa, e não algo bom, piolha, não algo bom, mas algo como... Eu repassei isso na minha cabeça uma centena de vezes. Umas mil vezes, mais, e não sei como interpretar. Ele era o meu *pai,* e olhou para mim, e tem um jeito que ele deve ter se sentido, a sensação específica, incalculável, de ser extinto na maldita escuridão, e é... Caramba, piolha. Eu o vi morrer. Eu o *matei*, piolha. Se eu tivesse lidado de um jeito diferente... Se eu tivesse falado diferente com ele, com mais gentileza.

Turtle ainda não consegue olhar no rosto de Martin, as mãos dele se apertando no volante, fixas sobre o câmbio, as enormes coxas manchadas de sua Levi's, rasgos no vinil, revestimento isolante amarelo, molas enferrujadas, tapetes de borracha marrons, agulhas de abeto enfiadas nos padrões de ranhuras dos tapetes. Ele olha para ela.

— Eu fiquei louco e fui embora — diz ele — e, *porra*, piolha. Eu... Mesmo com todo o desprezo que sentia por ele, todo o desprezo que tinha pelos fracassos dele... eu *fui embora*. Com o meu velho... acho que ele só teve uma chance comigo. Eu realmente só *dei* a ele uma chance. Nunca entendi... *quem* ele era. Não acho que ele me amava, ou, se amava, era de um jeito torto. Todos os erros que ele cometeu, eu guardei esse ressentimento e pensei, eu *nunca* vou cometer os erros dele. A vida dele não é vida, e os erros que ele cometeu foi porque era covarde e de coração duro, um infeliz, intolerante, cheio de ódio, impaciente, hesitante... Piolha, as *coisas que o meu pai era.* Um desgraçado, um bêbado filho da puta, um assassino. E eu, eu era jovem e não tinha *nenhuma* compaixão, eu não ia nunca, *nunca*, cometer aqueles erros. Eu queria repudiar tudo o que ele era, e mais, eu acreditava que podia. Não havia o que salvar... Eu não era como você, eu não ouvia, não me importava. Não tinha nenhuma compreensão. E que porra, piolha, porque, apesar de todas as falhas dele, e apesar de tudo o que ele entendeu errado ali no fim, ele ficava do seu lado, ele se preocupava com você, estava disposto a dar tudo, e eu, onde eu estava?

Ela olha para o ombro dele, a camisa xadrez, o cinto, a faca Daniel Winkler no cinto, o banco, o cinzeiro, para a estrada à frente deles, depois para cima, o queixo dele se movendo de um lado para o outro com raiva.

— Eu estava com medo e *ferrei tudo* e não sei como... Caramba! Como eu me tornei esse homem que sou agora, rígido nos meus hábitos, assustado como ele era, rígido como ele era, inflexível *como ele era*, e eu odeio isso, jamais quis ser esse homem, e pensei... Porra! Eu o vi descer para aquela escuridão maldita, e eu vi você... eu vi você, e sabe o que você é? A única coisa numinosa em um mundo escuro e profano, e, sem você, niilismo. Percebe?

Ele olha para ela. Ela observa o oceano, observa a festuca-vermelha ondulando nas falésias. Não, pensa ela. Não, não pode ser isso no fim de tudo, que eu seja como você. Não pode ser. Essas partes de você que eu rejeito, eu vou rejeitar para sempre e não vou, no fim de tudo, descobrir que eu sou como você. Ela junta as mãos em cunha, encaixa-as entre as coxas, fica sentada apertando-as.

Tomam o café da manhã na varanda da Casa MacCallum, acima da ventosa baía de Mendocino. O garçom traz burritos com caviar de salmão por cima, decorados com flores de capuchinha e brotos de ervilha. O rosto de Martin se enche de uma expressão que ela não consegue ler e não consegue reproduzir em sua mente. Ele segura o garfo em uma das mãos e a faca na outra, com os braços sobre a mesa, inclinado para ela, a atenção fixa nela, e diz:

— Olhe só para você. Meu Deus! — Ela não diz nada. As mulheres perto deles usam vestido de verão; os homens estão de camisa social branca. Turtle não sabe se são turistas ou transplantados do Vale do Silício com casas de veraneio ali. Martin não presta atenção em nada a não ser nela. Turtle está usando coturnos velhos, calça militar cor de oliva, um sutiã esportivo preto e camiseta regata branca. Fios emaranhados de cabelo ficam sendo soprados para seu rosto e grudam nos lábios. Martin a examina como um homem que inspeciona a própria boca em busca de aftas. — Vai — diz ele —, experimente o seu burrito. — Ela pega o garfo, olha para a pilha de caviar cor de laranja. — Você é a coisa mais linda — diz ele —, é o que eu acho. Tudo em você, piolha, é perfeito. Cada detalhe. Você é o ideal platônico de si mesma. Cada mancha sua, cada arranhão, é uma elaboração inimitável da sua beleza e da sua natureza selvagem. Você parece uma náiade. Parece uma menina criada por lobos. Sabia disso? — Ela corta seu burrito, esparrama as batatas fritas caseiras e ovos mexidos, junta-os pelo prato com os dentes do garfo. — Você conhece a história de Acteon?

— Não — responde ela.

— Acteon era um jovem caçador que saiu pela floresta e encontrou uma lagoa em que a deusa virgem e suas criadas estavam se banhando. — Ele olha para o mar, mordendo o lábio, depois olha para ela, todo o seu rosto iluminado de prazer, e suspira pelo nariz, para expressar essa satisfação. — Ártemis, aquela sacana. Ártemis. Como castigo por ele tê-la visto, Ártemis transformou Acteon em um cervo e ele foi caçado e despedaçado pelos próprios cães. Porra, olhando para você, é como ela deve ter sido. Me dê a mão. — Ela se inclina para a frente e ele pega a mão dela e a aperta na sua. — Puxa, é bom ver você. Porra, como é bom.

Turtle espera que ele veja os dedos quebrados, mas ele não vê. Com o polegar, acaricia a carne da palma da mão dela, olhando-a atentamente com seus olhos azuis, as íris emaranhadas de fios brancos, o cabelo preto espesso preso em um rabo de cavalo, ainda volumoso, mas escasseando, riscas de couro cabeludo visíveis, a pele em volta dos olhos enrugada como madeira lascada, profundas manchas sob os olhos, ainda um homem grande, mas menor agora, diminuído e curvado, sua presença física ainda investida de uma gravidade tremenda e específica, mas menos inspiradora de espanto, como se ele estivesse se recolhendo dentro de si, já não tanto o homem que podia parar na soleira de uma porta e quase ocupá-la inteira com os ombros. Ficam ali parados, ele afagando a mão dela e a olhando, e ela não sabe o que ele vê em seu rosto, mas ele continua a examiná-la e isso parece lhe doer, e ele desvia os olhos para o mar e ela vê que ele está reunindo paciência, vê que ele está argumentando consigo mesmo, dizendo *Dê-lhe um minuto*, e ele olha para ela outra vez e diz:

— Piolha?

— Sim — responde ela, e pensa, você vai confiar em sua disciplina e em sua coragem e não vai deixá-las e nunca vai abandoná-las e vai ser mais forte, séria, corajosa e dura, e nunca vai ficar aí sentada como ele está, olhando para sua vida como ele olha para a dele, você vai ser forte, pura e fria pelo resto da porra da sua vida, e essas são lições que você nunca vai esquecer.

Ele está esperando que ela diga alguma coisa e ela não sabe o que dizer. Ele quer algo dela, alguma resposta. Ela não consegue se lembrar do que ele disse. Ele solta a mão dela e se recosta na cadeira, quase bravo, quase impaciente, e ela pega a flor de capuchinha em seu prato e a gira entre a ponta dos dedos, sem saber o que ele quer dela.

— Por quê? — pergunta ela, pois não entende. — *Por que* você estava com medo?

Ele olha para a baía de Mendocino.

— Não sei se consigo articular direito isso, nem para mim mesmo. A morte de um pai, piolha, puxa, pode tocar fundo.

Ela concorda com a cabeça, mas ainda não entende, sabe o que foi para ela, a dor que sentiu, o jeito como lhe roeu até os ossos, mas não houve medo, e ela não entende, medo do quê?, e olha para ele e sabe, realmente sabe, que o entende muito pouco.

— Para onde você foi?

Ele indica o burrito dela com a cabeça.

— Você vai comer isso? — Ela pega de novo o garfo e come e, então, constrangida por estar mastigando, baixa a cabeça. — Para o norte — diz ele. — Eu fui para o norte. Fui para o leste de Oregon e Washington, depois para Idaho e Wyoming.

— O que você viu?

— Nada — diz ele.

— Por que, então?

Ele sacode a cabeça.

— Eu fiz *merda*.

— Ah — diz ela.

— Você me aceita de volta?

Ela baixa os olhos para o burrito em seu prato, aberto, derramando o conteúdo, não quer comer, com o estômago enjoado de medo e excitação ao mesmo tempo. Ela o quer *tanto* de volta. Há tanto nele, tanta profundidade, e ela quer isso de novo, o puro peso dele, e tudo o que ele tira dela, mas ainda assim ela chora a perda, a menina que estava sozinha naquela casa, que cortou as estantes dele e queimou suas roupas, e não acha que cabe a ela dizer sim ou não, é a casa dele, ela é a menina dele, ele sempre poderia voltar, ela sabe disso e ele sabe disso.

— Bem — diz ele e aponta de novo com a cabeça. — Como está isso?
— Está bom.

Pagam a conta e caminham para a picape. Voltam para casa e estacionam na entrada. Há uma criança na varanda, com o rosto nas mãos, o cabelo preto emaranhado, braços muito finos com faixas de hematomas. A menina tem nove ou dez anos, uns trinta e poucos quilos. Quando Martin sai da picape, a menina levanta a cabeça e corre para ele. Ele a segura sob as axilas e a gira, rindo. Depois, com o braço sobre os ombros dela, leva-a até Turtle.

— Piolha — diz ele —, esta é a Cayenne.

Cayenne espia sob o cabelo. Coça o tornozelo com o calcanhar coberto de calos.

Turtle a olha de cima a baixo.

— Quem é você? — pergunta ela.

A menina desvia os olhos, nervosa.

— Quem é essa? — pergunta Turtle.

— Esta é a Cayenne — Martin repete.

— De onde ela saiu?

— Ela é de Yakima.

Turtle estala os dedos. Não era isso que ela queria saber.

— Fica em Washington — diz Martin.

— Vá embora daqui — Turtle diz para a menina, que hesita. — Se *manda* — diz Turtle. — Cayenne faz uma cara feia para Turtle, depois corre para as portas corrediças de vidro e para dentro da casa. — De onde ela veio?

— Nós vamos cuidar dela por um tempo.

— Por quê?

— Venha aqui — diz Martin.

Turtle se aproxima e ele a abraça, põe o rosto no pescoço dela e respira seu cheiro.

— Caramba, o seu cheiro — diz ele. — Está contente porque eu voltei?

— Estou, papai — diz ela. — Eu estou.

— Você ainda é a minha menininha? — Ela levanta os olhos e ele sorri de lado. — Olha só para esse rosto. Você é, não é?

Turtle o examina. Há algo nela tão duro quanto as pedras na arrebentação, e ela pensa, há uma parte de mim em que você nunca, nunca vai chegar.

— Olha só para você — diz ele, pondo as mãos em volta do pescoço dela, segurando-lhe os cabelos recatadamente na nuca, e há quase um ódio por ela em seus olhos, e ela pensa, faça. Faça, porra. Eu quero que você faça.

— Só olhar para você — diz ele — já é doloroso. É desse nível a sua beleza. Dói olhar para você. — As mãos dele se apertam e relaxam em volta do pescoço dela. Ela pensa em como andou pelo leito do oceano com Jacob, em como as anêmonas se inchavam feito nós de dedos esperando a passagem da maré, e naquela piscina escura com sua criatura invisível nadando em círculos. Ela quer ser a menina dele, a menina de Jacob, e quer que isso seja tirado dela. Fica parada olhando para Martin e pensa, tire tudo de mim. Leve minha dignidade e tudo o mais, me deixe sem nada.

Nesta noite, Turtle carrega seus cobertores para o andar de cima, para junto da sua velha porta, e olha para seu velho quarto. Caminha até a cama de madeira compensada e vê a própria sombra pintada em suor e gordura. Desenrola os cobertores sobre o assoalho, ajoelha ao pé deles e os alisa. Sai de novo do quarto, bate a porta, fica parada do lado de fora.

Ela desce a escada para a sala de estar escura e vê Cayenne sentada de pernas cruzadas sobre o balcão da cozinha. Martin está analisando a frigideira dela, virando-a de um lado para o outro na luz.

— Tirou toda a cura daqui, não foi? — diz ele.

— Foi — ela responde.

— Não vejo diferença nenhuma.

Ela para ao lado dele, passa os dedos pela superfície, preta como se tivesse sido pintada.

— Antes a cura estava muito grossa e esfarelava. Eu enterrei elas em carvão em brasa e queimei toda aquela gordura vegetal velha. Depois fiz uma cura nova com banha orgânica. É só fazer com calma e ela fica assim.

Ele sacode a cabeça, levanta a mão para o armário de cerejeira aberto, pega o óleo de canola e o despeja na frigideira em longos arabescos, depois levanta a frigideira e a inclina lentamente para um lado e para o outro para espalhar o óleo e a coloca de volta no fogo.

Cayenne observa em silêncio. Ela olha às vezes para Turtle, às vezes para Martin. No escuro, a expressão dela é quase indecifrável. Talvez pensativa. Ela tem o rosto largo e oval, o queixo saliente, maçãs redondas e pesadas, *Crepúsculo* aberto no colo. Turtle não sente nada olhando para a menina. Nada. É como o espaço onde deveria estar um dente. Ela pensa, os erros dele não são os seus erros. Você nunca vai ser como ele. Nunca.

Martin abre um cooler que havia colocado no chão, tira dois bifes embrulhados em papel pardo, joga-os no ferro fundido e fica olhando fixamente para eles. Leva a mão ao bolso, tira um punhado de moedas, mexe nelas com o polegar, separa uma moeda de cinquenta centavos e a joga para Cayenne, que a pega no ar. Guarda o restante das moedas de volta no bolso, sai da cozinha, atravessa a sala e se posta junto à parede.

— Venha aqui — ele diz para Turtle.

Turtle vai até ele. Ele tira do coldre sua Colt 1911 e passa para ela.

— Você tem treinado? — pergunta ele.

— Não — responde Turtle.

— Devia ter treinado.

Turtle olha para a menina segurando a moeda do outro lado do aposento. Olha para Martin. Ela cometeu um erro com a frigideira, falou um pouco demais.

— Eu não quero fazer isso — diz Cayenne.

— Mas veja só — diz Martin, com um sorriso presunçoso. — Você nem sabe o que nós estamos fazendo! Levante isso mais alto. — Cayenne levanta a moeda, presa entre o polegar e o indicador, e olha de um para o outro.

— Você não pode estar falando sério — diz Turtle.

Ela olha para ele.

— Eu não quero fazer isso — Cayenne repete.
— Vai ficar tudo bem, querida — diz Martin. — Vai ser divertido.
— Eu não tenho treinado — diz Turtle.
— Não tem problema — diz ele. — O papai está aqui. — E ele ri da expressão dela.
— Você não pode estar falando sério — Turtle insiste. Ela olha para a menina sentada de pernas cruzadas no balcão da cozinha. Uma única mecha de cabelos pretos está caída na frente do rosto de Cayenne e a menina não faz nada para removê-la. Atrás dela, a única luz na cozinha vem da chama azul no horizonte estendido sob a base da frigideira.
— Você não está falando sério — diz Turtle. Ela solta o carregador e leva o ferrolho para trás. Na sala escura, o cano exposto brilha com incrustações metálicas, e isso é mau sinal. Ela sabe que ele às vezes usa munição e recargas baratas, então tira com o polegar a primeira bala do carregador. É uma Federal HST .45 auto +P de 230 grãos. É potente demais.

Ela olha para ele, para ver se ainda está sério, e ele está. Recoloca o carregador, fecha o ferrolho, posiciona-se. Martin vem por trás dela e põe as mãos em seus braços. Ajusta os quadris dela, depois os ombros. Em seu ouvido, ele diz:
— Solte-se um pouquinho. Relaxe. Assim. Mantenha.

Turtle alinha a alça e a massa de mira, depois move o foco da imagem da mira para a moeda, presa entre os pequenos polegar e indicador de Cayenne parece inimaginavelmente diminuta, um mero brilho prateado no escuro, a menina olhando direto para ela, depois fechando os olhos, seu peito subindo em inspirações que tentam estabilizá-la, a moeda se movendo ligeiramente para cima e para baixo a cada respiração. Cayenne deixou o livro sobre o balcão e seus dedos deslizam em direção a ele, encontram a lombada dura e ficam ali, tocando-o como que em busca de proteção.

Atrás da moeda, Turtle vê a porta da cozinha, com a tinta azul descascando e o círculo vago onde deveria estar a maçaneta, um lagarto de barriga azul solitário com a cabeça levantada, a garganta azul visível apenas parcialmente e pontilhada de pequenos carrapatos como sementes de gergelim azuis, as escamas em quilha do pescoço erguidas como espetos, as cristas espinhosas das sobrancelhas em perfeita silhueta naquele buraco de fechadura de claridade noturna.

Turtle respira e volta a atenção para a imagem da mira, tirando a menina de foco, trazendo a alça de mira para a posição perfeita em relação ao olho e focando a borda superior da massa de mira, colocando essa borda sobre o brilho desfocado da moeda. Em nenhuma outra situação ela tem tanta consciência da pouca profundidade do campo de visão humano. Não é possível manter a menina e a massa de mira em foco. Martin diz em seu ouvido:

— Não pense, tire o cérebro do caminho e faça o que tem que ser feito. Não pense. Só mire. Só atire.

Turtle desloca a arma para o lado, encontra uma mancha de tinta na porta, quinze centímetros acima e quinze centímetros à esquerda da moeda, e atira. A Federal HST de 230 grãos é explosivamente barulhenta e impacta com força, arrancando um pedaço de madeira da porta. Cayenne se encolhe, mas não larga a moeda, e Turtle ajusta o cano em controle perfeito, respira, encontra a marca da bala e atira de novo, arrancando uma segunda lasca de madeira dois centímetros à esquerda da primeira, Cayenne se encolhendo e arfando, a moeda pulando involuntariamente em sua mão, as sobrancelhas apertadas, pequenas linhas se formando entre elas, a moeda tremendo. Turtle posiciona a arma para o terceiro tiro, puxa o gatilho e nada acontece.

Ela olha para o alto da arma e vê uma bala encavalada na porta de ejeção. Normalmente, quando o ferrolho não fecha, ela sente a diferença no coice e ouve o som diferente, mais oco, do disparo. Ela não está prestando atenção. Não está concentrada.

— A arma está suja — ela diz para Martin.

— Você está com o pulso mole — responde ele, querendo dizer que ela não está segurando com firmeza suficiente para o acionamento funcionar direito.

— Não — diz ela. — Pode estar entalando, talvez seja o carregador, ou pode ser até mesmo um extrator com defeito.

— Ou então é o seu pulso mole.

Ela abaixa a arma e deixa Martin observar as marcas de balas na porta, notando a dispersão, um pouco mais de dois centímetros. Ele entende o argumento.

— É — diz ele —, ia dar merda, não é?

— É — responde Turtle.

— Ela errou — diz Cayenne. Turtle percebe que a menina está tentando manter a voz calma, mas sai tensa e nervosa mesmo assim. Quando ninguém reage, ela repete: — Ela errou.

Turtle vai até o balcão, ao lado da menina. Ejeta o carregador, solta o cartucho e deixa a mola empurrar o ferrolho para a frente. Então recarrega a arma e puxa o ferrolho para trás para ver o cartucho metálico brilhante corretamente assentado na câmara. Ela abaixa a arma. Assim tão perto de Cayenne, pode ouvir a irregularidade da respiração da menina. Ela vestiu meias cor-de-rosa depois que Turtle a viu na frente da casa. Talvez o chão de madeira seja frio demais para ela. As meias são grandes para Cayenne, os calcanhares das meias nos tornozelos da menina, a parte dos dedos sobrando desigual. Turtle vira para Martin.

— Vou limpar esta arma para você mais tarde. Está suja.

— Não — diz ele, voltando para a cozinha —, não está suja.

— Eu já vi cachorros — diz ela — com o cu mais limpo do que esta arma.

Martin ri enquanto se aproxima da frigideira, verifica a textura dos bifes com o dedo e a compara com a carne da palma da mão, com polegar e indicador unidos para simular a textura de carne malpassada. Tira a faca do cinto e vira os bifes com o lado largo da lâmina, sacudindo a cabeça. O bife se solta maravilhosamente bem do metal preto curado.

— Sua safadinha — diz ele, estreitando os olhos para a frigideira, a boca semiaberta, meio sorrindo, limpando a lâmina da faca na coxa do jeans e tornando a guardá-la na bainha.

Cayenne respira fundo e sonoramente. Turtle sente o cheiro da menina; seu corpo não lavado, o suor infantil, a fumaça dos charutos de Martin em suas roupas.

Cayenne afasta um fio de cabelo que estava preso em seus cílios, com a mão trêmula. A camiseta está colada ao peito de suor.

— Ela errou — diz de novo, observando-os para ver a reação deles. Pai e filha estão parados na cozinha escurecida, atentos um ao outro.

— Ela não errou — diz ele. — Ela acertou onde mirou, e o que quis mostrar — explica Martin, como se estivesse falando com uma idiota — é que ela tem muita dispersão. Ela não consegue manter os tiros suficientemente perto do alvo. — Ele caminha até a porta, mede a distância entre os tiros com polegar e indicador, quase três centímetros.

— Ah — diz Cayenne, ainda claramente confusa.

— Pegue de novo essa porra — diz Martin, virando, irritado.

— Eu achei... — diz Cayenne.

— Pegue essa porra — repete ele.

Cayenne pega a moeda.

— A piolha tem que fazer melhor. — Ele se vira para Turtle. — Piolha — diz para ela, indicando que deve tentar outra vez.

— Eu vou errar — diz Turtle.

— Não — responde Martin. — Vai dar certo.

Cayenne olha de um para o outro.

— Eu pensei... eu pensei que ela tivesse muita dispersão — diz ela.

— Não se preocupe — diz Martin —, não se preocupe. A piolha tem talento para isso. Ela vai fazer direito. — Olha para Turtle. — Piolha? Não vai amarelar.

— Papai — diz Turtle —, você não pode estar falando sério.

— Mais uma tentativa — diz ele, levantando um dedo.

— Mas... — diz Turtle.

— Nada de "mas" — responde Martin. Ele volta para a cozinha, os bifes estão chiando na frigideira.

— Eu tenho uma Sig Sauer — diz ela —, de nove milímetros, limpa e lubrificada, com munição Hornady de 115 grãos FTX. — A munição tem metade do peso da bala calibre .45 de 230 grãos.

— Esta arma está boa — diz ele, levantando a Colt.

— Não está. Ela está suja. Eu não confio no extrator.

— Cadê a sua fibra? Atitude mental positiva, piolha.

— Cacete — diz Turtle.

— Piolha — diz ele, em advertência.

Turtle atravessa a sala. Ele vai até o lado dela e lhe entrega a arma. Ela a pega, descarrega-a, puxa o cão para trás com o polegar e faz mira. Aperta o gatilho, observando a massa de mira atentamente para detectar qualquer movimento. A arma dispara em seco, a massa de mira permanece tão fixa quanto se estivesse segura por um torno.

— Eu tenho minhas dúvidas sobre esta arma — diz ela, embora agora esteja mais segura por sua própria firmeza e a leveza do acionamento do gatilho. Recoloca o carregador e insere uma bala na câmara. Envolve o cabo com as duas mãos, casando-as uma com a outra, os polegares se beijando como dois amantes sob o ferrolho. Move a arma para mirar a moeda e solta a respiração.

— É isso que você usa agora? — diz Martin.

Turtle para, olha para ele.

— Um sutiã preto — diz ele — e uma camiseta regata branca? Você deve ter roupas melhores do que essa.

Cayenne, que estava esperando o tiro, puxa o ar nervosamente quando ele não vem e fecha os olhos.

— Onde você arrumou esse sutiã? Eu não comprei esse sutiã para você.

— Não — diz ela.

— Onde você comprou isso? — pergunta ele.

— Podemos falar sobre esse assunto depois?

— Eu quero saber como você arranjou esse sutiã — diz ele.

— Eu comprei — ela responde.

— Ele é horrível.

— Eu precisava de um sutiã. O que eu ia fazer?

— Bom, esse sutiã é horrível.

— Nunca vi você tomar a iniciativa de me dar um sutiã.

— Porque você nunca teve peitos.

— Isso não é verdade.

— É verdade. Sabe como eu sei que é verdade? Porque, se você tivesse peitos, eu teria comprado um sutiã para você. É assim que eu sei.

— Eu tinha peitos.

— Não. Porque, se você *tivesse* peitos, eu teria comprado um sutiã.

— Bom, eu tenho agora — diz Turtle.

— Se é que você pode chamar isso de peitos.

Turtle olha para ele.

— E aí, vai puxar esse gatilho ou não?

— Eu não quero fazer isso, papai — diz ela.

— Você consegue, minha linda. Minha querida. Meu amor absoluto. Você consegue. Vá sem pressa e faça certo; é só tirar o cérebro do caminho e deixar o corpo relaxar; deslize o gatilho sem puxar com força, deixe o acionamento engatar naturalmente; tenha a consciência de que vai vir o coice, depois se esqueça dele; não desvie a atenção até o segundo *depois* de ter atirado. Em que você está pensando?

— Em nada — diz ela, embora não seja verdade.

— Isso mesmo — diz ele —, em nada.

Turtle esvazia a mente. Sua atenção está concentrada. Balas não seguem uma trajetória plana. Elas fazem um arco muito suave antes de descer. Turtle considera um ajuste das miras para vinte e cinco metros, e, nessa distância, pode esperar que o tiro saia um pouco para baixo. Mas, se ele tiver ajustado as miras para cinquenta metros, ela estará atirando uns dois centímetros acima. Também é possível que ele tenha ajustado as miras para sete metros. Ela não pode perguntar. O melhor a fazer é adivinhar. Tira toda a folga do gatilho, posiciona a borda superior da massa de mira exatamente sobre a borda superior da moeda. A moeda se move minimamente para cima e para baixo, menos de meio centímetro de variação, mas Turtle faz a mira no ponto alto do ciclo da moeda e espera até que a inalação da menina levante a moeda outra vez.

— Não vá errar — adverte Martin.

— Eu não consigo — diz ela.

— Meu amor absoluto — diz ele.

Do outro lado da sala, Cayenne tem os olhos bem fechados e chora em silêncio, com muco do nariz escorrendo para o lábio. Fios de cabelo estão grudados em seu rosto. Turtle tira tudo isso da mente, tira a menina de foco, e tudo o que vê com clareza é a massa de mira, um horizonte plano de metal, e o posiciona exatamente sobre a moeda fora de foco, sabendo nos ossos que pode acertar aquele tiro, mesmo com a arma desconhecida e suja, o cano reluzindo como ouro em leito de rio no metal raspado, mesmo com a munição muito potente, mesmo com Martin respirando em seu pescoço. Todos os velhos hábitos estão voltando a ela e a massa de mira está estável e obediente à sua intenção. A moeda sobe até o alto de seu ciclo, Turtle aperta o gatilho e Cayenne cai do balcão, gritando.

— Porra! — Martin exclama, em surpresa. Um arrepio de incredulidade percorre o corpo de Turtle. Ela e Martin ficam observando Cayenne caída no chão da cozinha, segurando a mão junto ao peito. Turtle pensa de novo e de novo, que merda. Os gritos da menina são entrecortados por puxadas de ar irregulares.

Martin continua parado e Turtle vai até a cozinha. Cayenne está deitada no chão, de barriga para baixo, com a mão ferida presa sob o peito, sacudindo a cabeça desesperadamente. Seus gritos vão dando lugar a uma respiração ofegante. Turtle pensa, que merda. Que merda.

Martin vai atrás dela. Cayenne, gemendo e ofegando, se enrola de lado lentamente. Martin olha em volta à procura da moeda de cinquenta centavos. Ela está na frigideira. Ele vai até lá, pega-a e a coloca no balcão.

Turtle e Martin esperam, com Cayenne encolhida no chão entre eles. A menina está muda, uma das mãos colada ao peito, a outra estendida, os dedos se agarrando à madeira lascada do assoalho. Um lamento agudo ressoa dela.

Turtle dá dois passos na cozinha, segura a borda da pia, inclina-se sobre ela, achando que vai vomitar. Martin toca em Cayenne com a ponta da bota.

— Você está bem? — pergunta ele. Nada vem da menina, exceto arfadas. Turtle se vira e olha para a criança. A visão da pequena caixa torácica tremendo enche Turtle de angústia. No intervalo entre o cabelo da menina e o decote da blusa, Turtle vê as protuberâncias de suas vértebras e os pelos pequenos e finos da nuca. Martin se agacha, os joelhos estalando, o couro das botas rangendo, e põe a mão no ombro dela.

— Ei, minha querida, você está bem? — diz ele.

Cayenne sacode a cabeça, que está enfiada na curva de um dos braços.

— Conte para mim o que aconteceu — pede ele.

Cayenne sacode a cabeça de novo.

— Onde ela acertou você?

Cayenne estremece. Todo o seu corpo parece convulsionar. Turtle se agarra à borda da pia, apavorada.

— Foi o seu dedo? — Martin sugere. — Ela atirou no seu dedo?

Então, como se de repente descobrisse que podia falar, a menina levanta o corpo e projeta o rosto para ele, a boca aberta, os olhos arregalados, e grita:

— Eu quero a minha mãe!

— Querida — diz ele, estendendo a mão para ela.

— Eu quero a minha mãe! — ela berra, as costelas tremendo, subindo e descendo, mas deixa que ele lhe pegue a mão. Há manchas vermelhas em sua blusa. Martin envolve a mão ferida dela nas suas e Turtle vê que a primeira falange do dedo indicador foi arrancada, deixando um toco carnudo.

— Eu quero a minha mãe! — Cayenne grita para ele, procurando alguma resposta em seu rosto. Ela parece estar tomada ao mesmo tempo pela dor e por uma total perplexidade diante do silêncio de Martin e Turtle. Mas Turtle não tem nada para dizer. Os gritos de Cayenne a constrangem.

— Piolha — diz Martin —, dá uma olhada por aí e vê se encontra o dedo dela.

Ao ouvir isso, Cayenne geme, depois recomeça a gritar.

— Eu quero a minha mãe! — Ela ofega e treme. Suas sobrancelhas se juntam com raiva.

Turtle olha pela cozinha. Deita no chão e olha de lado sobre as tábuas, sob as bordas salientes dos armários. O dedo talvez tenha simplesmente deixado de existir.

— Você vai ficar bem, querida — diz Martin.

A menina envolve o dedo com a outra mão. Sangue vaza entre os dedos e escorre pelo pulso. Ela está em silêncio, a boca em espasmos, os olhos muito fechados, sacudindo a cabeça. Uma linha solitária vai descendo por seu antebraço e Turtle, olhando para ela, fica espantada com a finura daquele membro. Poderia circundá-lo com o polegar e o indicador.

— Isso mesmo — diz Martin —, mantenha a pressão nele, vá mantendo a pressão nele e nós vamos deixar que sangre um pouquinho, você vai ficar bem, isso não é nada, você não precisa desse pedacinho de dedo, vai ficar tudo bem. Piolha? Aqueles bifes devem estar quase queimados. Pode tirá-los para mim?

Turtle vai até o balcão. Cayenne está gemendo. Turtle pega dois pratos. Usando sua faca, espeta cada bife e os solta um de cada vez nos pratos.

Cayenne grita de novo.

— Eu quero a minha mãe! — E Turtle se detém no meio da ação, ouvindo, depois continua, como se Cayenne não tivesse falado nada. Ela apaga o fogão. Olha para Cayenne, sentada muito reta, balançando para a frente e para trás. Os olhos da menina estão inchados, as lágrimas molhando o decote.

— Você foi tão *corajosa* — diz Martin —, foi tão *bem*, vai ficar tudo *certo*.

Turtle sai para a varanda, levando os dois pratos. A encosta está ali, e o mar. Fica parada na escuridão crescente. Na cozinha, os gemidos agudos da menina crescem para um grito. Martin está tentando fazer um curativo no ferimento. Turtle põe os pratos nos braços das cadeiras de madeira e senta. Nota uma sujeirinha no bife de Martin, pega-a na ponta do dedo e olha. É como um fragmento turvo e quebradiço de garrafa plástica. Ela o sacode do dedo.

Quando Martin sai, ele põe a moeda de cinquenta centavos no braço da cadeira dela. Está amassada, com uma única marca preta quase no centro, rodeada de gordura da frigideira. Turtle a pega, olha para ele. Ele encolhe os ombros, para indicar que não sabe exatamente como aquilo aconteceu. Levanta seu prato, segura-o, olhando para o oceano.

— Talvez — diz ele —, talvez o tiro tenha acertado a moeda e resvalado para o dedo.

Turtle concorda com a cabeça.

— Foi só falta de sorte — diz ele.

Turtle olha para ele.

— Não tinha jeito de prever.

— O quê?

Ele sacode a cabeça.

— Não tinha como prever.

— Sério?

Ele olha para ela.

— Você acertou a moeda em cheio.

— Não tinha como prever? — Turtle repete.

Martin parece se surpreender com a irritação dela.

— Devia ter pulado dos dedos dela. Ela não é um *torno*. Não consegue segurar uma moeda com tanta força que a bala *ricocheteie*. A moeda devia ter sido arrancada dela.

— Não tinha jeito — diz Turtle — de prever?

— Por que você está brava comigo? — pergunta ele, como se a reação fosse inescrutável. — Você acertou a moeda. Em cheio. Devia ter sido arrancada dos dedos dela. Não tem nenhum jeito, nenhum jeito, de ela ter segurado aquela moeda com força suficiente para a bala ricochetear para o dedo.

Turtle abre a boca para dizer alguma coisa. Ela fecha a boca, volta a atenção para o mar.

— Você não pareceu muito incomodado lá dentro.

— Por quê? — pergunta ele.

— Aquela menina está com dor — diz ela.

— Sabe — diz Martin —, algumas pessoas acham que a dor é a solução para o solipsismo.

— O quê?

— O problema é que nós não temos nenhuma evidência de que outras pessoas sejam conscientes e vivas, como nós. Sabemos que somos conscientes porque temos a experiência direta dos nossos próprios pensamentos, nossas emoções, a *sensação* incalculável de estar vivos, mas não temos experiência da consciência dos outros, portanto... portanto não sabemos com certeza que eles estão vivos, *realmente vivos*, experimentando a vida como nós experimentamos a nossa. Talvez nós sejamos a única pessoa real, cercada por cascas ocas que agem como pessoas, mas não têm uma vida interior como nós. A ideia, assim dizem os filósofos, é você sentar na frente de alguém e começar a quebrar os dedos dessa pessoa com um martelo. Você vê como ela reage. Ela grita. Ela segura a mão junto ao peito. Você deduz que ela age dessa maneira porque sente *dor*. Mas o que realmente acontece, quando você fica cara a cara com alguém que está sentindo dor, o que realmente acontece é que o abismo entre você e ela fica aparente. A dor dela é inacessível para você. Poderia muito bem ser uma pantomima. Quando ela não está com dor, quando vocês estão só conversando sobre Hume ou Kant, você pode acreditar que existe, entre ambos, um intercâmbio de ideias e emoções. Mas ver alguém sentindo dor, depois que se ultrapassa a surpresa inicial, é deixar aparente o abismo intransponível que separa a sua mente humana de todas as outras personalidades alheias. Isso esclarece o estado verdadeiro e efetivo, não o *social* e o *imaginado*, do intercâmbio humano. A comunicação é uma fina camada de aparência, piolha.

Turtle baixa os olhos para seu bife. Ela o corta, põe um pedaço na boca e começa a mastigar. Martin come em silêncio, pensativo, olhando com ar triste para o pôr do sol em faixas e o oceano escurecendo, a inclinação da colina, os pinheiros ficando verde-pretos ao crepúsculo.

— As pessoas condenam essa observação, piolha. Elas acreditam que insistir no profundo isolamento da mente humana é loucura. Mas, na prática, todos aceitam o fato. Nós não iríamos permitir a estratificação social a menos que, em um nível básico, entendêssemos que estamos isolados das dificuldades das outras pessoas. E estamos: isso não nos afeta em nada. Esses imbecis discursam como se se importassem, mas é uma mentira social, e, se prestar atenção, você vai ver que na verdade está sozinha. A sociedade nunca vai te ajudar. Aquele diretor, aquela sua professora, eles vão cuidar de você na medida em que for o trabalho deles, mas não se importam de fato, piolha. Você é invisível para eles. Como uma pessoa individual, com pensamentos, dificuldades e uma mente própria, é invisível.

O bife de Turtle está vermelho-sangue por dentro. É fascinante como se parte sob a faca. Sangue e gordura se espalham no prato. A carne tem um gosto forte de caça. Para Turtle, a dor de Cayenne ofuscou tudo o mais por sua importância e urgência atordoante.

— O que foi? — pergunta Martin.

— Nada — diz ela.

Ele fica sentado olhando para ela, mastigando.

— Você não está gostando? — diz ele.

— Não, eu gosto — responde ela.

Ele baixa os olhos para o prato. Corta um pedaço, espeta-o na ponta da faca, estende para ela. Ela olha para a carne.

— Toma — diz ele. — Pegue.
— Não — diz Turtle. — Não estou com fome.
— Ah, o que é isso, você está com fome.
— Estou bem — diz Turtle.
— Ela vai ficar bem. Não foi quase nada. Uma raspada na ponta.
— Merda.
— Não, não fique se martirizando com isso. Foi só a pontinha.
— Merda.
— Coma o seu bife.
— Estou enjoada — diz Turtle.
— Não, não está.

Ela abre a boca e ele enfia a ponta da faca dentro da jaula de seus dentes. Ela fecha a boca sobre a lâmina e olha para ele, a ponta da faca contra sua língua molhada, e ele puxa a faca devagar, os dentes raspando o aço. Ela começa a mastigar, olhando para ele.

— Eu não entendo — diz ele. Pega a moeda dobrada entre o polegar e o indicador, segura-a como Cayenne havia feito. Com o dedo indicador, aponta para a marca preta. — Você acertou a moeda. Eu sabia que ia acertar e você acertou. Não entendo o que aconteceu. É... é uma dessas coisas.

Turtle o observa em silêncio.

Ele vira a moeda na mão, sacudindo a cabeça.

— É uma dessas coisas — diz, por fim.

Depois do jantar, ela sobe para o quarto e se encolhe sob os cobertores. A menina está lá embaixo, deitada no seu saco de dormir na frente da lareira, o dedo envolto em gaze. O que esta casa deve parecer para ela. Turtle ouve Martin andar de um aposento para outro e, em algum momento antes do amanhecer, ele sobe a escada e abre a porta do quarto dela.

— Venha dar uma volta comigo — diz ele.

Ela não se mexe.

— Eu sei que você não está dormindo.

Ela se senta.

— A mesma velha piolha — ele fala.

Ela veste a calça militar, com uma consciência intensa da presença dele, enquanto desliza as coxas muito brancas para dentro das pernas da calça e a puxa sobre os quadris. Ele está encostado na porta, sem expressão nenhuma, os olhos escondidos no escuro. Descem a escada juntos e passam por onde Cayenne está deitada no saco de dormir na frente da lareira, segurando a mão ferida junto ao peito como se fosse um passarinho. Saem para a varanda pelas portas corrediças de vidro e descem para os campos, molhados de orvalho. Ele parece tomado por algum espanto mudo. Enquanto caminham, o capim alto lhes molha a calça até os quadris. Chegam às portas abertas no meio do campo, sem estrutura, três delas quebradas, quatro intactas, formando um círculo aproximado. Martin vai até um batente, recosta-se nele, gira a porta em suas dobradiças enferrujadas. Eles olham para a casa no alto da colina, impressionante e sombria, o revestimento branco de madeira sitiado por rosas trepadeiras e heras-venenosas. Turtle vê a própria janela, as roseiras subindo pelas molduras e se esticando para dentro. Vê as grandes janelas panorâmicas do quarto principal. A oeste deles, o mar avança e recua. Ela olha para Martin, encostado na porta, brincando com a maçaneta, com o olhar perdido a meia distância.

— Como ela está? — pergunta Turtle.

— Ela está bem — diz Martin. — Vai ficar bem, dê uns dias para a menina. Ela não é como você era. Caramba. Você era durona.

Turtle caminha para o centro do círculo, fica parada com as portas por todos os lados. Martin brinca com a maçaneta antiga de vidro, abre e fecha a porta, prende a trava. Esse silêncio continua por um longo tempo. O vento passa por eles e os talos da vegetação se movem juntos em quieta e solitária congregação, e lá embaixo, na praia, as ondas arrebentam sobre as pedras, e Turtle, os cabelos voando, olha para o pai.

— Ah, porra — diz ele.

Turtle pensa, ele foi embora e você teve tempo de juntar os pedaços, e conseguiu um pouco, conseguiu o suficiente. Você tem escolha agora, e não diga a si mesma que não tem. Pode nunca mais voltar a ter esse momento, e talvez não haja muitos desses momentos em sua vida, mas você pode fazer agora. Talvez não tenha tido muito tempo, talvez não tantas noites sozinha quanto gostaria, mas foi tudo de que precisava e agora você tem uma escolha. Vá embora, Turtle. Só vá para longe dele, e se ele for atrás de você, e se ele não a deixar ir, você o mata. Ele lhe deu tudo e só o que você precisa fazer é ir embora. Lembra quando o sangue corria em suas veias como água fresca e limpa? Você pode encontrar esse lugar outra vez, e seria difícil, mas seria bom. Nada e ninguém pode impedir você de ter isso; só você pode se levar de volta para a escuridão, só você pode. Ele não pode fazer isso com você, e não minta sobre isso. Então vá embora, Turtle. Pense na sua alma e vá embora.

Ele se aproxima dela a passos largos e lhe acerta um soco forte no queixo e ela cambaleia para trás em uma nuvem de sangue e sua sensação avassaladora é de alívio. Ele a agarra pelo cabelo, levanta-a e a joga de encontro à porta fechada, e ela se segura ao batente com uma das mãos e à maçaneta com a outra para ter apoio, o rosto pressionado contra a madeira enquanto ele puxa sua calça para baixo, e ela pensa, ah, deus, obrigada, e ele desce a calça dela até o meio das coxas, e, enquanto abre o cinto de seu jeans, há um momento em que ela o espera, agarrada ao batente da porta, a calça enrolada em volta das coxas e a boceta nua para ele, e ele está atrás dela, a respiração quente em seu pescoço, e ela se vira para olhá-lo sobre o ombro, os olhos tão semicerrados que o rosto dele é obscurecido pela cortina de seus cílios, olhando para ele com amor, amor real, e Martin, com o punho enfiado em seus cabelos, pressiona-a de encontro à porta, o grão da madeira fazendo vergões em sua face.

Ela sente no movimento dele uma tensão, uma aflição excessiva, os dedos dele se enfiando em seus cabelos, agarrando-os, puxando-os. O rosto dele está fixo em concentração como se estivesse tentando dirigir sua atenção através dela, para algum princípio além dela, amassando-a contra a porta fechada em desespero, cada movimento um desprezo contínuo e repetitivo. Ele a aniquilaria se pudesse. Puxa seus braços, seu cabelo, como se quisesse despedaçá-la, repetindo de novo e de novo: "Sua puta, sua vaca", e algo nas palavras é desprovido de significado, como um mantra. Turtle vira o rosto para a madeira, fecha os olhos, a mão entre as pernas, sorrindo com a dor, dois dedos em volta do pau dele, o escroto contraído como um limão enrugado de encontro aos seus dedos, e Turtle parecendo maior do que si mesma, fora de si mesma, disposta a morrer naquele momento, disposta a ser desfeita, sentindo o ódio dele por ela, uma compulsão extenuante e insuportável, e Turtle se rendendo a ela, abrindo-se para ela, cada pensamento irresistível e sombrio. Ele se arqueia em espasmos, agarra-se à cabeça dela, ao ombro, afundando os dedos com força, e Turtle fecha os olhos, todo o seu corpo contraído. Ela vira o rosto da porta, apoia-o no próprio bíceps e grita, o cabelo colado nas faces. Martin se afasta e sua porra escorre dela e desce pela perna, e ela pega um pouco na mão em concha e endireita o corpo, cambaleia com a calça ainda enrolada nas coxas, puxa-a para cima, ainda sem prendê-la mas agora em volta dos quadris, com as pontas abertas, e se vira para olhar para ele. Ele está curvado, ofegante, os olhos abertos como se estivesse atônito com o que aconteceu. Turtle está fria e determinada, sua carne destituída de calor, o próprio coração dentro dela frio, selvagem e inconquistável. Martin pega a pistola e a põe sob o queixo dela, sua respiração irregular, soltando vapor pela boca aberta.

— Podia ser assim — diz ele. — Só você e eu e, depois, nada... nada... — É como se não conseguisse encarar os olhos dela; ele olha para além dela, depois para sua boca, e não encontra seu olhar. Passa a língua pelos lábios, um gesto inconsciente de dor ou deleite, então faz uma careta para ela, mostrando todos os dentes, os lábios puxados para trás.

Ele levanta o queixo dela com a pistola, e ela deixa que seja levantado, seus olhos se movendo para acompanhá-lo enquanto ele empurra seu rosto para cima.

— Eu preciso de você — diz ele. — Preciso tanto de você. E isto, isto poderia ser o nosso mundo, piolha. Foda-se o resto. Seria isto. Eu acabaria com você e depois acabaria comigo. Poria fogo na merda da casa. Poria fogo nela toda e fim da história. Porra, estou tão cansado, piolha. Quero terminar com tudo assim, piolha, você e eu, um final perfeito. Ter você até os ossos, de uma vez por todas. Você sabe, neste momento, que não tem mais volta. Nós já fomos muito longe nisso e eu não cheguei a lugar algum. Passei três meses longe de você e sabia, a cada dia, eu sabia que estava fazendo a coisa errada. Não há como fugir e não há como continuar com isso. Então vamos pôr um fim de uma vez juntos. Bem aqui. Bem agora.

Ele move a arma do queixo para a testa de Turtle, olha fixamente para algum ponto entre os olhos dela, e ela olha de volta para ele, trêmula, tremores que chegam em rápida sucessão e recuam, e o capim alto se move em volta dos dois como um oceano.

— Você quer me matar — diz ela, só por dizer.

E então ele estremece. Afasta-se dela e leva as mãos à têmpora, uma delas segurando a arma. Depois se curva sobre a grama como se fosse vomitar.

— Porra! — exclama ele, sacudindo a cabeça. — Porra! Porra!

Ele põe a arma sob o próprio queixo, levanta os olhos para o céu escuro com as bases das nuvens iluminadas de prateado. Então, porque esquece que há munição na câmara, ou porque quer o drama, puxa o ferrolho ruidosamente e Turtle ouve a munição encravar. Ele faz um som ressentido, olha para a arma, inspeciona-a no escuro.

— Que porra — diz, incrédulo, batendo na armação da pistola com o pulso.

— Ela precisa de limpeza, só isso.

Ele sacode a cabeça.

— Não fale assim comigo — diz. — Não venha me sacanear. Não agora. Não *agora*.

Turtle não diz nada.

— Porra — diz Martin. Ele olha através da janela de ejeção. Turtle sabe, só pelo som, que a arma alimentou outra munição na câmara sem extrair a primeira. Ela sabe que pode consertar o problema, mas não faz nenhum movimento para ajudar. Martin examina a munição semialojada na câmara, tentando puxar o ferrolho travado, fazendo careta.

— Está emperrado, merda — diz ele, como se não pudesse acreditar. Turtle está constrangida por ele. Martin bate na arma com o pulso, tentando fazer algo se soltar. — Tudo bem — diz ele, olhando em volta. — Merda. Tudo bem. — Ele levanta os olhos, balançando a cabeça agora, reavaliando, mordendo o lábio inferior, respirando ofegante em frustração. — Vamos continuar como sempre.

Turtle cospe na grama e caminha de volta pelo campo em direção à casa solitária e escura no topo de sua colina negra.

21

Turtle deita à noite no chão do quarto, de barriga para baixo, queixo nas mãos, olhando para a chama de sua lamparina, esfregando um pé no outro, pensando, ele voltou e tudo deixou você. Todos os sonhos sobre a menina que você poderia ser. Foram embora. Você sempre achou que fosse ele. Mas o queria de volta. Você está nisso também. Antes você era uma criança, mas não é mais, e o que poderia servir de desculpa para uma criança não vai mais servir e não vai poder ser desculpa para você. Tinha que ter usado a porra de uma camisinha, ela pensa. Não sabe exatamente como funciona, mas a situação mudou. Ela pensa, talvez tenha sido você o tempo todo. Talvez haja algo em você. Algo podre. Você pediu isso, ou quis. Claro que sim. Você o atraiu para isso quando era só uma criança, e sua mãe entendeu, e, quando entendeu, ela se matou, e agora ele não consegue escapar. Ele olha nos seus olhos e quer morrer.

Turtle poderia se desfazer em pedaços. Esse seu pensamento é ruim, um pensamento preguiçoso. Quando olha para a situação como ela é, pensa, é evidente que Martin passou a vida buscando algo do avô, procurando algum sinal, e o avô simplesmente o odiava. Seu pai foi criado em um desamparo total e aniquilador, odiando a si mesmo, e é assim que ele vive. Mas ele amou você. Como ele a amou. Talvez você nunca venha a saber como ele foi capaz de tudo isso. Toda essa força em você, que veio dele. A centelha em você, qualquer fé que tenha em si mesma, tudo em você que resiste à podridão, tudo isso veio dele. Coisas que ele nunca teve para si, mas encontrou um jeito de dar a você. E ele devia ter alguma noção de que a estava preparando para isso e do que poderia ter que abdicar. Ela está tremendo. E talvez você consiga, ela pensa. Talvez possa ficar bem. E, se isso acontecer, pensa, vai ser porque ele lhe deu tudo. Isso é o melhor que ele tem.

De manhã, ela desce a escada rangente e encontra Cayenne ainda adormecida na frente do fogo, encolhida de lado, os ombros um pouco curvados, os joelhos puxados para cima, os calcanhares quase tocando o traseiro, as mãos presas uma na outra, apertadas junto ao peito. Turtle passa em silêncio até a cozinha. Não quer acordar a menina, então pega sua panela de cobre do gancho na parede com o máximo de cuidado e, em vez de abrir a torneira, despeja na panela inclinada a água dos copos deixados sobre o balcão. Risca o fósforo na unha do polegar, acende o fogão. Dá um impulso e senta no balcão de pernas cruzadas para esperar. Fica olhando para a menina. Ela pensa, que porra. A pior interpretação é que Martin pegou essa menina porque tem a ver com crianças. Mas Turtle não acha que seja isso.

Quando a água começa a ferver, Cayenne se mexe e acorda, e encosta na parede. Senta com os ombros encolhidos, segurando o dedo na outra mão. Observa Turtle em silêncio. Depois de um momento, pega seu livro, abre-o e se inclina sobre ele. Turtle odeia aquela carinha de vadia.

— O que está lendo? — pergunta Turtle.

A menina olha para ela sem expressão, séria.

— O que você está lendo? — repete Turtle.

— *Crepúsculo*.

— Isso eu sei.

— Ah. — A menina fixa o olhar nela.

— Eu quis dizer, sobre o que é?

Ela folheia o livro até a página marcada, como se tentasse se lembrar.

— É só... — diz.

Turtle serve o chá com uma concha da panela para sua xícara de ferro fundido.

— Sabe — diz Cayenne —, eu não precisava da minha mãe. Não mesmo. Eu só estava muito puta da vida. Só falei aquilo porque estava muito puta.

Turtle pensa, *eu estava muito puta*. A menina está copiando alguém, algum homem em sua vida, um namorado de sua mãe, alguém que dizia isso. Não foi por querer. *Eu só estava muito puto*.

— Tudo bem — diz Turtle.

Martin sai do quarto para a cozinha e fica junto ao balcão ao lado dela. Olha para a panela de cobre com folhas de urtiga, depois pega uma chaleira e a enche de água. Começa a procurar café nos armários, mas não há café, por fim vai até os sacos de supermercado que deixou no chão e pega uma lata azul de café e o prepara na cafeteira. Turtle espera que alguém fale, mas ninguém o faz. A chaleira ferve, ele despeja a água na cafeteira e espera, olhando fixamente para a crosta espessa, preta e crepitante de grãos moídos no alto do recipiente. Cayenne vira as páginas do livro. Turtle olha de novo para a menina e quer dizer algo, mas parece não haver nada que possa falar.

Martin apoia as duas mãos no balcão e se inclina para a frente.

— Eu estive pensando — diz ele — e acho que precisamos abri-la de novo.

— O quê? — diz Turtle. Martin vai até a sala de estar, se ajoelha ao lado de Cayenne, estende as mãos. Ela lhe dá sua mão ferida. Ele a vira.

— Eu dei uma boa olhada quando fiz o curativo, o osso dentro estava estilhaçado e a carne em volta muito machucada, talvez até queimada, e não acho que a pele vai conseguir fechar o ferimento. Acho que nós vamos ter que abrir esse dedo e cortar o osso até a primeira articulação, depois costurar de novo para a pele poder cicatrizar na ponta.

— Não — diz Cayenne. Ela puxa a mão e a segura junto ao peito. — Não. Eu não vou deixar.

Martin nem parece ouvi-la.

— Tudo bem — diz Turtle.

Cayenne se afasta para trás com os calcanhares, fugindo pelas tábuas do chão até encostar na parede. Ela aperta a mão ferida no peito.

— Não. Não. Não. Não. Não. Não. Não.

— Fique de olho nela — ele diz para Turtle, depois se levanta e sai.

A menina está tremendo inteira.

— Você não vai deixar ele fazer isso, vai?

Turtle desvia o olhar, constrangida pela menina. Então, em vez de ficar na sala com ela, segue Martin pelo corredor até a despensa.

— Tem um instrumento cirúrgico para raspar osso, mas não sei o que é e não tenho aqui — diz ele. — Sempre pensei em comprar mais equipamentos médicos, mas nunca tenho a porra do tempo ou do dinheiro, piolha, e agora olhe só para isso, estou olhando para alicates universais, alicates diagonais, essas coisas.

— Isso é necessário?

— Sim, é necessário. Eu estava pensando ontem à noite. Se não costurarmos as pontas da pele sobre a ferida, ela não vai cicatrizar. Tem um desenho em um dos livros que estavam lá embaixo. Chama-se amputação boca de peixe, porque se fecha a ponta do dedo como uma boca de peixe. É preciso limpar todo o tecido interno, aparentemente, ou a amputação incha ou forma "cogumelos" na ponta. Nós só temos que fazer dois cortes fundos de cada lado do dedo e abrir a pele e aparar o osso, cortar o tecido extra e costurar para fechar. Eu tenho um estojo de sutura, então, quanto a isso, não há problema.

— Vai ser mesmo assim tão fácil? — pergunta Turtle.

Ele olha para ela.

— Por que não seria?

— E se tiver alguma coisa que nós não sabemos sobre anatomia? Ou alguma coisa em que não estamos pensando?

— Piolha, é um dedo. Não é uma coisa trivial, mas também não é nada do outro mundo. — Martin pega uma lanterna e abre o alçapão para o porão, e ela desce atrás dele pela escada espiral e entre as plataformas com baldes de vinte litros fechadas com lonas. Ele abre os armários de alumínio e passa o feixe de luz pelas fileiras de frascos de comprimidos e tubos de remédios de manipulação e pega um frasco de dez mililitros com uma dose única de lidocaína HCL 0,25%, vira-o na mão, fica olhando para a data de vencimento. — Está vencida — diz, sacudindo o frasco —, mas vamos ver. Tranquilo. Não tem epinefrina, o que é bom. Vai funcionar.

— E se a gente usar algo mais geral?

— Para ela apagar, é isso?

— É — responde Turtle.

— Ela não precisa. Não tenho nada desse tipo aqui e ela não precisa. Nós poderíamos arrumar uma cetamina veterinária, talvez, mas ia demorar, e, com uma criança daquele tamanho, é mais perigoso também.

— Isso vai mesmo funcionar?

— Vai — diz ele.

— Tem certeza?

— Tenho.

Sobem juntos de volta. Ele vai para o banheiro e sai com o balde de suprimentos de primeiros socorros. O bisturi e as suturas estão na embalagem estéril, mas o alicate diagonal, o fórceps hemostático, a pinça e a tesoura cirúrgica estão soltos e ele os joga na água fervente. Abre o freezer para pegar gelo, mas não há energia elétrica e o freezer não funciona, e ele tira a bandeja de gelo com suas fileiras de água, atira-a na pia e olha para Turtle com ar aborrecido. Cayenne observa sem falar, segurando a mão contra o peito.

— Eu não quero — diz ela.

Martin vira para o cooler no chão, agora cheio de água parada, tira uma cerveja com o rótulo encharcado e a abre batendo na ponta do balcão. Ele se recosta no balcão e olha para a criança, segurando frouxamente a garrafa de cerveja gotejante entre o polegar e o indicador, tomando goles. Os instrumentos na água fervente fazem barulho contra o fundo da panela.

— Eu não quero — repete Cayenne. — Eu não quero.

Ele esvazia a panela em uma peneira. Os instrumentos estão fumegantes. Leva a peneira até Cayenne.

— A peneira está limpa? — pergunta Turtle.

— Claro. Está limpa.

— Alguma vez você já injetou lidocaína?

— Saco, não — diz ele.

— E dez mililitros é suficiente?

— É um frasco inteiro. Tenho certeza que é suficiente.

— Nós não sabemos como ela funciona depois da data de vencimento.

— Piolha, você está deixando ela mais nervosa do que é necessário.

— Está vencida? — Cayenne pergunta da sala.

— Não, querida, é uma data do tipo "melhor consumir antes de". Não é vencida de fato. São só exigências legais.

— Eu preferia fazer isso direito — diz Turtle. — Já que nós vamos fazer, devíamos fazer direito. Que tal a cetamina veterinária?

— Porra — diz Martin —, nós *vamos* fazer direito. A cetamina, essa merda é cara. Nós não queremos fazer uma eutanásia acidental na menina e não precisamos derrubar ela inteira só por causa da porra do dedo. Se tivéssemos gelo, poderíamos só tirar a sensibilidade com o frio, mas não temos gelo. A lidocaína é perfeita. Lidocaína vai funcionar bem.

— O que é "eutanásia"? — pergunta Cayenne.

— Piolha, nós precisamos de uma toalha para forrar, uma bacia de água e uma seringa de irrigação. — Depois que Turtle reúne o material, Martin olha para ela e diz: — Uma mesa seria muito útil agora, sabia? — Turtle não diz nada. — Me dê a sua mão, Cayenne — diz Martin.

Cayenne segura a mão no peito.

— Não.

— Vamos lá, querida — diz Martin.

A menina sacode a cabeça. Martin suspira e olha para Turtle. Ela não sabe o que fazer.

— Eu não quero — diz a menina.

— Você precisa.

— Vai curar sozinho.

— Algumas coisas podem curar, mas não isso. Me dê a mão.

— Eu juro que vai — diz ela. — Eu *sei* que vai.

— Cayenne — diz ele.

— Eu juro, juro, juro.

— Estou avisando, menina.

Turtle pensa, estou avisando, menina. Ela morde o lábio. A frase a percorre e enche suas entranhas com uma angústia prazerosa.

— Cayenne — diz Martin.

— Não, eu não quero. Você não pode fazer isso. Não *pode*. Não! Não! Não!

— Vou contar até três.

— Eu não quero — diz Cayenne. Ela está chorando. — Estou com medo. Estou com medo, Marty.

— Um.

Os olhos dela estão fechados com força. O rosto está vermelho. Ela está soluçando, sacudindo a cabeça.

— Você está me assustando — diz ela. — Você está me *assustando*.

Algum dia, Turtle terá que explicar como deixou isso acontecer.

— Dois — diz Martin.

Cayenne e Martin hesitam. A expressão de Cayenne é de terror. Ela mesma parece não saber o que fazer. Martin está irredutível. É como se nenhum deles quisesse descobrir o que acontece quando ele chegar ao três.

— Três — diz Martin, e Cayenne estende a mão. Ele a segura pelo pulso e enfia a seringa hipodérmica cheia de lidocaína na membrana entre os dedos indicador e médio. Cayenne grita e Turtle vê a mão dele apertar dolorosamente o pulso da menina enquanto empurra o êmbolo. Ele tira a agulha, enfia-a do outro lado da articulação do dedo e leva o êmbolo até o fim.

— Pronto — diz —, não foi tão ruim.

Há lágrimas nos olhos de Cayenne. Ela está apertando os dentes.

— Seja firme — diz ele. — Olha só para você. Não é como a piolha — diz Martin.

— Como a piolha? — diz Cayenne. Ela não entende.

— O diabo levou a alma dela — diz Martin. — E a deixou vazia por dentro.

— Cala a boca — diz Turtle —, você está deixando ela confusa.

— Eu não estou confusa — diz Cayenne, e agora ela olha para Turtle como para ver se ela é realmente vazia por dentro. Martin começa a cortar o curativo de gaze. Por baixo, o dedo é um toco rasgado, cortado bem na borda da base da unha. A carne está rosada e rodeada de crostas vermelhas e pretas. Ele começa a lavar a ferida e Cayenne murmura e reclama, tentando puxar a mão, mas Martin a puxa de volta. Quando ele termina de lavar, tira o elástico do cabelo de Cayenne e o enrola na base do dedo como um torniquete, fazendo voltas nele com um fórceps hemostático até o dedo começar a ficar branco.

— Está *doendo*, Marty — diz ela.

— Isso vai conter o sangramento. Você quer que eu enxergue o que estou fazendo, certo? Então.

— Marty, está *doendo*.

— E aí — diz Martin —, como estão as coisas, piolha?

Turtle examina a expressão dele e não sabe o que responder.

— Não conseguiu se organizar para pagar a conta de luz, não é?

— Ela desligou no quadro de luz. Tem um curto em algum lugar.

— Está bem. Eu cuido disso.

O dedo de Cayenne está branco e sem sangue por causa do torniquete.

— Segure a mão dela — diz ele. Turtle pressiona a mão da menina sobre a toalha.

— Eu estou com medo — diz Cayenne. — Você está me assustando.

— Relaxa e goza — diz Martin.

— O quê? — pergunta Cayenne, confusa. — O quê?

— Qual é o seu problema? — diz Turtle, segurando a mão da menina com firmeza contra o chão pelo pulso.

Martin começa a cortar os restos da unha e Cayenne abre a boca e grita. O grito é insuportavelmente agudo e continua ao infinito. O corpo dela fica rígido e ela resiste à pressão de Turtle, e Turtle, mesmo sendo maior, não consegue segurá-la.

— Cala a boca — diz Martin. — Piolha, faz ela calar a boca! Cacete, Cayenne, cala a porra dessa boca. — A menina para e fica ofegante. Sua mão está se contorcendo. Turtle não consegue mantê-la imóvel.

— Você não está sentindo nada — diz Martin.

— Eu estou — diz Cayenne. — Eu estou sentindo.

— Ela não está sentindo — diz Martin. — Fecha a porra dos olhos. Você não está sentindo.

— Eu estou, estou sentindo.

— Escute... — diz Martin e para. — Escute. Eu sei que você está com medo, querida. Eu sei que está. E sei que isso pode parecer muito, muito ruim. Mas eu preciso fazer. Está me ouvindo?

A menina olha para ele.

— Está me ouvindo, Cayenne?

— Estou.

— Nós temos que fazer isso e você vai cooperar. Porque, se não conseguirmos, vamos ter que voltar até aquele posto de gasolina onde eu te encontrei e devolver você.

— Não — diz Cayenne.

— Então você vai ter que ser muito corajosa. Está bem?

Cayenne fecha os olhos. Seu rostinho se contrai em concentração. O nariz se enruga. Ele enfia o bisturi na carne e corta desde o lado direito do dedo, passando pelo topo e descendo pelo lado esquerdo. Cayenne faz pouca resistência. Turtle segura a mão da menina com firmeza sobre a toalha.

Martin desliza o bisturi sob a pele. Por causa do torniquete, o sangramento é muito pequeno, como o látex que exsuda de uma asclépia quebrada.

— Isto — diz Martin, movendo o bisturi para expor uma meia-lua de tecido plano e rosado com uma camada fina de sangue — é o leito ungueal, piolha. É a matriz germinativa que produz a unha. — Ele a corta.

Cayenne se debate freneticamente.

— Não não não não não — diz ela. Suas palavras são cortadas por arquejos espasmódicos e soluçantes. Há muco escorrendo do nariz. Fios de cabelo grudam em seu rosto. Os olhos estão bem fechados. O dedo da menina é tão pequeno que os movimentos envolvidos são minúsculos, delicados. Ele desliza o bisturi por dentro da confusão amarela ensanguentada, trabalhando com cuidado em torno de algum objeto oculto.

— Calma, calma — diz Martin. — Calma, menina.

— Pare! Pare! Eu estou sentindo — grita Cayenne.

— Cala a boca.

— Talvez seja melhor a gente esperar — diz Turtle.

— Ela está sendo histérica. Não está sentindo porra nenhuma.

— Mesmo assim — diz Turtle —, talvez a cetamina.

— Bom, agora eu já comecei — diz Martin. Ele expõe o osso, quebrado em uma ponta, pequeno como um pedaço de grafite de lápis. Os olhos de Cayenne estão fechados e veias se destacam em sua testa. Ela está ofegando rápida e superficialmente. Turtle avista a articulação do osso seguinte mais abaixo. Martin afasta a metade superior da pele para deixá-lo à mostra. — Corte isto — diz ele.

— Você não está falando sério — diz Turtle.

Cayenne está gemendo.

— Corte — diz Martin. — Corte esta coisa.

Turtle olha para a minúscula ponta branca amarelada.

— Corte isso, piolha.

— Não consigo — diz ela.

— Corte — ele insiste. — Não olhe para ela. Eu já lhe disse. Ela não está sentindo porra nenhuma.

Turtle pega o alicate diagonal, abre suas mandíbulas chanfradas e as fecha sobre a ponta do osso. Levanta o alicate e solta o pedaço de osso cortado sobre a toalha. Então ouve os pneus de um carro subindo pela entrada de cascalho.

— Filho da mãe, agora não — diz Martin. — Quem será, porra?

— Não sei — diz Turtle. — Como posso saber?

— Quem tem vindo aqui?

— Ninguém — Turtle mente.

— Sem sacanagem comigo, piolha, quem tem vindo aqui? Ah — diz ele. — Ah, não vai me dizer que é aquele seu namoradinho. Ah, experimenta deixar ele entrar aqui. Ele que entre aqui e veja isto e eu e ele vamos ter um tipo de conversa que ele nunca mais vai esquecer.

Turtle se levanta e vai até a porta corrediça de vidro. Avista o 4Runner de Jacob se aproximando. Martin está removendo a carne e cortando-a com a tesoura.

— Merda — diz ela. Ouve a música dele soando dos alto-falantes, "Psychotic Girl", do Black Keys. Ouve-o estacionar do lado de fora e puxar o freio de mão. Sente-se paralisada. Tudo que consegue pensar é, assim não. Não agora e não assim. Ela abre a porta corrediça de vidro, sai para a varanda e a fecha com força atrás de si. Jacob estacionou no pátio de cascalho ao lado da picape de Martin. Martin e Cayenne não são visíveis do ângulo em que ele se encontra. Mas, se ele vier até a varanda, vai vê-los. Jacob desliga o motor, a música para e ele sai, dá a volta pela frente do carro e se apoia no capô. Turtle desce da varanda para o pátio. Sente-se oca.

— E aí? — diz ele.

— E aí?

— Eu vi que você não apareceu nas inscrições hoje.

— O quê?

— A inscrição para o ensino médio. É hoje. Todo mundo se inscreve para o curso e os professores e veteranos dão as boas-vindas aos novos alunos na escola. Nós fazemos brincadeiras de integração. São resquícios das nossas raízes hippies. Não é exatamente incrível, mas eu achei que você estaria lá. Imagino que isto não seja uma coincidência. — Ele indica com um gesto a picape de Martin.

Ela fica olhando fixamente para ele.

— Não fui só eu que senti a sua falta — diz ele.

Ela se mantém em silêncio. Ele parece um recorte de papel de si mesmo.

— Isso não vai dar certo — diz ele.

Ela não tem ideia do que ele está falando.

Ele abre os braços, como para abranger a idiotice de alguma coisa, como para incitá-la a ser razoável.

— Você não imaginou como a Caroline estava entusiasmada para ver você na inscrição? Ela estava ansiosa por isso há semanas. Quer que você e o Brett se inscrevam para as mesmas matérias eletivas. Ela acha que você vai gostar de marcenaria. E agora você vai se transferir para uma escola em Malta, Idaho? Idaho? Que história é essa, Turtle?

Turtle caminha na direção dele. Ele é como um fragmento de uma vida que ela teve que deixar para trás há muito tempo, toda a presença dele revestida de estranheza e inadequação.

— Ah, sem essa — diz Jacob —, sem essa. Assim tão de repente, é como... O Brandon, a Isobel, a Caroline, ficou todo mundo perguntando "Cadê a Turtle?", e eu só, tipo, "Não tenho a menor ideia". O que... — Ele abre os braços de novo. — O que está acontecendo?

— Jacob, você não pode mais vir aqui.

— O quê?

— Vá embora, Jacob. Você tem que ir embora e não pode mais voltar. Eu tenho algumas coisas para resolver. Você não pode ajudar e eu não quero a sua ajuda. Se você me ama, se confia em mim, vá embora.

Ele faz um gesto, parece não ter ideia de como responder a ela.

— O quê? Do que você está falando?

— Jacob — diz ela.

— O quê?

— Eu quero que você vá embora.

— Isso não é suficiente. — Ele indica novamente a picape de Martin. — Quer dizer... você está realmente planejando ir embora para Idaho? Está mesmo se transferindo pra lá? O seu pai está se mudando com você pra lá? Ou o seu pai só fez a sua transferência pra lá na esperança de que a papelada se perdesse e ninguém notasse? Porque isso não vai funcionar. E sabe por que não vai funcionar? Porque tem gente que se importa, Turtle.

— Jacob, eu já te disse. Eu tenho coisas pra resolver aqui.

— E então, qual é o plano?

— Você não está me escutando.

— Ah, qual é — diz Jacob. — Isso é ridículo. Entre logo no carro comigo e venha se inscrever. Porque nós dois sabemos que você não vai se mudar de Mendocino.

— Jacob, você tem que ir.

— Não.

— Jacob — diz ela. — Me escute.

— Não, Turtle. É simples! Quer dizer... isso é ridículo! Vamos lá e...

— Seu merdinha mimado — diz ela, agarrando a camisa dele e o puxando em sua direção. — Eu não sei de que porra você está falando, mas não é simples. Não tem nada de simples e é melhor você só *dar o fora*. Está me ouvindo? Não quero que você finja que sabe alguma coisa sobre isso quando *não sabe de nada*. Não quero você me dizendo o que fazer. Agora dá o fora da minha propriedade. — Ela o empurra contra o carro. — Volte para a sua vidinha patética e insossa. Eu vou ficar aqui vivendo a minha. E nunca venha me dizer o que fazer, não desse jeito, nunca mais.

— Tudo bem — diz ele. — Tudo bem, eu vou embora. Mas, se você acha que eu não vou mais voltar...

Ela cospe no cascalho entre eles. Lentamente, ele entra no carro e liga o motor, observando-a pelo para-brisa. Ele manobra e o carro desce roncando pelo caminho. Ela fica parada ali por mais um momento. Isso, continue desistindo das coisas. Continue desistindo das coisas desse jeito. O que você quer, ela pensa, é não ter escolha. Mas, pensa, ele está certo. Ele está certo sobre você, e é por isso que não pode vê-lo nunca mais. Ele está certo sobre Martin e, se você pudesse lhe perguntar sobre Cayenne, ele saberia o que fazer. Mas que droga, ela pensa. Certo? Você acha que ele está certo? Ele não sabe de nada sobre isso. Eu sou tudo que Martin tem e não posso deixá-lo sozinho assim. Não posso. Ela pensa, quando seu pai enxerga com clareza, ele quer tudo para você, e, quando ele não enxerga, quando ele não consegue ver que você é uma pessoa individual, quer te arrastar para baixo com ele. Como Jacob poderia saber alguma coisa sobre isso, como Jacob poderia estar certo sobre Martin? Martin tem mais dor dentro de si, e mais coragem dentro de si, do que Jacob jamais poderia entender. Os outros olham para você e veem o que você precisa fazer. Vá embora, ele diria. Se manda. Mas eles não enxergam pela sua perspectiva. Não veem quem você estaria deixando para trás e o que tudo isso significaria para você. Eles não têm como. Só veem do jeito deles. E Jacob só está certo no sentido de que ele diria o que qualquer outra pessoa diria, como se não fosse complicado, mas ele não entende. Não entende porra nenhuma, nunca vai entender, e esse mundo, Turtle pensa, não foi tão bom assim com você para que você lhe deva alguma coisa. Só porque todo mundo acredita em algo, só porque todo mundo acredita, menos você, isso não faz você estar errada.

Lá dentro, Martin está agachado desajeitadamente sobre a mão aberta de Cayenne, suturando o ferimento.

— Porra — diz ele. — Era aquele seu namoradinho? Eu ia adorar conhecê-lo.

Cayenne está recostada na parede, a camiseta enfiada na boca, o rosto contraído. Um olho se abre, vira e se detém em Turtle, a pele em volta do olho enrugada de dor.

— Cala a boca — diz ela. — Eu sei que você já o conheceu. — Ela vê o rosto dele endurecer, pensando, se você fizer alguma coisa com ele, eu vou te abrir como um peixe e arrancar a porra das suas entranhas aos punhados e te largar desse jeito. Martin está enfiando a agulha pela borda franzida e ensanguentada da ferida.

22

Turtle está deitada na banheira fria, olhando para as tábuas do teto. A amputação foi há uma semana. A escola começou sem ela. Põe as mãos nas laterais da banheira e se levanta, vai até a pia e se ajoelha, procura entre as coisas embaixo da pia até encontrar uma lâmina de barbear descartável. Suas pernas quase não têm pelos, mas ela passa a lâmina pelo tornozelo, então para, olha para a lâmina e pensa, o que você está fazendo, Turtle, o que está fazendo, e volta à pia e pega o creme de barbear de Martin, coloca um pouco na mão e fica ali de pé, pingando água, fazendo espuma em seus pelos públicos, depois separando-os gentilmente da pele. Quando termina, vai até o vaso sanitário, senta, joga a lâmina de barbear no chão e põe a cabeça entre as mãos.

Sai do banheiro para a cozinha. Martin quebrou a parede e expôs o velho isolamento de jornal, a fiação enegrecida. Ele está sentado em um balde de vinte litros virado ao contrário, arrancando as tábuas do assoalho com um pé de cabra e fumando um charuto. Longos cordões de fios roídos por ratos estão no chão com um ohmímetro. Há uma pinça de cozinha apoiada no balde. Uma serra circular está segurando a porta dos fundos aberta. Turtle, de jeans 501 e camiseta, enxuga o cabelo com uma tolha. Na sala de estar, Cayenne virou a lixadeira de cinta de lado e está afiando varetas para alguma finalidade só dela. Trabalha com uma das mãos, mantendo a outra, ferida, junto ao corpo. Parece totalmente concentrada. Turtle não sabe o que ela está fazendo.

— Ah, piolha — diz Martin. — Os rapazes vêm aqui hoje para um jogo de pôquer. Acho que é melhor eles não ficarem com a Cayenne. Acho que você devia pegar a picape do seu avô, ir para a cidade, mostrar Mendocino para ela por algumas horas. Volte lá pelas onze, quando eles tiverem ido embora.

— Ela me odeia — diz Turtle.

— Ela não odeia você — diz Martin. Ele pega a pinça de cozinha, enfia-a na parede, puxa um rato morto e o lança pela porta aberta para a ravina.

— Ela me odeia e está certa de me odiar.

— Vai passar.

Turtle olha para Cayenne, que não pode ouvi-los por causa do barulho da lixadeira. A menina devia estar usando protetores de ouvido. Mais tábuas foram arrancadas na sala de estar. Elas estão empilhadas no chão perto de Cayenne com os punhados de papel-jornal de isolamento retirados da parede, enegrecidos e chamuscados pelo curto-circuito. Martin andou comprando móveis. Uma cama nova no quarto e uma mesa nova na sala de estar, agora coberta de bobinas de arame e garrafas de cerveja e charutos e pratos velhos. Há uma pilha de contas e a carta do distrito escolar. Martin nem se deu o trabalho de responder. Turtle tem certeza de que alguém vai procurá-los por causa de sua ausência da escola. Martin não fez nada. Ele não parece se importar. Ela olha para ele. Odeia-o com tanta intensidade que é difícil olhá-lo. Ele está inclinado sobre a parede, arrancando os fios de seus grampos de fixação.

Turtle passa o dia atirando em pratos na varanda. À noite, atravessa o pomar com as chaves do avô, a Remington 870 e um carregador de bateria portátil. Chega ao local onde os restos queimados do trailer estão sucumbindo para as framboeseiras. Abre a picape e senta no velho banco de vinil, olhando para o trailer preto calcinado pelo para-brisa trincado. No porta-bebidas há um copo cheio de sementes de girassol e, no outro espaço, um frasco de molho de pimenta. Sente-se comovida por um instante, pensando no avô, nos jogos de cribbage, em como ele punha molho de pimenta na pizza. Fica apertando e soltando a mão no volante, experimenta a ignição. O motor gira sem pegar, até que pega e ela põe a picape em marcha a ré, manobra na grama e volta para casa, sem olhar para trás, tocando o queixo com dois dedos como se estivesse dolorido. Ela sabe dirigir, mas nunca dirigiu sem Martin ao lado, então anda devagar. Estaciona a picape do avô ao lado da de seu pai e, sem desligar o motor, entra na casa escura. Cayenne está lendo diante do fogo. Ela toca a menina com o pé.

— Vamos — diz.

Cayenne não levanta os olhos. Seu dedo indicador está enfaixado bem justo com gaze e preso com fita adesiva ao dedo médio para impedi-la de usá-lo. Ela está deitada de bruços, concentrada no livro. Balança os pés no ar, ignorando Turtle.

Turtle toca seu ombro nu com a ponta da bota. A menina levanta os olhos, com o rosto rígido e sério.

— Você vem comigo.

— O quê? — diz Cayenne. É assim que ela sempre responde. Turtle pode olhar para a menina direto nos olhos e falar qualquer coisa que ela vai olhar de volta e dizer: "O quê?"

— Porra, levanta daí.

A menina faz uma orelha na página para marcá-la e se levanta. Ela faz tudo com apenas uma das mãos.

— O que você está lendo?

— O quê?

— É outro livro, não é?

A menina o fecha, olha para a capa.

— Ele comprou esse livro pra você?

— E daí?

— Vamos lá — diz Turtle e segura a menina pelo braço, e ela vem atrás mais como uma marionete do que como uma criança, e Turtle a empurra para o banco do passageiro da picape, depois entra no lado do motorista.

— Para onde nós vamos?

— Não sei — responde Turtle —, mas não podemos ficar aqui. — Ela tem vontade de pegar a menina pelos cabelos e atirá-la contra o vidro por odiá-la. Tem vontade de enfiar a mão na cabeça daquela merdinha e esmagar o ódio lá de dentro do jeito que se esmaga um pavio de vela, e pensa, você não pode me odiar, você não pode pensar as coisas que pensa de mim.

— Tudo bem. — A menina diz isso de mau humor, como se não estivesse de fato concordando, diz com uma resignação passivo-agressiva amarga e cheia de ódio, do jeito que a mãe dela, ou sua tia, ou alguma outra pessoa, devia dizer diante de cada nova circunstância.

— Ei — diz Turtle. — Ei, não vai ficar com essa cara de cu comigo.

A menina endireita as costas, com os olhos baixos no livro.

— Quer ir para algum lugar específico?

Cayenne sacode a cabeça.

— Imaginei — diz Turtle.

Turtle engata a marcha e sai para a estrada. Vira para o norte na estrada costeira sem uma ideia clara de para onde estão indo. Jacob não apareceu para vê-la na última semana. Para se impedir de continuar seguindo para o norte, na direção da casa dele, ela vira a leste na Comptche Ukiah Road, passando pela pousada Stanford e o restaurante Ravens. À esquerda, as encostas descem para Big River. A luz chega verde-arroxeada através das árvores. Turtle ainda não tem uma ideia clara de seu destino. A menina está em silêncio ao seu lado. Chegam a uma série de avisos de perigo colocados à beira da estrada e, então, um longo trecho em que a faixa da esquerda desmoronou. Elas veem placas de asfalto entre as árvores lá embaixo. A estrada se torna uma pista única que Turtle percorre lentamente, as duas olhando para a borda quebrada do asfalto. Depois atravessam a cidade de Comptche, um punhado de casas de frente para a estrada, uma escola de sequoia-vermelha com dois aros de basquete, uma loja geral e o cruzamento com a Flynn Creek Road. Turtle se mantém na estrada de Comptche e elas sobem as colinas, serpenteando entre ranchos, entrando em estradas cada vez mais estreitas e difíceis. Ela dirige devagar. O único jeito que encontra de pensar nesse problema é imaginar que está buscando a si mesma alguns anos atrás. É má ideia, mas não consegue fazer mais nada lhe vir à mente. Viram em uma pista de barro alaranjado coberta de folhas de carvalho. Seguem por uns quinhentos metros, até chegarem a um portão amarelo do Serviço Florestal, onde Turtle estaciona.

Ela sai do carro e para. Põe no bolso o molho de pimenta do avô, confere o carregador da espingarda e a prende no ombro. Depois dá a volta para a porta da menina, abre-a e diz:

— Venha. Vamos a pé agora.

Cayenne fica olhando para ela.

— Venha — diz Turtle.

A menina não se move. Não faz nenhuma expressão.

— Que saco — diz Turtle. — Que saco.

Ela se afasta, deixando a porta aberta e os faróis acesos. Depois de um momento, a menina sai do carro e a segue. Turtle vira, espera e elas continuam juntas. Há galhos secos atravessados na estrada. Rebentos de árvores crescem na faixa central. Chegam a uma larga área de descanso onde pilhas de restos de madeira e de telhas com manta asfáltica apodrecem sob imensas sequoias-vermelhas, e veem, na base de uma encosta lamacenta sobre um riacho, uma casinha solitária na clareira, os beirais do telhado cheios de liquens pendurados, as telhas rachadas com musgos e espalhadas por corvos, deixando partes expostas de manta asfáltica aqui e ali. Jacob e Brett mostraram a ela este lugar. Algum projeto de construção abandonado pelos proprietários.

— Julia — diz Cayenne. — O que nós estamos fazendo?

— Vamos.

Turtle vai até uma pilha de madeira, velhas tábuas de revestimento agora cobertas de agulhas de sequoias-vermelhas. Ela se agacha, enfia as pontas dos dedos sob uma tábua e a ergue de lado. A tábua de baixo está coberta de húmus apodrecido, marcado por trilhas de alguma criatura rastejante. Centopeias saem serpenteando em busca de abrigo. Cayenne se aproxima e olha com um interesse mal-humorado e contido. Turtle põe de lado a tábua seguinte e essa também está vazia, exceto por uma única salamandra esguia de um dourado acobreado e dez centímetros de comprimento, a pele tão flexível e úmida quanto a carne de um olho, com patas minúsculas, quase vestigiais. Turtle indica a esguia salamandra e Cayenne aperta os lábios. Turtle levanta essa tábua para o lado, pousa-a com cuidado no chão. Há terra e folhas esmagadas entre as tábuas, e raízes brancas serpenteantes, e Turtle está prestes a levantar a tábua seguinte quando vê o escorpião: grande, com pernas articuladas amarelas, o corpo como uma crosta enegrecida pelo tempo, com a mesma intensidade de cor. No dorso, leva um amontoado de filhotes recém-nascidos, todos tão brancos e úmidos como ovos de formiga, com os pequenos pontos pretos dos olhos laterais e os pontinhos pretos individuais dos olhos medianos.

Turtle levanta a criatura pela cauda pontuda. Pega a faca e a passa pelo dorso do escorpião, derrubando os filhotes na cama de folhas. Eles salpicam a tábua de movimento, rastejando em todas as direções, de um branco brilhante sobre o húmus. O escorpião chicoteia e se contorce sob a faca, arqueando as costas e levantando as pinças desesperadamente, a boca ocre abrindo e fechando.

Cayenne ofega.

— Cuidado! — diz ela.

Turtle segura o escorpião diante dos faróis e a luz brilha através das espirais de seu intestino. Cayenne chega mais perto. O escorpião luta com as pinças no ar, se enrolando e esticando de novo o corpo todo. Turtle coloca o escorpião chicoteante na boca, arranca a cauda e a joga no meio da confusão de filhotes. Mastiga, passando o aracnídeo frenético de uma linha de molares para a outra, rachando o tegumento. Depois engole.

— Ah, meu deus! — exclama Cayenne.

— Quer experimentar?

— Ah, meu deus! — repete Cayenne.

— Vai.

— Não!

— Experimenta.

— Não! — diz Cayenne.

— Tem certeza?

— Não sei.

— Não seja frouxa.

— Tá bom, tá bom — diz Cayenne. — Pode ser.

O próximo escorpião é maior, a carapaça de uma cor ferrugem manchada. Ele se vira em confusão para a esquerda e para a direita, depois arqueia o corpo mostrando as pinças e a cauda. O bulbo é amarelo-pus e o ferrão é um fino gancho preto. Onde as placas da carapaça cor de ferrugem se encontram, o tegumento tem uma textura de verrugas quitinosas.

Turtle pega o molho de pimenta no bolso de trás e lança um jato no escorpião, que se encolhe.

— Você gosta de molho de pimenta? — ela pergunta.

— Isso é nojento — diz Cayenne, juntando os joelhos, unindo a ponta dos dedos.

— É? — diz Turtle.

— Não acredito que estamos fazendo isso — diz Cayenne, mas o diz com empolgação, quase urgência.

— Faz nascer pelos nos seus ovários — diz Turtle.

Cayenne solta uma risada surpresa e nervosa.

— Eu gosto de molho de pimenta — responde.

— Tudo bem — diz Turtle. Ela espirra mais molho no escorpião, que balança as pinças, abrindo-as e fechando-as, e se move para atacar com a cauda. O molho brilha muito à luz dos faróis.

— Você pega ou quer que eu pegue?

— Melhor você.

Turtle pega o escorpião pela cauda e o balança enquanto ele se debate no ar. Ele tenta alcançá-la com as pinças, pingando molho de pimenta, as pernas articuladas amarelas de grilo se agitando como uma aranha, descendo uma depois da outra em algum movimento reflexo de caminhar. Espalha gotas de molho em suas contorções frenéticas. Turtle o estende para ela.

— Ah, meu deus! — diz Cayenne.

— Vai firme — diz Turtle.

— Ah, meu deus. — Ela se afasta em uma dança nervosa e empolgada e volta.

— Vamos lá — diz Turtle. O escorpião levanta as pinças, tentando se curvar sobre si mesmo e chegar aos dedos de Turtle. Seus olhos são pequenos pontos pretos incrustrados na carapaça vermelho-ferrugem. O brilho deles reflete a luz dos faróis.

— Não consigo! — exclama Cayenne, dando pulinhos.

O escorpião se contorce tentando alcançar Turtle, depois se estica inteiro, pingando, as gotas vermelhas escorrendo de suas pinças. Cayenne abre a boca, surge por baixo do escorpião e fecha a boca sobre ele.

— Morde a cauda — diz Turtle. — Morde e arranca.

Cayenne enfia os dentes e a cauda se solta nos dedos de Turtle, que a joga no húmus. Cayenne hesita, com a boca fechada.

— Mastiga! — diz Turtle. — Mastiga!

Os olhos de Cayenne se arregalam. Ela mastiga com força, depois engole. Turtle bate no ombro dela. A menina põe as mãos nos joelhos, ofegante e atordoada.

— Você está bem? — pergunta Turtle.

— Meu deus! — diz ela, apertando o coração com a ponta dos dedos da mão saudável. — Estou tão nervosa que o meu coração dói! Sério!

Turtle ri, e então Cayenne ri também.

— Isso foi muito nojento!

— Não. Não. Foi legal.

— Vamos levar um para o Martin!

— Está bem — diz Turtle. Elas levantam tábuas até encontrar outro escorpião e esse Turtle leva para a picape e joga dentro do copo alto do avô. Voltam no escuro, a estrada agora deserta, os faróis cortando a floresta. Cayenne suga o polegar. Entram na Highway 1 e viram para o norte. O monte Buckhorn fica ao sul. Estão indo em direção à cidade.

— Para onde nós vamos?

— Eu preciso pegar uma coisa — diz Turtle.

— Tudo bem — diz Cayenne.

— É só uma coisa que eu pensei.

— O quê? — pergunta Cayenne.

— Não é nada — responde Turtle.

— Julia, você já foi picada?

— Não.

— Nunca?

— Nunca.

— Ah.

Elas continuam em silêncio.

— Julia?

— Hum?

— Nada.

— O que é?

— *Eu* já fui picada.

— Ah, é?

— É. Tem aqueles bichos que picam e põe ovos na pele. E aí todos esses bichinhos nascem debaixo da pele.

— Sério? — Turtle nunca ouviu nada parecido.

— É, eu levei uma baita picada, então o meu padrasto, na verdade é o namorado da minha mãe, eu acho, mas meio que meu padrasto, o que ele fez, ele... ele tinha uma garrafa de cerveja e a esquentou no fogão com... sei lá, esquentou até ficar *super*quente e o ar dentro dela ficar muito quente, e então ele pôs no meu braço e ela grudou na minha pele e, quando esfriou, sugou todos os ovinhos. Como um aspirador de pó. Eram todos brancos e pegajosos. Ele sugou todos para fora e aí ficou tudo bem.

— Caramba.

— O quê?

— Só... caramba.

— Você já teve isso, Julia?

— Não.

— Mesmo?

— Nunca ouvi falar disso.

— Acontece o tempo todo. Vocês não têm isso aqui?

— O tempo todo?

— É. As pessoas ficarem com... hum... bichos debaixo da pele? É.

— E isso funciona? — Turtle está com dificuldade para imaginar esse truque com a garrafa.

— Funciona. Você nunca teve esses bichos?

— Não.

— Eles ficam... — A menina coça o braço. — Assim... embaixo da pele.

— Não — diz Turtle —, eu nem sabia que isso era possível.

— Ah, é sim. E... as pessoas no hospital, elas nem acreditam na gente.

— Você foi para o hospital?

— Fui. Ah, toda hora. Tipo, se a gente não pode pagar um médico, é só ir no pronto-socorro. Eles têm que atender. É a lei. É isso que o meu padrasto diz. Mas você entra e os médicos nem olham nada. Eles só fingem que não está acontecendo. Não mandam fazer tomografia nem nada.

— Hum.

Atravessam Mendocino e entram em Fort Bragg, onde Turtle sai da estrada para o estacionamento de uma farmácia. Deixa Cayenne no carro e entra pelas portas de vidro automáticas. Não há outros clientes na loja. As luzes são friamente brilhantes e há uma única funcionária no balcão. Turtle vai até a parte dos fundos e caminha pelos corredores até encontrar os testes de gravidez. Ajoelha diante deles, pega uma caixa cor-de-rosa e volta depressa para a frente, onde paga com dinheiro, estendendo as notas com mãos trêmulas. A funcionária é uma senhora idosa com cabelos ruivos encaracolados e ela não olha para Turtle, mas pergunta:

— Está tudo bem com você, querida?

Turtle pega a caixa e enfia no bolso.

— Sim, tudo certo.

— Meu bem, tem certeza? Precisa de alguma coisa?

Turtle está se virando para ir embora e a mulher diz:

— Você tem onde passar a noite?

Turtle vira de volta.

— Eu estou bem. Sim, eu tenho onde ficar.

A mulher mantém os olhos baixos, não diretamente em Turtle.

— Está certo, querida. Se cuide. Tenha uma boa noite.

Turtle sai e volta para a picape.

Quando entra, Cayenne pergunta:

— O que foi?

— Nada.

— O que você comprou?

— Não comprei nada.

— Ah.

— Cayenne… há quanto tempo você está com o Martin?

Cayenne morde o lábio. Ela é tão pequena. Seus pés não chegam ao chão do carro. Ela os balança um pouco. Tem o peito reto e os cotovelos ossudos. Por um instante, Turtle olha para ela e pensa, eu poderia deixar essa menina na casa da Anna. Ir até uma cabine telefônica, descobrir o endereço da Anna e só dirigir até lá e deixá-la. Dizer ao Martin que ela fugiu.

— Quanto tempo, Cayenne?
— Ah... um pouco mais de duas semanas.
Turtle estala os dedos.
— O que foi, Julie?
— Eu só estou ficando louca, só isso.
Turtle fica olhando para o estacionamento.
— O quê?
— Como foi, com ele?
— Bom — diz Cayenne.
— O que quer dizer isso?
— Muito, muito bom — diz Cayenne.
— Bom?
— É.
— Foi bom?
— Por quê, Julie?
— Você precisa de, sei lá, um médico?
— Para o meu dedo? Ainda dói, mas não como antes, Julie.
— De onde você é, Cayenne?
— Washington. Tipo, leste de Washington.
— Eu sei, mas o que aconteceu?

Cayenne põe o polegar na boca e vira para olhar o próprio reflexo na janela. Turtle se sente constrangida ao lado dela no carro. Liga o motor, manobra no estacionamento vazio e sai para a estrada. Dirige devagar, esperando que Cayenne fale mais, mas ela não fala. Seguem em silêncio, exceto pelo escorpião se debatendo contra as laterais do copo, e Turtle se lembra de seu avô e da vez em que eles voltaram para casa com aquele grande caranguejo se debatendo contra as laterais do balde. Ela pensa, como eu queria que ele estivesse aqui, ele saberia o que fazer. Mas, Turtle pensa em seguida, talvez ele não soubesse, talvez só fosse inútil de novo. Há tanta coisa de sua vida que ela não entende. Sabe o que aconteceu, mas por que aconteceu e o que significou ela não sabe.

Entram de novo na rodovia. Ele ainda não tocou em Cayenne, ela tem certeza disso. Mas, que droga, ela pensa, o erro aqui é que você acha que perceberia. Seu avô não percebeu e talvez você não percebesse também.

Talvez ele foda a garota o tempo todo e você não perceba, como ninguém poderia saber sobre você. Ela está comendo na mão dele. Bem, pensa Turtle. Ele sabe ser persuasivo como a porra. E se ela tiver vindo de algum lugar onde ninguém ligava para ela, e de repente aparece o Martin? O que você faria, se nunca houvesse tido isso na vida? Se você fosse uma criança. Você faria muita coisa, pensa ela. Suportaria muita coisa. Só para ter essa atenção. Só para estar perto daquela mente enorme, notável, às vezes generosa, às vezes assustadora. Turtle está olhando para a estrada escura. Não há nenhum outro carro além delas. Não importa quem essa menina seja, Turtle não pode ajudá-la. Turtle tem seus próprios problemas.

23

Chegam pelo caminho de cascalho, sacolejando entre os sulcos. É tarde, mas a picape de Jim Macklemore e o Fusca de Wallace McPherson ainda estão ali, estacionados ao lado do carro de Martin. Turtle estaciona na grama e desce com Cayenne, depois de estender a mão para o copo e tirar o escorpião. Caminha para a casa com a espingarda presa ao ombro pela alça, segurando o escorpião pela cauda. A menina a segue, levando seu livro. A eletricidade voltou, mas a casa está escura. Os homens estão jogando cartas à luz de uma única lamparina.

Elas sobem para a varanda e entram pela porta corrediça de vidro. Cayenne corre para dentro e vai direto para onde os homens estão reunidos em volta da mesa nova.

— Martin! — exclama Cayenne. — Eu comi um escorpião!

Martin faz um som de desdém e não levanta os olhos.

Jim Macklemore se vira, gordo e loiro, com os cabelos ralos penteados para trás do rosto corado, a camisa havaiana desabotoada mostrando o peito oleoso e pelos loiros espessos com uma pequena cruz prateada. Ele tem dois pequenos brincos de safira. Wallace McPherson está sentado na frente, de camisa social branca, colete preto de seda e abotoaduras de caças x-wing, um chapéu-coco ao seu lado na mesa, os braços cobertos de tatuagens.

— Nós comemos um escorpião — insiste Cayenne.

— Cayenne, agora não — diz Martin. — Vá para o quarto da piolha.

— Caramba, Julia, como você *cresceu* — comenta Jim, sorrindo e estendendo a mão.

Turtle passa reto por ele e larga o escorpião na mesa de pôquer. Ele aterrissa sobre uma pilha de moedas, a cauda levantada, as pinças se movendo por reflexo no ar.

— Caralho — diz Wallace —, caralho.

Martin acende um cigarro.

— Tem um escorpião — diz Wallace — em cima da mesa.

— É verdade — insiste Cayenne. — Eu comi um escorpião.

— Sei — diz Martin, pacientemente, tirando o cigarro da boca e se inclinando para inspecionar a criatura.

— Ela comeu — diz Turtle —, e nós trouxemos este. Achamos que você podia estar com fome.

Martin não faz expressão nenhuma, mas demora para soltar a fumaça, depois a libera aos poucos.

— Experimente, Marty — diz Cayenne.

— Você não vai comer isso, vai? — diz Wallace.

Jim Macklemore põe a mão no ombro de Turtle.

— O que você está aprendendo na escola? Eu sempre me interessava por política.

Turtle se solta da mão dele.

— Você vai comer? — ela pergunta a Martin.

Martin segura o cigarro aceso levantado. A ponta vermelha mal é visível no escuro; acima dela, a torre de cinzas. Ele o vira devagar, inspecionando-o por todos os ângulos.

— Vocês querem que eu coma esse escorpião?

— Experimente! — diz Cayenne.

Turtle percebe que a menina quer compartilhar aquilo com ele. Quer que seja algo que todos fizeram juntos. Mas Turtle não quer que ele concorde. Ela quer mostrar a Cayenne algo importante aqui, algo sobre a essência dela e a de Martin, porque Martin, Turtle pensa, está com medo.

— Vocês não comeram um escorpião — diz Martin.

— Por que a gente ia inventar essa porra? — diz Turtle.

Martin leva o cigarro à boca, depois estreita os olhos para elas através da fumaça.

— Estava delicioso — diz Turtle.

— Você não vai *mesmo* comer o escorpião — diz Wallace. — Isso seria loucura. Comer o escorpião. Não pode ser saudável. Eles não são cheios de veneno?

— Que nada — diz Turtle. — Não tem problema.

— Vai, Marty! — diz Cayenne.

— É — diz Turtle —, vai, Marty.

— Se eu consegui, você consegue também — diz Cayenne.

— As meninas têm um bom argumento — diz Jim.

— Não seja cagão, Marty — diz Turtle.

Martin morde o lábio. Por fim, diz:

— Vocês querem mesmo me ver comer esse escorpião, não é?

— Sim, Marty — diz Cayenne. — A Julia comeu um.

— É uma coisa que todos nós vamos fazer, certo?

— É! — exclama Cayenne.

— Está bem — diz ele. Inclina-se para a frente, esfrega as mãos, pensativo. O escorpião espera sobre a pilha de moedas, a cauda levantada, as pinças estendidas.

Martin abre o polegar e o indicador, estende-os, recua a mão. Esfrega o indicador no polegar como se estivesse se preparando para a textura da criatura.

— Assim — diz Turtle. — Assim. — Ela faz o gesto de pegar o escorpião pela cauda. — Vamos lá.

Martin estende a mão outra vez. Wallace se inclina para a frente, fumando um charuto, para ver melhor. Ele ainda está segurando suas cartas, sacudindo a cabeça em incredulidade. Martin afasta o polegar e o indicador, hesita logo acima do escorpião, que levanta a cauda e estica as pinças abertas. Pequenas expressões, rápidas demais para interpretar, se sucedem no rosto de Martin.

— Vocês não comeram um escorpião — diz ele, e tira do cinto sua faca Daniel Winkler e enterra a ponta no escorpião. A criatura se contorce, arqueia as costas dolorosamente, a cauda batendo no dorso da faca. As pinças estão estendidas, mantendo-se abertas com visível e dolorosa urgência. Martin levanta a faca com o escorpião espetado na ponta, depois se abaixa e crava a faca no chão e, com o calcanhar, arrasta da lâmina o corpo do escorpião se contorcendo e debatendo e o esmaga sob a bota. Limpa a lâmina na borda da mesa e a joga entre as moedas e cartas e latas de cerveja.

Cayenne solta um gritinho de surpresa e leva a mão à boca. Turtle puxa uma cadeira e se senta. Martin a examina. Em seu tom de voz *vamos falar sério*, seco, ligeiramente afetuoso, indulgente, ele diz:

— Vem cá, vocês não comeram um escorpião.

Turtle lhe devolve o olhar, impassível.

De seus lugares na mesa, Jim e Wallace se entreolham.

— Nós comemos — diz Cayenne. — Eu disse que comemos.

Martin ri, sua risada ficando mais fina, quase como um riso nervoso, e recolhe as cartas e começa a embaralhá-las.

— Ah, certo — diz ele, rindo de novo. — Era alguma porra de pacto de união e agora eu fodi tudo. Ora. Ora. Só podia ser coisa de mulher. Sempre fazendo merda por causa de uma *idiotice* qualquer. Nunca fazem nada direito. — Ele fala de um jeito ofendido, batendo as cartas com força na borda da mesa, depois as cortando, juntando-as e socando o baralho na borda da mesa, cortando e juntando de novo. Todos os demais estão sentados em silêncio. — O *caralho*, o *caralho* que vocês vão me intimidar por não comer a porra de um bicho. O *caralho*. Não é sempre assim? Suas vadias. Todas iguais, com essa mente feminina amarga.

Martin distribui outra mão de cartas e o jogo recomeça, a bela faca Daniel Winkler feita a mão sobre a mesa, a lâmina ainda com fragmentos de carapaça e manchas de entranhas. Depois dessa mão, com as meninas sentadas ali, o jogo acaba. Enquanto os homens estão arrumando suas coisas para ir embora, Turtle pega o braço de Wallace.

— Eu acompanho você até o carro.

Wallace concorda com a cabeça, fecha a tampa da embalagem de iogurte cheia de moedas e sai, Turtle ao seu lado. Cayenne está sentada no balcão, segurando a mão ferida e observando os jogadores de pôquer irem embora.

Turtle vai com Wallace até seu Fusca. Wallace, Turtle sabe, é formado em filosofia em alguma faculdade mais para o norte, ela não sabe muito sobre isso, mas sabe que ele é diferente dos outros, uma década mais jovem, mais próximo de Jacob em sua visão de mundo do que de Martin. Wallace abre a porta do carro e para do lado.

— Wallace — diz Turtle —, eu acho que a Cayenne não está aqui por vontade própria. Acho que ela não devia estar aqui. Acho que não é seguro para ela.

Ele dá uma risada espantada.

— Você acha que ela foi raptada? — E ri de novo. — Julia! Escute. Se ela tivesse sido raptada, não acha que estaria: "Socorro! Socorro!"? Quer dizer... *ah, por favor*. A menina está obviamente bem. — Ele estreita os olhos para ela, depois olha para onde Martin está rindo, ajudando Jim a entrar em sua picape, dando batidas alegres no teto do carro, dizendo: "Vadias! Eu não tenho razão? A gente nunca sabe!"

Turtle se inclina para mais perto dele.

— Você pode contar para alguém, não pode?

— Ah, Julia — diz Wallace. — Não é da minha conta. Ele deve estar cuidando dela porque os pais são viciados em drogas ou alguma merda assim. Ele é um cara legal. A cabeça dele ficou um pouco atrapalhada, é verdade, mas é gente boa. Além disso, minha querida, não é da minha conta, certo? E para quem eu contaria? O Conselho Tutelar? Ah, de jeito nenhum. Ela está melhor aqui. Eu *conheço* o Martin. Ele é um cara esquisito, mas nunca faria *mal* a alguém. Você cresceu bem, não é mesmo? Se tornou uma jovem decidida.

— Conte para alguém, para a polícia, não importa, para qualquer pessoa — diz Turtle.

Wallace ri e levanta as mãos.

— Sim — diz ele. — Sim, que ótimo!

— Por favor.

— Ótimo. Chamar a polícia! E aí qualquer hora iam bater na minha porta no meio da noite, eu ia abrir e era ele com uma M16, certo? — Wallace ri de novo, de pensar nessa ideia. Turtle só fica olhando. Ele não vai acreditar, ela pensa. Não vai. Ele não quer acreditar. — E talvez uma garrafa de uísque? Não — diz ele, ainda rindo. — Não, Julia. Ninguém aqui é *prisioneiro*.

Ele entra, fecha a porta, olha para ela pela janela e Turtle põe a palma aberta no vidro. Tem vontade de gritar com ele. Tem vontade de berrar. Fica parada na grama alta enquanto Wallace se afasta, muda a marcha do Fusca e desce para a estrada.

Turtle volta para a casa e sobe para o quarto. Lá, para na frente da janela, com o luar entrando oblíquo à sua volta, e vira a caixa cor-de-rosa nas mãos. Está escrito: *O único teste que detecta 6* DIAS *antes do atraso menstrual*. Ela vira de costas para a janela, senta no parapeito, mordendo o lábio. Pensa, será que o vovô sabia e deixou passar, e como um homem que me amava poderia fazer isso? Ela pensa, não, Turtle, você está pensando isso errado. Se ele por acaso se omitiu em alguma coisa, foi porque sabia que seu papai te amava mais que o mundo, que qualquer mal que ele pudesse ter feito a você era uma gota no oceano de seu amor. Seu avô sabia disso, então pare de ficar pensando nele, porque não quer dizer nada, e o que ele decidiu fazer no fim, isso não era algo que ele estivesse adiando, era algo que jamais deveria ter feito, nem antes nem naquele momento.

Ela fica escutando até Martin voltar para casa. Ouve-o falar com Cayenne. Suas vozes murmuram e se elevam. Depois ele vai para o quarto e anda de um lado para o outro. Turtle tenta escutar Cayenne, mas a menina está na frente da lareira, lendo seu livro, sem fazer nenhum barulho. Turtle abre a caixa e despeja na mão as três pequenas embalagens plásticas cor-de-rosa. Rola-as para lá e para cá. Pensa, não é possível. Não é possível que isso fosse acontecer comigo. Turtle poderia derrubar as paredes. Está sufocada, asfixiada, repleta de raiva. Ela pensa, não pode ser.

Ouve a porta do quarto de Martin abrir. Ouve-o vir pelo corredor. Ouve seus passos na escada. Maldito, ela pensa. Nós não podemos continuar fazendo isso. É muito perigoso. Esse é um jogo totalmente diferente agora. Ele está do lado de fora do seu quarto. Ela solta a trava, tira metade da Sig Sauer do coldre. Ele abre a porta, fica ali parado. Ela está imóvel. Parece fixada no lugar. O mundo gira em torno dela. Está olhando para as botas dele. Tremores lhe sobem pelas coxas. Tem a mão direita na Sig em suas costas, apertando o punho de polímero.

Ele entra no quarto. Levanta o queixo dela com o nó do dedo e ela põe os braços em volta dele e respira seu cheiro, lã, cigarros e graxa lubrificante para armas. A Sig Sauer ainda está em sua mão. Ele a carrega para seu quarto e ela sente necessidade dele. Martin é tão grande e estar em seus braços é tão bom que arrepia a pele, é como voltar para casa, como ser criança outra vez. Martin a aninha em um braço para poder abrir a maçaneta de vidro lapidado com a outra mão, chuta a porta e a carrega para dentro do quarto com suas roupas espalhadas no chão e uma cama nova com novos lençóis e uma nova mesinha de cabeceira. As sombras das folhas de amieiro e das inflorescências da árvore brincam pelas feridas nas paredes de onde ela arrancou os parafusos e derrubou as estantes dele. Há ainda o velho intervalo conhecido entre a parede de gesso e o piso, e essa linha escura delimita o quarto, uma lacuna intransponível onde os dois se encontram, uma lacuna que se abre para o escuro dos alicerces que exalam seu frio cheiro mineral e feminino, e Turtle pode imaginar as grandes vigas dos alicerces se apoiando direto no granito e na terra por baixo da casa, por baixo das tábuas do assoalho, os lugares escuros decorados com teias de aranha. Ele a leva para a cama e a joga no ar e ela fica suspensa na luz prateada e nas sombras instáveis do quarto, e então cai na cama, no edredom de penas, os lençóis embolados com o suor dele cheirando a tabaco, deitada ali onde foi largada como se não pudesse se mover, como se fosse uma marionete e não uma menina, a cabeça levantada e os olhos abertos, olhando para aquela parede de gesso, Martin arrancando sua calça e a jogando de lado, depois puxando a calcinha e a descartando também, as folhas que entram e saem de foco na parede. Ela quer, de alguma maneira, sufocar sua solidão. Quer ficar deitada ali e ser esvaziada de toda a sua identidade. Ele se ajoelha entre suas coxas e ela põe uma das mãos no cabelo dele e grita alto de dor e de ódio de si mesma e de um prazer suspenso e horrível. Quando acaba, ela fica deitada nos lençóis emaranhados, relaxada e insensível, enquanto Martin senta na beirada da cama, apoiando-se em um joelho, arfando, quase soluçando — tudo o que ela precisa fazer é esperar em silêncio com o leque de suas costelas abrindo e fechando, respirando ofegante até que tudo o que ela considerava sagrado nele desapareça e, então, ela não sabe o quê. Permanecem no escuro pelos longos momentos depois do que fizeram, e é diferente do que era antes e Turtle não vai falar e não vai se mover. É como se ela pudesse se manter imóvel, relaxar e eliminar todos os vestígios de si mesma dos membros. Não vai passar longas noites em contato com a própria mente, não terá que se levantar dessa cama ou admitir como chegou lá, pode não fazer nada e não ser nada e não haverá dor. Ela a sente, porém, por toda parte no quarto, subindo pelas paredes, nas sombras dos lençóis, respirando de dentro da fenda escura entre o piso e a parede de gesso, uma dor melancólica que se acumula e adensa e espera por ela, a dor de ser ela, cada momento longo e particular e horrível.

— Merda — diz ele, da beirada da cama. Ela não olha. — Merda. Suas malditas entranhas, piolha. — Turtle não diz nada. — Para dentro desse saco de entranhas cheio de ódio, dessa sujeira molhada e lisa, e de novo para dentro do ódio e da sujeira e do nada.

— Cala a boca — diz Turtle.

— Para dentro do ódio e da sujeira e do nada — diz Martin.

— Cala a porra dessa boca — diz Turtle, sentando.

— Suas entranhas podres, piolha.

Turtle levanta e ele a observa. Ela fica em pé no meio do quarto procurando a calcinha, mas não consegue encontrá-la, e anda de um lado para outro enquanto ele permanece sentado, curvado, de ombros largos, a cara séria, manchado de sombras dos amieiros, sua forma enorme e silenciosa e inclinada examinando-a pegar peças escuras de roupa e separá-las para ver o que são e, finalmente, sua calça, e ela veste a calça enquanto ele a observa e ela olha de frente e com ódio para ele enquanto a veste, e pensa, eu achei que você pelo menos pudesse me dar isso, que poderia pelo menos fazer isso, mas a verdade é que você não me dá nada, ela pensa, puxando a calça e passando-a pelos quadris com um movimento do corpo, e pondo a arma no coldre enquanto Martin a observa se vestir, e ela pensa, vá em frente, pode olhar, imbecil. Eu não sei como sair disso e não sei se consigo sair, então acho que vamos ver o que acontece. Vá em frente, pode olhar, ela pensa, porque tem alguma coisa errada comigo se eu me disponho a correr o risco, se eu permito que você faça isso comigo. Ele a observa e ela fecha o cinto e fica parada, endireitando o corpo e permitindo que ele a admire, e sai do quarto e atravessa o corredor e para junto à mesa de pôquer. Há uma regra, ela pensa, que a vida te ensinou, que Martin te ensinou, uma regra que diz que toda fenda molhada como a sua acaba recebendo o que merece. Uma luz fraca vem das janelas e das brasas na lareira. Cayenne está chorando baixinho, na frente do fogo, e Turtle pensa, merda.

Não havia lhe ocorrido que a menina ia ouvir e ela não tem como explicar, então fica ali parada junto à mesa de pôquer pensando em tudo o que Cayenne ouviu e pensando, merda, merda, merda. Não suporta que Cayenne a tenha ouvido entrar naquele quarto, não suporta que Cayenne tenha ouvido seu consentimento àquilo. Sempre foi uma coisa particular. Turtle fica escutando Cayenne chorar e chorar. Ela pensa, vou para o meu quarto e deixar a puta aqui chorando. Acha que eu ligo para ela? Acha que me importo com ela? É uma puta como todas as outras, e sua feminilidade cava buracos em sua mente. Não tenho nada em mim para ela, ela não pode me ter e eu não tenho nada para dar e ninguém poderia esperar que eu tivesse, ninguém poderia esperar que eu desse a mínima para essa menina.

Bem, ela pensa, Jacob esperaria que você ajudasse. Jacob nem teria dúvidas de que você a ajudaria. Mas Jacob é um merdinha privilegiado que não entende a profundidade que as coisas podem ter às vezes. Como elas podem ser ruins e como a podridão pode chegar fundo. Vá para o seu quarto, Turtle, porque essa menina não é nada para você. Mas, pensando em Jacob, se aproxima da menina e senta ao lado dela e toma a criança nos braços. Ela não sente nada e não sabe por que está fazendo isso exceto por esse motivo. Abraça a criança e pensa, ela não é nada para mim. Essa putinha não é nada para mim. Eu poderia matá-la se ele me pedisse. Poderia fazer isso e ia pesar um pouco em mim, mas não seria o meu fim. Ela faz *shhh* para acalmá-la.

— Eu estou com medo, Julie — diz Cayenne. — Eu quero a minha mãe. Eu quero *mesmo mesmo* a minha mãe. — Ela repete isso várias vezes, como se esperasse alguma resposta de Turtle, mas Turtle só consegue abraçar a menina com mais força.

Por fim, Turtle diz:

— Cayenne.
— Hein?
— Não me chame de Julie.
— Sério?
— Sério — diz Turtle.
— Você não gosta?
— Me dá vontade de vomitar.
— Por quê?
— Não sei. Era como a minha mãe me chamava.
— Como eu te chamo, então?
— De Turtle.
— De Turtle? — repete Cayenne.
— É.

Cayenne está fungando, mas está um pouco entretida também. Ela arqueja e prende o cabelo sujo de muco do nariz atrás da orelha, e funga e olha com curiosidade para Turtle, linhas aparecendo e desaparecendo em sua testa com sua animação e sua raiva.

— Mas — diz ela — isso é... Não, isso é bobo. Não.
— Não?
— Você não pode ser *Turtle*.
— Por quê?
— Você é tão bonita.

Turtle ri.

— Você é, sim, é *tão* bonita.
— Cayenne — diz Turtle. — Há algumas coisas com que eu me importo. Mas sabe para o que eu estou cagando?
— O quê?
— Beleza.
— Ah.
— O quê?

A menina sacode a cabeça.

— Qual o problema?

A menina sente que é uma repreensão. Turtle a abraça e a balança para a frente e para trás, e sente algo intenso, alguma emoção que não consegue identificar. Algo que se parece muito com receptividade.

— Está tudo bem. Só estou te provocando.

Cayenne assente com a cabeça. Ela ainda parece sentir que foi uma repreensão.

— Eu não quero dizer que você não deva se importar. Não estou dizendo que é ruim se importar com isso ou que você está errada. É só que... Bom, eu tenho outras coisas.

— Tá bom — diz Cayenne. Sua voz é aguda e fina e não há nenhum ressentimento nela. Turtle abraça a menina e pensa, eu nunca vou deixar nada te machucar. O pensamento vem sem querer, e ela sabe que não é verdade. Mas gosta disso, gosta da ideia de que poderia ser essa pessoa. E pensa de novo, suspendendo sua descrença e apoiando o rosto no cabelo da menina.

— Eu nunca vou deixar nada te machucar — ela diz.

Cayenne chora e chora.

— Por que você fez aquilo? — ela pergunta.

— Não sei — diz Turtle.

— Por que você deixou ele fazer?

— Não sei — diz Turtle.

— Turtle?

— Eu acho que as pessoas não sabem por que fazem as coisas. Elas só pensam que sabem.

— Mesmo?

— É só quando a situação fica difícil que a gente percebe que está fazendo a coisa errada.

Cayenne soluça.

— Você não tem medo? — ela pergunta.

— Tenho — responde Turtle, e só sabe que é verdade depois que se ouve falando.

Isso faz Cayenne chorar mais ainda, tremendo e soluçando, e Turtle aconchega a criança em seus braços, puxa-a para o seu colo. A menina morde seu ombro e Turtle sorri. Cayenne balança a cabeça como um cachorro sacudindo um rato. Turtle a abraça e a menina é pequena, com tornozelos finos e pés pequenos e ossudos, e seu cabelo é embaraçado e áspero contra o rosto de Turtle. Ele gruda nos lábios de Turtle e a menina estende os braços e envolve com eles o pescoço de Turtle, e Turtle não diz nada, só a abraça, e, abraçando-a, pensa, isso é algo de que eu posso cuidar e, mesmo que eu não consiga dar amor à menina, poderia cuidar dela, talvez isso eu possa fazer. Eu não sou como ele, eu posso cuidar de coisas e posso cuidar dela também, talvez, mesmo sem saber se isso é real e mesmo que não esteja me importando tanto, talvez eu possa salvar algo só fazendo isso, só cuidando desta merdinha. Ela a abraça e cantarola um pouco, seu queixo na cabeça de Cayenne, as pernas da menina aconchegadas nos braços de Turtle.

24

Turtle acorda quando os holofotes se acendem. Ela levanta a espingarda do suporte na parede e veste o jeans e uma camiseta branca. Põe um boné de tela para manter o cabelo fora do rosto, sai do quarto e desce a escada. Martin está na sala com sua AR-15 modificada, olhando para o campo pela porta corrediça de vidro. Ele se vira e estreita os olhos para ela quando a ouve descendo a escada. Cayenne está sentada na frente da lareira vazia e sem luz, ainda enrolada nos cobertores. Turtle vai até a sala. Martin esfrega o polegar na barba por fazer. Ele indica a janela panorâmica com um gesto, os campos iluminados com um brilho de halogênio.

— Acha que tem alguma coisa ali? — pergunta ele.

— Não — diz Turtle.

— Não? — ele repete. — Mas você não sabe. Nós não sabemos o que está naquele campo. Sabemos?

— Não — diz ela —, nós não sabemos.

Ele sacode a cabeça devagar, sorrindo.

— É um veado — ela lhe diz.

— Isso não é incrível? — Ele vai até a parede de vidro, apoia a mão nela, se encosta nela, o campo além sombras tortas desencontradas e o brilho refletido dos talos do capim alto. — Nós estamos no limite de uma incerteza e nos indagamos não só sobre as particularidades deste momento, mas de todos os momentos como este. O que se esconde por trás do visível. O que está no capim, piolha? O que está lá fora?

— Nada, papai — diz ela.

— "Nada, papai" — ele repete, irritado, depois ri dela, ainda apoiado na porta de vidro e olhando para o campo além do próprio reflexo, e, de onde ela se encontra, ele parece estar confrontando essa imagem embaçada de si mesmo, inclinada para a frente e exausta contra o vidro. — Esse é o problema com você, sua vadiazinha: você acha que sabe o que está lá fora. Mas não sabe. Há uma terrível pobreza em você, uma pobreza de mente, de imaginação, de *espírito*. A verdade é que, como não sabemos, para nós tanto há como não há algo no campo. É o intruso de Schrödinger. O mundo é rico em potencial, piolha, e ambos os estados existem para nós neste momento; não há nada no campo, e, ao mesmo tempo, há algo desconhecido lá fora. Mais provavelmente, algum coitado prestes a morrer. Talvez aquele seu garoto, e talvez ele esteja lá fora agora mesmo, lá no capim, se cagando de medo. Achou que podia vir dar um oi, te socorrer no seu momento de necessidade. Enfim. Nós não sabemos. Agora nada é verdade, tudo é possível, e em que você acredita não diz nada sobre o mundo e diz tudo sobre você. Aqui você traça o seu curso pela vida.

Turtle vai até a janela. Pai e filha, lado a lado, presentes diante de seus reflexos geminados e parciais. Além deles, os holofotes iluminam o capim, uma treliça de sombras e caules dourados balançando juntos. Parece de fato haver um potencial fértil logo ali do outro lado da janela. Ela sente o teste de gravidez junto à coxa, ainda na embalagem.

As luzes se apagam. Ele faz um afago na cabeça dela. Sem uma palavra, vai embora. Ela não vê nada exceto sua respiração embaçando o vidro à frente. Abre a porta e sai para a varanda fria e úmida, atravessa até a balaustrada e inspira o cheiro do campo, ouve o capim se movendo, os suspiros suaves e distantes do mar. A noite parece desamparada para ela. Quase espera, com uma espécie de amargura, que algo apareça. Ela o implora, deseja.

Porra, ela pensa. Porra. Não há nada aqui fora. Desce os degraus da varanda e as luzes se acendem de novo com um clique. Caminha pela entrada de cascalho e até a borda do campo. Acha que Martin pode estar observando da janela e pensa em como ela deve parecer, iluminada de cima pelos holofotes, uma menina segurando uma espingarda pelo receptáculo, com o capim alto até a cintura, usando uma camiseta branca e um boné de tela, olhando para uma encosta intacta, virando em paciente vigilância.

Ela avança pelo mato, os cheiros pungentes da vegetação esmagada subindo ao seu nariz, as mostardas-selvagens e os rabanetes. Desce até a rodovia e para à margem do asfalto. Ao seu lado, o riacho Slaughterhouse corre por uma ravina de encostas íngremes, tão densa de fúcsias que o riacho é invisível, as laterais de arenito cor de laranja. Ela desce e entra na água pela altura do joelho. Tem que afastar as fúcsias com as mãos, seguindo a corrente, os pés entorpecendo com o frio. Chega a uma galeria que passa por baixo da estrada, suficientemente grande para ser atravessada a pé, a água ecoando através do túnel.

Do outro lado desse túnel, o mar quebra sobre os seixos. A maré está baixa; há uma extensão preta de pedras e cada pedra exibe um olho de luar, e cada uma parece macia e úmida como pele, estendidas diante dela em uma multidão. A praia respira como uma coisa viva, e ela sente o cheiro barrento do estuário. Essas águas começam na nascente do riacho Slaughterhouse, no grande tambor de pedra, e deságuam ali.

Na boca do túnel, ela se despe. Depois, nua, segurando a espingarda, sobe para a galeria lisa de algas, tocando uma lateral de aço ondulado, o fundo arenoso. O túnel cheira a ferro e água dura, o riacho projeta no teto fitas estranhas e entrecruzadas de luar. Ela abre as cortinas de capuchinhas cor de laranja em flor e pula na piscina de deságue. O barro no fundo é argila fria e se molda aos seus pés. A água chega até o peito, respirando em volta dela, as zosteras nadando em torno de suas pernas. Turtle põe a espingarda sobre os ombros. Seus pés criam lugares quentes no barro. Ela afasta a madeira flutuante e sobe em uma plataforma de pedra granulosa onde há uma constelação das bolas de boliche escuras. O avental branco das ondas avança e recua no escuro. Quando as ondas se esparramam, empurram a espuma até os seus pés. Ela está coberta de lama do estuário. Há pedaços de zosteras grudados em suas pernas. O mar é opulento e pungente como uma boca aberta em torno dela.

Ela pensa, Turtle Alveston, ele te estuprou e você voltou querendo mais. Ou está grávida ou vai ficar logo. Se você for embora, ele vai caminhar até a sala de estar e matar Cayenne. Depois vai dirigir até a Sea Urchin Drive

266 e matar Jacob. Você tem que reconhecer a sua posição. Tem que olhar muito bem para ela sem mentir para si mesma.

Ela ejeta um cartucho da câmara para sua mão, pesa-o, gira-o de um lado para outro. É um cilindro verde uniforme de plástico estriado com uma borda de metal embaixo, pesado para seu tamanho. Põe o cartucho de volta na fenda e desliza a telha para a frente, sentindo o ferrolho travar, o cartucho instalado firmemente na câmara. Senta de pernas cruzadas na pedra molhada e fria e coloca o cano dentro da boca, sente o gosto do resíduo de pólvora, enfia o polegar no guarda-mato e aponta o cano para seu palato. Imagina-se pressionando o gatilho. A arma vai disparar. Uma carga quente de chumbo grosso e bucha de plástico granulado vai viajar pelo cano, contida em seu invólucro. O invólucro vai atingir seu palato e se desfazer em um leque de dedos de plástico, vomitando os projéteis de chumbo. Ela se imagina sentada rígida e ereta enquanto sua mente se desenrola do botão fendido e aberto de seu crânio, desabrochando vasta, vermelha, molhada, expandindo-se por uma única profunda respiração momentânea.

Turtle pensa, aperte o gatilho. Não consegue imaginar nenhuma outra maneira de seguir em frente. Ela pensa, aperte o gatilho. Mas, se você não apertar o gatilho, suba de novo por aquele riacho e entre pela porta e assuma o controle de sua mente, porque sua inação está matando você. Fica sentada olhando para a praia e pensa, eu quero sobreviver a isso. Surpreende-se com a profundidade e a clareza de seu desejo. A garganta se aperta, ela tira a arma da boca e fios de saliva saem no cano e ela os enxuga. Levanta e fica de pé olhando para as ondas, maravilhada com a beleza. Toda a sua mente parece aberta e receptiva. Ela experimenta uma gratidão intensa e plena, um espanto não mediado diante do mundo.

Caminha de volta entre as zosteras, se ergue e entra pela galeria, a espingarda apoiada em um ombro. Procura nos bolsos do jeans dobrado, abre a embalagem cor-de-rosa com uma só mão e tira o teste de gravidez. Recostada na parede da galeria e acendendo a lanterna da espingarda no alto, lê as instruções, depois lê de novo. Seu rosto está entorpecido. Seus lábios estão entorpecidos. Leva o punho fechado à testa, tremendo inteira, e pensa, se for isso, se estiver aí dentro, você consegue lidar com isso também. Apaga a lanterna, se agacha nua na galeria com a luz prateada entrecruzada projetada pelo riacho sobre si e urina no frágil bastão de plástico, descalça e até os tornozelos na água fria. Depois senta no escuro com as costas apoiadas na parede de metal ondulado, tocando o cano da espingarda no rosto, na testa, em busca de conforto, deixando o tempo passar, esperando que as duas linhas cor-de-rosa do resultado positivo surjam lentamente, levando o punho à boca. Sente um peso opressivo de certeza.

Não acontece. A pequena janela oval do resultado mostra uma única linha cor-de-rosa. O teste deu negativo. Ela acende a lanterna da espingarda outra vez e a passa sobre o teste. A luz é tão brilhante, tão intensa, que é difícil enxergar. A mesma coisa. Negativo. Ela não sente nenhum alívio. Pode nem ser verdade, pode só ser cedo demais. Mas, se é verdade, ela pensa, se poderia ter acontecido comigo e não aconteceu... Ela para. Você teve sorte, pensa. Não abuse disso. Está trêmula. Seu rosto se contrai em uma expressão que ela não compreende. Abaixa até estar sentada, de pernas abertas, na água fria, abraçando-se, sentindo-se despedaçada e vazia.

25

Turtle está sentada no chão de pernas cruzadas limpando a Remington 870 quando Martin sai do banheiro dizendo:

— Porra, piolha. — E então para e olha para ela como se a visse pela primeira vez. — Você está limpando a arma outra vez?

Turtle não levanta os olhos.

— Você poderia atirar com essa coisa o dia inteiro todos os dias durante anos e ela não ia falhar — diz ele. — Já está limpa até demais. E quando foi que você usou essa arma pela última vez? Não está suja. Não tinha nem como você ter sujado ela.

Turtle continua sem olhar.

— É como uma fixação para você, não é? — diz ele, e Turtle suspira e olha para cima. — Não me olhe desse jeito.

— O que importa para você? — diz ela.

— Não ligo a mínima. É só que você está sempre limpando, limpando, limpando, e é como... Caramba, não faz sentido. Larga a mão disso. Armas ficam sujas, é a vida.

— O que você ia dizer?

Ela vai até a cozinha e pega uma cerveja na geladeira. Parece querer dizer algo e não conseguir, ou talvez não esteja conseguindo formular na cabeça.

— Não me incomoda — diz ele —, eu não ligo. Mas...

Turtle espera.

Martin faz um gesto irritado para o banheiro.

— Não sei qual é o problema, mas você poderia, por favor, dizer à Cayenne para entrar na porra da banheira?

Turtle levanta, recolhe o material de limpeza e a arma, joga a toalha sobre o ombro e entra no banheiro, onde encontra Cayenne no meio do aposento, de braços cruzados, com uma expressão feroz, a banheira se enchendo com água azul-esverdeada, o fundo de porcelana com trilhas de sedimentos.

— Eu não quero tomar banho — ela diz para Turtle.

— Ah, é? — diz Turtle, e dá uma olhada para a viúva-negra em sua teia atrás do encanamento do chuveiro, perto do aquecedor de água recuado. Ela tem quase a cor de couro preto, com o abdome bulboso e agulhas articuladas e finas como pernas, andando por sua teia ameaçadoramente e fazendo toda a estrutura tremer. A ampulheta vermelha em sua barriga está claramente visível. A teia é emaranhada e irregular, cheia de cascas de criaturas mortas. Turtle coloca suas coisas no chão. Vai até a parede e enfia a mão no buraco, quebrando os fios da teia com um estalo suave como o som de bolhas de uma bebida efervescente.

— Não, Turtle! — exclama Cayenne. — Espera! Não!

Turtle tira a mão do buraco. Seus dedos estão sujos de velha seda da aranha. Cayenne leva as mãos ao rosto.

— Deixa ela em paz, por favor — diz ela. — Deixa ela.

A aranha corre em volta de sua teia quebrada.

— Deixa ela em paz — diz Cayenne.

Turtle se senta ao lado da arma.

— Você fica aqui? — pede Cayenne.

Em resposta, Turtle estende a toalha e a arma sobre ela e abre a caixa de madeira com o material de limpeza. Ela desmonta o cano e o coloca sobre a toalha.

— Eu achei que você estivesse preocupada por causa dela — diz Turtle.

— É — diz Cayenne. — É, eu estou. Quantos anos ela tem?

— Quase dois anos — diz Turtle. — Elas não costumam viver assim tão perto da costa. Essa veio em uma carga de lenha de carvalho que o Marty comprou em Comptche.

— O Martin gosta muito dela — diz Cayenne.

— Acho que "gostar" não é bem a palavra.

Cayenne se aproxima da banheira, nervosa, e liga a água quente. Então, lançando olhares para a aranha agitada, começa a tirar a calça. Turtle limpa o cano com uma escova de cobre para calibre 12.

— Turtle — chama Cayenne.

— Hum? — Turtle enfia o desentupidor pelo cano.

— Turtle?

— Oi. — Ela levanta os olhos.

— Nada — diz Cayenne, sacudindo a cabeça. Ela entra na banheira e senta, põe o queixo na borda e olha para Turtle.

— Turtle — diz Cayenne.

— Hum?

— Como se chamam esses cogumelos?

Turtle está sentada com o cano sobre o colo. Cayenne examina os cogumelos que crescem no parapeito da janela.

— Me fale sobre eles — diz Turtle.

— Mas como eles se chamam?

— Não importa como eles se chamam.

A menina fica sentada pensando por um longo tempo, murmurando hums e ahs consigo mesma, fazendo pequenos ruídos perceptíveis de observação, então vira para Turtle, depois para os cogumelos outra vez. Turtle trabalha com o desentupidor no cano da arma.

— Pode ser que eu queira escrever um livro sobre você — diz Cayenne —, e eu quero contar que você tinha um banheiro, e a janela era coberta de cogumelos, e eles eram cogumelos assim e assado, então eu precisaria saber o nome deles.

— Você não está escrevendo um livro — diz Turtle.

— Mas eu posso *querer*.

— Não importa o nome deles — diz Turtle.

— Eles têm umas laminazinhas — diz Cayenne.

— Hum — diz Turtle.

— Como é o nome disso? — tenta Cayenne.

— Laminazinhas.

— Não é esse o nome.
— O que importa o nome?
— Importa para mim — diz Cayenne. — São persianas?
— Você e eu podemos chamar de persianas.
— Venezianas — diz Cayenne.
— Você inventou isso?
— É um tipo de persiana — diz Cayenne. — Tem em castelos.
— Ah.
— Mas qual é o *nome* deles?
— Bom, o que mais eles parecem? Para que eles servem?

Cayenne faz cara de irritação. Ela levanta o nariz e mostra a língua para Turtle, e Turtle se inclina de novo sobre o cano da arma.

— Será que são venenosos? — pergunta Cayenne. — A gente pode comer?

Turtle sacode a cabeça.

— Eu achei que as pessoas comessem cogumelos, no caso de sobrevivência.

— Normalmente não vale a pena comer cogumelos — diz Turtle. — Eles são como grama. Seria como comer unhas, e não fariam bem, há poucos que teriam algum benefício, mas muitos são venenosos e difíceis de distinguir.

— Mas se você estivesse morrendo — diz Cayenne.
— Só se você realmente soubesse o que estava fazendo.
— Fale mais sobre cogumelos — pede Cayenne. — Sobre comê-los para ficar viva.

Turtle não responde.

— Fale sobre quais cogumelos você comeria se precisasse — diz Cayenne.

Uma vez mais, Turtle não diz nada. Cayenne olha para ela, parecendo incerta de como conseguir uma resposta.

— Turtle — diz ela.
— Hum?
— Turtle.
— Fala.

— Turtle, me diz quais cogumelos você comeria para sobreviver, se precisasse.

— Eu não comeria — diz ela, passando a escova por dentro do cano.

— Turtle — diz Cayenne.

— Alguém poderia comer. Eu nunca aprendi sobre eles.

— Turtle — diz Cayenne, com inquietação. — Eu não queria que você matasse ela.

Turtle pega *Lua nova* do chão, abre em uma página em branco e posiciona a folha branca limpa para refletir a luz no cano. O interior dele está limpo, o aço sem marcas e de um escuro espelhado, inclinando a luz ao longo de sua curvatura.

— Sabe por quê? — pergunta Cayenne.

— Não — diz Turtle.

— Me pergunte por quê — diz Cayenne.

— Por quê?

— Eu acho que ela até é bonita. Você também acha? Que a Virginia Woolf é até bonita? E também assustadora?

— Hum — diz Turtle.

— Turtle?

— Hein?

— Você entende o que eu estou falando? Que não tinha necessidade de você matar?

Ela olha para Cayenne.

— Sim, eu entendo — diz.

— Você a teria matado assim? Com as próprias mãos?

— Sim — diz Turtle.

— Por que não fez isso antes?

Turtle não diz nada.

— Turtle?

— Hummm?

— Turtle?

— Fala.

— Se você a teria matado, por que não matou antes? Se teria sido assim tão fácil. Por que não fez isso antes?

— Acho que eu nunca me preocupei com ela até ela incomodar você.
— Então você a mataria por mim?
— É.
— Turtle?
— Caramba. O quê?
— Nada — diz Cayenne, constrangida. Ela afunda na banheira e fica fora de vista. Turtle termina de limpar a arma e começa a remontá-la. O telefone toca.
— Turtle — diz Cayenne, baixinho, sentando na banheira.
O telefone toca de novo.
— Vá atender — diz Cayenne.
— Por quê? — pergunta Turtle.
— Porque — diz Cayenne — eu quero saber quem fica ligando desse jeito.
— Não é ninguém — diz Turtle.
— Turtle.
— O quê?
— Eu sei quem é. — Ela fala com ar malicioso, provocando.
Na sala de estar, o telefone toca outra vez.
— Acho que você devia atender. Desde que o Martin comprou o telefone novo, ele não para de tocar.
— Ele anda com uma febre de compras — diz Turtle. — Mesa, cadeiras, cama nova, telefone novo.
O telefone toca, toca.
— Você jogou fora o telefone velho — diz Cayenne, sugestivamente.
Turtle continua sentada, limpando.
— O Martin diz que é o seu *amante secreto*. — Cayenne está muito interessada em Jacob. Turtle se levanta e vai para a sala. Martin está junto ao balcão, com uma cerveja, e faz um sinal com a cabeça para o telefone na parede.
Turtle caminha até o telefone e atende.
— Turtle? — A voz de Jacob é uma escova de cobre limpa e justa enfiada por sua garganta até as entranhas. Ela apoia o pulso na parede.
— Não posso falar com você — diz ela.

— Escute — diz ele.

— Escute você. — Turtle não pode parar de odiá-lo e começar a precisar dele, não agora, e não sabe o que isso significaria para ela, precisar de mais uma coisa que ela não consegue alcançar, e não suporta pensar em Jacob enquanto está deitada molhada de suor vendo as sombras das folhas de amieiro entrarem e saírem de foco na parede de gesso.

— Turtle, eu... — diz Jacob.

— Não.

— Turtle...

— Não.

— Eu amo você — diz ele. — Não sei o que...

Turtle desliga. Martin passa a ponta do dedo no grão da madeira do balcão. Nele estão todas as coisas que ela entende serem verdadeiras e que não pode olhar para ele sem ver.

Ela volta para o banheiro, onde Cayenne está se ensaboando com um sabonete de uma marca sustentável. Turtle senta na borda da banheira. O banheiro cheira a menta. Ela olha para os cogumelos que crescem no parapeito da janela, depois olha para Cayenne, realmente olha para ela, e se percebe amando a forma dos ombros da menina, a elevação da escápula se movendo sob a pele morena avermelhada, as depressões sem pelos das axilas quando ela levanta os braços. Seu dedo ainda está com a tala e a bandagem, protegido agora com um saco plástico. Turtle pensa, espero que nada aconteça com você. Espero que continue exatamente assim, e, ao pensar nisso, ela se vê lamentando tudo aquilo, pensando, meu deus, o mal poderia vir para uma menina como esta, e olhe só para ela. Olhe só para ela.

Cayenne aponta para os cogumelos no parapeito e diz:

— Como seria se a gente fosse bem pequenininha, Turtle? Todos esses cogumelos seriam como árvores, né?

Turtle sorri e não sabe o que dizer, só sacode a cabeça, então pensa melhor e responde:

— Você viveria com medo da doninha de cauda preta.

— A que mora embaixo do chão da cozinha?

— Ela mesma.

Ao ouvir isso, Cayenne concorda com a cabeça, muito séria, porque não havia pensado nos perigos, mas os entende agora.

— Acho que a gente precisa dar um nome para a doninha. É errado ela não ter um nome.

— Que nome você daria?

— Dilbert — diz Cayenne.

— Dilbert?

— Ou Rodrigo.

Elas ficam sentadas em silêncio. Turtle pega a arma e começa a esfregá-la com um pano.

— Eu não sei de que tipo eles são — diz Turtle.

— Ah — diz Cayenne.

Ela está atenta a cada movimento de Turtle.

— Turtle.

— Lamelas — diz Turtle.

— Ah — diz a menina. — Mas eu gosto mais de "venezianas".

— Eu também — concorda Turtle. — Mas isso não é de um lugar? Veneza?

— Não — responde Cayenne.

— Ah — diz Turtle —, eu pensei que fosse. Um lugar.

— Qual lugar, por exemplo, Turtle?

— Não sei.

— Onde, Turtle?

— San Francisco?

— Você acha que San Francisco é maior que Wenatchee? — pergunta Cayenne.

— Não sei — responde Turtle. — Eu nunca estive lá.

— Em Wenatchee? — diz Cayenne.

— Em nenhuma das duas.

Depois do jantar, ela e Martin sentam na varanda e conversam, Martin fumando um charuto, inspecionando a ponta vermelha no meio das cinzas no escuro. Cayenne está dentro, lendo. O sol já se pôs. Ele bebe e joga as garrafas vazias de lado para o campo. Turtle, sentada com a coronha da espingarda de atirar em pratos equilibrada na coxa, atira em cada garrafa no ponto mais alto de seu voo. No escuro, as garrafas atingidas parecem desaparecer, sua trajetória faiscante simplesmente interrompida.

— Você já ouviu falar de um bicho que põe ovos dentro de pessoas?

Ele pega o charuto do braço da cadeira, parece perdido em si mesmo.

— Papai?

— Ah — diz ele. — Não sei.

— Nunca ouviu falar disso?

— Eu não sei.

— O quê?

— Onde você ouviu isso?

Turtle fica em silêncio.

— As pessoas que usam metanfetamina, piolha, têm alucinações de bichos embaixo da pele. Elas machucam todo o braço, as coxas, as faces. Às vezes enfiam o dedo até nos olhos. É disso que você está falando?

— Não tem nenhuma outra coisa?

Ele fica em silêncio.

— Você acha que a Cayenne pode ter usado metanfetamina?

— Não, piolha. Eu não acho.

Ele toma um gole da garrafa. Turtle abre a espingarda sobre o braço, ejeta as cápsulas deflagradas. Carrega dois cartuchos, fecha a arma.

— Sei lá — diz ele. — Talvez.

Dentro dele estão todas as coisas que ela precisa saber.

— Se ela não tivesse usado drogas, se só alguém que tivesse usado drogas dissesse para ela que havia bichos embaixo da pele dela, ela não teria acreditado — diz Turtle. — Se eles fossem para o hospital e os médicos dissessem para ela que não era verdade, ela saberia que estava errado. Que, quem quer que fosse, estava errado.

Martin passa o polegar pela boca da garrafa.

— Você já montou toda a história, piolha — diz ele.

— Não — responde ela.

— Tente esta. — Ele levanta, lança a garrafa para o campo como se fosse um lançador de disco. Turtle atira sem levantar, sem apoiar a arma no ombro. A garrafa descreve o arco contra o céu azul-negro e, de repente, apenas desaparece.

Ele sorri. Senta sorrindo.

— É sinistro — diz ele.

— Você não escreveu para o distrito escolar.

— Não.

Ela detesta lhe fazer perguntas.

— É o tipo de coisa que é preciso fazer, ou alguém vai reparar.

Ele morde o lábio.

É possível que ele não tenha preenchido a papelada porque não acredita que continuarão assim por muito mais tempo, ou é possível que não tenha preenchido a papelada na esperança de que alguém a leve embora. Se ele estiver sendo relapso de propósito, ela precisa saber.

— Papai.

— Você acha que eu estou enrolando.

— Está?

— Não.

Ela espera por mais. Pensa, não vou falar antes que ele fale.

— E se eles mandarem alguém aqui? — ela pergunta.

— Ah...

— Ah, o quê?

— Ninguém se importa, piolha. Você acha que tem alguém por aí acompanhando o que você faz? — Ele passa a língua pelos lábios, como se procurasse alguma rachadura. — Nós vamos dar um jeito nessa sua matrícula. Alguma coisa.

Não, ela pensa. Eles se importam.

— O que você estava fazendo com a Cayenne? — pergunta ela.

Ela se vira. Ele está com os olhos fixos na encosta, para o lado da baía de Buckhorn.

— E então?

— Que porra é essa, piolha?

— Antes de vocês chegarem aqui. Por que ela estava com você?

— Que porra de coisa para perguntar.

— E então?

— Que saco. Mas que saco.

Ela espera.

— Mas que saco, piolha.
— Como foi, então?
— Que porra, eu não sei.
— Você não sabe? É só isso? Você não sabe?
— Eu só a peguei. Só isso. Eu a encontrei e trouxe comigo.
— Como?
— Como o quê?
— Como você a pegou?

Ele faz um gesto silencioso, como para sugerir que a havia encontrado do modo como normalmente se encontram por aí meninas de dez anos. Ela quer que ele fale. É uma sensação ruim a de fazer perguntas a ele. Precisar de coisas dele. É ruim de um jeito específico.

— Como você a encontrou, Martin?
— Porra.
— Como?

Ela espera. Não pode acreditar que ele vai deixar por isso mesmo. Por algum tempo, fica decidida a não perguntar.

— Como? — diz ela.
— Porra. Como se isso fosse muito importante para você.

Ele lança a garrafa de cerveja no escuro.

— É — responde ela. — É importante.
— Não foi nada de mais. Eu estava em um posto de gasolina e fui até os fundos para dar uma mijada e um cara estava segurando a Cayenne pelo braço e falando com ela. Estava segurando ela pelo braço e falando. Não tinha mais ninguém ali. Você devia ter ouvido ele. Duas horas da madrugada e as coisas que ele estava dizendo. O tipo de coisa que me fez lembrar do seu velho amigo, o seu avô. Eu pensei, porra, isso não vai dar certo.

Ele faz um gesto. E é o fim da história.

— Você só...?
— Nós fomos seguindo pelas estradas secundárias velhas e abandonadas em Washington e entramos em Idaho. Ela ficava fazendo perguntas. Como os carros funcionam? Como as moedas são feitas? Quem inventou o dinheiro? Quem ganharia a luta entre não sei quem e não sei qual outro? A gente parava, erguia pedras na margem da estrada, encontrava la-

gartos e coisas assim, sapos. Íamos pescar e fritávamos os peixes para o jantar. Só alguns quilômetros a cada dia, e acampávamos. E foi então que eu me dei conta. Eu agi errado quando abandonei você. O que eu não conseguia entender era por que tinha feito isso. Eu estava louco.

— O que vai acontecer com a gente? — pergunta ela.
— Não sei.
— Você não sabe.
— Porra. Vai ficar tudo bem, piolha.
— Você acha?
— Porra.
— É só isso que você pode dizer. "Porra"? Só isso?
Ele fica em silêncio por um longo tempo.

Ela pensa, nós nunca estivemos bem e nunca vamos estar bem. Ela pensa, eu nem sei como seria estar bem. Não sei o que isso significaria. Quando ele está em seus melhores dias, ficamos mais do que bem. Nos seus melhores dias, ele está acima de tudo isso e é mais do que qualquer um deles. Mas tem alguma coisa nele. Um defeito que envenena todo o resto. O que vai acontecer com a gente.

26

Ela para de descer para ele. A cada noite, acorda com a brisa entrando pela janela, a mente acesa e viva, água escorrendo pela vidraça escura. Lá embaixo, há um quarto onde tudo termina. Ela deixa a terra girar lentamente à sua volta e pensa, você está fazendo isso por uma razão, e, se não conseguir ver o que vem em seguida, vá vivendo cada minuto como aparece. De manhã, senta de pernas cruzadas com o chá e as folhas frescas ao seu lado sobre o balcão. Elas são como enormes lanças verdes dentadas, esfiapadas com agulhas de sílica. Serve o chá com a concha em sua xícara de ferro fundido e Martin chega pela estrada de cascalho de sua caminhada matinal na praia. Ele entra pela porta corrediça de vidro com flores úmidas de bole-bole-maior grudadas no jeans e estende um envelope gordo dos correios.

— Encomenda — diz ele — para *Turtle Alveston*. Sem endereço de remetente. O que você acha, piolha? — Ele rasga a fita adesiva e tira um livro e uma carta. — Marco Aurélio — diz —, *Meditações*. — Ele o folheia. — Um livro e tanto. Um livro do caralho. Você devia ler isto em vez de *Lisístrata* ou sei lá que porra que você pegou para ler. — Ele ri com amargura, lambendo os lábios, tocando-os com o polegar, e começa a passar os olhos pela carta. Dobra-a, rasga-a em tiras e a joga no fogo. Turtle serve chá com a concha. Martin sai pelo corredor e bate a porta do quarto.

— Turtle? — diz Cayenne.

— Hum.

— Eu não sabia que você estava lendo alguma coisa, Turtle.
— Ele é um imbecil.
— Ah.
Turtle bebe seu chá.
— Mas você está lendo?
— Não.
Ela desmonta e limpa a Sig Sauer à luz da lamparina. Encaixa o carregador, puxa o ferrolho e encosta a arma na têmpora, só para se lembrar de que nunca está tão presa que não tenha como escapar. Ela pensa, você perdeu a fibra, perdeu a coragem, está em desgraça, mas ainda está aqui.

Faz uma semana que não vai ao quarto dele. Quando desce a escada de manhã, Martin está fazendo panquecas em uma vasilha lascada, com o quadril apoiado no balcão e a vasilha embaixo do braço, despejando sua cerveja na massa, gesticulando com a espátula. Ela move os olhos lentamente da janela para Martin, que está com um sorriso estranho, que lhe fez uma pergunta. Sopra a xícara de chá e fica olhando o vapor se dispersar e rejuntar. Pega a espingarda do balcão, pula para o chão e sai da cozinha. Senta no vaso sanitário, com a calça em volta dos tornozelos, segurando um teste de gravidez aberto e molhado de urina, virando-o entre o polegar e o indicador, vendo o resultado negativo surgir lentamente na pequena janela de plástico. Pensativa sobre o que aquilo significa. Virando-o devagar.

Nesta noite, ela está com a arma desmontada e espalhada quando ouve Martin sair de seu quarto. Turtle para e parece estar suspensa sobre suas entranhas e o mundo se ergue à sua volta, se eleva, e ela o escuta subir os degraus de madeira da escada. Monta a arma, cano no ferrolho, mola na guia, a guia da mola tensionada contra o cano, ferrolho travado na armação, retém do ferrolho acionado, carregador encaixado, depois puxa o ferrolho para carregar uma munição na câmara, deixando-o ouvir. Ele para do lado de fora da porta. Ela espera. A maçaneta vira. Ele entra e parece confuso ao encontrá-la ali de pernas cruzadas na frente da lamparina, frascos de solvente de pólvora, desengordurante e óleo dispostos à sua volta.

— Limpando — diz ele.
Ela não responde.
— Está bem, piolha. Está bem.

Ela fecha a porta depois que ele sai e senta com as costas apoiadas nela, odiando-o. Ele vai me castigar por isso, pensa. Pretende me dar uma lição por causa disso, pelo que estou fazendo, e tenho certeza de que vou aprender.

Turtle ferve seu chá e senta no balcão e vê Cayenne se mexer no saco de dormir. Ela terminou os livros de vampiros e está lendo *Amargo pesadelo*.

— Como é esse? — pergunta Turtle.

Cayenne torce o nariz.

— É *estranho*.

— Como assim?

— Só... — contorcendo o rosto inteiro — *estranho*.

Nesta noite, Turtle está sentada afiando sua faca, escutando o som quieto da pedra de amolar, lamentando aquilo tudo. Ela pensa, suba aqui. Eu quero que você suba. Desculpe, desculpe, desculpe, e se você vier aqui ficará tudo bem. Será tudo como antes. Ela sabe o que deve fazer. Deve ir até o quarto dele. Mas não pode fazer isso consigo mesma.

De manhã, há algo sombrio e triste e de ódio por si mesmo no rosto dele, e ele abre a geladeira e pega sua cerveja e tira a tampa no balcão e sai da casa, desce os degraus da varanda, e ela fica olhando para as costas dele se afastando e pensa, eu vou aceitar o que vier.

Ele fica lá fora, contemplando a enseada de Buckhorn por um longo tempo. Turtle espera nesta noite, desmontando a Sig Sauer e tornando a montá-la, a espingarda pousada ao seu lado com uma bandoleira de cinquenta e cinco munições, pegando o Marco Aurélio e abrindo a página e lendo à luz da lamparina, depois jogando o livro de lado e voltando à arma, soltando o ferrolho da armação e olhando para as duas partes em suas mãos.

Então, ouve a porta do quarto de Martin se abrir, ouve-o atravessar o longo corredor até a sala de estar, onde a escada para o seu quarto começa. O corpo todo de Turtle se arrepia. Ela escuta. Ele entra na sala e para ao pé da escada e ela espera, pensando, suba, seu canalha. Você pode me machucar, mas nunca vai poder me quebrar, então suba essa escada, filho da puta, e vamos ver o que você faz. O couro cabeludo de Turtle se arrepia. É como se a pele estivesse se esticando. O medo cresce nela. Ouve-o sussurrar com Cayenne e o som de quando ele a levanta, ainda em seus cobertores, depois os passos pesados e irregulares pelo corredor enquanto ele carrega a menina para o quarto.

Turtle pensa, ainda bem que foi ela e não eu. Então levanta e agarra os cabelos. Vai até a porta e apoia o punho nela. Não é culpa sua, ela pensa. Não é por sua causa. Você não deve nada a essa menina. Não pode fazer nada quanto a isso. Ela volta para a janela e senta, mordendo os nós dos dedos. Mas Jacob não teria dúvidas de que você poderia impedir isso, o que mostra como ele a conhece pouco e como sabe pouco da vida. Pega a Sig Sauer, coloca-a no coldre, pega a espingarda e pendura a bandoleira no ombro, depois abre a porta e pensa, filho da puta, o que você está fazendo, Turtle, o que você está fazendo.

Ela atravessa o corredor, as botas gastas e macias. Para, tentando escutar qualquer som, e não consegue ouvir nada além da própria respiração e do coração, e pensa, porra, menina, respire com calma. Desce para a sala. Turtle fica parada, segurando a espingarda. Vai pelo corredor, a cama nova range, e range de novo. Turtle passa o banheiro à esquerda, depois o hall à direita com seus vinte e dois crânios de urso, depois a despensa à esquerda, e chega à porta sem luz de Martin no fim do corredor, a maçaneta de vidro lapidado.

Ela está vivamente consciente do próprio cheiro no escuro. Seus joelhos estão moles; ela encosta a testa na porta de madeira. Do outro lado, um arquejo doloroso, uma puxada de respiração. Um longo silêncio, depois outro arquejo, semiabafado. Turtle fica ali parada e pensa, você pode dar meia-volta agora, porque não tem nenhum plano e não há nada que possa fazer e não há nenhum lugar para onde possa levar essa menina. Você não pode levá-la embora e não pode mantê-la segura e é cegueira pensar diferente. Pense em quem ele é. Em quanto ele é maior que você. Quanto é mais forte e mais inteligente, quanto é mais experiente. Ela pensa, você vai morrer. Vai fracassar e vai morrer, e para quê. No momento em que tirar essa menina desta casa, ele vai pegar o carro, ir até a casa de Jacob e matá-lo. É isso que você está arriscando, a vida de Jacob, e a sua. E ele não vai fazer tanto mal assim para essa menina. Vai fazer com ela o que fez com você noite após noite durante anos, e você ainda está aqui.

Depois pensa, mas se eu subir de novo aquela escada vai haver todo um pedaço de mim que terei que manter na penumbra quando lembrar, e nunca vou ficar em paz, mas, se eu entrar ali agora e fizer o melhor que puder, será uma história que vou poder contar a mim mesma, como quer que ela acabe. Mais que tudo, mais que a própria vida, ela quer Jacob Learner de volta, quer sua dignidade de volta. Ela pensa, muito bem, sua vadia, tire o cérebro do caminho e faça o que precisa ser feito. Ela pensa, se você vai fazer isso, tem que fazer direito.

Ela experimenta a porta. Libera o retém do ferrolho e puxa a telha para expor a goela aberta da câmara, então insere o cartucho e desliza a telha para a frente e sente a culatra fechar com um som abafado. Apoia a arma no ombro e estoura a fechadura. Sua audição, sensibilizada pelo silêncio, desaparece no mesmo instante. Ela chuta a porta, ciclando o ferrolho para carregar uma nova munição enquanto entra no quarto. Martin pula do meio das cobertas e se lança para a mesinha de cabeceira, derrubando garrafas e carregadores, tentando alcançar a pistola Colt, e Turtle a arranca da mesa com um tiro, a espingarda soltando uma lança de fogo, uma garrafa de cerveja perdendo o gargalo de vidro, espumando, o cartucho ejetado suspenso no ar ao lado dela, girando enquanto descreve um arco no escuro. Martin joga as cobertas de lado, sai da cama e dá um único passo em direção a ela, enorme e nu, as coxas imensas reluzindo no escuro, o peito largo e negro de pelos, e Turtle levanta a espingarda.

— Espere... — diz ela.

E então ele está em cima dela. Dá um tapa na cara dela com as costas da mão. Ela bate a cabeça no batente da porta e aterrissa estatelada no corredor. Ele surge da escuridão, enorme, se ajoelha sobre ela, segura seu pescoço com ambas as mãos e a força contra o chão. Ela faz um ruído sufocado, asfixiado, e todo o som desaparece. Agarra-o pelo pulso e não consegue escapar das mãos dele; é como se estivesse fixada por um prego de ferrovia.

— Atirar em *mim*? — diz ele. — Atirar em *mim*? Eu fiz você. Você é *minha*.

Eles não se debatem nem sequer se movem, mas fazem força um contra o outro ali no corredor. O rosto dele está contraído em uma careta assassina. A mente de Turtle se enche de uma agonia silenciosa. Sente os dedos dele cavando poços em seu pescoço, a pele esticada quase a ponto de rasgar. O rosto dela está endurecendo em uma crosta, como uma máscara. Tem consciência disso sob a extrema e alucinante fome de ar, e tem consciência também do céu da boca *formigando*, e dos olhos *formigando* com os vasos sanguíneos sangrando sob a pele.

Turtle crava as unhas nos dedos dele, enfiados entre as dobras de sua pele. É como tentar arrancar raízes de um terreno pedregoso. Rasga fragmentos da própria pele. A palma dele abre uma pequena brecha e ela enfia o polegar, tão justo que a unha corta uma fenda profunda e sangrenta em sua garganta. Em desespero, ela move o polegar sob a palma dele em direção ao dedo mínimo da mão esquerda. Sua boca luta em busca de ar. Tem o rosto inchado, intumescido de sangue, a visão se estreitando, ficando cinzenta, perdendo toda a profundidade, vasos sanguíneos muito negros surgindo no lado esquerdo.

Ele a levanta e bate suas costas no chão, Turtle desesperadamente concentrada, puxando o dedo mínimo da mão esquerda dele, fazendo força, seu polegar como um gancho sob ele. Lentamente, torturantemente, começa a afastar o dedinho dos outros. Luta para conseguir um ponto de apoio.

— Atirar em mim, sua puta? — diz ele. — Eu *fiz* você. — Ele a levanta e a bate no chão outra vez, tentando deixá-la inconsciente, tentando escapar da mão dela. A visão dela flutua em pontos brilhantes. Fecha o punho em volta do dedinho dele, arrasta-o para trás e arranca a mão de seu pescoço. Ele se levanta depressa, antes que ela possa lhe quebrar algum osso da mão.

Mesmo livre, Turtle continua esparramada no chão. Não consegue levantar. Não consegue respirar. Não sabe por quê. Mesmo ele não estando mais ali, não consegue puxar o ar. Não há gorgolejo, nenhum som de ar. Não faz sentido. Ela rola sobre a barriga e se arrasta pelo chão. Eu vou morrer, pensa. Eu vou morrer aqui. Neste corredor. Quer gritar por ajuda, mas não consegue. Algo foi esmagado em seu pescoço. Ela se contorce, luta por ar, e então Martin vem por trás dela e a chuta entre as pernas.

Ela se arqueia em silêncio e desaba.

— Puta maldita — diz ele. — Sua puta, puta, puta maldita. Você é minha. Minha. Minha — ele arqueja, com a voz rouca. Não parece compreender por que ela está no chão. Faz uma pausa, atordoado. Ela ainda não consegue respirar. Sua fome de ar tem uma urgência absoluta. Ele a chuta de novo. Em agonia, ela esfrega as unhas nas tábuas do piso. Seu diafragma sofre uma convulsão violenta. Ela se ergue apoiando-se no chão e sente o ar na boca, uma golfada fria de ar, frio contra seus dentes. Segura-se na porta semiaberta da despensa. Ela pensa, levanta, Turtle. Você tem que levantar. Você tem que levantar.

— Sua puta — diz ele. — Sua *vagabunda*.

Ela fica de joelhos, vacilante, inspira forte, agarra-se à maçaneta da porta da despensa e se equilibra. Ela pensa, tudo bem, sua vaca. Vamos ver o que você vale. Puxa o ar de novo. Frio, doloroso e bom. Tudo bem, ela pensa. Agora chega de fazer merda.

Martin pega a espingarda e se aproxima dela, dizendo:

— Minha, você é minha. — Ele chega até ela e traz a espingarda para o seu rosto. Está perto demais. Ele nunca soube fazer nada certo. Turtle olha para o grande buraco negro do cano da espingarda como se estivesse olhando para uma pupila, pensando, ele nunca teve cuidado com você, nunca acreditou em você. Tudo desaba, cada gesto, cada coisa desmorona sobre si mesma, livre de dúvida e hesitação. Ela estende a mão e segura o cano da espingarda logo atrás da massa de mira. Depois puxa a arma para baixo em sua direção, como se fosse um corrimão e ela estivesse se apoiando para subir a escada, desviando de si o ângulo do cano. Não há esforço ou sensação de esforço. Suas intenções simplesmente se desdobram em ação.

A arma dispara. Lança um facho branco de som e fogo que passa ao lado do quadril dela e acerta a parede. Martin não soltou a coronha e é puxado para a frente com o movimento da arma, cambaleando, desequilibrado, a boca aberta e em choque. Está acontecendo rápido demais e ele não consegue reagir. Ela o arrasta para baixo até onde quer que ele fique. Depois firma os pés e enfia o cotovelo com força no maxilar dele.

Não há dor, mas ela sente o golpe percorrer seu corpo até os calcanhares. Martin cai para trás. Ele bate na parede e desaba.

Turtle ajeita a pegada na arma e move o ferrolho para carregar uma nova munição. O cartucho usado é ejetado e retine pelo assoalho, fumegante. Ela permanece onde está. A cada respiração, o mundo em volta dela ganha cor, ganha profundidade. Ela não se aproxima dele. Há um borrifo de sangue na parede. Tenta falar, mas só produz um som rouco e doloroso. Algo se danificou em sua garganta. Suas cordas vocais, alguma coisa. Martin está caído com o rosto para baixo.

Mate-o, ela pensa. Ele nunca vai deixar você ir embora. Ele levanta o corpo e olha em volta. Há um pedaço de dente no chão, e seu olhar se fixa nele. Sangue escorre de sua boca em fios gotejantes. As pupilas estão dilatadas como aros. As pernas se movem ineficazmente. Turtle pensa, é só apertar o gatilho. Poderia fazer isso se precisasse, mas é da necessidade que ela tem dúvida. Ele se ergue, senta apoiado na parede, as pernas estendidas à frente, o olhar parado. As mãos estão soltas, inúteis, ao lado do corpo. O peito sobe e desce. Ele parece atordoado.

Ela abre a boca para lhe perguntar algo e produz um som raspado e afogado em sangue. Ele levanta a cabeça e ela tenta avaliar seu olhar, mas está vazio, quase sem expressão. Turtle contrai e solta a mão seguidamente sobre a telha estriada da espingarda. Os ombros dele cruzados por tendões, protuberantes com as grandes massas de músculo. Seu corpo com montes e vales de sombras. Os músculos se destacam em faixas sobre as costelas, que se alargam e fecham com a respiração ofegante. Nessa postura curvada, a barriga forte se dobra em pregas. Ele puxou as pernas, e os pés descalços se apoiam no chão, percorridos de veias, um leque de ossos sobressaindo, a curvatura alta, os dedos grossos e gigantescos se agarrando às tábuas. Ele não desvia o olhar dela.

Ela passa por ele, cambaleante, rente à parede, até Cayenne, que está encolhida na cama, agarrada aos lençóis amarfanhados. Turtle estende a mão esquerda com os dedos tortos e a menina arregala os olhos no escuro. Turtle mal pode ficar em pé. Aponta a espingarda para a menina e balança o cano para indicar que ela precisa se mover, e Cayenne grita, levando as mãos ao rosto, depois se cala abruptamente. Turtle sobe na cama, pega-a pelo cabelo e a arrasta pelo corredor, tentando evitar que ela olhe para Martin, puxando-a para o hall de entrada. Os crânios de urso emitem um brilho amarelo no escuro, o candelabro se avulta entre as vigas cheias de teias de aranha, seus grandes braços de bronze refletindo a luz. Turtle vai virando a espingarda com uma das mãos e puxa a menina com a outra.

Ele pigarreia, tosse.

— Não vá embora — diz ele. Sua voz é grossa e pastosa.

Turtle aponta a espingarda para ele e Cayenne se gruda nela, apertando o rosto contra sua barriga, passando as mãos em volta das costas de Turtle e se agarrando à camiseta regata e à camisa xadrez com seus pequenos dedos. Ele abre as mãos, estende-as em uma súplica muda. Turtle abre a enorme porta de carvalho do hall e empurra Cayenne para o pátio de cascalho. Vai até a picape do avô, abre a porta do passageiro e a menina entra, desajeitada e nua, envolvendo-se com os braços. Ela olha para trás e dirige a Turtle um único olhar assustado, os cabelos em desalinho. Turtle bate a porta e vira. Vê Martin pela porta aberta do hall. Tenta enxergar o que ele vai fazer. Se ele mesmo sabe, não dá nenhum sinal. Parece estar olhando para o chão ou para as próprias mãos abertas. Só não me siga, ela pensa. Não me siga, seu filho da puta.

Ela dá a volta pela frente da picape e entra. Poderia atirar nos pneus da picape dele, mas, se for para ele ir atrás dela, quer que o faça agora, e quer que o faça em um veículo que ela vai reconhecer. A chave está na ignição. Ela acende os faróis, engata a marcha e sai pelo caminho de cascalho. Cayenne rasteja pelo banco de vinil e pousa a cabeça no colo de Turtle, os olhos fechados, com tremores e espasmos, e Turtle põe a mão no cabelo da menina, em seu rosto. A picape entra derrapando na estrada negra e conhecida, e, à visão da larga expansão de asfalto, a linha divisória amarela, as caixas de correio, os montinhos de lírios-tocha, ela suspira de alívio. Com uma das mãos, toca os sulcos rasgados no pescoço por suas próprias unhas. Move o espelho retrovisor. Nele, seu rosto está manchado de hemorragias escuras de capilares por causa do estrangulamento. Quando abre a boca, está roxo-escuro lá dentro, os dentes com contornos cor-de-rosa.

Turtle tenta dizer algo e não consegue; sua boca abre e fecha com um som de estalo. Cayenne estende uma das mãos, segura a coxa do jeans de Turtle, fecha a mão lentamente em punho, e Turtle baixa os olhos para a menina. Cayenne encolhe as coxas unidas, a mão em volta da própria barriga. Com a luz de cima apagada, estão quase no escuro, mas Turtle vislumbra contornos prateados indistintos da menina à luz dos faróis dos carros que passam. Turtle vê a meia silhueta de uma face prateada, a meia-lua de um globo ocular, a meia boca entreaberta, a luz refletida nos planos de seu rosto e absorvida nos cabelos negros.

27

Depois de dois ou três quilômetros, Turtle para a picape logo após uma curva fechada. Estão na estrada sinuosa, escura e montanhosa ao sul de Mendocino. Cayenne está sentada em silêncio. Turtle dá ré e recua devagar pela curva. Observa atentamente pelo espelho retrovisor. Não consegue virar o pescoço o suficiente para olhar sobre o ombro. O aterro à direita está escuro. À esquerda, seus faróis iluminam o guard-rail, o penhasco. Eles se elevam sobre o mar. Turtle troca de marcha e faz a curva outra vez, lentamente, observando o aterro, observando o guard-rail, observando a estrada à frente conforme ela surge à vista. A luz dos faróis alcança o guard-rail, mas não a encosta coberta de vegetação à direita. Ela dirige por mais uns cem metros, estaciona do lado esquerdo da pista e fica ali sentada, ouvindo o ruído do motor.

— O que foi, Turtle? O que foi? — pergunta Cayenne.

Turtle não consegue sacudir a cabeça direito. Move-a uma fração para a direita, uma fração para a esquerda.

— O que aconteceu, Turtle?

— Espere aqui — diz Turtle.

— O quê?

— Espere aqui.

— Turtle, eu não posso... O quê? — Ela está chorando, sacudindo a cabeça.

Não vou deixar que ele machuque ninguém, pensa Turtle. Não vou deixar que vá atrás de Jacob ou de Cayenne para me castigar. Mas não vou machucá-lo a menos que precise. Ela sabe que ele tem o endereço de Jacob. Imagina que seja para lá que ele irá em seguida, para procurá-la. Seja como for, ela não pode ir para nenhum outro lugar, por medo de que ele vá até a casa de Jacob sem que ela esteja lá. Ele reduziu efetivamente suas opções a apenas uma.

— Turtle?

Turtle se recosta no banco de vinil. Está exausta. Seu pescoço está enrijecendo. A boca está cheia de sangue dos cortes nos lábios. Tem dificuldade para engolir. Abre a boca para falar e o sangue escorre e desce pela camisa. Tenta sacudir a cabeça, mas o pescoço está muito duro. Abre a porta com um chute, sai e fica apoiada no carro, massageando um músculo na virilha.

— Não vá embora — pede Cayenne. — Não não não, não vá embora.

Turtle procura a bandoleira e descobre que a perdeu. Tem quatro munições na espingarda, cinco na cartucheira e quinze projéteis de ponta oca 9 mm na Sig Sauer. Ela bate a porta, atravessa a estrada tirando os cartuchos engraxados e estriados da cartucheira e passando-os para a resistência de mola do carregador, ouvindo o clique conforme cada um encaixa no lugar. Sobe no aterro e deita no meio dos arbustos, de modo que tenha uma linha de tiro desimpedida para o para-brisa. Está do lado de dentro da curva. O ângulo não é bom, mas vai ficar fora da luz dos faróis e Martin vai estar olhando para a frente e para a esquerda. Espera que ele pise no freio quando avistar a picape de seu avô. Ela vai ter um tiro. Talvez dois. Depois vai descarregar nas rodas. Não consegue se apoiar no cotovelo. Ele está preto de hematomas. Não se lembra de ter doído. Pareceu exigir tão pouco esforço. Mas, agora, todo o braço está travando. Ela pensa, assim que ele fizer a curva, supondo que ele venha pela curva, nem pense. Direto pelo para-brisa. Se ele der uma chance, acerte um segundo nele. Todo o seu rosto dói. Não sente os lábios. O golpe que ele lhe acertou com as costas da mão foi suficiente para erguê-la do chão. Ela estava tentando dizer alguma coisa. Tinha a posição de vantagem e achou que ele fosse parar. Achou que ele fosse recuar, levantar as mãos. Mas ele foi direto para cima dela. Sem hesitação. Olha pelas miras da espingarda para a estrada vazia, tremendo com a brisa. Quase morreu por esse erro. Chegou muito perto. Sorte, pensa ela. Pura sorte ter começado a respirar de novo. Quando a laringe é esmagada desse jeito, não volta necessariamente a se abrir. Foi por muito pouco. Pessoas morrem por muito menos que isso.

Ah, como queria estar com a sua .308. Enfim, vai ter que trabalhar com o que tem. Com a espingarda e a pistola, ela fica mais ou menos limitada a curta distância. Ela espera, a noite ficando mais fria, a brisa molhando a grama à sua volta, e pensa, talvez, talvez. Não há nenhum carro. É possível, apenas possível, que ele as tenha deixado ir. Ouve um carro se aproximando. Espera. Não é ele, diz a si mesma. Não é ele, porque ele nos deixou livres. Faz duas horas, quase três. Ela espera, trêmula. Vê a picape do avô mais adiante na estrada, mas não enxerga Cayenne. Espera que a menina esteja bem. Deve estar aterrorizada, esperando no carro sozinha, mas vai sobreviver.

Um Subaru verde vem pela curva. Os faróis incidem na picape e o carro reduz a velocidade bem quando entra na mira de Turtle. Turtle olha pela espingarda para a mulher atrás do volante. Uma criança no banco traseiro está olhando para a floresta. Sua respiração embaça a janela, e eles se vão.

Está toda dolorida. Ela pensa, para onde ir agora? O que fazer agora? Mas só há um lugar para onde ela pode ir. Turtle fica deitada na grama, esperando que ele venha pela curva. Venha, seu maldito, ela pensa. Ele não vem. Depois de horas de espera, levanta tomando cuidado com o pescoço machucado e volta mancando para o carro.

Cayenne encontrou o casaco do avô e o vestiu. Ela está deitada, encolhida, no banco, sacudindo-se inteira, tremendo como um cachorro. A princípio, Turtle pensa que a menina está dormindo, mas, ao entrar na picape, com cuidado e fazendo o possível para não virar a cabeça, percebe o brilho de uma esclera no escuro. Turtle leva a mão à ignição. Talvez, ela pensa. Talvez. Inclina-se e cospe no copo alto do avô. Talvez. Ela vira a chave.

Dirigem para o norte, através de Mendocino. Depois, cruzam Caspar. Fort Bragg. Estacionamentos vazios vão passando, prédios escuros. Esperam em um semáforo sem nenhum carro à vista. Continuam para o norte. O relógio digital verde pisca *00:00*, mas já deve ser quase de manhã. As dunas invadem a estrada escura e sinuosa, mal visível entre os bosques de eucaliptos. As falésias vão ficando para trás lá embaixo e elas atravessam a Ponte Ten Mile, sobre o estuário escuro e sufocado de algas, com os postes de embarcadouros apodrecidos se estendendo das margens cheias de juncos, e o grande e ondulado brilho do rio. E, então, Turtle e Cayenne passam a ponte e seguem uma estrada de asfalto novo ao longo de casas revestidas de sequoia-vermelha, com muros decorativos de pilhas de xisto, entradas de concreto sem marcas de pneus, pequenos jardins de malvas e pinheiros-de-folhas-pêndulas em meio a um solo tratado com lascas de madeira recém-cortada.

Fazem uma curva e quase atropelam uma moça de vestido franzido vermelho. Ela está montada nas costas de um rapaz de smoking, o vestido levantado, o rapaz se esforçando para engatinhar com uma cerveja em uma das mãos. Estão estreitando os olhos para os faróis do carro. Cayenne e Turtle esperam em silêncio enquanto a moça, rindo tanto que mal consegue se mover, levanta com dificuldade das costas do rapaz e cai no chão. Ela está segurando sapatos de salto e os sacode para elas em um pedido de desculpas. Cayenne e Turtle esperam. Um garoto de smoking branco com calça branca boca de sino sai correndo do meio dos arbustos, perseguido por um ganso. Ele para e ajuda a menina caída, e o ganso abre as asas e grasna. O rapaz levanta a garota e corre cambaleante para a margem da estrada, com o ganso atrás. Turtle dá uma olhada para Cayenne, tira o pé do freio e a picape segue, deixando os adolescentes para trás.

A estrada se desdobra à frente delas, os faróis cortando a vegetação alta, dourada, agitada pela brisa. Contornam uma curva e a casa de Jacob aparece, com uns quinze carros na entrada. Turtle apaga os faróis e se aproxima da casa devagar. Uma menina ruiva e alta com uma coroa na cabeça está de pé na varanda, as mãos na balaustrada, olhando para os carros estacionados. Em sua faixa prateada está escrito RAINHA DO BAILE. Tem uma bituca de cigarro entre dois dedos. Mas que droga é isso, pensa Turtle. Que droga é isso? Seja lá o que for, parece estar acabando.

Turtle estaciona atrás de uma grande van cheia de adesivos que dizem REPUBLICANOS COM VOLDEMORT, MEU OUTRO CARRO É UM COGUMELO MÁGICO e ARMAS NÃO MATAM/FUROS EM ÓRGÃOS VITAIS MATAM. Há alunos do ensino médio dormindo dentro. Ela puxa o freio de mão e desliga o motor. Cayenne se curva para a frente, com o casaco puxado sobre os ombros, chupando o polegar, olhando sobre o painel para a menina ruiva. Turtle abre a porta, vira uma perna para fora. Algum músculo em sua virilha enrijeceu. Ela espera, recuperando o fôlego por causa da dor, depois sai e encosta na picape, massageando a articulação do quadril com os nós dos dedos. Dá a volta com dificuldade pela frente do carro até a porta de Cayenne, abre-a, coloca a espingarda sobre o capô, põe as mãos sob as axilas da menina, vira-a para fora, pega de novo a espingarda e leva a menina pela mão pela fila de carros, Subarus e Volvos enferrujados, a lua a oeste distorcida, esbranquiçada e furada de crateras através das janelas escuras. Dentro, as sombras sem cor de pessoas dormindo. A ruiva as observa subir para a varanda. Turtle abre as portas duplas para o hall. Na parede, dois retratos de homens desgastados com barbas malcuidadas, um segurando um fuzil da época da Guerra Civil e o outro com uma espingarda de dois canos. A legenda diz CAÇADORES DE ÍNDIOS DO RIO EEL. Seus olhos estão vidrados. Há um casal encostado na parede, aos amassos, a menina com uma roupa verde gigante de dinossauro. Pelo chão, botas e sapatos sociais, tênis, sapatos de salto. Elas seguem em direção ao corredor com as estantes de vidro do chão ao teto com cestos de vime. Um leque de luz vem pela porta entreaberta à frente delas. Veem as paredes cobertas de livros, um pedaço de tapete branco, a poça de seda vermelha de um vestido no chão. Turtle abre a porta devagar com a espingarda e elas entram na sala de estar. No meio do aposento, meia dúzia de estudantes do ensino médio jogam Monopoly. Brett está entre eles, deitado no chão com um terno de veludo marrom com couro nos cotovelos. Os outros meninos estão usando ternos emprestados, as meninas de vestido. Há dinheiro espalhado no chão e enfiado sob as bordas do tabuleiro. As janelas panorâmicas dão para a varanda que circunda a casa e a banheira de hidromassagem, onde duas meninas nuas estão sentadas na borda entre velas, seus vestidos pendurados na grade da varanda, as sapatilhas lado a lado, as costas pálidas curvadas, as elevações das escápulas movendo-se com os braços. Em um canto da sala há um piano de cauda e, sobre o piano, um par de sapatos de salto vermelhos e uma bolsinha vermelha.

Uma das meninas no chão se senta. É Rilke, da classe de Anna, tanto tempo atrás, dos trajetos de ônibus tanto tempo atrás. Seu cabelo foi penteado em cachos que contornam seu rosto oval. Ela está com um vestido cor-de-rosa tomara que caia e meia-calça, sem sapatos. Arregala os olhos para Turtle, seus lábios se abrindo gradualmente em um O de surpresa e batom. Turtle leva Cayenne para dentro da sala. Brett levanta os olhos, para.

No silêncio chocado, Turtle ofega o nome de Jacob. Mesmo para ela, é um som assustador.

— Ah, meu deus — diz Rilke.

— Turtle...? — diz Brett.

— Ah, meu deus.

Turtle faz um gesto com a espingarda. Eles todos, todos, têm que ir embora. Ela não sabe como vai lidar com aquilo. Precisa encontrá-lo. Tudo o mais virá depois de encontrar Jacob. Está fazendo esse plano em sua cabeça: encontrar Jacob. Tirar todo mundo da casa. Abrigar-se. Martin virá, ou não. Mas ela acha que não. Se ele viesse, já teria aparecido. Não ia esperar quase quatro horas para ir atrás dela. Viria de imediato. Pelo menos é o que ela acha. E ela pode manter Jacob seguro. Tem certeza disso. Os dois juntos vão conseguir.

— Ela é...? — uma das meninas pergunta.

— Turtle — diz Brett. — Turtle. Parece que você foi *enforcada*.

— Jacob... — diz ela. Sua voz rouca não sai.

— *O quê?*

— Meu deus, *ouve* só a voz dela.

— Ah, meu deus.

— Turtle, eu não estou ouvindo você — diz Brett. — Você precisa do Jacob? Foi isso que você disse? O que... o que aconteceu? O que está havendo?

Cayenne está escondida atrás de Turtle, segurando a mão e a camisa dela. Rilke ficou de pé e está olhando para Cayenne, levantando lentamente as mãos para cobrir a boca em choque.

— Ah, meu deus — diz ela. Turtle a ignora. — Brett — diz Rilke, falando entre as mãos em concha. Quando ele não responde, ela repete: — *Brett*.

Uma das meninas diz:

— Alguém procure um telefone fixo. Alguém chame a polícia.

Telefones celulares, Turtle se lembra, não funcionam aqui.

— Cadê — diz Turtle, com dificuldade — o Jacob?

Jacob saberá o que fazer. Ele vai tirar todo mundo daqui. Depois vão dar um jeito naquilo juntos.

— Hum... — diz Brett, mordendo o lábio e olhando em volta, como se ele pudesse estar naquela sala. — Bom, ele pode estar em qualquer lugar. Mas onde? Eu... eu não sei.

— Brett — Rilke diz baixinho, mas enfaticamente. Ele olha para ela. — Brett, a menina — diz ela. Turtle olha para Cayenne. A princípio, não vê nada. Então enxerga. Há sangue nas pernas de Cayenne. Escorreu pela face interna dos joelhos até os tornozelos e está seco e em crostas. Não parece ser muito. — Ah, meu deus — diz Rilke. Ela cai de joelhos. Parece não saber o que fazer com as mãos. Estende o braço para tocar Cayenne, depois recua e leva novamente as mãos à boca, como se quisesse se impedir de gritar. Cayenne se encolhe. — Ah, meu deus, ah, meu deus — diz Rilke.

Turtle segura Brett e o sacode.

— Preciso do Jacob. — Sua voz é áspera e rachada.

— Turtle... — diz Brett. — Parece que você está sangrando no branco dos olhos. Você está bem?

— Jacob — ela repete. É tudo o que consegue dizer.

Brett levanta os braços, deixa-os cair.

— Estou te falando, Turtle. Eu não sei! Não está no quarto dele. Não está aqui. Tudo que eu sei é que, quando a Imogen resolveu organizar esta festa, ele disse que não ia vir. Tentou me convencer a fazer uma caminhada com ele até Inglenook Fen e eu falei: "Porra, cara, eu gosto de festa". Achei que você tivesse dado um fora nele. Bom, *ele* acha que você deu um fora nele.

Turtle fica sem ação. Jacob não está lá. Não tem ideia do que fazer. Diante dessa impossibilidade, sente toda a sua energia abandoná-la. O mundo fica cinza e plano com a tensão, sua visão se fecha nas laterais como se a sala estivesse recuando dela e, nessa retração, a cena, as pessoas, a casa, tudo fica mais estranho, mais escuro, impenetrável e ingovernável. O chão gira, e, por um momento, ela tem medo de cair.

— Turtle? — diz Brett.

Ela os olha com a boca aberta. Brett está falando com ela, e Rilke está ajoelhada na frente de Cayenne, acariciando-a incontrolavelmente em um impulso malsucedido de consolá-la com mais eficácia. As pessoas estão falando. Cabe a ela, Turtle percebe, tirar todas aquelas pessoas dali. Colocá-las em segurança caso Martin apareça. Está se dando conta do erro colossal que cometeu e, com um pânico sufocante e crescente, tenta pensar no que fazer.

— Turtle? — repete Brett.

Ela continua ali parada.

— Turtle... o que está *acontecendo*?

Ela vai até a estante. Ao lado de um suporte de livros há um jarro de argila cheio de canetas e ela o vira, pega um marca-texto, caminha até a parede e escreve:

Tire todo mundo daqui

— O quê? — diz Brett. Ele fica olhando para as palavras. — O quê?

Ela escreve:

Já

Um semicírculo de estranhos olha para ela.

— Ah, não — diz Rilke.

— Tipo, *agora?* — pergunta Brett.

— Isso é ruim — diz Rilke.

Turtle faz um gesto com a espingarda mandando eles saírem.

— Espera — diz Brett. — Por quê? *Como?* Nós estamos com as chaves de todo mundo...

Ela gesticula novamente com a espingarda e, mesmo enquanto faz isso, reconhece a futilidade. A casa está cheia de gente dormindo. Os carros fecham o caminho. Ela muda de ideia.

— Preciso ir — diz ela. — Preciso sair daqui.

— Turtle... eu não... não consigo entender você.

Ela vira e arrasta Cayenne para a porta. Se for rápida, pode montar outra emboscada. Logo antes da ponte.

— Para — diz Rilke.

Turtle olha para ela.

— Você não pode levá-la — diz Rilke.

Turtle leva o dedo à boca. Todos hesitam.

— Brett, ela foi...

Turtle faz um gesto com a espingarda. Rilke para de falar.

— Turtle, que porra é essa? Para onde você vai? — diz Brett.

Turtle fica em silêncio total. Está ouvindo uma picape se aproximar. Ouve-o desligar o motor e ouve-o abrir a porta com um chute, ouve a porta bater. Um entorpecimento começa em sua barriga, um horror que a suga, torce, espeta, como se aquelas espirais viscosas fossem trapos sendo espremidos para lhe tirar o sangue. Rilke está falando, as palavras distorcidas e sem sentido, e Brett também, e os outros, todos eles falando, e Turtle está pensando, ele não me deixou ir embora. Ele não me deixou livre. Esperou que eu voltasse, como fez quando descobriu sobre Jacob. Ele me deu a oportunidade de me arrepender, porque o que realmente quer é que eu volte por vontade própria. Mas agora ele está aqui. Ela tem segundos para fazer a coisa certa, e, se errar, pessoas vão morrer. Merda, ela pensa. Merda.

28

Turtle empurra a menina para Rilke.

— Fique aqui — diz ela. Cayenne sacode a cabeça. Turtle se apoia sobre um joelho, para ficar da altura dela. — Eu vou voltar. — Sua voz é rouca e cortada. A menina sacode a cabeça.

Prometo, Turtle forma com os lábios.

— Você promete?

Turtle assente devagar, dolorosamente.

Para os outros, ela indica a escada.

— Não — diz Brett. — De jeito nenhum. Não vou deixar você.

— *Brett* — diz Rilke. — Alguém tentou matá-la e essa pessoa está *aqui*. Essa pessoa está *aqui*, agora.

— Não me importo — diz Brett. — Eu não vou deixar a Turtle sozinha.

— Brett! — Rilke está agarrada a Cayenne. — Brett, nós temos que ir...

Turtle os deixa falando, atravessa a sala e vai para o corredor, fechando a porta silenciosamente atrás de si. Ouve os passos de Martin subindo para a varanda. O corredor encontra o hall na intersecção em T e ela deita sobre a barriga para não ser pega na contraluz da estante de vidro, rasteja pelo tapete, enfia a espingarda na curva para o saguão. O casal dos amassos continua lá, encostado na parede. A menina com roupa de dinossauro olha para Turtle. Move-se para afastar uma mecha de cabelo do rosto e, ao reconhecer a espingarda, fica paralisada e abre a boca. Turtle leva um dedo aos lábios. Eles a encaram assustados. Turtle levanta as sobrancelhas, olha para a porta. Eles seguem seu olhar.

Martin deve estar logo do outro lado da porta, de pé na varanda. Ela ouve as tábuas rangerem. A menina vira muito devagar e olha de novo para Turtle. A espingarda nitidamente não está apontada para ela, mas há algumas pessoas que acreditam que uma espingarda pode encher um ambiente inteiro de chumbo. Turtle levanta a mão: *Não se movam.* Ela está tentando dizer: *Fiquem onde estão.* Quer que eles saibam que não vai machucá-los. O rapaz não tira os olhos da porta. Eles esperam. A munição de coice reduzido que Turtle está usando tem cerca de oitenta milímetros de dispersão por metro de distância. Ela está a cinco metros da porta. Turtle pensa, vamos logo. Vamos logo. Ela espera, a barriga revirando dentro de si, grudada à parede, olhando pela quina com a espingarda posicionada e ela semiescondida embaixo de uma mesinha. Cola a face à coronha. O tapete tem cheiro de algum tipo de xampu. Da cozinha, ouve o ruído da geladeira. Turtle não consegue ver nenhuma sombra dele, mas sabe que está logo além da porta, e espera, pensando, venha para mim agora, seu canalha.

A maçaneta vira e a porta se abre com um empurrão leve. A menina dá um pulo de surpresa e fica em silêncio. O dedo de Turtle se firma no gatilho, mas não há nenhuma sombra na porta, nenhum sinal dele, e ela o imagina encostado na lateral da porta aberta, tentando atraí-la para fora. Parece estar ponderando. Venha, ela pensa. Venha. A coronha está lisa de suor contra seu rosto. O ponto de mira reluz. Uma tênue luz amarela da varanda se estende pelo piso do hall. Sua boca está seca de medo. Tenta engolir e não consegue.

O garoto se afasta da menina, dá um passo na direção de Turtle, e Turtle sacode a cabeça, movendo os lábios, e ele para. Martin é capaz de atirar da porta para dentro do hall, e o fará, se ouvir passos. Ele sabe que Turtle pode estar à sua espera e terá consciência do perigo de tentar entrar pela porta. O rapaz hesita. O silêncio se arrasta. A menina está com os braços em volta do corpo, tremendo. O garoto está parcialmente em sua linha de tiro, mas ela não quer que ele se mova. As tábuas da varanda rangem e Turtle fica abrindo e fechando a mão esquerda sobre a telha da arma.

Ela começa a pensar que algo lhe escapou. O silêncio está se prolongando demais. Turtle põe a coronha da espingarda no chão e se apoia nela para levantar, pensando, não, não, não. Volta mancando para a sala de estar, se apoiando na estante de vidro, e, quando chega à porta da sala, vê uma faixa de luz passar por baixo dela. Ela sabe o que é: Martin deu a volta pela lateral da casa, subiu na varanda e está percorrendo a sala com a luz de sua arma, procurando outra entrada, e então ela ouve o som das portas de vidro da varanda correndo pelos trilhos e o estalar duplo quando elas se fecham e pensa, merda, merda, merda. Na outra sala, logo além da porta, Cayenne grita, e Turtle ouve a voz de Martin baixa em meio aos gritos longos e ofegantes de Cayenne, mas continua onde está. Se passar por essa porta você morre, ela pensa. Se passar por essa porra de porta você vai morrer. Os gritos de Cayenne param.

— Piolha — diz Martin.

Turtle entra. Martin está de pé no meio da sala, com a AR-15 de cano curto modificada para totalmente automática. Há dois carregadores de trinta munições presos um ao outro com fita adesiva. Com certeza há mais enfiados sob o cinto. Os lábios dele estão separados. Rilke está segurando Cayenne.

— O que você fez? — pergunta ele, abrindo as mãos. Isso só ocorre a Turtle agora. Não há mais volta. Não com testemunhas.

Ela abre a boca, não consegue falar.

— Piolha — diz ele, apertando os lábios, e estende os braços.

Turtle não se move.

— Agora, piolha — diz ele e cospe sangue no tapete branco. Quando Turtle não responde, Martin olha em volta. — Que tal vocês todos nos darem um minuto?

Os garotos correm para a porta. Brett e Rilke continuam onde estão, Brett com as mãos levantadas, Rilke abraçando Cayenne. Um dos outros vai chamar a polícia. Talvez alguém já tenha chamado. Turtle está pensando, se ela for com ele, o que acontece com Cayenne?

Turtle tenta falar, não consegue. Engole, tenta de novo.

— A menina?

— Deixe ela aqui — diz Martin.

— Não não não não — diz Cayenne. — Não não não, ele vai matar você. Ele vai matar ela.

Turtle está segurando a espingarda com uma das mãos, abaixada junto à perna.

— Piolha — diz Martin. Ele caminha em direção a ela. Chuta o tabuleiro de Monopoly para fora do caminho. Estende os braços como se estivesse sendo muito sensato, a arma pendurada em um deles. — Escute, piolha. Escute. Você tem que vir comigo.

Cayenne está choramingando.

— Não não não não não não não.

— Eu te amo demais para deixar você ir embora — diz Martin. — Você cometeu um erro. Talvez tenha esquecido que já tentamos isso. — Ele sorri, fica em silêncio, gesticula, defrontando-se com um limite mudo da linguagem. — Nós tentamos e o que descobrimos é que não somos nada separados. Não tem sentido passar por isso outra vez. Não tem. Você precisa entender isso. E esses outros... — Ele gesticula de novo. Adereços. Objetos. Esse é o erro dela. Acreditar em um mundo fora dele. Ele dá o último passo em direção a ela, fica de joelhos e a abraça, pressionando a face em sua pelve. Brett e Rilke assistem em silêncio, Cayenne fecha os olhos. Turtle levanta os braços, como uma menina até a cintura dentro da água fria. Ela pensa, mate-o. Mate-o agora. Faça isso antes que ele mate você ou Cayenne ou Jacob ou Brett. Mas ela não tem coragem de matá-lo ali de joelhos, e pensa, o que Brett pensaria de você, o que Cayenne pensaria de você, uma assassina, uma carrasca, e será que é assim que termina, porque, ela sabe, não precisa ser. Ele está falando, pelo menos.

Os ombros de Martin se sacodem. Ele a aperta, fechando os olhos com tanta força que os cantos se enrugam, e diz:

— Eu te amo. Merda. — E a aperta ainda mais. Ela não sabe o que dizer. Olha por cima dele para Brett em uma súplica muda, mas Brett não sai. O rosto de Martin está contraído com sua intensidade e Turtle abre a boca para falar e não consegue. — Que porra! — Martin grita. — Que porra! Olhe para você. Porra! Porra! — Ele faz uma pausa e, no silêncio, a observa. Então se levanta. — Vem comigo, piolha.

Ela não se mexe.

— Todos vocês — diz ele. — Caiam fora.

Ninguém se move.

— Todos — ele repete. — Fora *daqui*!

— Não, cara — diz Brett. — Não, eu não vou.

Martin vira para ele.

— Você é o menino da Caroline, certo?

— Certo — responde Brett.

— É melhor ir dando o fora e desaparecer da minha frente — Martin faz um gesto com a arma — antes que leve um tiro.

Brett continua parado, as mãos levantadas.

— Não posso. Desculpa. Ela é minha amiga.

— Você e eu, piolha. O que me diz?

Turtle abre os braços, vazia, impotente.

— Está bem.

— Está bem?

— Não vá, Turtle — diz Brett. — Nós não vamos deixar esse canalha levar você para lugar nenhum.

Martin a observa, um olho se estreitando mais que o outro.

— Eu vou — diz ela. Não sabe o que isso significa. Se vai com ele ou se vai levá-lo para o corredor e matá-lo ali. Precisa afastá-lo de Brett e Cayenne.

Ele a avalia, aponta com a cabeça para a espingarda.

— Largue isso.

Ela hesita. Tenta falar. A voz falha. Está pesando a chance de, se largar a espingarda, ele matar todo mundo.

Ele se vira. Olha para a parede. Olha para a sala. Aperta os lábios em uma espécie de careta especulativa e passa a mão no rosto. Está tentando decidir o que fazer.

— Eu vou — diz ela.

Ele lhe dá um sorriso malicioso, entendido, sacudindo a cabeça, seu sorriso se azedando em algo odioso, amargo, com o maxilar apertado, sombriamente especulativo. Ele passa o polegar pelos lábios. Parece ver, então, alguma expressão no rosto dela, ou deve ter tomado alguma decisão.

— Largue isso, piolha.

Turtle tira a espingarda do ombro, deposita-a no chão.

Brett dá um passo à frente.

— Você não vai levar ela para lugar nenhum.

Martin o ignora. Ele está olhando para Turtle.

— Vamos, piolha — diz ele.

Brett avança entre os dois, põe a mão no peito de Martin.

— Não — diz ele. — Eu não vou deixar...

Turtle vê o rosto de Martin. Ela leva a mão à Sig Sauer. Seu braço direito não está funcionando como deveria. Tateia desesperada em busca da arma e, por um momento horrível, sua camisa fica no caminho, enrolando-se sobre o botão do coldre, e ela não consegue puxar a arma com rapidez, incredulamente atrapalhada com os dedos, enquanto vê Martin dar um passo atrás para abrir distância entre ele e Brett, as mãos de Brett levantando, depois o clarão forte na boca do cano. Brett se arqueia para a frente, dobrado, as costas curvadas e a bala enfunando-lhe a camisa como uma vela. Martin olha para Turtle atrás de Brett. Ela vê o segundo clarão na boca do cano e a bala a atinge como uma marretada no rosto. Ela cai, vendo estrelas, cega do olho esquerdo, o rosto branco de dor, tombando em cima da espingarda. Cayenne está gritando, lançando-se pelo tapete em direção a ela. E então Turtle está de pé e correndo, a espingarda na mão. Algo a atinge na base das costas e ela vê a névoa de sangue projetada à sua frente na parede, o buraco enrugado da bala aparecendo no centro, pequeno como uma queimadura de cigarro. Ela dispara pela porta e vira para o corredor, a mente atordoada de terror. Dá uma olhada para trás e vê um lampejo, como alguém riscando um fósforo, sua visão manchada de pontos verdes e vermelhos, um borrifo de imagens residuais, e algo bate nela logo abaixo da escápula direita. Ela ouve o espocar de um tiro; parece menor e menos significativo do que deveria, e o som vem depois do golpe. Cai sobre as mãos e os joelhos na cozinha. Segura a barriga, o esguicho quente de sangue nas mãos. Ouve os estalidos de mais tiros, mas é totalmente desorientador. Não sabe onde as balas estão acertando ou se estão acertando nela. Não consegue respirar fundo.

Rasteja pelo chão da cozinha, pensando, você tem que levantar. Está arquejando superficialmente. Cayenne a está puxando. Turtle apoia a mão em uma poça de sangue e escorrega. Cai deitada com o rosto no piso de granito. A menina puxa sua camisa. Turtle vê a espingarda ao seu lado no chão. Ela rola de costas, puxa os joelhos para cima, arranca a Sig Sauer do coldre e a levanta. Sua mira está flutuando por toda parte, a visão oscila, o olho esquerdo está cheio de sangue e ela o fecha. Apoia os punhos entre as coxas bem quando Martin surge à vista. Dispara e ele mergulha atrás da parede. Ela atira através da parede de gesso para obrigá-lo a avançar mais para o corredor.

Cayenne agarra Turtle pelo braço e tenta arrastá-la pelo chão e Turtle se ergue, botas e mãos deslizando no chão sujo de sangue, pega a espingarda e cambaleia para a porta, que se abre na varanda dos fundos. Então para. Olha para o balcão da cozinha e se lança para lá, apoiando-se com uma das mãos na ilha, a outra segurando a barriga como um maratonista com dor do lado do corpo, a espingarda pendurada no ombro, o sangue jorrando entre a contenção de seus dedos. A camisa está ensopada e faz um som rangente horrível quando roça em seu corpo. Ela não consegue respirar fundo.

— Nós temos que ir! — Cayenne está gritando. — Turtle! Vamos embora!

Turtle abre a gaveta e está tudo ali: lâmpadas, chaves de fenda, martelo, pregos, fita adesiva. O sangue escorre de seu rosto para dentro da gaveta. Ela fica piscando para tirá-lo do olho esquerdo. É só um aranhão, diz a si mesma. Não parece um arranhão. Ela levanta a camisa. Está tudo bem, fica dizendo para si. Você só tem que fazer tudo certo. E vai ficar bem.

Martin aparece no canto da porta. Turtle levanta a espingarda ensanguentada com uma só mão e abre um buraco na parede, enquanto ele recua. Ele enfia a arma pela quina e atira às cegas para dentro da cozinha, regando as paredes com fogo automático, e Turtle mira e dispara de novo. O chumbo atravessa os azulejos, expondo tarraxas e fios elétricos, isolamento térmico, e sai pelo outro lado da parede, e ela ouve o estilhaçar da estante de vidro, ouve-o tropeçando pelo meio do vidro para se afastar dela. Vira a espingarda para cima e atira na lâmpada da cozinha. Elas mergulham na escuridão. Turtle aciona a lâmpada estroboscópica montada na arma. O aposento se enche de uma iluminação piscante e feérica que reduz todas as sombras a linhas duras e sem profundidade e toda cor a planos brancos de brilho intenso. Ela sabe por experiência como é difícil atirar com aquela luz. A lanterna da arma está montada no cano com presilhas de liberação rápida, e ela a solta e a rola pela ilha da cozinha, para três metros dela, apontada para a porta do corredor.

Na nauseante luz intermitente, ela levanta de novo a camisa. Vê o ferimento em sua barriga. O sangue cobriu todo o abdome, encharcou o jeans e entrou pelas botas. Ela rasga uma faixa da camisa, embola-a sobre o buraco e começa a prendê-la com fita adesiva. Tem sorte de Martin estar usando uma espingarda de cano curto. Pelo aspecto do ferimento de saída, ela foi atravessada de um lado para outro, sem a bala se fragmentar ou desviar. Com canos mais longos, e maiores velocidades, essas balas de calibre 5.56 podem arrebentar ou mudar a trajetória dentro do corpo. Ele é negligente, ela pensa. É negligente com esses detalhes, sempre foi. Martin está atirando contra a lanterna. Turtle o ignora. A fita adesiva não vai adiantar muito, mas será de alguma ajuda. Isso não é verdade. Pelo jeito como as coisas estão, vai salvar sua vida.

— Turtle! — grita Cayenne.

Turtle a ignora, enquanto passa a fita adesiva em volta da barriga e do peito, produzindo uma cinta apertada. Algo emite um clarão e Turtle levanta os olhos. Os azulejos de granito ao seu lado se estilhaçam e voam da parede em cacos. Sob a luz estroboscópica, não há movimento. Apenas flashes isolados, brancos e brilhantes. Ele não está mais atirando da porta. Está na sala adjacente, atirando através da parede bem ao lado dela. Turtle mergulha, puxa Cayenne para o chão. Acima delas, fragmentos de granito e vidro enchem o ar. Uma voluta de material particulado explode. As meninas se encolhem no chão atrás da ilha, Cayenne gritando e gritando, o rosto colado no piso. A ilha da cozinha não é uma boa cobertura. A munição de 5.56 pode ser pequena, não maior e apenas ligeiramente mais pesada que a munição de fogo circular calibre .22, mas é capaz de atravessá-la. Turtle senta, se apoia no armário e continua a enrolar a fita adesiva no corpo. Não quer tentar atirar de volta nele através da parede. Não tem munição suficiente e não sabe quem pode estar ali com ele. De repente os tiros param e Turtle o escuta soltar o carregador, o som do novo carregador sendo inserido no alojamento, o som de aço contra aço do ferrolho sendo levado para a frente, mas algo dá errado. A arma encravou.

Seu filho da puta, ela pensa, seu imbecil incompetente. Ele deve ter feito alguma merda quando adaptou a arma para torná-la totalmente automática e agora ela está encravando. Cayenne está grudada no chão, os olhos muito fechados, tremendo em silêncio e arranhando o granito do piso. Turtle a segura pelo cabelo, e a levanta, e a menina agarra o pulso de Turtle com ambas as mãos e as duas cambaleiam para a porta da varanda. A luz estroboscópica destrói toda a percepção de profundidade, então elas avançam quase às cegas pela cozinha e Turtle atira na moldura da porta à sua frente, abre-a com um pontapé e sai. Mais tiros varrem a cozinha e elas se lançam pela varanda e vão rastejando desajeitadas em direção à escada. A lanterna estroboscópica vai segurá-lo por mais alguns segundos. Turtle se agarra ao corrimão e se arrasta para baixo pela escada e elas descem até um trecho rochoso de praia coberto de algas secas que estalam ocas sob os pés. Um vento forte sopra do norte, levanta o cabelo delas e o impele em serpentinas sobre o rosto.

29

Turtle caminha com dificuldade, os passos espremendo água da areia molhada em halos reluzentes. À sua frente, o rio está forrado de gansos adormecidos. Parece haver centenas deles. Turtle continua avançando aos tropeções, apoiada na menina, impulso e passo, impulso e passo. A fita adesiva aperta no ritmo de seu batimento cardíaco e ela percebe que ainda está levando o rolo, pendurado em uma longa cauda de fita. Passa mais algumas voltas em torno da barriga, solta o rolo e o larga na areia. Está respirando em ofegadas rápidas e trabalhosas e o ar não parece suficiente.

As falésias não são altas. O rio corre abaixo delas por mais uns vinte e cinco metros, depois elas terminam. Além delas, o estuário raso do rio está salpicado de troncos flutuantes, bancos de areia e grandes massas de algas pardas encalhadas, a quarenta metros da linha da maré, onde três colunas de pedra se destacam em uma silhueta negra, as ondas arrebentando brancas e avançando por uma extensão de praia que se alonga por todo o horizonte de norte a sul, cada onda arrastando uma carga de água e areia que sacode o ar. Acima dela, a casa de Jacob, assentada em uma ponta das falésias, tem vista para o rio e para a praia. Turtle e Cayenne prosseguem cambaleando e o bando de gansos começa a levantar voo à sua volta. Turtle chega à margem do rio e puxa a menina para dentro da água fria, e avançam afundadas até as coxas pelo meio de uma confusão de asas batendo, até entrar na corrente. Turtle se deixa levar e nada com vigor rente ao fundo arenoso. O rio tem só dois metros ou dois metros e meio de profundidade, mas a carrega com surpreendente força. Ela sobe à superfície para respirar uma vez, os gansos ainda decolando por todo o rio, a casa semiescondida, e mergulha e nada outra vez. Nada até passar as falésias, alcança um tronco flutuante que se projeta do banco de areia para a água, segura-o e sobe à tona por trás dele. Puxa a menina da corrente para a face inclinada e lisa da margem do rio atrás do tronco.

A quarenta metros de distância, Martin sai na varanda e gira a lanterna da arma pela praia, a luz cortando obliquamente a superfície do rio. Reflexos mosqueados rodopiam pela face do rochedo. Turtle e Cayenne ficam atrás do tronco, com o queixo enfiado na água, abrigadas junto à margem de areia. Ele tem uma pequena vantagem de terreno alto: a varanda fica oito, nove metros acima e tem vista para a praia inteira.

Ela não tem nada além do chumbo na espingarda. Ele está no limite do seu alcance. Se tivesse um projétil, poderia atingi-lo naqueles degraus e pôr fim à vida dele agora mesmo. Os pensamentos lhe vêm lentamente, as margens de sua visão se estreitando, o mundo oco e despojado de sensações. Ela segura a menina e aponta rio abaixo, e Cayenne sacode a cabeça. São mais vinte ou vinte e cinco metros até onde o rio encontra o mar. Ela quer que a menina siga o rio até o mar e, de lá, continue para o sul pela beira-mar. É sua melhor chance. Turtle levanta três dedos — *quando eu contar três* — olhando para ela muito séria, e a menina está sacudindo a cabeça, e Turtle a puxa para si, beija seu cabelo e a empurra, e as duas respiram ofegantes e o som de sua respiração parece ampliado pela água e pela margem de areia cortada, e Turtle vira e pega a Sig Sauer com água escorrendo do carregador e do cano e a posiciona sobre o tronco, encontra as miras de trítio brilhantes, focaliza Martin com sua lanterna esquadrinhando a praia e atira.

Martin deve ter visto o clarão na boca de sua arma, porque a lanterna gira pela praia em direção a ela e ele começa a atirar de volta. Colunas de água pulam no ar e cintilam negras e nebulosas contra a aparição solar da luz da arma e lascas de madeira se projetam como um gêiser do tronco e são arrebatadas na escuridão. Turtle faz pontaria no centro daquele brilho aniquilador. As sombras das miras percorrem o ferrolho da arma e seu braço, até que a Sig Sauer ofusca a luz da lanterna e devolve sua sombra esguia para o olho direito de Turtle, as próprias miras envoltas em um halo de luz branca faiscante, e ela aperta o gatilho. A luz pisca e apaga. Turtle continua a atirar, minuciosamente atenta ao clique do reset do gatilho, sua visão inundada de imagens residuais. A Sig Sauer trava aberta e ela a larga no rio, e a arma solta um silvo e desaparece. Fecha os olhos, a consciência escorregando entre suas mãos, e pensa, você tem que levantar, Turtle. Você tem que levantar.

Cayenne foi embora. Pelo menos isso deu certo. A menina escapou. Turtle rasteja sobre os cotovelos e joelhos pela água ao longo da margem arenosa, mal capaz de lembrar o que está fazendo, o rio ficando menos fundo à sua volta conforme se alarga. À frente, há uma elevação de algas ilhadas no curso do rio. Turtle desliza em direção a elas, sobre a barriga. Há um banco de areia ali, com um amontoado de algas pardas e madeira flutuante. Ela se enfia no meio das algas. Moscas e pulgas-do-mar se sobressaltam à sua volta. O cheiro é de sal e putrefação. Ela está arfando rápida e incontrolavelmente, arrastando a espingarda pela alça. Fica ali parada, tremendo de frio e de medo. Ao seu lado, uma água-viva esmagada com saias roxas, os membros como cordas emaranhadas, o interior oco fervilhando de pulgas-do-mar inchadas e ampliadas pela carne que é como uma lente. A água é salobra. A corrente do rio se mistura às ondas, mudando de direção para a frente e para trás. A arrebentação rola em direção a ela com uma trituração cacofônica palpável na água e no leito arenoso embaixo, palpável em suas entranhas, que se expandem em seu saco mucilaginoso e rompido, cada onda que quebra formando um esguicho de água que se eleva em volta dela, depois escoa. Ela fica ali colhendo pensamentos escorregadios como se estivesse revirando algas em busca de enguias, pensando, eu poderia fechar os olhos e isso, tudo isso, acabaria. Depois pensa, não, porra, você teve sua chance, sua vaca, e está nela agora.

Turtle ergue lentamente o corpo e espia entre as algas. Martin está mancando pela praia junto ao curso do rio e Turtle sente uma terrível onda de alegria. Ela o acertou, o safado, a sabe-se lá quantos metros de distância, ela com uma 9 mm e ele com a AR-15, em terreno mais alto e com a lanterna a ofuscando, e ela o acertou. Acertou a lanterna também, ou ele a estaria usando. Venha para mim, ela pensa. Venha para mim no escuro, seu merda. Venha para mim e morra. Ela afunda na água, que se ergue em volta de seus olhos, e se esconde entre o emaranhado oleoso e pesado de algas.

Ele leva um longo tempo para atravessar a praia e ela permanece imóvel, o coração apertando o corpo todo com suas batidas, ofegando, tonta, e pensa, só mais um pouquinho, Turtle. Agarre-se firme ao mundo e não solte, não estrague tudo.

Martin está seguindo a margem do rio. Deve parecer a ele que não há onde se esconder naquela extensão vasta e plana de praia. Ele para ao lado de onde ela está em seu monte de algas. Ele, como ela, está esperando que os olhos se ajustem ao escuro. Observa o rio na tentativa de detectar algum movimento, olhando com a postura de quem não consegue enxergar bem no escuro. Sua arma está levantada junto ao ombro. A espingarda de Turtle está presa embaixo dela. Ela não quer se mover para soltá-la. Quer que ele passe. Ela se moverá se precisar, mas não acha que suas chances sejam boas. Quer que ele passe e siga. Ele fica olhando para a foz do rio, onde estão as três ilhas na arrebentação. Mas não quer ter aquele monte de algas às suas costas. Turtle fecha os olhos. Não, ela pensa. Ele levanta a arma e atira, varrendo o monte de algas com fogo automático, Turtle deitada de olhos fechados, dentes apertados, o estalo molhado das balas nas algas, mas nada acontece. Ele não a acerta. Ele para de atirar e analisa o monte de algas. Então toma sua decisão. Vira a arma na direção das ondas e continua andando.

Turtle exala com força, pondo os nós dos dedos na boca para impedir os soluços. Depois sai rastejando de baixo das algas, libertando a espingarda cheia de areia, levanta e manca atrás dele pela água cada vez mais rasa, pensando, não falta muito mais, Turtle, tudo o que você tem que fazer é se manter em pé, sua vaca. É impulso e passo pela água até os tornozelos, impulso e passo, e é como se deus a tivesse pegado pelo abdome e a estivesse espremendo, a praia perdendo a cor, perdendo cheiro e som, uma folha em preto e branco, o branco das ondas, as silhuetas das ilhas, e Martin.

À sua frente, ele se aproxima de um corredor estreito entre duas ilhas, sinuoso e fechado. Acha que ela está lá, escondida na frente dele. A visão de Turtle está se afunilando para um único pensamento determinado. Ele para à beira da maré, com água até os joelhos, de frente para o mar. A lua está mais adiante e o ilumina a contraluz. Está tocando a margem do horizonte. Ela levanta a espingarda, a água escorrendo do tubo do carregador, e não sabe se a arma vai funcionar.

— Papai — ela diz baixinho atrás dele, e ele se vira e a noite se fende com o brilho estroboscópico piscante do clarão da boca do cano. Turtle aperta o gatilho. O clarão da boca do próprio cano forma três quartos de uma coroa de luz interrompida pela silhueta da espingarda e uma grande lança de fogo se estende até ele, e ela vê a forma dele e, depois, a escuridão. Não o vê cair. O som da espingarda ressoa pela praia, tudo extinto, acabado, as imagens residuais brancas e verdes e vermelhas, cada uma retendo a impressão de cor, mas cada uma delas escura como breu. Ela se joga sobre as mãos e os joelhos e rasteja em direção a ele, põe a mão em sua perna. O jeans dele está ensopado e cheio de areia e ela o segura pelo ombro e o puxa para si.

Sua mão, enorme, calejada, coberta de areia, se aperta nela e a força é exatamente como ela se lembra. Ela o puxa para o seu colo e fica sentada, inclinada sobre ele, quente e vivo na água fria, a respiração difícil combinada com um sugar como de ventosa. Turtle põe a mão no rosto dele e segura seu queixo. A boca abre espasmodicamente, e ela acha que ele vai falar, que vai dizer algo, mas ele só arqueja, sugando o ar através do buraco no peito, e ela o cobre com a mão e sente o ferimento se encaixar em sua palma e ele inspira. Ela acha que ele vai falar, mas ele não fala.

— Eu te amo — diz ela.

As pernas dele se debatem na areia em algum movimento reflexo e, quando a onda quebra sobre eles, seu corpo se eleva nos braços dela, a água puxando-lhe as roupas, sugando a areia de baixo dela, deixando-os semienterrados nos sedimentos molhados. O queixo dele se move e ele repete várias vezes: "Eu... eu... eu...", mas não consegue passar dessa primeira palavra, e ela vê os enormes tendões em seu pescoço, a textura da carne, sardas escuras, barba rala, veias sinuosas grossas como as impressões digitais dela, o pomo de adão como um nó duro, as duas cordas como cabos de cada lado da depressão do pescoço, e o que quer que ele quisesse dizer é engolido no rugido das ondas, e ele segura os pulsos dela para resistir e ela enterra a lâmina na pele curtida. Os cordões brancos e grosseiros dos tendões se salientam uma vez e uma espuma de sangue é lançada para cima e no rosto dela, as costas dele enrijecem e ele se arqueia, os quadris se elevando da areia, a traqueia com um buraco preto sob a lâmina, e então outra onda quebra sobre eles e ela sente os jatos quentes de sangue sob a água. A lâmina se aloja junto a um nódulo duro de osso e ela arrasta a faca para a frente e para trás, e a lâmina atravessa o pescoço dele e entra em sua própria coxa, e ela está sentada agora em uma poça quente de sangue naquele intervalo antes que a onda recue, a lua brilhando através da fresta entre as ilhas, mantendo Martin sob a água, os dedos dele abrindo e fechando convulsivamente enquanto resiste. Os jorros arteriais quentes agitam a superfície. Ela tenta tirar a faca do pescoço dele e não consegue. Puxa-a, apertando os dentes, e ainda não consegue soltá-la. Então a onda recua e ela vê o sangue dele correndo em grandes cordas negras pela areia molhada. Inclina-se sobre ele, e ele se foi, irrecuperavelmente. É o seu mesmo corpo nos braços dela, e ela segura a camisa xadrez, e é a camisa xadrez dele, o jeans molhado dele, as botas dele se projetando da areia, mas ele se foi para sempre. Cayenne sai do corredor escuro entre as ilhas e vem até ela, envolve o pescoço de Turtle em seus braços e apoia o rosto no ombro dela, e Turtle deixa, mas não quer, não pode, tirar as mãos dele. Cayenne puxa a camisa de Turtle e ela levanta os olhos para a praia. As ondas se desdobram sobre a areia e a lua toca a superfície da água, e pensa, caramba, isso é incrível.

30

Turtle está sentada na borda de um canteiro elevado, a floresta silenciosa à sua volta, as sequoias-vermelhas com meio metro a um metro de diâmetro, árvores secundárias dos nós de enormes cepos cheios de matéria orgânica em decomposição, as árvores originais foram queimadas há muito tempo, deixando caldeirões tingidos de cinzas com cinco metros de diâmetro. Cachimbos-indianos, samambaias e medronheiros crescem na margem da clareira. No alto está o chalé de Anna, com grandes janelas voltadas para o sul, vitrais feitos a mão na cozinha e um filtro dos sonhos no quarto no segundo andar, o teto coberto de painéis solares, a casa e o terreno herdados da avó dela. A floresta tem ficado mais densa e próxima desde que a casa foi construída. Aboletada na balaustrada da varanda, a gata de Anna, Zaki, olha para Turtle e fecha e abre os claros olhos azuis com ar de aprovação.

Turtle enfia a mão enluvada no solo do canteiro, fértil e escuro depois de uma chuva recente. Não tem que cavar muito para encontrar as raízes. Fica de quatro. O canteiro está apoiado em uma plataforma de concreto de quinze centímetros. Um dedo torto de raízes alimentadoras subiu do chão, seguindo a trilha da água gotejante, atravessou o espaço entre o solo e o canteiro e se enfiou por um dos buracos de drenagem.

Turtle começou a se dedicar à jardinagem há oito meses, prejudicada a cada movimento por dores e pela bolsa de ileostomia. Uma das balas a acertou na base das costas, passou entre duas artérias intercostais, perfurou o jejuno e saiu pelo lado inferior esquerdo, outra raspou a face esquerda e a terceira ricocheteou na sétima costela do lado direito, logo abaixo da escápula. A costela perfurou a pleura em torno dos pulmões, e, quando a cavidade pleural se encheu de ar, o pulmão direito entrou em colapso. "É só um pequeno pneumotórax", disse o dr. Russell, separando minimamente o polegar e o indicador para mostrar o tamanho. "Bem *pequeno*." O dr. Russell era um homem magro, com a pele clara cheia de manchas, começando a ficar careca, quieto e cuidadoso. Inclinava-se para a frente, unindo o polegar e o indicador como se quisesse captar a textura da voz dela, e tornava a perguntar: "Como você teve a ideia de enrolar a fita adesiva desse jeito, Turtle?", e Turtle sacudia a cabeça, porque não sabia, e ele sorria e endireitava o corpo. Estava entusiasmado com o caso e com os ferimentos dela, o que agradou Turtle. Ele adorava essa parte do trabalho, era perceptível. O conteúdo do intestino delgado havia se derramado na cavidade abdominal e, depois da primeira cirurgia de estabilização, houve outros dois procedimentos cirúrgicos grandes para limpar a infecção. Se a bandagem com a fita adesiva não tivesse aguentado, Turtle poderia não ter sobrevivido. A água do mar, como o dr. Russell gostava de dizer, é uma porcaria. A sobrevivência dela o surpreendia.

Os cirurgiões puxaram uma alça de intestino até a pele do lado direito, acima da virilha, que criou um ânus vermelho e franzido em seu quadril, e, por seis meses, ela cagou por ali, ou melhor, gotejou por ali. Um adesivo flexível com uma vedação foi colocado sobre o estoma e a bolsa foi presa a ele. Turtle acordava no meio da noite esfregando a unha na borda onde a bolsa se encontrava com a base aderente e quase tinha conseguido arrancá-la, acordou bem a tempo de ir cambaleando até o banheiro e parar ao lado da pia, imaginando-se com trinta centímetros de intestino rosado escapando por um buraco em sua lateral, agarrada ao balcão do banheiro, ofegando de dor, olhando no espelho e sacudindo a cabeça, e pensou, Martin tentou te dizer, ele tentou te dizer que um dia você precisaria ser mais do que apenas uma garotinha assustada com boa pontaria, que um dia precisaria ser absoluta em sua convicção, que teria que lutar como a porra de um anjo caído nesta porra de terra, com um coração absoluto, e você nunca chegou lá. Foi cheia de hesitação e de procrastinação até o fim. Ficou parada junto à pia pensando, você nunca foi suficiente e nunca vai ser suficiente. Naquele dia, Turtle esperou Anna chegar em casa e, quando Anna abriu a porta do carro, ela disse: "Eu quero fazer uma horta", e Anna ficou imóvel, segurando sua caixa de provas para corrigir, mole de exaustão, encostada no Saturn, então pôs a caixa dentro do carro de novo e Turtle entrou pela porta do passageiro e a fechou com a corda elástica.

Juntas, ergueram troncos de sequoia-vermelha no depósito de madeira do Rossi e os inspecionaram para ver se não havia nós e os viraram de lado para garantir que não estivessem empenados, e separaram os que gostaram, depois um homem barrigudo de jeans e camisa xadrez e suspensórios de fita métrica cortou-os em pedaços de um metro e meio e três metros de comprimento e, ainda olhando para Turtle, tirou as luvas, bateu-as na mão esquerda e estendeu a mão direita. A mão do homem era muito grande e ele apertou a dela com uma firmeza quase dolorosa.

Entraram na recepção para pagar pelas tábuas e pelos pregos galvanizados e pela terra adubada que tinham comprado e foram atendidas por uma mulher com as mãos apoiadas no balcão, mascando chiclete ostensivamente, cabelos loiros claríssimos com raízes marrom-escuras, usando um colete cor de laranja fluorescente. CINDY, dizia o crachá. Ficou olhando para elas. Anna havia somado as medidas das tábuas no pequeno bloco de notas que levava no bolso de trás para toda parte, porque estava fazendo anotações para um romance que pretendia escrever e nunca sabia quando uma ideia poderia surgir. Ela pegou o bloco de notas e disse:

— Oito tábuas de sequoia-vermelha cinco por trinta, três metros e meio de comprimento.

— Ãhã — disse a mulher, registrando.

— Oito sacos de terra adubada premium.

— Ãhã.

— Meio quilo de pregos galvanizados.

— Ãhã — disse a mulher, e o jeito que ela falava aquilo fazia Anna olhá-la todas as vezes, sem saber se a mulher estava sendo hostil.

— Só isso — disse Anna.

— Ãhã — disse a mulher. Ela pôs as mãos no balcão e se inclinou para a frente.

— Então — disse Anna, pegando a carteira — quanto eu lhe devo?
— Nada — respondeu a mulher.
— Nada? — repetiu Anna.
— Ãhã — disse a mulher.
— Pelas tábuas de sequoia-vermelha?
— Ãhã — disse a mulher. Não havia nada de convidativo ou gentil no jeito como ela falava aquilo.
— Eu queria pagar — disse Anna. Ela mostrou a carteira aberta na mão.
— Ãhã" — disse a mulher, assentindo com a cabeça.
— Então, quanto eu lhe devo?
— Nada — respondeu a mulher.
— Não estou entendendo.
— Ãhã — disse a mulher.
— Você está vendo que eu *quero pagar*, certo?
— Ãhã — disse a mulher.
— Então — disse Anna — eu insisto. Quanto ficou?
A mulher inclinou todo o seu volume por cima do balcão. Apoiou-se nos cotovelos. Tinha os ombros largos. Os seios aparecendo no decote eram de um vermelho curtido e bronzeado. Ela disse:
— Esta ainda é uma cidade pequena. Nem sempre parece, mas é. Você não vai pagar por essa madeira.
— Bem, obrigada — disse Anna.
— Não — disse a mulher — não me agradeça. Ela vai precisar de mais material do que isso e não vai ser sempre de graça.
— Bem, obrigada mesmo assim — disse Anna.
Cindy ficou olhando Turtle e Anna saírem. Anna só sacudiu a cabeça.
Chegaram ao viveiro de plantas North Star no fim do expediente. O lugar estava fechado e um rapaz de jeans, suéter verde e botas de trabalho sujas de barro se dirigia à sua picape na hora em que elas estacionaram. Ele as observou por um tempo e se aproximou do Saturn de Anna quando ela saiu do carro. "Anna?", disse, e Anna o cumprimentou, "Tim", e eles se abraçaram, e o rapaz olhou para Turtle e disse: "Então é ela", e Turtle olhou para o oeste, para as nuvens acima do oceano. Perguntava-se onde

Cayenne estaria agora, se estava em segurança. A menina tinha ido morar com a tia. Turtle falara com a mulher pelo telefone, dissera: "Eu quero falar com essa menina todas as semanas e quero ouvir pela porra da voz dela que ela está bem, e eu vou saber se ela não estiver", e a mulher havia feito uma pausa, depois dissera: "Está bem...", dissera isso com jeito de desdém e de mau humor, arrastando as palavras com uma resignação passivo-agressiva, e havia algo não dito e superior no fim, como se ela achasse que Turtle era ridícula. Era exatamente como Cayenne falava quando estava muito mal-humorada, e o choque do reconhecimento percorrera Turtle, a levara direto para o momento em que se aproximara de Cayenne deitada no chão, lendo, para tentar convencê-la a sair e ir procurar escorpiões. Sabia que a menina estava crescendo em um lar ruim, mas o que podia fazer. Cayenne também não tinha ficado segura com ela.

Tim as deixou entrar no viveiro de plantas e Turtle pegou um pequeno carrinho de mão vermelho e saiu com ele enquanto Tim e Anna esperavam junto ao portão, conversando. O viveiro tinha um pátio cercado com mesas de tampo de ripas cheias de bandejas e recipientes de plástico preto com mudas. Era começo de noite e o céu estava roxo. Turtle foi passando com o pequeno carrinho de mão vermelho pelos caminhos de cascalho do viveiro. Tim queria vir junto e falar com ela, estava escrito no jeito dele, mas ficou com Anna perto da cerca, observando. As pessoas imaginavam que ela não ia gostar de conversar com homens, mas isso não era verdade. Levantou as bandejas de plástico preto de ervilha-torta, adorando suas viçosas folhas verdes, o solo preto. Ao segurá-las junto ao peito e olhar para todas aquelas outras mesas de plantas, parecia que qualquer coisa era possível. Havia uma mesa inteira de alfaces em embalagens de quatro tipos, alface-crespa, lisa, roxa, romana. Ela queria couve e acelga e as ervilhas-tortas, e alho e alcachofras, e queria canteiros de morangos. Queria tudo. Estavam em meados de fevereiro e ainda era frio, mas Anna achava que seria possível plantar alfaces o ano inteiro no lugar onde ela morava. Alcachofras ou ervilhas-tortas cresceriam bem. Algum dos repolhos. Melhor esperar se quisesse plantar tomates.

Pagaram as plantas no interior do viveiro, Tim estreitando os olhos para o carrinho de mão vermelho de Turtle e digitando com hesitação os números em uma máquina registradora, às vezes consultando umas folhas de papel plastificadas. Turtle tinha uma cicatriz na face esquerda. Uma quilha grossa de tecido insensível, e tocava-a distraída quando estava pensando. Havia plantas ornamentais e elementos de decoração com água lá dentro, mas todas as bombas e luzes já estavam desligadas. Anna e Turtle ficaram lado a lado junto à máquina registradora. No balcão diante delas havia um folheto com uma foto em branco e preto de Turtle saindo das ondas, apoiada em Cayenne e segurando a espingarda. Turtle não se lembrava de ter saído andando da praia. Esse folheto dizia APOIE TURTLE ALVESTON. A foto tinha sido tirada por um dos paramédicos. O papel estava enrolando, manchado pela água de alguma planta recém-regada que pingara sobre o balcão. Ela levara três tiros, as pessoas gostavam de lhe dizer, salvara todos os que estavam na casa naquela noite e saíra da praia andando com suas próprias forças. Era uma heroína. Amavam isso nela. Você *saiu andando* daquela praia, as pessoas lhe diziam, médicos, enfermeiros, técnicos de enfermagem, estranhos. Brett, quando a visitara, tinha dito isso. *Você é uma heroína, Turtle.* Ele vestido com a roupa do hospital, sentado em uma cadeira de rodas, acompanhado da enfermeira. Levara um tiro no peito. Mas, ao contrário de seu pneumotórax, o dele havia sido grave. O pulmão direito tinha colapsado completamente e houvera trauma penetrante dos dois lados.

— Você é tipo... uma *heroína* — Brett tinha dito. — *Cara*! Como conseguiu continuar de pé? Não sei como você saiu andando daquela praia. — Sorrindo para ela, maravilhado. Ela sentira falta disso. Sentira falta dele. Ele disse: — Quando chegar o fim, venha me buscar. Venha me buscar, está bem?

— Está bem — disse Turtle. Ela estava deitada na cama, um dreno torácico colado na lateral do corpo, os tubos vertendo líquido serossanguinolento. — Está bem. Eu venho te buscar.

Não achava que nada daquilo era verdade. Queria saber qual era o prognóstico de longo prazo para ele. Como a vida de Brett seria afetada. Ela não era uma heroína. Havia falhado com Cayenne, falhado consigo mesma, falhado com Martin, pusera todos em perigo, falhara repetidas vezes, avançando de qualquer jeito de um cômodo para outro, cometendo um erro estúpido atrás de outro, tentando e não conseguindo controlar uma situação incontrolável, e não se lembrava de ter saído andando da praia, e tudo para que: uma vida sem ele que ela não queria e não compreendia. Se eles soubessem que ela havia aberto a porta com um pontapé e o encontrado com Cayenne e que tivera a chance de acabar com tudo ali mesmo antes de qualquer consequência e não apertara o gatilho. Ela olhara para Brett, incapaz de explicar qualquer coisa. A vida dele nunca mais seria a mesma. Nunca mais. Treine, Martin dizia, para ter uma absoluta singularidade de propósito, e ela não havia feito isso.

— Muito bem — disse Tim. — São vinte e dois dólares.

— Sério? — perguntou Anna. — Parece pouco.

— Parece? — disse ele, olhando para as plantas.

Ela começou a horta naquela mesma noite, correndo para dentro da casa e ligando o carregador de bateria da furadeira sem fio de Anna. Anna tinha um conjunto de ferramentas completo que havia comprado quando decidiu que ia morar sozinha em Comptche, mas nunca o usara porque tinha medo de ferramentas elétricas. Ela disse "Você vai usar essa furadeira?", e Turtle confirmou, vestindo um macacão sobre a legging, e Anna disse "Você sabe usar?", e Turtle confirmou, e Anna disse "Vai ter cuidado?", e Turtle respondeu "Vou ter cuidado", e Anna disse "Não vai furar o dedo ou algo assim?", e Turtle disse "Não, não vou". Pôs uma lanterna de mineiro, um blusão de lã e suas velhas botas e olhou para Anna com um olhar límpido, porque Anna estava confusa e ansiosa, e Turtle queria mostrar que ela podia lhe perguntar tudo o que quisesse.

— Tudo bem — disse Anna, com alguma timidez. — Tudo bem.

Turtle havia contado ao dr. Russell sobre a cirurgia que tinham feito no dedo de Cayenne, desenhando-a em um papel. Ele disse que a amputação fazia sentido em um ambiente estéril, mas não fazia nenhum sentido realizá-la no chão da sala de estar. Embora fosse, disse ele, uma cirurgia que fazia o tempo todo, não era necessária. A ferida ia se epitelizar, a pele ia crescer de novo sobre a ponta do dedo, era só ir trocando sempre os curativos. E, quando Turtle contou que eles haviam passado o nó do dedo e haviam cortado o osso seguinte, o dr. Russell fez uma pausa, inclinando minimamente a cabeça para o lado, e disse "Bem... talvez isso fizesse sentido na situação", e Turtle entendeu o que ele não estava dizendo. Ela mesma havia cortado o osso seguinte, e Martin talvez tivesse inventado a necessidade disso.

Turtle carregou as tábuas encosta abaixo, colocou-as na clareira e se ajoelhou na camada de folhas úmidas para marcar os furos. O que antes teria sido trabalho de uma só noite para ela agora era um projeto fatigante de vários dias. Até mesmo descer a colina já lhe provocava caretas pela dor na barriga. O dr. Russell disse que a dor poderia ir e vir, mas ela provavelmente teria dor crônica pelo resto da vida e poderia lidar com isso usando medicamentos ou não. Turtle escolheu não usar. A bolsa de ileostomia era uma presença plástica e suada ao seu lado. Apoiou a tábua de dois metros e meio entre as pernas e, encostando nela outra menor, parafusou-as, o cabelo caindo no rosto, sorrindo para si mesma, todo o corpo doendo só do esforço de manter firme a furadeira.

No dia seguinte, transportou todos os sacos de vinte quilos de terra adubada no carrinho de mão, suando, xingando e sorrindo, e os largou sobre o leito de folhas ao lado de suas tábuas e ficou enxugando o rosto com as costas da mão e sorrindo, mais feliz do que havia estado nos últimos meses, depois se deitou no carrinho de mão para olhar o céu e apenas respirar. Lá no alto, as pontas das sequoias-vermelhas dançavam na brisa com seu verde delicado e Turtle estava viva. Absurdamente viva, considerando todos os erros que cometera.

Abriu os sacos e encheu seus canteiros, depois cavou os buracos com as próprias mãos, cada muda um punhado de terra preta e um emaranhado de raízes brancas. Quando acordou no dia seguinte e preparou seu mingau de aveia e desceu segurando a papa em sua tigela de cerâmica quente com uma colherada de mel por cima, a neblina estava levantando do piso da floresta e era muito, muito bom. E então, no outro dia, ela saiu de manhã e descobriu que um veado havia comido tudo, exceto as abóboras, até o toco. Ficou ali parada em sua legging, a camiseta larga do pijama e o suéter de lã, e se perguntou como teria sido se ela não tivesse ido para a casa de Jacob, se só tivesse continuado dirigindo, sabendo que Martin tinha o endereço de Jacob e que iria para lá quer ela estivesse lá ou não, e ela pensa, se ele tivesse chegado lá e não visse a picape do vovô... o que teria feito? Teria ido embora? Ou teria estacionado e subido para a varanda, chutando os copos plásticos vermelhos do caminho? Às vezes ela achava que, se só tivesse continuado dirigindo, teria ficado tudo bem. Não consegue formar uma imagem nítida dele, nem de seu rosto, só de suas costas largas, sombreadas. Havia esperado que ele estivesse lá quando acordou no hospital. Foi logo depois da primeira cirurgia. Anna estava lá, parecendo destruída, vermelha de chorar, e Jacob estava lá, lendo. Martin não estava lá e ela havia pensado, ele vai ficar muito puto. Então ela se lembrou.

Depois que o veado entrou na horta, ela voltou à loja de ferragens e comprou dois rolos de cerca de arame de dois metros e meio, postes e uma ferramenta para instalá-los, e, como os postes e os rolos de arame não cabiam no Saturn, e como não podia carregá-los, ela pagou para que fossem entregues e depois tentou fazer todo o trabalho sozinha, cavando uma vala de meio metro em volta da horta, mas descobriu que não conseguia levantar a ferramenta de instalar postes, então Jepson e Athena, filhos de Sarah, a vizinha do lado, vieram ajudá-la a fixar os postes e a estender a cerca de arame de um poste para outro. Havia um ano de diferença entre eles, estavam ambos no ensino médio e eram cuidadosos com ela. Comprou de novo suas plantas no viveiro North Star de Tim e as replantou e construiu uma treliça de bambus para suas novas ervilhas-tortas e se sentia muito *orgulhosa*, amarrando a treliça com barbante, pensando em como as ervilhas iam crescer sobre ela, então chegou e descobriu que guaxinins haviam derrubado a treliça e espalhado suas fezes pretas, oleosas e malcheirosas por todos os canteiros e que corvos tinham comido as mudas e os estorninhos estavam partindo o barbante para levar como material para seus ninhos, e Turtle continuou em frente, replantando e cruzando os dedos, e, lentamente, as plantas começaram a sobreviver.

Então, uma manhã, Turtle foi à horta e viu um veadinho preso dentro da cerca. A corça esperava agitada na borda da clareira, afastando-se veloz e voltando em seguida, e o veadinho pulava contra a cerca de novo e de novo sem a conseguir traspor, pulou contra ela até que o poste da cerca se inclinou para fora e o bichinho enroscou uma perna no arame e começou a escoicear freneticamente, preso. Turtle foi até o galpão de ferramentas, pegou o alicate de arame e um pedaço de corda. Amarrou as duas patas traseiras com um nó de laçada, depois passou mais quatro voltas da corda em torno das pernas e as amarrou com outro nó de laçada unindo os fios, um nó frouxo, mas que evitaria que o veadinho desse coices. Depois pegou em seu abraço a criatura ofegante se debatendo, o veadinho surpreendentemente quente, pequeno como um cachorro, o coração batendo muito forte sob as costelas em um sobe e desce, passou um braço em volta do pescoço arquejante do animal e, com a outra mão, trabalhou com o alicate, respirando no pelo castanho arruivado do veadinho, sentindo seu cheiro abafado e silvestre, e, por fim, ergueu o animal e o carregou para fora da horta, colocou-o no chão e desamarrou suas pernas. O veadinho não conseguia andar. Ficava de pé e tornava a cair, levantava e caía. Turtle o deixou ali naquela noite, todo contraído do focinho à cauda, e, quando voltou de manhã, o veadinho continuava lá e a corça tinha ido embora. Turtle ficou com o bichinho encolhido junto aos seus pés. Tremores percorriam os pequenos flancos. Turtle sentou ao lado dele e pensou, levante, porra, mas ele não levantou.

Naquela noite, Turtle soltou a parte de metal da picareta e saiu só com o cabo. O veadinho continuava encolhido da cabeça à cauda, agora todo trêmulo, com muco saindo do focinho. Ele se virou e olhou para Turtle com apenas um de seus grandes olhos, tão escuro que era quase preto, exceto pela meia-lua inferior da íris marrom, e Turtle o matou com um único golpe. Depois sentou no húmus, as pernas estendidas, ainda segurando o cabo da picareta, e olhou para o pequeno corpo e não sabia o que fazer, e, se soubesse, não tinha certeza se conseguiria executar o plano. Jogou uma corda sobre um galho de medronheiro, içou na árvore o corpo do tamanho de uma criança, pegou sua faca e ficou parada tremendo, largou a faca e sentou, e se levantou e se afastou e voltou e pegou a faca e cortou o veadinho do traseiro até a garganta, e foi tão ruim quanto imaginou que seria, a sensação da carne sob a faca, e ela se afastou, parou curvando o corpo e vomitou nos mirtilos, depois abriu a pele firme como couro, retirou as entranhas ensanguentadas e não parou, e não pensou a respeito. Cortou o veadinho em bifes, colocou-os no freezer e ficou na cozinha, lavando as mãos na pia. Com a ajuda de Athena, arrancou a cerca e carregou o arame enrolado e os postes para o galpão.

Turtle percorria os corredores do viveiro North Star em dias nublados e enevoados de primavera, enrolada em lã, com as mãos enfiadas sob as axilas, movendo-se entre as mesas agora tão conhecidas e escolhendo plantas para colocar em seu carrinho de mão vermelho, algo que nunca perdera seu encanto e estava lentamente substituindo os prazeres da novidade pelos prazeres do conhecido, e continuou andando entre as mesas nos dias claros e quentes de verão, de macacão e mangas curtas, com Anna esperando em uma cadeira de praia enquanto lia *A prisioneira & A fugitiva*, parte de seu projeto de "Grandes Leituras" que ela não levara adiante durante a faculdade, porque estivera, segundo ela, ocupada principalmente com caiaques em corredeiras e meninos. Tinha lido *Guerra e paz*, *Moby Dick*, *Graça infinita*, *Os irmãos Karamazov*, e havia começado *Em busca do tempo perdido*, de Marcel Proust. Anna não tinha paciência para os escritores que ela chamava de "pretensiosos", forma como se referia a Hemingway e Faulkner. Ao lado do viveiro havia uma espécie de pântano com uma pequena ilha verde e água barrenta coberta de plantas e, mais além, um emaranhado de árvores, e às vezes Turtle levava seu carrinho de mão vermelho até o portão do viveiro e ficava olhando para o bosque selvagem e abandonado e todo o seu corpo se enchia de uma sensação que ela não conseguia definir, seu medo e seu encantamento fundidos com o sol e os corredores de plantas e o ranger do cascalho, com sua nova vida ali entre aquelas pessoas, com Anna sentada em sua cadeira de praia lendo Proust.

Quando Anna estava muito cheia de trabalho, Turtle caminhava por entre as sequoias-vermelhas até a casa de Sarah, que ela e o marido haviam construído no final da década de 1970, e batia à porta, e Sarah a deixava entrar e Turtle sentava no balcão da cozinha escura — a casa de Sarah não estava ligada à rede oficial e eles usavam o mínimo de eletricidade possível — e quebrava nozes de um grande cesto trançado, e Sarah conversava com ela sobre o conselho escolar de Mendocino ou sobre a eleição em segundo turno para a vaga no conselho de água de Mendocino, e Turtle escutava sem falar, só observando o modo como a mulher se movia pela casa, cheia de energia, imparável, com sua juba prematuramente branca e sua prótese de quadril, e, quando Sarah terminava de limpar ou de cozinhar, ela se encostava no balcão e dizia: "E aí, meu bem, você provavelmente quer ir ao viveiro", e Turtle concordava com a cabeça e elas entravam no carro e Sarah as levava para Fort Bragg e ficava junto ao portão conversando com quem quer que encontrasse sobre o conselho escolar de Mendocino, ou sobre aquecimento global, ou sobre como fazer uma casa funcionar usando apenas energia solar, tudo com uma espécie de vigor ininterrupto, e Turtle empurrava o carrinho de mão vermelho pelos corredores de plantas e olhava para elas, e pensava, sim, sim.

Às vezes, ao observar Sarah de braços cruzados falando sem parar, ou ao observar Anna virando uma página, Turtle sentia que estava olhando para essas pessoas através de um aro oscilante de mercúrio prateado, e tudo o que ela queria neste mundo era rastejar através dele, e não sabia como. Acordava em seu pequeno quarto no sótão no meio da noite e tateava até a janela em incredulidade, atordoada, sem entender e pensando, este não é o meu quarto, e então pensava, ele está vindo atrás de Cayenne, eu tenho que chegar até ela, tenho que encontrá-la, e Jacob, e Brett, e tateava ao longo da parede, esquecendo-se das lanternas que Anna deixara ao lado de sua cama, cega de pânico e pensando, eu tenho que sair daqui, eles precisam de mim, eles precisam de mim, e tentando se controlar enquanto apalpava o revestimento da parede em busca de algo conhecido, dizendo a si mesma, fique calma, Turtle, fique calma, e então encontrava o interruptor e se sentava agachada junto à parede, soluçando, e não conseguia dormir de novo, ofegante e aterrorizada e pensando, qual é o problema com você, por que está com medo, você está em Comptche, está na casa da Anna, e está segura, e a Cayenne está de volta a Yakima com a tia, e o Brett não está longe daqui, ele está na Flynn Creek Road com a Caroline, e o Jacob está em Ten Mile, dormindo em sua cama estilo imperial de mogno com o som do estuário entrando pelas janelas, e você está aqui, tentando melhorar. O Martin morreu e você está viva. Durante o dia, ela se sente muito distante desses terrores noturnos, sente-se muito distante disso e de qualquer crença de que Martin ainda possa estar vivo, no entanto ela não está em Mendocino também, não está no monte Buckhorn, não está totalmente em casa, ainda não, e o mais perto que pode chegar é com as plantas em suas bandejas de plástico, e quando as tira do plástico e o solo se liberta em meio ao emaranhado frágil de raízes brancas.

Seis meses depois de sua alta do hospital e dois meses desde que começou a horta, Turtle fez a cirurgia para reverter a ileostomia. Os médicos acharam que poderiam tentar reconectar os intestinos de Turtle, e, como ela era jovem, e como era forte, tinham grandes esperanças de que daria certo, e deu. O dr. Russell a lembrou de mastigar bem a comida. "Mastigue, mastigue, *mastigue*", disse ele, sentado ao lado da cama dela e a olhando daquele seu jeito pensativo, impressionado e preocupado e um pouco empolgado, esfregando polegar e indicador, e, por fim, disse: "Bom, Turtle, eu adoraria ver você de novo, mas detestaria ver você de volta *aqui*", e ela voltou do hospital pediátrico da Universidade Stanford e encontrou tudo morto e o solo sufocado com raízes de sequoias-vermelhas. Vinha acontecendo havia meses, mas deve ter ficado muito rápido no fim. Ela desmontou os canteiros, e a terra estava tão entrançada de raízes que manteve sua forma, mesmo depois que as tábuas foram removidas, e Turtle teve que soltá-la com uma picareta. O solo e o composto orgânico, metros e metros deles, não puderam ser aproveitados.

Sua solução foi reconstruir os canteiros sobre lajes de concreto elevadas, com buracos de drenagem abertos com broca. Construiu os moldes, misturou e despejou o concreto, cobriu os drenos com uma tela metálica e espalhou cacos de cerâmica no fundo dos canteiros. Então mandou entregarem solo a setenta dólares o metro, mais sessenta dólares pela entrega, e o transportou no carrinho de mão do local da entrega para os novos canteiros. Tinha muita certeza de que ia funcionar desta vez. Estava construindo sua pequena horta e agora ficaria bem, e por um tempo ficou.

Terça-feira era o dia de Turtle na cidade. Ia de carro com Anna às quatro e meia da manhã, a hora em que Anna gostava de ir à praia, e Turtle ia à lanchonete de sucos Lipinski's enquanto Anna surfava, e lá tomava chá-verde e ficava sentada em uma mesa de madeira estilosa pintada a mão, depois, às oito horas, caminhava até o departamento de estudos independentes, um prédio baixo de sequoia-vermelha em uma parte raramente visitada da escola, do outro lado de um campo na frente do auditório. Lá ela se encontrava com Ted Holloway, um cara caladão que plantava seu trigo e sua aveia e os moía ele mesmo e assava o próprio pão. Ele era paciente e de voz suave. Turtle sentava com ele em sua sala, que dava para o campo sempre vazio, sempre pontilhado de tocas de esquilos, sempre encharcado de chuva, e eles conversavam e trabalhavam com seus livros de estudo e ele avaliava seu progresso. Tratava-a como se ela fosse qualquer outra pessoa, e ela gostava disso, queria ser reconhecida por ela mesma. Ela e Ted se encontravam todas as terças-feiras das oito às nove, mas suas conversas com frequência se prolongavam muito mais. Turtle tinha o cuidado de sair antes das onze e meia, porque Jacob muitas vezes vinha na hora do almoço trabalhar em seus estudos independentes de grego ático, e ela não queria encontrá-lo e não queria que ele a visse. Não sabia do que tinha medo, não conseguia pôr em palavras e não conseguia pensar nisso, não muito a fundo, mesmo assim a ideia de vê-lo era insuportável, o pensamento de tudo o que ela poderia perder, insuportável, porque sentia que já o havia perdido, havia perdido tanto, e não saberia como seria para Jacob manter a fé nela, e ela pensava, ver Jacob só a faria ter certeza de quanto havia perdido.

No aniversário de Ted, ela lhe deu um moedor de grãos com mó de pedra. Estava no porão de sua casa e ela não o estava usando, e gostava de suas conversas com ele. Era um moedor caro, e a princípio ele se recusou a aceitá-lo, mas acabou pegando. Depois de seu encontro com Ted, tinha uma aula particular de quatro horas de caratê shotokan em um dojo na cidade, e, de lá, Turtle caminhava pela Little Lake e encontrava Anna no carro. Enquanto isso, suas abóboras cresciam enormes e pré-históricas, caules verdes grossos em forma de estrela e cobertos de pelos duros.

Agora, na clareira, Turtle começa a tirar terra com uma pá do canteiro arruinado para a lona. Trabalha com firmeza, sem parar, e tem cuidado com o solo e cuidado para não estragar o interior do canteiro. Quanto mais cava, mais raízes encontra. Quinze centímetros para baixo, tem que usar um enxó. As raízes se estenderam como artérias pelo fundo do canteiro. Depois que os primeiros canteiros não elevados sucumbiram, Turtle ficara convencida e certa de que elevar os canteiros do chão funcionaria. As lajes de concreto pareciam uma solução sólida e permanente. Agora, ela anda para o canteiro seguinte, ajoelha-se e olha embaixo dele. Vê uma floresta de raízes que se erguem da terra, longos troncos compridos entrando pelos buracos de drenagem, entupindo cada fresta. Ela se senta e se recosta na lateral do canteiro. Que merda, pensa. Os canteiros estão perdidos. Todos terão que ser esvaziados e replantados e ela vai precisar inspecionar cada canteiro em busca de raízes de agora em diante. Tudo o que ela quer é que a horta dê certo. Tudo o que quer é construir uma horta e regá-la e que tudo cresça e que tudo permaneça vivo e ela não quer se sentir sitiada. Quer uma solução que seja uma solução, uma solução que funcione. Isso é tudo o que ela quer. Quer canteiros em um terreno ensolarado e sem cercas perto do chalé, e queria plantar ervilhas, abóboras, feijões-verdes, alho, cebolas, batatas, alface e alcachofras.

31

Sobre o poste da cerca, Zaki vira a cabeça e Turtle levanta os olhos e ouve o rangido ferrugento do portão do Serviço Florestal. Então o Saturn se aproxima pela estrada sulcada que passa pela casa das bombas. Turtle se levanta e vai para a entrada encontrar Anna, e Anna sai do carro, exausta, e encosta no carro e esfrega os olhos com um ruído molhado desagradável. Há fios de cabelo soltos na frente de seu rosto e ela aperta os lábios e sopra os fios extraviados. Turtle sorri para ela, também cansada, e abre a porta do banco traseiro e tira uma caixa de papéis. Esta noite é o baile de início do ano letivo, quase o aniversário de um ano dos tiros, e Turtle sabe que Mendocino deve estar cheia de alunos do ensino médio se preparando. Anna aponta a casa com a cabeça e elas vão juntas. No pátio da frente, há uma plataforma com um pequeno chuveiro externo e um toldo com pranchas de surfe e caiaques apoiados na parede. Turtle segura a caixa sobre o quadril e abre a porta para Anna, depois leva a caixa através da sala de estar, com sua grande janela de face sul, para o escritório. As paredes são pintadas de azul com nuvens aplicadas com esponja e há uma cadeira de madeira com uma manta de pele de carneiro e uma grande mesa de carvalho, um calendário *SurfGirl* na parede. Turtle deixa a caixa e volta para a sala. Anna está deitada no sofá de veludo verde como se tivesse sido jogada lá e dirige a Turtle um olhar exausto e cheio de bom humor. Zaki entra a jato, sacudindo a portinhola, atravessa a sala e assume sua posição no canto do sofá. Olha de uma para a outra, depois fecha os olhos com ar de aprovação.

— Jantar? — pergunta Turtle. Sua voz é rouca.

— Jantar — diz Anna.

Turtle vai para a cozinha e acende o fogão a gás cor de abacate, que estala várias vezes antes de ligar. Põe quinoa para cozinhar e coloca abóbora e azeite em uma frigideira. Fica olhando a abóbora grelhar. Corta uma romã e, quando abre a torneira para encher uma bacia de água, ouve Zaki, que, por algum motivo, é fascinada por água, pular do sofá e vir tamborilando pelo piso, depois patinando pela esquina, um som como *tic tic tic tic, vuuuuu, tic tic tic tic*.

Zaki pula sobre o balcão, enrola a cauda em torno dos pés e fica olhando para a água corrente. Turtle mergulha um coador na bacia e começa a romper a casca vermelho-rubi da romã e separar a parte branca com as mãos. Zaki boceja enormemente, desce do balcão e vai embora desfilando, a cauda levantada, a pontinha balançando de um lado para o outro. Da sala, Anna suspira. Depois suspira de novo, levanta, vem descalça para a cozinha, puxa um balde de tampa de vinte litros de arroz integral e se senta nele. Elas compram comida a granel e usam os baldes de dez e vinte litros como mobília. Turtle vai buscar um vinho Atrea Old Soul Red para Anna, serve um copo para ela e Anna aceita com um sorriso. Ela gira o vinho e Turtle mexe a frigideira, corta couve e mede punhados de sementes de abóbora.

— Como foi o seu dia? — pergunta Anna.

Turtle baixa os olhos para a frigideira e morde o lábio.

— As raízes entraram em um dos canteiros.

— Mas eles estão elevados — diz Anna.

— É.

— Ah, meu anjinho — diz Anna.

— Eu não sei o que fazer — diz Turtle. Ela está começando a chorar e fica vermelha de irritação. Qualquer coisa a faz chorar agora. Há uma semana, estava na sala de estar fazendo suas leituras do estudo independente quando Anna gritou do chuveiro. O sangue sumiu do corpo de Turtle, desceu de seu rosto e de sua barriga e pelos pés e a deixou gelada, e, de alguma maneira, sem se lembrar de ter atravessado o espaço intermediário, Turtle estava na porta, e a porta estava trancada, e Anna gritou do outro lado: "Pare! Turtle, está tudo bem! Está tudo bem!", e Turtle deu um passo para trás e pensou, você tem que passar por essa porta, e o batente quebrado, e de repente ela estava dentro do banheiro cheio de vapor, Anna aparecendo atrás da cortina do chuveiro, dizendo: "Turtle, foi só uma aranha. Foi só uma aranha, eu me assustei", e Turtle encostou na parede e chorou, o coração aos pulos, e Anna saiu do chuveiro, pingando por todos os lados, e se ajoelhou ao lado de Turtle e encostou a cabeça na cabeça de Turtle e ficou repetindo: "Está tudo bem, Turtle. Tudo bem. Ninguém vai machucar você", e Turtle não conseguiu dizer nada, não sabia dizer nem o que a estava afligindo, queria falar, eu sei, eu sei que ninguém vai me machucar, mas não conseguia parar de chorar.

Agora, na cozinha, Anna abraça Turtle e bate sua testa na dela e diz:

— Turtle, nós vamos dar um jeito. Nós vamos dar um jeito, está bem? Eu sinto muito pelo canteiro, mas há uma solução, e essa, essa é fácil.

Turtle já está sacudindo a cabeça, raspando-a contra a testa de Anna, dizendo:

— Não há solução. Não há solução. Como você pode dizer isso? — É como se Anna estivesse mentindo para ela, porque como é que Anna, que viu a vida de Turtle, como ela pode dizer que tudo vai dar certo? A verdade é que as coisas não dão certo, que não há soluções, e você pode passar um ano, um ano inteiro, e não estar melhor, não estar mais curada, talvez estar até pior, estar tão arisca que, se estiver andando na rua com Anna e alguém abrir a porta de um carro, sair e bater a porta, você se vira, completamente pronta para matar, vira tão rápido que Anna, que sabe o que está acontecendo, não tem tempo nem de abrir a boca, e então você está ali parada, chorando, e há um cara qualquer de jaqueta de couro e chapéu de feltro saindo de seu Volkswagen Golf e olhando para você com cara de *essa menina está bem?* E você quer dizer, *esta menina não está bem, esta menina nunca vai estar bem.*

Turtle só quer que a horta dê certo. Ela pediu um ano para Jacob. Eles a haviam transferido da UTI para uma unidade cirúrgica pediátrica, e, quando o inchaço em suas cordas vocais danificadas diminuiu, ela disse a ele com sua voz rouca e áspera que não queria vê-lo por um ano. Não queria que ele a visse quebrada e inútil, estripada, deitada com a camisola do hospital e com líquido séptico sujo drenando pelos longos tubos amontoados e transparentes para dentro de bolsas plásticas graduadas e frascos coletores. Não queria se curvar às circunstâncias. Não queria falar com ele, ou vê-lo ou pensar nele, e depois de um ano ele poderia voltar, e, considerando o baile de início de ano letivo como o aniversário dos acontecimentos, hoje *era* um ano, e, considerando a data do calendário, ele tinha mais dois dias, e, considerando a data em que ela havia tido a conversa com ele... aí ele tinha mais tempo ainda, e ela gostaria de ter sido mais específica, mas não lhe parecera propriamente certo ficar definindo os detalhes. Mas não importa, porque ela tem certeza de que ele não vai vir, e, se existe a dúvida se as pessoas estão realmente falando sério quando dizem que vai ficar *tudo bem*, a prova seria se Jacob voltasse, se Jacob achasse que vai ficar tudo bem e, mais do que precisar que ele volte, ela precisa da fé que ele tem nela.

Turtle desliza pela porta da geladeira até o chão e as duas ficam sentadas juntas na pequena cozinha apertada, o parapeito das janelas com os jarros de vidro cheios de brotos de feijão, e Turtle soluçando e se sujando de muco do nariz, enquanto Anna a abraça.

— Turtle — diz ela —, eu sinto muito que as raízes tenham entrado no canteiro. Isso é frustrante.

Turtle chora com mais força, porque tudo o que ela quer é ter um lote de boa terra onde possa cultivar coisas, onde possa arrancar ervas daninhas e deixar as ervilhas se enlaçarem nas suas treliças e as abóboras ficarem enormes e se esparramarem, e não está funcionando. Outras pessoas conseguem, então por que não ela? O veado. Os guaxinins. Os corvos, os estorninhos, as tesourinhas, as lesmas, e as raízes se enfiando pela base dos canteiros. Ela não quer ficar lutando uma batalha perdida contra tudo, contra *tudo*, e se odeia, odeia a pessoa chorosa e incapaz que se tornou, odeia quanto está ferida, profunda e terrivelmente ferida, e como será longa essa estrada de volta para casa.

— Turtle — diz Anna —, eu sinto muito mesmo, mas vou ter que sair.

— O quê? — diz Turtle, levantando os olhos. Escuta o chiado da couve na frigideira. — O quê?

— Nós precisamos de mais um responsável no baile. Dois professores estão gripados e eu tenho que ir lá tomar conta do baile.

— O quê? — diz Turtle, incrédula. — Não.

— Eu preciso — diz Anna. — Você vai ficar bem aqui, esta noite?

— O quê? — diz Turtle. — Eu não quero ficar aqui.

Anna encosta na parede e aperta os lábios. É o olhar que ela lança a Turtle quando tem que fazer mais uma concessão que está disposta a fazer, mas não esperava, e Turtle percebe que Anna vai ceder, vai ligar para alguém e dizer que não pode ir, que Turtle precisa dela ali, que Turtle não pode ficar sozinha esta noite, e Turtle começa a sacudir a cabeça, porque *odeia* ser essa pessoa para Anna.

— Não, você tem que ir. Vá.

— Eu fico aqui, Turtle. Se você precisa que eu fique.

— Não, tudo bem.

— Eles *realmente* precisam de mais um responsável para o baile — explica Anna.

— Mas você está tão cansada — diz Turtle. Elas estão sentadas no chão, joelho com joelho, cabeça com cabeça, e Turtle se levanta. Boa parte da couve queimou e ela retira os pedaços piores. As sementes de abóbora também estão mais torradas do que ela quer. Pega as tigelas de cerâmica feitas a mão de Anna, coloca nelas a quinoa, a couve, a abóbora, as sementes de abóbora torradas e a romã vermelha e comem sentadas no chão da cozinha, com as costas apoiadas nos armários, e Turtle tem que lembrar a si mesma que ele não está ali, que balas não atravessarão as paredes, que a casa vai permanecer tranquila momento após momento. Ela pega a comida com o hashi. Sentada ao seu lado com as pernas afastadas, Anna diz:

— Eu acho que não devia mesmo ir, né? É muita sacanagem fazer isso, Turtle, desculpe. Eu... não pensei.

— Não — diz Turtle. — Vá, eu fico bem.

Anna recosta a cabeça no armário. Vira, olha para Turtle, sorri para ela e dá risada, e Turtle também ri, e Anna diz:

— Olhe só para nós aqui. Isso é um pouco triste, Turtle.

— E se eu quisesse ir ao baile — pergunta Turtle —, eu poderia?

O rosto de Anna se contorce, como se estivesse experimentando várias expressões.

— Sim, eu acho que poderia ir, se quisesse — diz ela. — Mas, Turtle...

— Eu sei — diz Turtle.

— A música... — diz Anna.

— É.

— Vai estar *muito* alta.

— Você tem razão.

Anna bate a cabeça contra o armário, em frustração. Olha para a janela acima delas com sua fileira de jarros de vidro com os brotos de feijão. As tampas foram substituídas por telas. Os brotos crescem emaranhados. É função de Turtle lavá-los e desemaranhá-los, duas vezes por dia.

— Vai ter muita gente lá — diz Anna.

— Talvez outro dia — diz Turtle.

Anna concorda com a cabeça.

— Talvez outro dia.

— Nós temos uns filmes da Netflix — diz Anna.

— Ah, é? Quais? — pergunta Turtle.

— Não sei bem.

— Eu vou ver.

— Não, eu pego.

Ambas continuam sentadas no piso da cozinha. Anna toma um gole do vinho e o deixa de lado e coloca sua tigela no chão como se fosse se levantar e ir olhar os filmes da Netflix, mas não se levanta.

— Mas, se eu for ao baile — diz Turtle — e não aguentar, podia pegar sua chave e ir te esperar no carro.

Anna hesita.

— Acho que isso foi como... *Núpcias de escândalo* ou algo assim. É isso mesmo?

— Não sei o que é isso — responde Turtle.

— Eu queria que você tivesse conhecido a minha avó. Queria que ela estivesse aqui.

— Eu também queria.

— Aposto que ela saberia como fazer uma horta aqui.

— Mas eu podia, não é? — pergunta Turtle. — Eu podia ir, e, se fosse demais para mim, eu ficaria esperando no carro.

— Não acho que esperar no carro seja uma boa ideia, Turtle. Acho que, se você for e ficar ruim... não acho que vai querer esperar em um carro escuro do lado de fora de uma festa. Não sei se é uma boa ideia. Pode funcionar como um gatilho.

— Eu sei — diz Turtle.

— Outro dia — diz Anna.
— Outro dia — diz Turtle, concordando com a cabeça.
— Se aconchegue no sofá e veja uns filmes.
— E se nunca ficar mais fácil?
— Vai ficar.
— E se não ficar?
Anna vira a cabeça, que ainda está encostada no armário.
— Turtle — diz ela. — Eu sinto tanto. Sinto tanto pelo que aconteceu. Se ao menos eu soubesse. Ou tivesse feito alguma coisa.
— Não — diz Turtle, porque já falaram sobre isso antes e não leva a lugar nenhum. A culpa de Anna pelo que aconteceu é, para Turtle, exaustiva e equivocada.
— Ah, Deus — diz Anna —, como eu queria ter feito alguma coisa. Queria tanto.
— Não tinha nada que você pudesse fazer.
— Isso não é verdade — diz Anna.
— É, sim — diz Turtle.
— Eu fiz tudo errado — diz Anna. — Eu sabia. Não tinha provas, mas sabia, e fiz tudo errado. Pisei na bola. E queria que não tivesse acontecido. E eu acredito, Turtle, que você vai ficar bem. E o problema é que você quer ficar bem *agora*. Nós vamos chegar lá, mas esta noite... — Ela sopra entre os lábios apertados. — Não é a noite certa.
— É — diz Turtle.
— Está certo? Está bem para você assim?
Turtle olha em volta pela cozinha.
Anna não diz nada e Turtle sabe que ela está pensando em todos os aspectos em que ela não está pronta, todas as maneiras pelas quais não está *tudo bem* com ela, incapaz de expressá-los em voz alta, e é irritante para Turtle que a avaliação de Anna seja pior que a dela própria, que até mesmo Anna, que acredita nela, que é a única pessoa no mundo que Turtle sabe que acredita *com certeza* que ela vai acabar ficando bem, até mesmo Anna acha que ela ainda não chegou lá, e Turtle fica sentada ao lado dela na cozinha e pensa, Turtle, você está pior do que imaginava e ela não quer te contar isso.
— Por que não ir à luta? — diz Turtle.

— É que... — Anna começa, delicadamente.

— Eu quero ir — diz Turtle.

— Por quê? — pergunta Anna. — Você não tem que fazer isso. Turtle, você *não deve* fazer isso.

— Eu não me importo. Quero tentar.

— O Jacob vai estar lá — diz Anna, em tom de aviso.

— Eu sei.

— Turtle — diz Anna —, você vai chegar lá.

— Vou mesmo?

— Acho que sim — diz Anna.

Turtle não responde.

— E, quando você estiver pronta, então nós vamos. Mas assim? É precipitado.

Ficam em silêncio. Turtle se levanta, abre a torneira da pia, torna a encher seu copo de água, e Zaki desce do sofá, vem a toda pelo corredor, entra em velocidade, o rabinho levantado, senta na frente das duas mulheres e olha para elas, e boceja enormemente e lambe os lábios, parecendo profundamente satisfeita, abrindo e fechando os olhos na expressão mais lenta e complacente de aprovação preguiçosa, curvando a cauda em volta das patas, depois fazendo um movimento rápido com ela para cima e voltando a assentá-la.

— A Zaki acha que eu devo ir — Turtle diz, e Anna ri, depois deixa sua tigela no chão com um gesto exausto e fica ali encostada como se fosse incapaz de se levantar.

— Estou tão cansada — diz Anna. Então olha para Turtle. — Você quer *mesmo* ir?

— Eu quero tentar — responde Turtle.

— Está bem.

Turtle espera ao lado dela na pequena cozinha de sequoia-vermelha, as duas sentadas no chão, Anna com seu vinho, Turtle ainda com sua tigela, e nenhuma delas se levanta. Elas só esperam, enganando-se mutuamente.

AGRADECIMENTOS

Por sua orientação, gostaria de agradecer à minha agente, Joy Harris, a melhor e mais dedicada das aliadas. Por seus conselhos e opiniões, a Michelle Latiolais. Pelo empenho, perspicácia e coragem, a minha editora, Sarah McGrath. Por seu intelecto radiante e suas convicções, Jynne Martin. Por toda a ajuda, Danya Kukafka. Por ser o primeiro a acreditar, William Daniel Hough. Por seu brilho, Shannon Pufahl. Pela ponderação e apoio, Scott Hutchins. Pela amizade, Charles e Philip Hicks. Por compartilhar seu amor pela natureza, Ray Tallent. Gostaria também de agradecer a Teresa Sholars, por responder pacientemente às perguntas sobre botânica e fenologia. Pelas perguntas sobre sala de aula, a Meghan Chandra. Pelas perguntas médicas, a Steve Santora, Ross Greenlee e Patricia Greenlee. Tenho que agradecer ainda a Ross e Patricia Greenlee por todo o amor e apoio, além da ajuda técnica. Todos os inúmeros erros são apenas meus. Por disporem de todos os melhores livros, a Christie Olson Day e à Gallery Bookshop. Gostaria de agradecer a alguns professores que significaram o mundo para mim: Jenny Otter, Derek Hutchinson, Jim Jennings, Ryan Olson Day, Tobias Menely, Mike Chasar e Gretchen Moon. Às minhas mães, Gloria e Elizabeth, por mais do que as palavras podem exprimir. E, por fim, a Harriet, por me segurar quando eu caio.

Impresso no Brasil pelo Sistema Cameron da Divisão Gráfica da
DISTRIBUIDORA RECORD DE SERVIÇOS DE IMPRENSA S.A.